Le Sentier des citrons

ALESSIA CASTELLINI

Le Sentier des citrons

Traduit de l'italien par Elsa Damien

Michel LAFON

Titre original :
Il sentiero delle formichelle

14, boulevard de la Madeleine – CS 62204
75373 Paris Cedex 08

À ma mère,
qui a vu mon sentier avant moi

Février 1934

Depuis trois semaines, Maria était incapable de porter les longs rondins de châtaignier. Les premiers jours où elle s'était sentie épuisée, elle avait essayé de réduire la quantité de bois qu'elle empilait sur son dos, mais ce qui avait fini par l'arrêter, un matin, avait été le sentier en pente qu'elle devait parcourir pour s'approvisionner dans le taillis. Heureusement que ce n'était pas la saison des citrons, autrement elle aurait dû cesser de travailler encore plus tôt. Vu la façon dont son corps réagissait, elle n'aurait jamais pu mettre sur ses épaules ces paniers remplis d'agrumes et affronter ces voyages chaque jour.

Sa sœur Raffaella aussi était enceinte, et pourtant son ventre ne l'empêchait pas de continuer à travailler, de monter et de descendre de la montagne. Qu'y avait-il de différent chez Maria ?

« Je suis bien obligée d'aller trimer dans la montagne pour mon patron », lui répétait Raffaella, et il y avait deux raisons à ce devoir. D'abord, le propriétaire du verger pour lequel elles travaillaient avait prévu de terminer sa tonnelle dans les premiers jours du mois suivant, et il n'accepterait pas de retard dans la livraison des rondins. Ensuite, quelques semaines plus tôt, son mari avait perdu sa place à la fonderie, et il ne restait plus qu'elle pour les empêcher de mourir de faim.

Avant de lui dire au revoir et de lui souhaiter une bonne journée de travail, Maria observa le ventre nu de sa sœur en train de s'habiller et le compara au sien. Selon leurs calculs, elles n'étaient toutes deux qu'à quelques jours du terme, mais les chevilles de Maria étaient de plus en plus enflées et sa respiration plus difficile, elle se trouvait davantage déformée et sentait la peau de son abdomen tendue comme un élastique prêt à se rompre. Pietro plaisantait parfois en disant que l'accouchement ressemblerait à un tir à la fronde et que leur bébé serait lancé à toute vitesse au milieu des arbres. C'était un homme bon, sévère, mais bon.

– N'oublie pas ton coussin, dit Maria en lui tendant l'habituel sac roulé à poser derrière le cou comme un coussin et sur lequel caler la charge à porter.

Enfin, elles ouvrirent la porte. La fraîcheur de l'aube sentait bon le sous-bois. Du bout de la route leur provenait le bruit des pas laborieux des autres femmes sur le chemin qu'elles empruntaient tous les matins.

Avant de rentrer chez elle, Maria resta sur le seuil, à regarder Raffaella qui avançait dans l'air nacré de l'aube, devenant une silhouette brumeuse avant de disparaître. Elle prit quelques minutes pour respirer cette brise qui glaçait ses poumons chaque hiver et rendait ses muscles vifs et alertes. Ces dernières semaines, ses mollets, habituellement forts et vigoureux, avaient tremblé de fatigue. Elle avait déjà porté des charges de plus d'un quintal sur ses épaules ; que pouvait être un bébé dans son ventre, en comparaison ? Et pourtant, tout son organisme semblait consumé par cette petite vie qui se nourrissait d'elle. Que Maria le veuille ou non, elle devait se reposer. Mais son sentiment de culpabilité face aux journées de travail perdues était trop fort, alors elle décida d'aller au moins aider son père.

« Je vais ramasser de l'herbe de Mauritanie », avait-il dit la veille, tout en pansant ses mains abîmées par la cueillette de ces herbes coupantes. Il serait soulagé d'avoir de l'aide pour humidifier ces végétaux, les travailler et en faire des balais et des nattes à vendre à Pagani.

Cette nuit-là, même la position allongée ne lui apporta aucun soulagement. Sa vessie pesant trop lourd, elle s'enveloppa dans son châle de chanvre et sortit dans le froid glacé. Elle entra dans la cabane qui servait de toilettes et s'aperçut que le vent avait commencé à arracher la toiture de branchages. Elle venait de tendre un bras vers le haut pour réarranger quelques rameaux en position précaire, lorsqu'une cascade d'eau tiède se déversa sur ses chevilles. Cela l'apaisa d'abord, réactivant la circulation dans ses pieds glacés, mais ensuite une douleur déchirante se propagea dans son ventre, comme les craquelures sur les coquilles de noix qu'elle cassait pour sa tante qui n'avait plus de force dans les mains. Maria écarta les bras jusqu'à toucher les parois opposées du cabinet pour se soutenir, et elle se mit à prier.

Elle rentra chez elle et réveilla son mari qui courut jusqu'à Maiori pour appeler la sage-femme.

Le froid de la nuit s'accrochait à ses joues vermeilles, contrastant avec la chaleur que lui procuraient la tension et la douleur. Autour d'elle résonnaient les mouvements nerveux de ses parents, de ses deux frères et de leurs épouses, avec qui elle partageait l'unique pièce, construite en pierre, qu'ils pouvaient se permettre.

Un brusque mouvement du bébé venait de l'ébranler, dans une contraction trop douloureuse pour que l'attente puisse se prolonger plus longtemps, lorsque Pietro revint chez eux, les poumons privés d'air. La sage-femme ne viendrait pas, elle n'avait pas l'intention de remonter dans la montagne par une nuit aussi froide. Le silence s'insinua dans les quelques espaces que le froid perçant n'avait pas encore occupés, tandis que Maria inspirait et expirait, saisie d'angoisse. Il n'y avait qu'une chose à faire, conclut-elle, dans cette terre où les femmes ne reculaient devant rien. Elle se leva, sentant dans sa chair la force qu'elle croyait avoir perdue, mit son manteau en peau de mouton sur ses épaules et entreprit de traverser la montagne escarpée, pieds nus dans la neige.

Pietro la dépassa de quelques pas, éclairant le chemin à travers le bois avec une lanterne et lui tendant la main chaque fois qu'il la voyait chanceler. Mais Maria ne craignit jamais de tomber pendant cette traversée. Sa mémoire conservait la forme même de ces sentiers et de leurs pièges éventuels, jusqu'aux moindres irrégularités du terrain et pierres glissantes couvertes de mousse sous le fil d'eau des ruisseaux. C'était une jeune femme solide, habituée à supporter la fatigue et la douleur, et la charge qu'elle portait cette nuit-là était la plus précieuse qui lui ait jamais été confiée.

En arrière-fond, on entendait le frémissement des branches de la forêt et le bruit des eaux qui faisaient vivre les papeteries et les moulins des Monti Lattari.

De temps à autre, les mains de Pietro tremblaient tellement qu'il laissait échapper le petit panier rempli de linge propre, dans lequel ils mettraient le nouveau-né à leur retour.

À Maiori, la sage-femme ne cacha pas sa stupeur en constatant que la montagne n'avait pas effectué le travail pour lequel elle avait été réveillée. Elle était de mauvaise humeur, elle avait dû entendre dire que Maria ne travaillait plus depuis plusieurs jours, et il lui avait semblé de bonne guerre de la laisser braver ces sentiers. Elle la fit s'allonger sur un lit de branchages couvert d'un drap réchauffé par le feu de la cheminée et elle observa son état.

Deux heures plus tard, la salle se remplit des premiers vagissements de Rachele, un bébé en parfaite santé qui pesait un peu moins de deux douzaines de citrons. Maria serra sa fille dans ses bras, tandis que Pietro baignait son front brûlant, bouleversé par ce miracle. Et puis cela recommença : une contraction lui déchira le ventre et Maria hurla de douleur. Quelque chose n'allait pas. Elle l'avait senti, chaque jour depuis deux mois : elle se traînait, épuisée à l'excès, cela n'avait rien de normal.

Tandis que la sage-femme soulevait sa robe à la recherche d'une hémorragie, Maria porta les mains à son cœur, comme pour sentir une dernière fois les signes de sa propre vie avant de mourir et de laisser sa fillette orpheline.

– Eh, il y en a deux.

Elle lui massa le ventre pour qu'elle pousse encore.

– Voilà le second qui sort.

C'est ainsi que l'étrange fatigue de ces derniers mois fut baptisée Nannina.

1.

Perte

Alelì, autre nom italien de la grande giroflée,
est une plante herbacée aux fleurs colorées très parfumées.
Dans le langage des fleurs, elle est symbole
de loyauté absolue dans l'adversité.

Il y a des vides qui vous engloutissent et des vides qui vous prennent dans leurs bras. Dans les premiers vous chutez, dans les seconds vous tourbillonnez.

Enfant, Ninfa croyait que ne pas regarder était synonyme de ne pas être vue, peut-être parce qu'à chaque fois qu'elle mettait ses petites mains devant ses yeux, les couvrant jusqu'à ne plus rien voir, quelqu'un disait : « Où est Ninfa ? Elle n'est pas là ! »

Ce jour-là, il y avait trop de visages partout, et il lui parut bon de se remettre à croire que ne pas les regarder la rendrait invisible. Ils incarnaient le premier type de vide, celui dans lequel on peut mourir en s'écrasant, celui qui pue le manque. Le vide qui n'arrive pas à apporter le moindre réconfort, or elle ne pouvait pas se permettre d'éprouver de la peine pour le sentiment d'inaptitude des autres avant d'apprendre à se débrouiller avec le sien.

Essayant d'ignorer le fait que, pour la première fois de sa vie, l'odeur des fleurs lui donnait la nausée, elle se concentra sur les espaces vides entre les visages, et elle se sentit libre de tourbillonner. Mais cela dura trop peu de temps. Les murmures des autres, effleurés par les stries de lumière qui tranchaient l'air en sections sous la voûte de l'église, lui ôtèrent vite cette liberté, comme des chaînes soudainement apparues. Elle ne pouvait plus bouger d'un pouce tandis qu'elle observait sa petite sœur se diriger d'un pas vif vers leurs parents, au bout de la nef. Un peu plus d'un mètre de haut, huit années de détachement posé, Alelì avait refusé de lui tenir la main et l'avait laissée derrière elle.

Ninfa soupira, amère, mais pas tellement étonnée : parfois, même une souffrance commune ne peut effacer certaines distances. Si les choses s'étaient passées différemment en famille au cours de ces quatre dernières années, Alelì aurait voulu d'elle à son côté lors de ce moment difficile.

C'est alors qu'elle la vit. Une bande sur le sol, argentée et légèrement bombée, qui traversait la nef comme une élégante entaille. À l'une des extrémités de la bande, là où elle se tenait immobile depuis plusieurs minutes, il y avait l'entrée, et à l'autre, l'autel. Le souvenir du dernier après-midi où, enfant, elle avait fréquenté l'école de gymnastique artistique lui revint à l'esprit. Alors que ses camarades terminaient leurs exercices dans un air qui résonnait d'applaudissements, Ninfa se trouvait sur la poutre et, bien que son père lui tienne la main, elle tombait, encore et encore, par peur du vide sous ses pieds. Ils étaient restés deux heures dans cette salle, dépassant l'horaire de la leçon sur ordre de sa mère, et jamais, pas une seule fois, Ninfa n'avait été capable de marcher en équilibre jusqu'au bout. Le silence qui régnait dans la voiture, sur le chemin du retour, avait été pire que la réprimande qu'elle avait reçue de son père à la maison.

Elle parcourut du regard, du début à la fin, la bande argentée au milieu de l'église. C'était comme faire le parcours avec les yeux avant de le faire avec les pieds. Tous la fixaient, attendant qu'elle reprenne vie. Et elle les contenta. Elle prit une inspiration et fit un premier pas, puis un deuxième. Elle devait y arriver, même et surtout sans la main de son père. Elle allait braver une hauteur dangereuse, un vide qui ne serait pas sous ses pieds, mais autour d'elle et même un peu à l'intérieur. À chaque pas, une larme de désarroi. Elle traversa toute la nef, parvint à l'extrémité de la bande, devant les cercueils de ses parents, et même cette fois-ci, bien qu'elle ait réussi à atteindre le bout du parcours, bien qu'elle ait marché sur une poutre pour la première fois sans tomber, il n'y eut pas d'applaudissements.

Lorsqu'elle prit place à côté de sa sœur, elle eut l'impression de reconnaître le parfum intense des fleurs de grandes giroflées, alors qu'elle n'en avait vu aucune dans l'église. Ce ne devait être qu'une étrange tromperie olfactive, pour assouvir son besoin de trouver quelque chose de familier chez cette enfant.

Au-delà du rideau de ses larmes, elle aperçut l'expression sèche et impassible d'Alelì. Elle lui caressa le visage d'une main baignée de ses propres pleurs, comme si elle voulait les partager. Car une enfant devait avoir des larmes sur les joues à l'enterrement de ses parents. Mais peut-être que Ninfa avait aussi dans le corps les larmes de sa sœur, parce que toute l'eau qui ne cessait de sortir d'elle ne pouvait appartenir à un seul être humain. Et encore moins à elle, ça n'avait aucun sens car, malgré ses efforts, elle n'arrivait pas à éprouver de douleur.

Elle serra la petite main de la fillette, cherchant une réaction, mais elle la sentit froide et immobile. Après l'avoir regardée attentivement, elle n'eut plus aucun doute : Alelì était tombée de la poutre.

Tandis que des ombres humaines se déplaçaient dans l'appartement de leurs parents, Ninfa comptait les gouttes qui tombaient du robinet de la cuisine, marquant le temps de ses sensations anesthésiées.

Quelqu'un mit un chiffon dans l'évier.

– Le robinet perd de l'eau. Il faut appeler un plombier.

Perdre. Comme on le disait sans cesse dans la famille, depuis que Ninfa était enfant, elle perdait toujours tout. Elle perdait le rythme pendant les cours de musique, les occasions propices, son sang-froid quand elle n'arrivait pas à enlever ses lentilles de contact, le fil de la question lorsque le professeur de mathématiques demandait quelque chose de trop long, la notion du temps quand elle se trouvait en pleine nature.

Un homme qu'elle n'avait jamais vu entra dans la cuisine et posa une main sur son épaule. Le poignet de sa chemise sentait le parfum de son père. L'en avait-on aspergé avant de fermer le cercueil ? se demanda-t-elle. Il ne sortait jamais sans.

– Je suis vraiment désolé pour ta perte.

Ce fut comme une gifle en plein visage. Elle avait entendu ces paroles des centaines de fois au cours de ces dernières heures, et pourtant ce n'est qu'à ce moment-là qu'elle les avait vraiment écoutées. Elle sentit la colère exploser en elle et repoussa cette main étrangère. Elle se précipita hors de la pièce, franchit la porte d'entrée et descendit dans la rue, ignorant la pluie qui tombait dru depuis des heures. Peut-être était-ce là qu'allaient toutes les gouttes que le robinet de la maison perdait, pensa-t-elle : dans le ciel, pour redescendre ensuite et inonder la ville, provoquer des accidents de la circulation et tuer pères et mères.

Elle fendit l'eau du ciel milanais comme un éclat de verre fou, parce que, non, cette fois ce n'était pas elle qui avait perdu quelque chose. Perte ? De quoi parlaient-ils ? Comme si elle était un robinet défectueux, un réservoir d'essence troué. Comme s'il était possible de lui mettre un bouchon ou un chiffon pour remédier à la mort de ses parents. Ninfa ne les avait pas perdus. Cette fois, personne ne pourrait lui dire qu'elle avait été négligente ou superficielle.

Elle s'arrêta au bout de quelques minutes, épuisée, car à force de courir sous l'orage ses vêtements avaient fini par peser autant qu'un autre être humain qu'elle aurait porté sur ses épaules, et elle réalisa brusquement qu'elle avait bel et bien un autre être humain sur les épaules. En effet, du jour au lendemain, Alelì allait dépendre d'elle.

Elle se rendit compte à ce moment-là qu'elle aurait nettement préféré avoir perdu ses parents, car il y a une différence entre les choses perdues et celles qui n'existent plus : seules les premières peuvent être retrouvées.

Peu importait l'occasion ou la personne qui se trouvait en face d'elle. Qu'il s'agisse d'un inconnu, d'un ami de longue date ou d'un membre de la famille, si elle se sentait mal à l'aise devant quelqu'un, grand-mère

Adriana s'excusait élégamment et s'en allait. Tout le temps. Enfant, Ninfa trouvait que ce qu'il y avait de beau dans cette façon d'abandonner la scène, c'étaient les visages stupéfiés de ceux qui la voyaient partir. Mais en grandissant, elle avait appris que la véritable beauté, c'était la sérénité du visage de sa grand-mère dans ces moments-là, et le fait qu'elle ne les regrettait jamais.

Il aurait été important, à présent, de pouvoir puiser dans une semblable réserve de paix intérieure, et de ne pas se haïr pour avoir fui la maison après l'enterrement.

À une époque, elle s'était vraiment efforcée de tout son être de s'inspirer de l'exemple de sa grand-mère. Elle avait terminé le lycée et, en plus de ses parents, les personnes qu'elle avait toujours fréquentées s'étaient mises à lui faire sentir qu'elle n'était pas à la hauteur. Tout avait commencé par une divergence dans le vocabulaire. Quand les autres parlaient d'université, de professeurs et d'examens, Ninfa parlait de difficulté à faire mousser le lait pour les cappuccinos, de clients, d'opérations de caisse et de fiches de paie. Même aller faire des courses la faisait se sentir vulnérable : la déception de ceux qui la croisaient et lui demandaient comment allait sa vie faisait partie intégrante des emplettes, et ça lui coûtait cher. Pour elle qui apprenait encore à se poser les bonnes questions, sa place dans cette société, où ses pairs affirmaient avoir déjà toutes les réponses, était vraiment inconfortable.

Son éloignement volontaire du monde avait commencé par des mensonges. Un jour, elle suivait une formation d'anglais pour préparer l'admission à des universités étrangères, un autre, elle assistait à des cours à la faculté de médecine de la Bicocca – comme prévu depuis son enfance –, pour voir si la carrière de ses parents pouvait lui convenir. Elle avait compris qu'il ne suffisait pas de dire qu'elle avait un projet, il fallait aussi qu'il soit ambitieux.

– Tu ne vas pas à l'université ?

– Pas encore.

Les deux mots qui réconfortaient, qui permettaient de croire que le moment viendrait où elle serait sur la bonne voie.

Quand ces « pas encore » étaient devenus des « non », les regards perplexes, le snobisme et les tentatives pour la remettre dans le droit chemin l'avaient submergée, et le store de sa chambre, le matin, avait commencé à se lever de plus en plus tard. Car elle ne savait pas faire comme sa grand-mère : une fois à l'intérieur, elle ne savait pas s'extraire des situations inconfortables. Il ne lui restait plus qu'à les éviter et, pour finir, elle en était venue à éviter la vie, toute la vie, en s'enfermant dans un silence malsain.

Du jour au lendemain, même les dîners avec les amis de ses parents, auxquels elle avait toujours dû participer, lui avaient été interdits.

– Il vaut mieux que tu ne viennes pas, on dira que tu ne te sentais pas bien, avait dit son père, un soir.

Ce n'était certainement pas un mensonge. Et au fond, pendant quelques heures, elle faisait comme si le motif qui se cachait derrière ces paroles ne la blessait pas, comme si elle se fichait qu'ils aient honte d'elle et que pouvoir manger seule, libre de poser les coudes sur la table, était un petit bonheur qu'il fallait chérir.

Jusqu'à ce que le temps qu'elle passait avec Alelì lui soit également retiré.

Elle tenta d'étouffer ses souvenirs douloureux. Malgré le dur travail qu'elle avait fait sur elle-même ces derniers temps, retourner chez ses parents pour la première fois depuis quatre ans avait réveillé en elle la jeune fille de dix-neuf ans terne et peu sûre d'elle à l'époque de son départ. Il était incroyable comme l'air entre ces murs vibrait encore de leurs jugements négatifs à son égard et de ses soupirs d'excuses pour avoir grandi de cette façon, sans aspirations.

Le ciel cessa de ruisseler sur elle et Ninfa entra dans l'appartement de banlieue qu'elle partageait avec Daniela, mais elle ne la trouva pas. Après l'enterrement, son amie avait dû la suivre chez ses parents, et peut-être y était-elle encore. Elle l'imagina là-bas, dans cette ambiance, un fragment de présent dans les pièces aseptisées et élégantes de son passé. C'était la scène d'un rêve.

Elle resta assise un temps indéterminé à la table de la cuisine, ses poings serrés posés sur les cuisses, fixant la moisissure aux coins du plafond, l'ampoule nue qui pendait au-dessus de sa tête, les vieux cadres de fenêtres par lesquels la ville entrait, la prise électrique débranchée du mur. Elle n'avait jamais remarqué tous ces détails avant.

Elle eut besoin de sortir dans la véranda et de se blottir contre les dalles froides. Elle se tourna vers le fittonia. Les nervures blanches de chaque feuille traçaient la forme d'un tronc aux nombreuses branches dénudées, comme s'il était encore tiraillé entre être une petite plante verte ou un arbre.

C'est sa grand-mère Adriana, lorsque Ninfa était encore enfant et que toute la famille vivait à Riva del Garda, qui l'avait initiée à la nature et avait légitimé son besoin enfantin de transpirer et d'être décoiffée. Elle ferma les yeux, s'autorisa à penser à un épisode passé.

– Enfonce tes doigts, ma chérie.

Ninfa avait fiché une main dans la terre, comme pour devenir une plante, et avait serré le poing.

– Comment tu te sens ?

Elle avait réfléchi quelques secondes.

– Légère comme un cerf-volant.

Grand-mère Adriana avait souri.

– Je n'aurais pas pu mieux dire. C'est exactement ça, la magie de la terre : si tu deviens amie avec elle, elle te donne l'impression de voler. Quand tu es triste ou que tu te sens perdue, accroche-toi à elle et attends que tes forces fleurissent, avec la patience des plantes. La terre te sauvera toujours.

Le vent avait soulevé quelques feuilles, scellant cette initiation, tandis qu'une coccinelle courait le long de son bras âgé comme s'il était le prolongement du sol.

– C'est pour ça que tu as suggéré mon nom à maman[1] ? Parce que tu aimes la terre ?

Grand-mère avait acquiescé.

– Et pourquoi as-tu appelé maman Lucia et pas Ninfa, alors ?

– Parce que quand ta maman est née, j'avais besoin de lumière, pas de terre.

La minuscule cicatrice au coin extérieur de son œil droit avait frémi.

– Je peux la toucher ?

Grand-mère s'était penchée vers elle pour se rapprocher.

1. *Ninfa* signifie « nymphe ». *(Toutes les notes sont de la traductrice.)*

C'était la première fois que Ninfa avait laissé son empreinte terreuse sur quelque chose qui n'était pas à elle, et les affaires de sa grand-mère resteraient pour toujours les seules de la famille qu'elle pouvait tacher sans irriter ses parents.

– Si un jour j'ai une petite sœur, je lui donnerai le nom d'une plante.

En quête du salut qui lui avait été promis tant d'années plus tôt, Ninfa enfonça la main dans la terre humide à la base du fittonia et serra fort pour en attraper le plus possible, la sentant s'infiltrer sous ses ongles.

Que lui arrivait-il ? se demanda-t-elle. Elle n'avait que dix ans lorsque grand-mère Adriana était morte, et pourtant elle lui manquait tous les jours. Elle savait comment on devait se sentir à la mort d'un membre de sa famille, et aucune des émotions qu'elle éprouvait en ce moment n'était ce qu'elle aurait dû ressentir.

*

Alelì en était consciente, ses tresses n'étaient pas aussi belles que celles que sa mère lui faisait tous les matins. Seule, elle n'avait pas réussi à diviser les cheveux en deux parties égales, le résultat étant que la natte de droite était beaucoup plus épaisse que celle de gauche. Sans sa mère, c'était plus difficile. Tout l'était. Au moins, les rubans au bout de ses nattes étaient, comme toujours, de deux couleurs complémentaires. Mais les invités prudents chuchotaient des choses incompréhensibles, lui laissant craindre que ses tresses étaient encore plus laides qu'elle ne le pensait. Aussi courut-elle dans sa chambre et se cacha-t-elle dans l'armoire, après avoir pris les deux énormes coquillages à queue de phénix que son père lui avait achetés lors d'un congrès de pneumologie en Polynésie, deux ans plus tôt. S'ils pouvaient couvrir les cris de ses parents lorsqu'ils se disputaient, ils la protégeraient certainement des chuchotements de cette journée, pensa-t-elle. Elle les plaqua sur ses oreilles et se laissa transporter dans les profondeurs d'un océan lointain, sans mort.

Elle concentra son attention sur le spectacle de l'école, qui aurait lieu dans quelques semaines. Elle avait encore le temps d'apprendre au mieux son rôle. Tout se passerait bien. Dès le lendemain, elle retournerait en classe, recommencerait à faire ses devoirs l'après-midi avec la baby-sitter, continuerait ses cours de danse classique et de piano, se remettrait à regarder des documentaires scientifiques avec son papa… Elle cligna des yeux, secouant la tête pour faire partir cette dernière pensée et réguler sa respiration. Après tout, il ne devait pas y avoir une grande différence entre les regarder *avec* et *pour* lui. Elle était devenue douée pour comprendre les choses difficiles, ses parents lui disaient toujours qu'elle était la plus intelligente, et dans ces moments-là, ils se regardaient en souriant. Dans ces moments-là, ils ne se disputaient pas.

Les portes de l'armoire s'ouvrirent, provoquant dans son imagination une sorte de tourbillon marin qui la ramena à la réalité. Et pourtant, à la voir, on aurait dit que c'était Ninfa qui venait d'émerger des eaux. Elle avait l'air d'avoir été recrachée par une machine à laver.

Alelì ne bougea pas, intimidée par cette sœur de vingt-trois ans qui avait cessé de passer du temps avec elle depuis des années et qui, depuis sa plus tendre enfance, était une sorte d'entité abstraite.

Elle baissa les yeux sur les mains couvertes de terre de sa sœur, en espérant qu'elle ne la toucherait pas.

– Ale…

– Tu viendras me voir, maintenant que je suis toute seule ?

Elles n'avaient pas passé de temps ensemble, seules, depuis le jour où tout avait changé et où Ninfa avait quitté la maison parce qu'elle ne l'aimait pas, parce qu'elle n'aimait aucun d'entre eux. Elle ne se souvenait pas tellement d'elle, à part les rares choses que Ninfa racontait lors des repas de Noël, au restaurant et lors des anniversaires familiaux. Au fond, ce qu'elle savait de sa sœur coïncidait presque exclusivement avec ce que ses parents lui racontaient.

– Je vais revenir vivre ici, lui dit Ninfa, à sa grande surprise.

Est-ce que c'était bien ? se demanda-t-elle. Dans le doute, elle lui passa un coquillage.

Et la terre et l'océan se touchèrent.

2.

Plantes d'air

Au début,
lorsqu'on apprend à s'occuper des plantes,
il est facile de perdre de vue une chose essentielle :
l'importance du pot.

Ninfa l'avait immédiatement compris. Daniela possédait la noblesse des intentions mais pas la douceur des manières. Elle trouvait charmant, par exemple, le fait que son amie ait toujours sur elle un mélange de graines pour les oiseaux du parc de la résidence. Ce qui l'était moins, c'était la façon dont elle les leur donnait : elle les lançait sur eux, les atteignant aux ailes ou dans leurs petits yeux. Certains esquivaient la fureur du geste et s'envolaient. D'autres, très peu nombreux, appréciaient l'intention et restaient.

– Tu deviens un boulet pour moi, sache-le, lui avait dit Daniela ce soir-là.

À l'époque, elles partageaient l'appartement depuis près d'un an, et son amie l'appelait encore « l'âme daltonienne ».

Ninfa avait continué à se concentrer sur les gorgées de la tisane qu'elle buvait, cherchant à en identifier chaque ingrédient. Essayer de distinguer les parties d'un tout, en particulier les odeurs et les goûts, la détendait. Elle ne faisait certainement pas ça avec les gens, qui ne lui semblaient presque jamais former un tout.

– Tu as entendu ?

– La journée au café a été rude, j'aimerais avoir un peu la paix.

– Tu n'es pas en paix, tu es apathique.

Et elle lui avait jeté le coussin du canapé, au risque de lui faire perdre le contrôle de sa tasse. Ce jour-là, c'était Ninfa, le petit oiseau.

– Tu sens au moins la sensation de brûlure ?

Elle avait fait la grimace.

– Choisis l'endroit, Dani. Tout me va.

– Mais c'est ton anniversaire, et c'est dans deux jours.

Ninfa avait haussé les épaules.

– Moi, je laisse tomber, avait dit Daniela en levant les mains. C'est toujours à moi de choisir ce que tu manges, quel film regarder, quelle lessive acheter, comment t'habiller. Tu me demandes même où envoyer ton CV ou avec quel garçon sortir. Mais c'est ta vie, pas la mienne. Je ne vois rien autour de toi qui soit authentique, à part ces deux plantes grasses.

– Et que disent-elles de moi ?

– Que tu végètes. Tu as vingt ans et tu es fatiguée en permanence. Où sont ton dynamisme et ta personnalité ? As-tu déjà fait une chose qui dise clairement qui tu es ?

Ninfa aurait tellement aimé le lui dire dès ce soir-là. Oui, il y avait une chose, ou plutôt il y avait eu une chose, et chaque fois qu'elle y pensait, elle entendait le bruit du jour où elle avait quitté le domicile de ses parents, un bruit qui ne cessait plus. Celui du verre brisé.

Trois ans s'étaient écoulés depuis cette vieille conversation avec Daniela, et ce n'est qu'à ce moment-là que Ninfa cerna l'origine du problème, alors qu'elle se trouvait chez ses parents, un cahier de texte du lycée entre les mains, avec l'écho de l'enterrement qui se propageait autour d'elle depuis quelques semaines, comme une flèche acérée qu'il s'agissait d'esquiver. À l'âge où l'on devrait apprendre à choisir, elle n'en avait pas eu l'occasion. Son père et sa mère l'avaient obligée à se consacrer à des activités qui ne lui correspondaient guère, comme le piano, la danse et l'allemand, et qui réduisaient à zéro son temps libre, celui pour cultiver sa curiosité, se poser des questions et trouver des réponses. Voilà peut-être ce que l'on risque de devenir si, enfant, on n'a pas eu le temps de se reposer ni d'être créatif à sa manière, se dit-elle : des adultes fatigués, incapables de faire des choix conscients.

Elle n'était pas sûre de pouvoir élever seule une enfant, même s'il s'agissait de sa petite sœur, dont l'arrivée lui avait autrefois permis de retrouver la chaleur d'une famille et de se débarrasser enfin de la responsabilité d'être la fille parfaite.

Alors qu'elle se disait qu'elle devait accepter que chacune de ses décisions ait des répercussions sur la vie d'Alelì, Ninfa repensa pour la première fois depuis très longtemps à un ancien jeu qu'elle faisait avec sa grand-mère, et elle se demanda s'il marcherait encore.

Se penchant pour ouvrir le tiroir de l'armoire, tout en évitant du regard les photos sur les battants, elle craignit qu'il ne soit plus là. Il s'était écoulé tellement de temps, peut-être sa mère l'avait-elle mis autre part. Après tout, c'était une relique de famille. Elle prit peur : elle était sûre de ne pas réussir à fouiller dans les affaires de sa mère, pas encore.

Lorsqu'elle le trouva, sous un vieux pull bleu-gris, elle poussa un soupir de soulagement, et ses mains se mirent à trembler.

BOÎTE À CLÉS
NOTICE

- <u>Clé à panneton rétractable :</u> pour se réfugier de l'autre côté de la porte de l'imagination quand on est triste.
- <u>Clé de maîtrise à lanterne :</u> pour éclairer quand on cherche la bonne porte.
- <u>Clé à secret :</u> pour dissimuler un message dans le corps vissé à l'anneau.
- <u>Clé du temps :</u> lorsqu'on a besoin de recharger son horloge interne.

Chacune d'elles vous soutient et vous accompagne dans vos choix importants. Une fois que vous avez trouvé celle qui est adaptée à votre situation, vous devez la porter autour de votre cou, accrochée à une chaîne assez longue pour qu'elle touche votre cœur.

```
Notes :
- Le panneton est l'extrémité de la clé qui
  est crantée ou sur laquelle est gravé un
  motif sculpté compatible avec une serrure
  spécifique.
- Quoi qu'il advienne, les clés doivent rester
  dans la famille.
```

Lorsque sa grand-mère la lui avait offerte, Ninfa avait passé un doigt à l'intérieur de la boîte, jusqu'à l'espace vide de la « clé à secret », demandant où elle se trouvait.

– Je ne sais pas, ma chérie.

– Alors nous devons la chercher !

Sa grand-mère avait entrelacé les doigts, pensive.

– Il y a des choses qu'il ne faut pas chercher. Si le destin le veut, elles te trouveront.

À la suite de ce souvenir, elle retrouva pendant quelques minutes un sentiment de sécurité, mais elle ne put s'empêcher de se demander ensuite si, en fin de compte, il n'aurait pas mieux valu, pour le bien d'Alelì, qu'elle soit comme ses parents l'auraient voulue : déterminée, forte, avec une vie stable.

Elle choisit la clé qui lui convenait et la mit autour de son cou, en la serrant fermement entre ses mains.

– Il y a des lumières qui viennent de très loin et qui ont besoin de protections particulières pour ne pas s'affaiblir le long du chemin. Parfois, elles ne tombent même pas dans notre spectre visible, et pourtant elles existent, de cette façon merveilleuse qu'ont certaines choses d'être réelles alors qu'on ne les voit pas.

Le réveil progressif de Ninfa fut accompagné par ce vieux récit de sa grand-mère.

– Ce type de clé rappelle les clés françaises du XVIIe siècle, clés de maîtrise ou « chefs-d'œuvre » que les apprentis forgeaient pour obtenir le titre de serrurier, avait-elle expliqué en lui montrant la pyramide tronquée, percée et ciselée, de l'anneau.

– Et les gens appelaient les serruriers pour ouvrir les portes lorsqu'ils perdaient leurs clés ?

– Pas seulement. Parfois, aussi pour les fermer.

Il fallut à Ninfa les quelques instants qui séparent le sommeil de la veille pour s'en rendre compte. Autour de son cou, il n'y avait plus aucune trace du pendentif. Alors qu'elle cherchait frénétiquement entre les draps, sous l'oreiller et dans les plis de son pyjama, Alelì fit irruption dans sa chambre. Le soleil venait de se lever et la fillette était déjà prête, en robe de princesse, pour le spectacle de l'école.

Ninfa se pencha pour regarder sous le lit, d'où elle tira quelques vieilles boîtes, avec les frous-frous de la robe de sa sœur dans les oreilles, jusqu'à ce qu'elle ait un pincement au cœur. Comment avait-elle pu oublier ? se demanda-t-elle. Là au fond, à côté du tas de poussière dans lequel s'était enfoncée la « clé à lanterne » : la boîte qu'elle avait remplie avec sa grand-mère, le jour où elle avait quitté Riva del Garda avec ses parents pour déménager à Milan.

– C'est une boîte à souvenirs. Commençons à la remplir maintenant, ensuite chaque fois que tu reviendras me voir, nous en créerons de nouveaux et ajouterons quelque chose.

Son cœur lui battait dans les tempes tandis qu'elle se frayait un chemin sous le lit pour récupérer les deux objets. Elle remit le pendentif autour de son cou puis se mit à caresser la surface de la boîte, sa peau parcourue de frissons au contact du carton.

Malgré le ton peu amical avec lequel Alelì lui criait de se lever et de l'aider à se coiffer, Ninfa lui fut reconnaissante. Cela lui donnait un prétexte pour ne pas affronter cet autre pan de souvenir, à un moment où tous les souvenirs, même les plus chers, faisaient mal. Mais le sentiment de soulagement fut de courte durée, juste le temps de s'asseoir devant le miroir.

Au deuxième essai, Alelì était très loin d'être satisfaite.

– Tu as oublié des poils.

– Des mèches, corrigea Ninfa, le regrettant aussitôt.

Au fond, ces expressions écorchées étaient la seule forme d'enfance qu'elle percevait en elle.

– Tu sais, maman les fait parfaitement.

Alelì n'arrivait pas à parler de ses parents au passé. Grinçant des dents, Ninfa ressentit une douleur au niveau des prémolaires inférieures.

– La perfection n'existe pas.

– Pousse-toi. Je m'en occupe. Je la regarde tous les matins quand elle le fait, alors que toi, tu es partie. Parce que tu ne voulais plus être avec nous.

Ninfa aurait voulu se lever et hurler, mais elle s'obligea à écouter l'explication sur la façon de faire des tresses plaquées.

– Tu vois ? Tu dois commencer par le haut, mais seulement après avoir tracé une raie parfaite au milieu. Maman fait toujours comme ça. Sinon, Susanna et Penelope ne sont pas parfaites.

Les tresses de Ninfa avaient porté les mêmes prénoms. Elle eut mal en se rappelant l'expression de sa mère lorsque celle-ci inventait des aventures à ses nattes pour lui faire plaisir. Elle savait que sa fille préférait les histoires que lui racontait sa grand-mère, car cette dernière n'était jamais pressée lorsqu'elle était avec elle : un jour, elle avait donc cessé d'en inventer. Aujourd'hui, Ninfa n'aurait pas su dire si apprendre que Susanna et Penelope avaient eu une seconde chance dans la famille, avec la naissance d'Alelì, la soulageait ou l'attristait.

Plus elle passait de temps avec sa sœur, plus Ninfa était agacée par son arrogance, par sa façon d'être qui différait tellement de ses souvenirs, et par l'idée de devoir caler sa vie sur la sienne.

Elle passa une main sur son front, luttant contre son sentiment de culpabilité et contre sa certitude que ces pensées allaient finir par se transformer en poison, jour après jour. Elle aurait voulu s'affaisser sous l'impression d'inaptitude qu'elle éprouvait, au lieu de quoi elle devait rester debout et s'improviser mère à part entière.

– Viens, je vais réessayer.

Le résultat ne fut pas parfait. Il y eut plusieurs autres tentatives, tandis que la nervosité les entraînait toutes deux dans une spirale de cheveux tirés, de lamentations et de soupirs.

Ninfa fit un dernier tour d'élastique, donna à sa sœur le diadème qu'elle lui avait acheté pour le spectacle, et enfin posa les mains sur ses épaules.

– On peut y aller.

– Non, on ne peut pas. Je ne les aime pas. Maman les fait mieux.

Ninfa s'agenouilla devant elle et lui prit le visage entre les mains.

– Je ne suis pas maman.

La froideur de cette phrase tellement véridique poussa Alelì à abandonner et à accepter qu'il était l'heure de prendre le petit déjeuner. Celui de l'enfant se composait chaque jour d'un lait frappé froid avec des bananes et du beurre de cacahuète préalablement fondu dans une casserole.

Alelì gardait les coudes loin de la table et le dos bien droit.

– Mais toi, tu ne prends pas de petit déjeuner fixe ?

– Non, j'aime bien changer.

Elle but sa dernière gorgée, passa la serviette sur sa lèvre supérieure, ôtant une ombre de lait, et puis elle resta assise, ses petites mains posées sur les jambes, à scruter sa sœur.

– À mon avis, tu ne sais même pas ce que tu aimes.

Comme Alelì le lui demandait depuis des jours, après le spectacle elles allèrent au cimetière. Au début, cette insistance avait paru malsaine à Ninfa, qui estimait qu'aucun enfant ne devrait avoir envie de retourner dans un cimetière après y être allé une première fois. Elle avait craint qu'à l'instar de son incapacité à parler de leurs parents au passé, ce soit pour Alelì une autre façon de nier leur mort et de les impliquer dans une sinistre forme de vie quotidienne. Mais finalement, elle n'avait pas eu le choix et avait cédé à son souhait.

Une princesse en robe vert émeraude, avec un diadème bien voyant, défila entre les tombes muettes, devant les visages de jeunes, d'adultes et de vieillards dans des cadres ovales qui réduisaient la réalité au résultat d'une dilatation : d'un côté vers la terre, de l'autre vers le ciel. D'ailleurs la vie, entendue comme naissance, croissance et mort, n'est rien d'autre que cela, pensa Ninfa.

Arrivée devant la tombe de leurs parents, Alelì resta debout, avec le maintien compassé d'une vraie jeune fille de sang bleu, et elle ôta son diadème.

– Tiens, maman, tu es ma reine.

Ensuite, troublée, elle se tourna vers sa sœur, qui se penchait pour leur donner des fleurs :

– J'aurais peut-être dû demander à Fabio si je pouvais prendre son sceptre de roi, pour papa. Car du coup, papa n'a rien. Comment on va faire ? Moi…

Cette oscillation d'Alelì entre des comportements beaucoup trop adultes et d'autres de profonde régression infantile s'accentuait de jour en jour. Pour atténuer la difficulté de ce moment, Ninfa prit un peu de terre dans un pot à côté d'elles et la laissa tomber petit à petit, comme du sable passant dans un sablier, avec l'illusion de pouvoir contrôler l'écoulement de ce temps douloureux.

– Nous reviendrons ce week-end pour le lui apporter.

C'est alors que surgirent de derrière la pierre tombale deux billes vertes, au milieu d'un nuage de poils. Un félin écaille de tortue s'assit devant elles pour les examiner, avant de commencer à se lécher le museau. Ce fut étrange, comme si la vie avait fleuri là où seule la mort avait été plantée.

– Quand deux personnes se disputent tout le temps, ça veut dire qu'elles ne s'aiment pas ? demanda soudain Alelì.

Ses mots étaient sortis précipitamment, comme lorsqu'on réfléchit trop à la façon de dire une chose et qu'on finit par avoir juste envie de s'en débarrasser.

– Ce n'est pas si simple. Parfois, on se dispute parce qu'on n'est pas d'accord sur quelque chose et qu'on n'arrive pas à trouver un terrain d'entente. Mais cela n'a pas toujours à voir avec l'affection.

– Oui, mais quand on se dispute tout le temps, comme papa et maman ?

À ce moment-là, Ninfa aurait vraiment eu besoin des coquillages à queue de phénix de sa sœur.

– La vie peut être compliquée. Se comprendre et s'accepter, c'est difficile, même quand on s'aime. Surtout dans ce cas, sans doute.

La fillette regarda les photos souriantes de leurs parents, et elle sourit à son tour.

– Est-ce qu'ils ont une vie heureuse, à ton avis ?

Et non, elle ne se référait pas à la vie après la mort.

*

Le week-end arriva péniblement, comme englué dans les gestes maladroits de Ninfa, et le scénario de quelques jours plus tôt se répéta.

Alelì se raidit en voyant le chat couché sur la tombe de sa mère.

– Elle peut rester là autant qu'elle veut et pas moi, ce n'est pas juste.

– Comment sais-tu qu'il s'agit d'une femelle ?

– Seules les femelles ont des poils de trois couleurs ou plus.

Ninfa se pencha avec l'intention manifeste de la caresser, mais Alelì interposa immédiatement le sceptre entre elles.

– Ne la touche pas, elle doit être pleine de puces et de maladies.

Mais sa sœur l'ignora, enfonçant les doigts dans les poils crépus et sales de l'animal, ces mêmes doigts qu'elle utiliserait pour préparer le dîner ce soir-là. Alelì sentit monter en elle la même nervosité qui crispait le visage de sa mère le peu de fois où elle parlait au téléphone avec Ninfa. Quand cesserait-elle de n'en faire qu'à sa tête ? Quand commencerait-elle à écouter les conseils des autres ? La fillette aurait voulu pleurer, exactement comme le faisait sa mère après ces conversations téléphoniques, mais le moment était venu de donner le sceptre à son père, et elle ne laisserait rien ni personne lui gâcher cet instant. Elle se pencha pour le positionner au mieux et effleura les lettres qui composaient son nom sur la pierre. Ils auraient pu le graver en faisant de jolies lettres, pour lui qui aimait tant la calligraphie.

Elle arracha une petite peau de son pouce et observa la goutte de sang qui perla.

– Tu n'as jamais répondu à la question que je t'ai posée l'autre jour.

Ninfa ne sortit pas de son silence et tourna les yeux vers le ciel. Elle resta immobile pendant un temps qui parut interminable à sa sœur, avec la même expression absurde que la petite voyait sur son visage lorsqu'elle sortait sur le balcon, en fin de journée, et enfonçait les mains dans les pots pleins de terre. Il aurait été beau qu'à ce moment-là elle inverse le sens de son geste et plonge les mains dans le ciel, pour colorer ses doigts de bleu et le répandre sur le gris tombal qui les entourait.

– Alors ? Papa et maman ont une vie heureuse ?

Ninfa ferma les yeux. Qui sait si elle voyait encore du bleu ou si le noir des paupières tombantes s'était installé, se demanda-t-elle.

– Il n'est pas facile de parler du bonheur à un moment et dans un lieu comme celui-ci, Ale.

– Toi, tu ne veux jamais parler de rien.

Alelì repensa aux longues conversations avec ses parents. Ils avaient toujours une opinion claire sur n'importe quel sujet, et elle n'avait pas eu le temps de savoir tout ce qu'ils connaissaient. Elle entendit dans ses oreilles l'écho de la phrase avec laquelle, chaque soir, ils interrompaient ses nombreuses questions : maintenant c'est l'heure d'aller se coucher, on en parlera demain. Et la seule fois où ils n'avaient pas tenu parole, c'était le lendemain de l'accident. Mais Alelì ne leur en voulait pas. Ce soir-là, ils ne pouvaient pas savoir qu'ils n'avaient plus qu'un aujourd'hui.

Elle se mit à suer, car elle ne se rappelait pas. Elle ne se rappelait pas ce dont elle avait parlé avec sa mère, ce soir-là.

Ninfa avait eu plus de temps avec leurs parents, et elle l'avait gaspillé. Et maintenant, elle semblait ne pas vouloir en perdre davantage en lui parlant d'eux, de comment ils étaient quand elle n'était pas encore née.

– Il est temps d'y aller, Ale, et elle prit le chemin du retour.

Mais elle ne fut pas seule.

*

Ces derniers jours, Ninfa avait considéré Alelì et elle-même comme deux plantes sans racines et, dès lors, faibles. Et pourtant, à ce moment-là, en observant les petites pattes veloutées qui avançaient avec détermination à son côté, elle se souvint que dans la nature il existe aussi les tillandsias, plus connues sous le nom de « filles de l'air », qui survivent même sans racines, fortes, résistantes et capables d'absorber tout ce dont elles ont besoin dans l'atmosphère. On les place souvent dans des sphères en verre qui se balancent, suspendues au plafond. Et les chats adorent jouer avec les objets qui se balancent.

3.

Rupture de symétrie

Il tronchetto della felicità[2],
nom italien du dragonnier parfumé,
est une plante qui survit même
dans des conditions défavorables.

Ninfa adorait la poésie. Sa figure de rhétorique préférée était la litote, l'affirmation d'une idée par la négation de son contraire. Cela remontait à l'époque où, enfant, elle avait tenté de se définir à partir de ressemblances avec ses parents, et avait juste fini par comprendre qui elle n'était pas.

Lorsqu'ils avaient emménagé à Milan, sa mère s'était occupée de rénover leur appartement, et Ninfa, qui n'avait alors que neuf ans, s'était dit qu'elle ne voudrait jamais être le genre de personne qui dépensait plus d'argent pour la salle de bains des invités que pour celle de la famille. Grandissant et observant son père et la façon dont il parlait toujours des personnes en leur absence, Ninfa

2. Littéralement : « petit tronc du bonheur ».

s'était promis de tout faire pour ne pas passer son temps à dire du mal des gens, et pour voir d'abord ce qu'il y avait de bien chez les autres. Elle trouvait épuisante cette manie de toujours critiquer et de parler des gens derrière leur dos.

Cependant, avec le temps, elle s'était rendu compte que la vie n'était pas un poème, et que ses vers ne consistaient pratiquement jamais en la simple négation d'une seule idée. Nier un mode de vie ne suffisait pas à en affirmer un autre, mais ouvrait mille directions. Ce fut grâce à cette prise de conscience qu'elle comprit que, pour se sentir chez elle, il ne lui suffisait pas de rejeter les espaces de son nouveau domicile et de penser à l'ancien. Il lui fallait de nouvelles pièces, rien que pour elle.

C'est pour cette raison qu'elle avait construit son premier terrarium, et le fait que cela coïncide avec son refus de continuer les activités extrascolaires avait fait naître en ses parents un préjugé inextirpable contre cette pratique.

Elle avait acheté un récipient en verre pour les biscuits avec un bouchon en liège et avait réalisé son premier petit jardin personnel, guidée par le fleuriste en bas de chez eux et par des recherches en ligne. Contrairement aux jardins en extérieur, celui-ci ne nécessitait presque aucun entretien, il était de fait autosuffisant, un habitat à l'abri de la frénésie environnante. Bien qu'enfermées dans une cage de verre, les plantes à l'intérieur pouvaient respirer.

Elle avait versé deux doigts de pouzzolane au fond du bocal, pour le drainage, puis du gravier, du sable décoratif et, bien sûr, de la terre. Avec application, elle avait cultivé la lenteur et la patience, insérant les plantes qu'elle avait choisies : fittonia rouge, lierre nain et petit peperomia.

Elle éprouvait une forte décharge d'adrénaline à l'idée que, pour une fois, personne ne lui dirait si elle se trompait ou non. Ce serait la vie de ce petit écosystème qui le ferait, jour après jour.

Une fois sa création terminée, elle s'était projetée à l'intérieur et avait éprouvé l'une des sensations les plus incroyables de sa vie : la stupeur de voir que la liberté pouvait être contenue dans un bocal.

Elle se surprit à souffrir encore en se souvenant du ton de son père lorsqu'il lui avait dit que, si elle continuait ainsi, tout au plus trouverait-elle un emploi de jardinière. Mais à l'époque, elle ne s'était pas laissé démonter, et une longue série de terrariums avaient suivi celui-ci.

Avec le même soin qu'elle mettait quand elle se levait la nuit pour mettre un doigt devant le petit nez d'Alelì, dans son berceau, afin de vérifier si elle respirait, elle prêtait toujours attention à la quantité de condensation qui se déposait, à l'intérieur, sur le verre des terrariums, et qui maintenait la terre et les feuilles humides, dans un cycle de vie autonome parfait.

En repensant à ce qu'elle avait dû laisser derrière elle à Riva del Garda, aux pièces de la maison de sa grand-mère où elles jouaient à cache-cache et passaient des heures à discuter, elle avait été soulagée de constater que les terrariums étaient les seules pièces de son nouveau domicile qu'elle pourrait emporter avec elle en cas de déménagement soudain.

Elle avait quinze ans la première fois qu'elle avait réalisé un terrarium. Dix-neuf le jour où elle avait cru qu'elle n'en ferait jamais plus, alors qu'elle préparait les valises qui l'éloigneraient irrémédiablement de sa famille. Vingt et un le jour où elle avait recommencé, pour ensuite ouvrir, quelques mois plus tard, une petite boutique en ligne.

– Fascinant. C'est un monde miniature. Même les moucherons y naissent et y meurent, avait dit Daniela un soir, le nez collé sur un terrarium de bonsaïs.

Ninfa avait également inséré une lampe d'appoint sous le bouchon de liège, pour l'éclairer la nuit.

Les terrariums avaient toujours été ses pièces heureuses, et en ouvrir les portes à Daniela lui avait permis de se sentir moins seule. Quelles avaient été celles de sa mère et de son père ? Existaient-elles ? se demanda Ninfa.

De retour du cimetière, elle se dirigea vers la chambre de leurs parents, le seul endroit où ils n'avaient jamais le regard des autres sur eux. Elle se dit qu'au fond l'unique bonheur qui compte dans la vie est celui qui continue d'exister quand le monde ne regarde pas. Alors, s'ils avaient eu des moments heureux, peut-être en restaient-ils encore des signes là.

Elle ouvrit l'armoire et sentit fortement le parfum de sa mère, comme s'il venait tout juste d'être vaporisé, le fameux « musc blanc, mais… » qu'elle utilisait d'aussi loin que Ninfa se souvienne, mais qui ne sentait pas aussi bon que celui de son adolescence, qu'elle n'avait jamais retrouvé. Ninfa réalisa avec douleur que l'odeur de sa mère qu'elle connaissait n'était en fin de compte qu'une pâle copie de la vraie.

La mallette The Bridge, que son père avait reçue à l'occasion de sa promotion qui les avait conduits à Milan, était posée sur la chaise à côté de la commode, ouverte comme s'il venait de rentrer à la maison après une longue journée de travail et qu'il en avait sorti des dossiers pour les examiner dans un instant. Elle regarda machinalement au bout du lit, là où il s'asseyait lorsqu'il rentrait de l'hôpital pour déboutonner les manchettes de sa chemise et enlever ses chaussures, ses documents déjà à côté de lui.

Le cuir du sac était couvert de plis. Elle les parcourut du bout des doigts, se rappelant combien il était lisse quand on le lui avait offert. Ce jour-là, Ninfa ne le savait pas encore. Elle ne savait pas que l'air n'était pas le même partout dans le monde, et que quitter le lac de Garde pour une ville chaotique comme Milan serait pour elle aussi naturel que vivre sans respirer. Elle ne savait pas à quel point elle regretterait les moments de paix qu'elle passait avec sa grand-mère au bord de l'eau ou chez cette dernière, plongée dans le parfum des bougies qu'elle aimait tant fabriquer depuis qu'elle était à la retraite.

Vivre avec ses parents, ça avait toujours été une autre histoire, et leur arrivée à Milan n'avait fait qu'accentuer son impression qu'ils n'aimaient pas être avec elle car, comme ils le disaient toujours d'un ton inquiet lorsqu'ils pensaient ne pas être écoutés, Ninfa ne répondait pas spontanément à leurs stimuli ni à ceux de l'école.

Elle continua à balayer la chambre du regard, à la recherche de quelque chose qui l'aide à répondre à Alelì. La vérité, c'est qu'à part lors des tout premiers jours de leur nouvelle vie milanaise, elle ne se rappelait pas avoir déjà pensé à ses parents comme à des gens heureux. Tout au plus avaient-ils été des travailleurs satisfaits. Mais il y avait toujours de nouveaux articles scientifiques à écrire, des conférences auxquelles participer, des traitements expérimentaux à tester. Leur satisfaction ne résidait pas dans la réalisation d'objectifs mais dans leur dépassement, et lorsqu'elle les voyait à bout de nerfs, elle aurait aimé leur dire qu'il était justement là, le problème, que le dépassement ne dure qu'un bref instant, et que le bien-être se nourrit au contraire de choses durables, quotidiennes.

Les sous-bocks en liège sur les tables de chevet, avec deux verres encore pleins d'eau. Les pantoufles de chacun de part et d'autre du lit. Les photos de famille prises par un photographe professionnel où ils posaient, comme embaumés. Chaque bibelot, chaque tableau accroché aux murs, chaque détail de cette pièce se trouvait dans la position choisie à l'origine, au millimètre près, figé dans un temps qui ne pourrait plus jamais s'écouler, reflétant le perfectionnisme maniaque qu'ils avaient poursuivi toute leur vie, et qui avait toujours rendu Ninfa folle.

Elle ouvrit le tiroir de la table de chevet de son père et trouva, vide, la boîte à boutons de manchettes qu'une amie proche de la famille lui avait offerte, quand Ninfa ne soupçonnait même pas encore qu'ils avaient une liaison depuis avant sa naissance. Elle se demanda si elle ne les avait pas vus à ses poignets, le jour de l'enterrement, et elle trouva symbolique que, pour l'éternité, il soit plus proche de cette femme que de son épouse.

Elle se laissa glisser sur le sol, dos au mur. Ses souvenirs et les opinions qu'elle avait d'eux ne changeraient pas, ne l'aideraient pas. Peu après, elle referma la porte de la chambre derrière elle et se rendit dans le salon, où elle trouva Alelì assise sur le canapé devant la télévision allumée, immobile. Sur l'écran, une image fixe du documentaire qu'elle regardait avec leur père la veille de l'accident. Depuis, elle n'avait pas encore eu le courage d'appuyer sur *play*.

Elles s'étaient disputées au sujet de la chatte. Le vétérinaire l'avait gardée pour toutes les vérifications nécessaires et, le lendemain, elle deviendrait un nouveau membre de la famille. Deux étrangères chez elle, c'était trop pour la fillette, mais Ninfa était convaincue qu'accueillir une nouvelle vie ne pouvait qu'être bénéfique.

Elle s'assit à côté d'elle.

– Nous pouvons regarder ensemble, si tu veux.

– Non, c'est de l'astronomie, tu ne comprendrais pas.

Pendant quelques minutes, les sifflements de leurs respirations semblèrent crisser dans l'air. Puis Ninfa retira les mains de sous ses jambes et regarda le sang qui recommençait à circuler dans ses doigts.

– J'y ai pensé, déclara Alelì.

– À quoi ?

– À la question que je t'ai posée. Avec papa, on fait toujours un jeu. On essaie de tout expliquer avec la science, et c'est ce que j'ai fait encore cette fois.

– Et tu pourrais dire scientifiquement si papa et maman étaient heureux ou non ?

La fillette acquiesça :

– J'ai vu un jour dans un documentaire que, dans la nature, chaque fois qu'il y a une symétrie, quelque chose se conserve.

– Comme quoi ?

– Comme l'énergie.

Son petit pouce continuait à caresser le bouton *play* de la télécommande avec des mouvements presque imperceptibles.

– Peut-être que ça vaut aussi pour les familles. Il se peut que cette énergie que l'on conserve, ce soit le bonheur.

Elle se tourna vers Ninfa avec un air impassible :

– Notre famille n'est plus symétrique, parce que tu n'as plus voulu de nous. C'est peut-être pour ça que papa et maman n'ont pas l'air heureux.

Elles se dévisagèrent quelques secondes, sans expression. Alelì ramena les jambes contre sa poitrine et les serra.

– Comment étaient-ils, quand tu étais petite ?

Ninfa resta silencieuse, peut-être trop longtemps, et Alelì attendit, encore plus qu'elle n'aurait dû.

– Tu les détestes tellement que tu ne veux même pas parler d'eux ?

La situation commençait à se compliquer et la vision de Ninfa se troubla. Alelì la tenait pour responsable du malheur des personnes qu'elle aimait le plus, et elle ne voyait pas du tout comment elle allait parvenir à gagner sa confiance.

Elle ne put résister et rester assise une minute de plus, aussi se réfugia-t-elle dans la seule activité qui lui avait toujours apporté de l'oxygène. Elle prit ses outils pour réaliser un nouveau terrarium mais, comme chaque fois qu'elle avait essayé au cours de ces dernières semaines, ses mains ne cessèrent pas un instant de trembler tandis qu'elle regardait à l'intérieur du récipient en verre et plaçait les différents composants. Sa respiration devint de plus en plus irrégulière. Elle sentit son cou se raidir, sa nausée revenir, sa concentration fléchir de plus en plus. Mais elle attendit que survienne cette douleur désormais familière à la poitrine pour abandonner ses ustensiles.

Elle courut sur le balcon, s'agrippa à la balustrade jusqu'à en faire craquer les os de ses mains, et elle étouffa ses pleurs. Elle resta ainsi un temps indéfini, jusqu'à ce qu'elle entende les pas d'Alelì.

– Ils crient souvent, murmura celle-ci.

Puis son ton devint désespéré :

– Tu ne trouves vraiment rien à me dire sur eux, aucun moment heureux ?

L'idée lui vint d'un coup, jaillissant du passé :

– Et si on rentrait pour faire une boîte à souvenirs ?

– Et qu'est-ce que c'est ?

– C'est comme le paquet de biscuits que tu vas ouvrir pendant la nuit.

Alelì leva les yeux au ciel.

– Je n'ai jamais mangé de biscuits la nuit, maman ne veut pas.

Mais Ninfa l'ignora :

– À part qu'à l'intérieur tu mets tout ce que tu veux. Des objets qui, selon toi, représentent papa et maman, des choses qui te lient à eux. Et chaque fois que tu en as besoin, tu cours l'ouvrir.

Alelì choisit l'ordinateur de son père, sa cravate bordeaux avec des paons qu'il portait lors des conférences importantes, une chemise oubliée dans le panier à linge, les premières pages de l'article sur lequel il travaillait depuis des mois parce que « qui sait, peut-être qu'un jour je le finirai », et le billet pour le Musée national des chemins de fer à Pietrarsa.

– Tu sais que papa connaît le nom de toutes les parties d'un train ? dit-elle tandis qu'elle cherchait dans les pages de son journal intime la photo qu'ils avaient prise l'un de l'autre ce jour-là, devant le seul train visitable dans lequel ils n'avaient pas réussi à monter, faute de temps.

Ninfa rit à l'idée de l'immense somme de connaissances bizarres que son père avait sur les sujets les plus disparates.

– Et aussi toutes celles d'une montre.

– C'est vrai, dit Alelì dont les yeux s'illuminèrent. Il adorait les montres à gousset.

Et elle courut dans son bureau, d'où elle revint avec une montre octogonale des années 1920. Au début, Ninfa trouva curieux que la petite ait choisi celle-là même que son père n'avait jamais réussi à faire fonctionner. Jusqu'à ce qu'elle se rende compte que la boîte n'était pas seulement un écrin pour le passé, mais aussi un engagement pour l'avenir : un jour, Alelì terminerait absolument tout ce que son père avait laissé inachevé.

De sa mère, elle choisit un petit vase qui avait été cassé un soir de dispute, et qu'ils avaient réparé tous les trois le lendemain.

– C'est la meilleure pour ajuster les choses, elle a des mains super fermes.

Une barrette en argent fluorescente en forme de luciole, qu'elle mettait pour chaque événement important, des pantoufles « parce que ce sont les chaussures du temps passé ensemble », une collection de pochettes japonaises dans lesquelles elle mettait les notes de ses cours à l'université, et une série de photographies d'inconnus.

– Avant d'entrer en salle d'opération, maman demande toujours au patient une photo de famille. Elle la met dans la poche de sa blouse, pour se rappeler qu'elle a une responsabilité. Qu'elle n'a pas droit à l'erreur. Beaucoup finissent par lui dire de la garder. Et elle ne s'en sépare plus.

Lorsque Alelì eut terminé, elle demanda à Ninfa si elle aussi souhaitait y mettre quelque chose, mais devant l'hésitation de celle-ci, elle referma la boîte, sans cacher sa déception, avant de l'emporter dans sa chambre. Elles n'échangèrent pas un mot tandis qu'elles se préparaient pour le coucher.

Alors que toutes les lumières de la maison étaient éteintes, Ninfa entra dans la chambre de sa sœur et ouvrit la boîte.

Alelì était encore éveillée et courut à son côté.

– Qu'est-ce que tu fais ?

– J'y mets le plus beau souvenir que j'ai d'eux.

Elle lui montra une photo de leurs parents dans le parc Sempione, par une journée ensoleillée. Ils étaient heureux.

– Je l'ai prise le jour où ils m'ont dit que tu allais arriver.

Sur le visage d'Alelì, juste en dessous des pommettes, apparurent les mêmes fossettes d'émotion qu'elle avait quand elle était toute petite, et dans lesquelles Ninfa adorait glisser le bout de son petit doigt. La fillette se pencha très légèrement, comme pour prendre sa sœur dans ses bras, mais elle recula aussitôt. Puis elle se recoucha.

– Où allons-nous cet été ? demanda-t-elle, avant que Ninfa n'éteigne la lumière. Avec papa et maman, nous partons toujours en voyage l'été. Tu ne peux pas détruire aussi cette tradition familiale.

4.
Conte

Le nom qui lui a été donné
confère à la fleur d'aster
une grande responsabilité :
rappeler à l'homme que les lumières spontanées
ne sont pas seulement dans le ciel mais aussi sur la terre.

Brun foncé et brillant, comme la terre humide éclairée par la lune. Des nuances d'ocre, comme la terre que Ninfa avait ramassée lors de son voyage en Provence, dans le massif du Luberon. Des touffes de blanc, comme la marne blanche dont elle avait rempli son sac à dos lors de sa visite à la Scala dei Turchi, en Sicile. Une couche superficielle de gris, comme la terre de Vicence. Enfin, de petits points rouges comme l'argile, semblables à des taches de rousseur, à la naissance des moustaches.

On aurait dit la base d'un de ses terrariums.

– C'est pour ça que je ne pouvais pas t'abandonner.

Ninfa souleva la chatte, amenant son museau à la hauteur de son visage. Elle enfonça le nez dans son cou doux et parfumé, prit une grande inspiration et l'enlaça, tandis que le félin se mettait à ronronner.

Elle la mit dans la caisse de transport qu'elle venait d'acheter et salua le vétérinaire.

– Ça te va, si je t'appelle Flo ?

C'est en attendant le métro qu'elle tomba sur Daniela. Lors des premières secondes de leur rencontre, elles choisirent toutes deux de se taire et d'éviter le déferlement de formules toutes faites qui suit les événements tragiques. Cela faisait maintenant un mois et demi que Ninfa ne répondait pas à ses appels, depuis le lendemain de l'enterrement, et après plusieurs tentatives, son amie avait cessé de la chercher.

Daniela avait toujours porté en elle l'essence même de l'abandon, celui que l'on éprouve lorsqu'on est orphelins de naissance, et pourtant, bien qu'elle ait toujours désiré avoir une famille, elle n'avait jamais osé juger la volonté de son amie de ne pas renouer les relations avec la sienne.

Sous ses yeux, Ninfa vit deux nuages gris, amis intimes de ses moments de crise, et ce n'est qu'à ce moment-là qu'elle réalisa que l'avoir ignorée lors de ces dernières semaines leur avait fait du mal à toutes les deux.

– Tu as l'air fatiguée.

Daniela s'accrocha à une poignée suspendue au-dessus de sa tête.

– Je sors de ma séance chez le psychologue.

– Je suis désolée d'avoir disparu. Je me suis sentie dépassée. Je ne sais pas moi-même ce qui m'arrive.

– J'aurais pu t'aider, te soutenir, c'est tout.

Le wagon dut percevoir la tension de ce moment, et il la fit baisser en poussant un des autres passagers à se cogner contre la caisse.

– C'est un chat que tu as là-dedans ?

Les iris de Daniela se mirent à briller, tandis qu'elle glissait un doigt dans la grille qui séparait Flo du reste du monde.

Ninfa ressentit le besoin d'effacer au plus vite la distance anormale qu'il y avait entre elles :

– Si tu veux, on peut dîner ensemble.

Ce soir-là, elles commandèrent des pizzas et mangèrent sur le tapis du salon, malgré les protestations d'Alelì. Ninfa trouvait que ce n'était pas si mal venu, de rire un peu. Flo était au centre de toutes les attentions, et elle lançait de temps à autre un coup d'œil vers la fillette, qui se gardait bien de la toucher. Elles se tenaient aux deux entrées opposées d'un labyrinthe invisible, et aucune des deux ne semblait avoir l'intention de chercher la carte pour le traverser. Alelì répétait sans arrêt que les animaux errants ne faisaient qu'apporter un tas de maladies.

– Je n'arrive plus à faire de terrariums.

Daniela se tourna vers Ninfa, avec dans les yeux le regret de quelqu'un qui comprenait le sens de ces mots comme personne d'autre n'aurait pu le faire.

– J'ai essayé. Mais chaque fois qu'il s'agit de mettre les plantes dans le bocal, j'ai une crise de panique.

Elles savaient toutes deux que cela s'était déjà produit et qu'à l'époque, malgré l'événement traumatisant là aussi à l'origine du problème, il avait suffi qu'elle fasse l'effort de reprendre ses outils en main, de masser la terre et d'interagir avec les plantes pour se retrouver elle-même dans cette pratique. Mais cette fois, c'était différent.

– Tu aurais dû m'appeler.

Les joues de Ninfa s'empourprèrent, tant elle s'efforçait de maîtriser sa voix afin de ne pas réveiller Alelì.

– Pour te dire quoi ? Que chaque fois que je vois un bocal et que je pense à faire un terrarium, je revois le sang sur les mains de ma sœur, le jour où je suis partie d'ici, et le sang de mes parents sur le pare-brise après l'accident ?

Le désarroi se peignit sur le visage de Daniela.

– Mon Dieu, pourquoi fais-tu le lien entre ces deux événements ?

Elle laissa tomber à terre les serviettes dans lesquelles Alelì avait recueilli la mozzarella de la pizza.

– Peut-être que si ce jour maudit, il y a quatre ans, les choses s'étaient passées différemment et que je n'étais pas sortie de leur vie, le soir où ils sont morts, nous aurions été à la maison ensemble à regarder un de ces maudits documentaires scientifiques, et ils ne seraient pas montés dans cette maudite voiture. Ou peut-être qu'ils seraient sortis quand même mais qu'ils seraient rentrés plus tard, tranquillement, sans accélérer à l'idée de devoir libérer la baby-sitter, parce que je me serais occupée d'Alelì. Peut-être qu'ils se seraient arrêtés au stop…

Daniela se leva, les yeux écarquillés, semblables à des gouffres.

– Arrête. Là tu te fais du mal, c'est tout.

– Au contraire, ce sont les seules émotions que j'éprouve qui aient un sens.

Et c'était bien là le problème, lui dit Daniela : sa tentative de cataloguer les émotions, ce besoin de leur donner une logique.

C'est ce déraillement de la pensée qui les incita toutes deux à ne plus rien dire. Parfois, les échafaudages de la panique ne font que se renforcer avec les mots. C'est du moins ce que se répétait Ninfa pour légitimer le silence derrière lequel elle se barricadait chaque fois qu'elle n'arrivait pas à affronter ses peurs.

Elles rangèrent en silence, sur la pointe des pieds. Flo se familiarisait avec la maison, sans trouver une place fixe, miaulant et essayant d'attirer l'attention. Daniela lui consacra du temps, pendant que Ninfa préparait le sac à dos d'Alelì pour le lendemain, et deux tasses de thé.

Lorsqu'elle entra dans sa chambre, Ninfa trouva son amie assise par terre, une main occupée à caresser la chatte recroquevillée dans une boîte en carton, et l'autre tournant les pages d'un vieil album photos.

Ce fut comme observer la réalité avec un téléobjectif. Tout disparut du champ de vision de Ninfa à l'exception de ce qui se trouvait aux pieds de Daniela, et qui auparavant était contenu dans la boîte. Elle s'agenouilla, posa les fesses sur ses chevilles et les mains sur ses cuisses. Elle resta immobile à regarder ces objets, traces de vieux souvenirs qui la liaient à sa grand-mère. Ses yeux se remplirent de larmes, mais ses cils firent office de barrage.

– Je suis désolée, je voulais juste faire de la place pour Flo, il paraît que les chats adorent les boîtes en carton…

Ninfa l'interrompit d'un geste doux de la main, puis sourit. C'était le premier contact avec le passé qui lui faisait du bien. Elle caressa le porte-monnaie en forme de poussin qu'elle nouait autour de son poignet et que sa grand-mère avait crocheté pour elle. « Comme ça, quand le chariot à glaces passe, tu as toujours de la monnaie sous la main. »

Ensuite elle vit le dernier objet qu'elle avait placé dans la boîte, une photo Polaroïd, et un vieux conte que lui racontait sa grand-mère lui revint à l'esprit.

– Il était une fois une terre lointaine, où les mots semblaient trompeurs. Elle s'appelait Tramonti, elle donnait sur la mer, et pourtant elle n'avait rien à voir avec les couchers de soleil à l'horizon[3]. On y donnait des concerts, beaucoup de concerts, mais au lieu de les écouter, les gens les buvaient.

La première fois que Ninfa avait entendu cette histoire, elle avait imaginé des musiciens affabulateurs, avec des guitares et des microphones qui devenaient liquides et coulaient dans des coupes de cristal.

– Parmi les nombreux sentiers qui traversaient cette terre, il y en avait un empreint de magie. Il s'appelait la Via Apicella et au numéro 7, dans une petite maison sur un arbre, vivait une famille d'abeilles ouvrières, aux ailes dorées et aux petits museaux couverts de pollen. Un jour naquirent au pied de l'arbre des jumelles. L'une était un bouton de rose, l'autre une orchidée.

– Comment s'appelaient-elles ?

– La première, Rachele et la seconde, Nannina.

Ninfa avait froncé le nez.

– Ce sont des noms de filles, pas de fleurs !

– Il n'y a pas de différence entre ces deux catégories.

Ninfa lui avait fait signe de continuer.

– Les petites abeilles en prirent soin, avec amour et constance. Les deux fleurs poussèrent ensemble, la terre les nourrit en colorant leurs pétales et, dans le sous-sol, leurs racines formèrent un seul et grand réseau, robuste et profond. L'une n'existait pas sans l'autre. Mais un jour, l'orchidée commença à envisager de partir à la découverte du monde.

3. *Il tramonto* signifie « coucher du soleil » en italien.

– Comment ça, grand-mère ? Les fleurs peuvent marcher ?

– C'est exactement ce que disait la rose, qu'aucune fleur ne survit longtemps si on la déracine. Et l'orchidée se laissa convaincre. Un jour, une jeune princesse arriva à Tramonti et, passant devant les deux fleurs, elle en fut émerveillée. L'orchidée devint son amie, la meilleure amie que la jeune fille ait jamais eue, et la rose en fut jalouse. Quelques années plus tard, la princesse vint à savoir qu'une grande tempête s'annonçait, risquant d'emporter les abeilles et les fleurs. Elle courut donc voir les jumelles et leur demanda la permission de les déplacer, pour les protéger. La rose s'y opposa immédiatement ; l'orchidée, quant à elle, était partagée.

– Et qu'a fait la princesse ?

– Elle a attendu que la tempête commence.

– Et elle a sauvé les fleurs ?

– L'orchidée a choisi de rester avec la rose, avait dit sa grand-mère, les yeux baissés.

Elle s'était levée et s'était longuement regardée dans le miroir.

– Je n'ai pas encore décidé comment te raconter la fin. On va faire une chose : chaque fois que tu viendras me voir, je t'en dirai un peu plus.

Et c'était ce qui s'était passé. Chaque fois que Ninfa était revenue à Riva del Garda, sa grand-mère avait ajouté quelques détails. Mais un jour, devant l'impatience de sa petite-fille, elle lui avait promis de terminer le conte à leur prochaine rencontre.

– En attendant, mets cette photo dans la boîte à souvenirs.

Ninfa détestait le moment des au revoir.

– Et promets-moi qu'un jour tu iras à Tramonti.

– Je ne pensais pas que ça existait vraiment.

Elle lui avait caressé la joue, avec un sourire mélancolique.

– Tu as raison, mon enfant, Tramonti n'existe pas.

Il n'y avait pas eu d'autre rencontre, sa grand-mère était morte quelques jours plus tard.

Par profession, Daniela dessinait des portes. C'était du moins ce qu'elle disait lorsqu'elle devait expliquer à des éditeurs l'essence de ses illustrations. Il lui suffisait d'esquisser un bocal rempli d'eau pour accéder à l'appartement d'une famille de poissons, meublé dans ses moindres détails, ou de tracer les lignes d'un vieux rail rouillé pour sauter dans un train en marche auprès d'un conducteur invisible et malodorant. C'était à partir de quelques traits de graphite, totalement aléatoires, qu'étaient nées les bandes dessinées *Un petit coin sous le sel* et *J'ai perdu la carte*.

Ninfa n'avait eu d'autre choix que d'accepter de bon gré de collaborer avec elle, pour la petite boutique de terrariums en ligne. Elle savait qu'entrer dans ces récipients aurait fait du bien à son amie aussi, et que la seule façon de l'y faire accéder était de lui permettre de les illustrer. Elles avaient ainsi donné vie à des *box* que l'on pouvait acheter sur le site, comprenant un terrarium et une illustration personnalisée. Le succès avait été au rendez-vous.

Les photographies lui faisaient le même effet. Elle ne se contentait pas de les regarder, elle y cherchait toujours des aspects d'elle-même et, lorsqu'elle en trouvait, elle s'installait dans ces lieux, avec les multiples conséquences que cela impliquait parfois.

Tandis que Ninfa cherchait dans sa mémoire les détails du vieux conte de sa grand-mère, Daniela se perdit dans le Polaroïd : elle traversa le pré, gravit le perron d'une vieille maison en ruine, ouvrit la porte bleue enchâssée dans le gris d'un arc en plein cintre et disparut entre les murs. Il lui fallut un certain temps avant de réussir à en sortir. Ce n'est qu'après avoir cessé de pleurer qu'elle dit à haute voix que dans cette maison abandonnée, tout en pierre, elle avait vu la part d'elle-même qui l'effrayait le plus. Depuis qu'elle s'était à nouveau retrouvée seule dans l'appartement, ses terreurs nocturnes et ses crises d'angoisse avaient recommencé. Ces derniers jours, dans les phases de demi-sommeil du matin, elle s'était surprise à se palper le corps pour s'assurer qu'elle n'avait pas de bleus, avant de retourner à la réalité, encore plus rude : les brimades subies en structure d'accueil avaient laissé des traces bien plus durables qu'un hématome.

Après s'être laissée aller un long moment, Daniela s'allongea sur le sol froid.

– Tu as l'intention d'y aller ?

– Où ça ?

Elle indiqua le Polaroïd. Ninfa se tut, déconcertée. Cela n'avait aucun sens, elle n'aurait même pas su où le chercher, cet endroit.

– Mais est-ce que ce n'est pas évident ? À Tramonti. Elle te l'a même fait promettre.

Ninfa lui prit la photo des mains.

– Ma grand-mère était écrivain, elle inventait des histoires tout le temps.

Mais Daniela avait déjà commencé à taper quelque chose sur son téléphone portable.

– C'est là. Tramonti, côte amalfitaine.

Elle se tourna pour la regarder.

– Le village donne sur la mer, comme dans le conte. Et devine quoi ? ajouta-t-elle en lui montrant l'écran. Il y a une rue qui s'appelle la Via Apicella.

Ninfa lui arracha le téléphone des mains, incrédule.

– Alors ? Tu y vas ou pas ?

Cette idée, qui ne lui effleurait même pas l'esprit quelques instants plus tôt, lui parut soudain non seulement une évidence, mais une nécessité. Ses raisons étaient tellement confuses et ses émotions, si positives pour la première fois depuis longtemps, qu'elle s'imposa d'essayer de ne pas trop y réfléchir, et de se laisser porter par ce projet. En ce moment, peu de choses semblaient s'accorder, dans sa vie. Or, le besoin d'Alelì de partir en voyage et la vieille promesse que Ninfa avait faite à sa grand-mère pouvaient compter au nombre de celles-ci.

Elle hocha la tête, serrant la « clé à lanterne » entre ses mains, et elle aurait juré avoir aperçu du coin de l'œil une lumière briller dans la pyramide en fer.

Daniela se leva et regarda par la fenêtre.

– Tu sais, je crois que je vais devoir quitter Milan.

– Mais c'est parfait, viens avec nous.

– Non, je veux dire de manière définitive. Recommencer ailleurs. La thérapie ne fonctionne pas et j'ai besoin d'aller mieux pour travailler sur ma nouvelle bande dessinée.

Ninfa sentit sa gorge se nouer à l'idée de perdre quelqu'un d'autre.

– Pour le moment, pense à Alelì. Et à toi-même. Moi je m'en sortirai, et tu ne te débarrasseras pas de moi simplement parce que nous n'habitons plus ensemble. Mon respect pour ton silence s'arrête là, sache-le.

Ce soir-là, le vent soufflait sur les lumières de la ville comme s'il s'agissait de bougies à éteindre d'un seul coup. Daniela accepta de rester dormir chez elles. Elles prirent un thé et accueillirent le mois de juin en essayant de s'agripper à ce faible sentiment d'espoir qui se glisse dans les êtres humains chaque fois que quelque chose, n'importe quoi, commence.

Ninfa s'apprêtait à éteindre la lumière lorsqu'elle posa le regard sur la photo accrochée dans sa chambre qui la montrait, enfant, assise heureuse dans le jardin de grand-mère Adriana.

– Dani, ça te dirait de passer un peu de temps dans la maison de ma grand-mère, à Riva del Garda ? Elle est fermée depuis des années, tu pourrais travailler sur tes planches. C'est là qu'elle a écrit tous ses livres, ce lieu est imprégné de créativité.

Daniela réfléchit quelques instants avant de répondre et d'accepter. Puis elle s'endormit. Ninfa, en revanche, ne put fermer l'œil. Elle avait mis le Polaroïd sous son oreiller, et le squelette de cette maison abandonnée était resté imprimé sur sa rétine. Elle demeura longtemps immobile, espérant que le sommeil viendrait, jusqu'à ce qu'elle décide de se lever et d'effectuer quelques recherches sur Tramonti : le lieu lui apparut aussitôt comme un endroit simple, plongé dans la verdure, qui lui correspondait bien.

Elle regarda autour d'elle. Les murs de l'appartement, imprégnés de souvenirs amers, semblaient rejeter la reprise d'un lien avec Alelì, et peut-être qu'un voyage là-bas les aiderait. Visiter la côte amalfitaine, un endroit nouveau pour toutes les deux, tracerait un chemin vierge à partir duquel elles pourraient construire de nouveaux souvenirs, qui n'appartiendraient qu'à elles. Et puis, d'une certaine manière, c'était une vieille histoire de leur grand-mère qui les guidait, et Ninfa trouvait là cette étincelle familiale dont elle avait tant besoin pour renouer avec sa sœur.

Au fur et à mesure que cette idée prenait forme, elle réalisa que le moment était venu d'accepter ses propres insécurités, et de faire la paix avec le fait qu'un accident de voiture ne pouvait pas créer des mères aussi rapidement qu'il les enlevait.

*

La joue d'Alelì brûla, après une de ces gifles que la réalité nous donne quand, au milieu de la nuit, on se réveille en criant un nom et que quelqu'un d'autre se présente. Elle dut se contenter de sa sœur qui avait accouru dans sa chambre pour la réconforter.

Elle était heureuse que l'école se termine bientôt. Tout le monde continuait à lui demander comment elle allait, et elle répondait en parlant de ce qui faisait partie de sa vie, mais les autres semblaient plus attirés par ce, ou plus exactement par ceux qui n'en faisaient plus partie. Elle ne savait pas quoi dire, or elle avait toujours détesté ne pas pouvoir répondre aux questions. Sa voisine de classe avait cessé de mentionner ses propres parents, et la mère de Fabio s'était mise à l'embrasser sur le front à la sortie de l'école, comme elle le faisait avec son fils. On ne comprenait pas bien s'ils voulaient éviter ou stimuler ses pleurs. Parfois, les adultes la fixaient un moment, immobiles, puis ils secouaient la tête, comme si ses réactions n'étaient jamais celles qu'ils attendaient.

Elle n'avait pas l'habitude de décevoir les attentes des autres, aussi commençait-elle à se sentir en faute, brisée à l'intérieur, or personne ne gardait longtemps les choses brisées. Personne sauf sa sœur qui, sous le lit de son ancienne chambre, conservait tous les jouets cassés de son enfance. Mais peut-être les avait-elle simplement oubliés. Ces dernières semaines, à l'école, chaque fois qu'elle avait parlé de Ninfa, à la énième question sur la façon dont elle passait ses journées, tout le monde avait réagi de la même façon, en disant qu'ils ne savaient pas qu'elle avait une sœur. C'était épuisant : tout ce qui était là avant avait disparu dans le néant, tout ce qui était là maintenant semblait surgi du néant. La constante, c'était justement cela, le néant, alors qu'auparavant elle avait tout.

En attendant que le sommeil revienne, Ninfa lui dit qu'elle avait réfléchi à sa requête de faire un voyage ensemble cet été, et elle lui parla d'un endroit spécial. Tramonti.

Cependant, Alelì fut déçue, car l'endroit en question n'avait aucune valeur pour elle, grand-mère Adriana étant morte avant sa naissance. Mais elle ne le dit pas à haute voix, car au moins cela avait un rapport avec leur famille, et l'idée de visiter ces lieux, au fond, lui parut acceptable.

Ninfa proposa qu'elles dorment ensemble, pour être prêtes en cas de cauchemars, mais elle refusa. Elle avait appris à se passer de sa sœur depuis longtemps, maintenant elle devait faire la même chose avec ses parents.

5.

La Madone des Poules

Tramonti, mars 1940

Cela avait été une bonne idée, de venir à Pucara. Maria sentait que le spectre de la guerre n'allait pas tarder à prendre corps en Italie aussi, et qu'elle allait devoir lui donner en pâture ce peu de tranquillité que la pauvreté ne lui avait pas encore ôté. Au moins, il était juste de s'accorder un peu de répit lors des jours de fête. Et puis, elle devait réfléchir et être claire dans ses prières à la Vierge. Ses enfants grandissaient vite, surtout les filles, et il fallait les protéger des maux de la vie.

Elle avait toujours trouvé du réconfort chez son amie, dans le vert vif du pré devant la maison, dans le bleu intense de la porte d'entrée en haut du perron en pierre, et dans les dessins que ses plus jeunes enfants faisaient pour couvrir les croûtes de moisissure sur les murs. C'était une jolie famille. Mais depuis que Maria était devenue mère à son tour, elles se voyaient rarement. Le temps du délassement ne contribuait certes pas à remplir l'estomac des petits.

– Où est Antonio ?

Maria lui prit la main.

– Il est là-bas, avec Vittorio, au milieu des enfants.

Son amie enleva son tablier, franchit la porte et descendit les marches du perron. Maria la suivit, lisant dans ses épaules voûtées le désespoir pour son fils et pour son ami conteur, Vittorio, qui seraient bientôt en âge de se battre ou d'aller travailler dans les usines allemandes. Mussolini continuerait peut-être à repousser l'entrée en guerre, mais il ne pouvait pas refuser la main-d'œuvre italienne aux nazis.

En les voyant entourés d'enfants, Maria réalisa pour la première fois à quel point les deux garçons avaient grandi. C'étaient de jeunes hommes pleins de vie, et elle ne put s'empêcher de se demander si la guerre les épargnerait, et quelle contribution ils apporteraient à la communauté. Puis elle posa les yeux sur ses propres filles et frémit à l'idée qu'elles puissent connaître le bruit des bombes.

– Alors comme ça, vous voulez aller à la procession demain, sans savoir pourquoi elle est dédiée à la Madone des Poules ? demanda Vittorio, assis parmi les enfants.

– Allez, Vittò, raconte !

Antonio lança une balle sur son plus jeune cousin, l'atteignant à la tête.

– Tu es trop pressé, Gennarì. Laisse-lui le temps de parler.

Rachele se leva, une moue d'ennui sur le visage devant tous ces bavardages, et la minuscule Celeste la suivit, comme d'habitude. Maria les regarda se blottir dans un coin du pré plus éloigné, et elle se demanda si cette étrange habitude qu'avait sa fille de parler aux fleurs ne finirait pas un jour ou l'autre par rebuter sa petite copine.

Elle fut distraite de cette pensée quand elle entendit la voix de Nannina qui, contrairement à sa sœur jumelle, était toujours assise devant le conteur, pendue à ses lèvres.

– Et alors, quel est le lien avec les poules ?

– Le lien avec les poules ? Mais il y a un tas de liens ! Voici plusieurs siècles, près d'ici, se trouvait une église.

Gennarino s'assit près de Nannina.

– Quelle église ?

– Elle n'est plus là.

– Mais comment ça ? Et elle est où ?

Vittorio éclata de rire.

– Gennarì, si je te réponds maintenant, je gâche toute l'histoire. Un peu de patience. Donc… voici plusieurs siècles, près d'ici, se trouvait une église et, pendant une épidémie de peste, les habitants ont choisi le terrain autour de l'église comme lieu sacré pour enterrer les morts.

Le visage de Nannina s'assombrit.

– Mais il y a des fantômes, dans cette histoire ?

– Génial, des fantômes ! s'exclama l'enfant en lui prenant la main. Ne t'inquiète pas, Nannì, je te protège.

– Seuls les meilleurs amis se protègent des fantômes.

– Alors tu es ma meilleure amie, d'accord ?

Nannina acquiesça, heureuse.

– Les habitants ont jeté tous les corps dans la fosse commune et l'église a été abandonnée. Dix ans ont passé, puis vingt, puis trente, les orages ont fini par briser les vitres, faire tomber les tuiles, trouer la toiture. Pourtant, à l'intérieur, le tableau de la Madone des Carmes était toujours là, mais il a commencé à s'abîmer.

Margherita, apeurée, prit la main libre de Nannina. De profil, on ne pouvait distinguer les deux cousines.

Maria avait toujours craint que Rachele en souffre, mais heureusement le lien entre les jumelles semblait plus fort que tout.

– Par deux fois, dans l'espace de quelques mois, la Madone est apparue en rêve au prêtre.

– Au sacristain, corrigea Antonio.

– Ah oui, c'est vrai. Au sacristain, reprit Vittorio. Et elle lui a dit que s'ils ne l'enlevaient pas de l'église et ne réparaient pas le tableau, elle s'en irait. Mais le prêtre n'a rien fait, il l'a laissée là, abandonnée.

Gennarino poussa un soupir bruyant :

– Mais dans cette histoire, les morts de la fosse ne se réveillent pas ?

Depuis l'autre bout du pré, Rachele l'invectiva :

– Mais t'es crétin de naissance !

– Tais-toi !

– La deuxième fois, dans le rêve, la Madone lui a dit que c'était le dernier avertissement, et qu'autrement elle irait seule dans un endroit où même les animaux…

Antonio adressa un clin d'œil aux enfants.

– … et même les poules…

Vittorio pointa son ami du doigt.

– … exactement, et même les poules s'occuperaient mieux d'elle que les hommes. Quelque temps plus tard, la pluie a détruit l'église, et le tableau de la Madone est parti avec la boue. Vous ne vous demandez pas pourquoi la procession a toujours lieu à Pagani ?

Il attendit que les visages attentifs des enfants s'illuminent.

– Qu'est-ce qui t'arrive, Gennarì, tu n'as plus d'imagination ?

L'enfant se mordit la lèvre. Nannina lui chuchota quelque chose à l'oreille, et ses yeux devinrent des fentes pleines de doute.

– Parce que la boue a emporté le tableau à Pagani ?

Vittorio déplaça son regard vers la source de l'idée.

– Eh, bravo, Nannì ! Plus tard, un matin pendant la semaine qui suit Pâques, toutes les poules de Pagani sont sorties de leurs poulaillers et ont couru gratter au même endroit, au milieu des buissons. Les paysans les ont suivies pour essayer de les rattraper, et qu'est-ce qu'ils ont trouvé ?

– Le tableau de la Madone ! s'écrièrent en chœur les deux petits amis.

– Exactement. C'est pourquoi à Pagani, la semaine après Pâques, nous célébrons la Madone des Poules.

Les petits doigts de Rachele couraient dans les hautes herbes. Bien que Celeste tente d'attirer son attention en sautillant en rond autour d'elle, ses yeux étaient rivés sur sa sœur jumelle, que tenaient dans leurs bras à la fois son ami et sa cousine.

Maria aperçut son mari au loin, il lui faisait signe de rentrer avant le coucher du soleil. Le lendemain, ils se mettraient en route très tôt pour rejoindre Pagani, avec les enfants et une poule en cage à offrir au char de la Vierge.

Malgré la distance, elle lut sur son visage l'amour pour leur fille aux cheveux dorés, qui traînait toujours avec les garçons, ainsi que son jugement habituel envers l'autre, qui se réfugiait toujours dans la nature et la solitude.

– Si on ne fait pas attention, dans quelques années, Nannina fera des bêtises avec ce Gennarino, lui dit-il le soir, avant d'aller se coucher.

– Et alors ? C'est des gens bien, la famille de Gennarino.

– Pas assez pour ma Nannina. Elle est trop belle.

Il mâcha une noix avant de la cracher dans l'évier, avec une grimace amère.

– En revanche, l'autre est bizarre, d'après moi elle finira vieille fille.

Maria aperçut un léger tremblement sur les paupières fermées de Rachele, allongée sous sa couverture, et elle alla l'embrasser avant qu'elle s'endorme pour de bon. Elle aussi, elle était belle.

La *tammurriata* avait toujours eu cet effet sur Maria. Le rythme des tambours et le son des castagnettes, accompagnés par les mouvements de bras et de bassin, enveloppaient ses soucis maternels dans une bulle et les faisaient s'envoler au loin.

Les rues de Pagani, comme chaque année, vibraient de la musique populaire, et dans cette frénésie de corps, ivres de foi et de tradition, Maria aimait s'arrêter devant les *toselli* : sur ces petits autels, certaines femmes, à côté des images sacrées, exposaient une partie de leur trousseau, et elle se demandait toujours si elle serait capable un jour d'en réaliser d'aussi beaux pour ses filles. Les broderies de certains draps ressemblaient à des œuvres d'art.

Les rangées d'hommes et de femmes dansant sur les balcons donnaient l'impression que, dans cet air saturé de prières et de colombes blanches, même les murs sévères des maisons se balançaient au son du folklore.

Pietro se tenait à côté d'elle, dégustant debout quelques bouchées de *tagliolini al ragù*, attendant qu'un des signes traditionnels de bénédiction, autrement dit l'éclaboussure de sauce, vienne tacher son unique chemise blanche. Maria, quant à elle, attendait le passage du char de la Vierge, sur lequel ils essaieraient de placer leur poule, et devant lequel elle murmurerait ses prières.

Le père de Gennarino se mit à distribuer quelques morceaux de pain avec du saucisson aux enfants, qui cessèrent enfin de tourmenter Vittorio et Antonio, les laissant libres de manger chacun un artichaut grillé et de fantasmer sur laquelle des filles du cortège des fidèles ils prendraient pour femme.

Quand les gens commencèrent à crier aux fenêtres, Maria dit à sa sœur qu'il fallait y aller. Si elles n'arrivaient pas au plus tôt dans la rue principale, elles ne pourraient pas s'approcher suffisamment du char. Raffaella prit Margherita dans ses bras, qui s'accrocha au cou de sa mère et plissa les yeux, apeurée par le flot de gens qui approchaient. Maria saisit Nannina par la taille et demanda à Antonio de prendre Rachele par la main et de les suivre.

Malgré l'essoufflement de la course, elle ferma la bouche afin d'éviter d'avaler des confettis, et elle se fraya un chemin en vérifiant sans cesse que les autres étaient bien derrière elle. Elle chercha le regard de Nannina pour s'assurer qu'elle allait bien, et la voir souriante dans ses bras l'émut : c'était une belle sensation, de porter sa fille plutôt que des paniers pleins à ras bord, pour une fois.

Lorsque le char fut suffisamment proche, Maria se rendit compte que son mari, censé déposer la poule sur le char, ne l'avait pas suivie, et elle se maudit de ne pas le lui avoir rappelé. Mais elle se ressaisit rapidement, faisant signe à sa sœur et au garçon de se préparer à porter les filles vers la Madone, pour que celle-ci les protège.

Nannina fut la première à émerger de la foule et la seule qui réussit à frôler le char. Margherita plana dans les airs une poignée de secondes dérisoires avant que les bras de Raffaella ne cèdent. Rachele, en revanche, resta bien loin de la Vierge des Poules : Antonio s'était tordu la cheville et avait été entraîné par la foule, avec elle, avant même qu'il ne puisse la brandir en l'air.

6.

Un pont vers le bonheur

Les racines de la fleur de lotus
s'enfoncent dans la terre boueuse
et ses pétales s'élèvent vers le haut,
incontaminés.

– Comme Peter Pan ? demanda Alelì.

La confusion du moment n'empêcha pas Ninfa de s'attarder sur le regard de sa sœur. Il était injuste qu'une enfant parle de contes de fées avec des yeux aussi tristes.

– Dans quel sens ?

Alourdis par le voyage, leurs pieds traînaient sur le bitume. Elle la prit par la main et se dirigea sous un abribus, pour se protéger d'une pluie d'été inattendue et tenter une nouvelle fois de s'orienter. Seule Flo, avec son harnais, semblait apprécier ce mélange de salinité et de pluie.

En réalité, elles n'avaient plus jamais reparlé de ce voyage, car Ninfa ne savait pas quel sens lui donner. Elle avait seulement besoin de le faire, or la logique adulte d'Alelì l'aurait fait renoncer. Lorsque la petite lui avait fait remarquer que leur organisation était minimale, elle s'était retranchée derrière la théorie selon laquelle les aventures improvisées ont toujours tendance à rapprocher les personnes. Et, bien qu'habituée aux emplois du temps serrés des voyages avec ses parents, Alelì n'avait même pas cherché à établir un programme. Quelques jours avant le départ, Ninfa avait fini par réaliser qu'il ne s'agissait pas là d'une aimable concession, mais d'un symptôme de désintérêt.

– Je me demandais si nous étions comme Peter Pan, insista Alelì.

Les eaux du front de mer de Maiori semblaient ne pas connaître de limites, et Ninfa jetait un œil sur les vagues chaque fois qu'elle le pouvait, pour s'assurer qu'elles n'atteignent pas la rue.

– Excusez-moi, pourriez-vous me dire si les horaires de bus pour Tramonti sont à jour ? On dirait que celui prévu il y a vingt minutes n'est pas passé.

La femme d'âge moyen à laquelle Ninfa venait de s'adresser, une sorte de balance humaine tenant deux énormes sacs à provisions, répondit avec un sourire rêveur sur le visage, sans arrêter de marcher.

– Ah, Tramonti… Mais mes chéries, Tramonti n'existe pas.

– Tu vois ? lança Alelì. C'est la troisième fois qu'on nous répond ça. Grand-mère ne plaisantait pas. C'est comme le Pays imaginaire.

Ninfa avait toujours perçu une forme de fracture du réel dans ces situations où elle ne comprenait pas si la folie provenait d'elle-même ou des autres. Qui était fou, en cet instant ? Elle, qui avait emmené sa sœur dans un lieu inexistant, ou les trois habitants de Maiori, qui niaient l'existence d'un lieu indiqué sur les cartes ?

C'est Nino, le propriétaire de l'Antica Salumeria du Corso Reginna, qui résolut l'énigme. Elles avaient contacté le logement qu'elles avaient réservé pour la semaine, et c'est vers cette épicerie que les avait dirigées la propriétaire, Antonietta, la femme de Nino. Pendant que Ninfa enquêtait sur les retards des bus, elles pourraient au moins manger un morceau et s'abriter de la pluie.

– Ici, nous disons que Tramonti n'existe pas parce que ce village n'a pas de centre, c'est un ensemble de treize hameaux situés à différentes altitudes, expliqua l'homme en finissant de trancher du saucisson pour leurs sandwichs.

Tandis qu'Alelì posait des questions sur le village, Ninfa réfléchit aux paroles de Nino, assise sur un petit tabouret. Elle non plus n'avait pas de centre, elle n'en avait jamais eu et n'en avait jamais ressenti le besoin. Elle avait toujours préféré les différentes zones de sa propre périphérie, comme ses doigts toujours couverts de terre, ou les pointes de ses boucles plus claires que le reste de sa chevelure, et auxquelles elle s'ancrait lorsqu'elle était tendue. En d'autres termes, ces parties moins visibles qui, la plupart du temps, lui offraient un refuge. Était-ce à dire qu'elle-même, comme Tramonti, n'existait pas ?

– Nous allons aussi prendre cette *mozzarella di bufala*, monsieur Nino.

Sur le verre du présentoir, un nuage de condensation se forma au niveau de la bouche de la fillette. Avec son doigt, elle dessina un petit visage triste. Puis elle se tourna vers Ninfa.

– Je vais faire une réserve de saucisson et de fromage au cas où on tombe sur quelqu'un qui nous dise que la nourriture n'existe pas.

Flo finissait de manger quelques morceaux de jambon cru lorsqu'une femme très âgée entra en boitant dans la boutique, écrasant la queue du chat avec sa canne.

Pour Nino, chaque client était différent, aussi les questions qu'il leur posait étaient-elles différentes, comme la façon dont il plaisantait avec eux ou la technique avec laquelle il coupait la charcuterie. Cette chaleur plut beaucoup à Ninfa : à Milan, pour les commerçants, les gens correspondaient aux numéros affichés derrière leurs comptoirs.

Il ne demanda même pas à la dame ce qu'elle voulait, il le savait déjà. Il s'approcha d'elle et, en plus du sac contenant les produits achetés, il lui tendit sa propre veste imperméable.

– Tu sais que tu es ma petite fourmi préférée, couvre-toi bien, fais-le pour moi.

Bien que la femme réponde en dialecte, Ninfa perçut l'immense gratitude qu'il y avait dans tout ce qu'elle disait.

Avant qu'Alelì et elle ne gagnent l'arrêt de bus, Nino leur offrit des cubes de mortadelle pour qu'elles les dégustent le long du trajet vers *le village qui n'existe pas* et qu'elles se distraient de leurs tristes pensées, car « qui a à manger n'a pas à se soucier ». Et en effet, ils tinrent Ninfa occupée, l'empêchant de trop regarder par la fenêtre couverte de gouttes de pluie, qui créait un filtre dramatique sur la réalité. C'était avec le soleil qu'elle voulait découvrir cette terre.

Elles descendirent à l'arrêt Ponte, au niveau d'un virage et d'une ruelle montante et, après une minute de marche, elles se retrouvèrent sur une petite place, devant une église à la façade dépouillée. Flo s'ébroua pour se débarrasser de l'eau de pluie, en poussant un cri très semblable à celui d'un hibou.

Au bout de quelques minutes, elles virent une femme se diriger vers elles. Antonietta, l'épouse de Nino, les accueillit avec un immense sourire, leur demandant d'un ton jovial ce que deux jeunes filles comme elles venaient faire dans un endroit aussi loin de tout. Puis son regard croisa celui d'Alelì et l'inflexion de sa voix changea, devenant grave et encore plus douce. Elle avait dû reconnaître les effets délétères de la douleur.

Toutes les aubes de Tramonti avaient-elles cette odeur ? se demanda Ninfa après avoir regardé sa montre. Ici, le fait que le soleil se lève semblait presque une distraction de la nature. Elle referma les yeux, pour ne pas polluer son odorat avec un autre sens. Le pétrichor, le parfum de la terre lorsqu'il pleut, était son préféré. Elle prit de profondes inspirations, encore et encore, afin de retenir en elle le maximum de cet arôme, mêlé à une autre note qu'elle n'arrivait pas à identifier, mais qui lui rappelait quelque chose. Sa main qui pendait hors du lit fut chatouillée par quelque chose, ce qui lui fit rouvrir les yeux. Éclairée par les premières lueurs du matin entrant par la fenêtre, Flo aussi humait l'air, faisant onduler sa longue queue de renard jusqu'à lui frôler les doigts. Ninfa s'attarda sur le frémissement de son museau noir et velouté, et sur les couleurs de ses longs poils : on aurait dit que la terre se reniflait elle-même. L'animal avait sur les yeux de petites stries couleur miel, semblables à des sourcils, qui rendaient son regard humain et familier.

Elle fit monter Flo sur le lit et la caressa quelques minutes avant de se lever, la laissant couchée là pour veiller sur Alelì. Elle passa devant la réception et sortit sur la terrasse couverte.

Le premier mot qui lui vint à l'esprit pour décrire cet air fut « adéquat ». Il était en adéquation avec elle. On aurait dit qu'ici la nature faisait des réserves pour l'avenir.

Elle trouva deux vélos appuyés contre le mur, et dans le panier de l'un d'eux Antonietta avait placé une carte de Tramonti, qui indiquait les treize hameaux, avec un message : *Les vélos sont à votre disposition pour toute la semaine.* Elle le lut plusieurs fois, car ces mots lui donnaient l'impression d'être la fille de quelqu'un et, avec l'inconscience qui précède le café, encore en pyjama, elle prit la plus grande bicyclette sous le bras, descendit l'escalier extérieur de la maison et aboutit sur la place.

Ce minuscule bout de monde où elle se trouvait semblait avoir été dessiné par un enfant : il s'appelait Ponte et donnait sur la petite église de San Felice. Or, dans les dessins d'enfants, il y a toujours des ponts qui mènent au bonheur[4], se dit-elle.

Peut-être que ce n'était pas seulement l'air qui était adéquat. C'était cet endroit tout entier qui l'était. Elle serra la « clé à lanterne » qu'elle portait autour du cou, reconnaissante.

Elle enfourcha son vélo et, le vent dans les cheveux, s'engagea dans la Via Sclavo, retraçant une partie de l'itinéraire emprunté la veille au soir en bus.

Soudain, juste après l'un des nombreux virages, elle freina sec, au risque de tomber. Un sourire apparut sur son visage tandis que les larmes lui montaient aux yeux.

---

4. En italien, *Felice* correspond au prénom « Félix » mais aussi à l'adjectif « heureux ».

Dès le début, elle avait espéré que ce voyage ne se limiterait pas à les réunir, Alelì et elle, mais qu'il les reconnecterait toutes les deux, d'une manière salutaire, à la mémoire de ceux qui n'étaient plus là. Mais elle n'avait certainement pas imaginé qu'ici la terre devenait un escalier et s'élevait jusqu'au ciel. D'audacieuses terrasses concentriques lui donnaient l'illusion qu'il existait un moyen de faire redescendre sa mère, son père et sa grand-mère. Il suffisait de gravir une marche après l'autre.

Elle pleura, en partie parce que son sens du réel avait aussitôt étouffé ces vains espoirs, en partie parce que son cœur avait été submergé par l'émerveillement devant une telle beauté. Elle aurait tellement aimé avoir vécu ce moment avec Alelì.

7.

Tramonti

La gorgone rouge
ressemble à une plante, mais n'en est pas une.

Dans le guide touristique offert par Antonietta, Ninfa découvrit que le nom Tramonti venait d'*intra montes*, autrement dit « entre les Monti Lattari ». Ainsi fut révélée la première vérité derrière les mensonges contenus dans le récit de sa grand-mère.

Lorsqu'elle arriva au numéro 7 de la Via Apicella, ses joues étaient rouges de fatigue et froides d'avoir roulé contre le vent. Elle sortit la photo de sa poche et relut l'adresse, qu'elle avait notée au dos, pour vérifier qu'elle correspondait bien. C'était bien ça, mais il n'y avait aucune trace de la maison en ruine abandonnée. À sa place se trouvait une autre bâtisse, tout aussi vieille, mais habitée.

Elle inspecta les alentours, espérant qu'il s'agissait d'une simple erreur dans le numéro de la maison, mais ce n'était pas le cas. Elle poussa un soupir, déçue. Bien sûr, grand-mère lui avait dit que cette ruine se trouvait à Tramonti, mais peut-être Ninfa avait-elle été naïve d'imaginer qu'elle était située précisément à l'adresse mentionnée dans le conte.

Elle aurait voulu se renseigner, cependant l'aube était à peine passée et ceux qui habitaient là dormaient certainement. Alors, après être rentrée se changer et avoir vérifié qu'Alelì dormait toujours, elle mit son harnais à Flo et repartit, sans vélo. Ces chemins devaient être parcourus à pied.

Le hameau de Gete, protégé en hauteur par des forêts d'oliviers et de châtaigniers, n'était qu'à un virage de leur logement, et Ninfa décida de l'explorer. Avant de se lancer, elle observa les environs et, grâce aux indications de la carte, son regard atteignit les hameaux de Corsano, Pietre et Polvica, juste en face de Ponte. Les sommets des Monti Lattari et des collines lui apparurent comme des crêtes de vagues recouvertes de forêts, dans une nature en tempête. Les tempêtes sont-elles jamais une bonne chose ? se demanda-t-elle en serrant le chat contre elle, en proie à des émotions incertaines.

Grâce au vent impétueux de ces premières heures du jour, les vagues vertes la submergèrent d'odeurs de la forêt avec aussi, en arrière-fond, ce parfum qu'elle n'arrivait toujours pas à identifier.

Au milieu de cette nature palpitante, le bitume de la route principale lui fit penser à un trait de feutre noir qu'un vandale aurait fait sur une toile célèbre et, ne pouvant l'effacer, elle l'abandonna, attirée par un long sentier latéral, sous une tonnelle. Elle descendit cinq marches taillées dans la roche, ses doigts effleurant quelques citrons au-dessus d'elle. Sur un vaste terrain à sa gauche, incliné par rapport au chemin où elle se trouvait, s'étendait un échiquier de treillis dont les pions étaient d'énormes pieds de vigne. Ils devaient être vieux de plusieurs siècles.

Elle ôta ses chaussures et ficha ses pieds dans la terre. Marcher sans aucun bruit autour d'elle était régénérant.

Peu après, elle posa le pied sur quelque chose qui l'arrêta. C'était un objet que l'on ne voyait plus depuis des années : une cassette audio, ébréchée sur les bords et couverte de terre et d'herbe. Cette trouvaille lui donna l'impression qu'à Tramonti le passé germait comme une plante qui aurait disparu partout ailleurs. Elle se pencha pour la ramasser, glissa son auriculaire dans l'une des bobines et, sentant la légère pression des encoches en plastique, commença à tourner. Un souvenir lié à cet objet refit surface, irrésistible, et Flo se coucha, les yeux pointés sur elle.

Elle avait dix ans et se trouvait en voiture avec ses parents. De l'autre côté de la vitre, les paysages de Toscane défilaient à cent kilomètres à l'heure comme des coups de pinceau verts.

Maman cherchait des lingettes nettoyantes dans son sac.

– Je n'arrive toujours pas à croire qu'ils n'avaient pas autre chose que cette épave.

Leur Mercedes étant immobilisée par une panne, la seule solution avait été de s'adresser à une vieille agence de location du coin et de prendre l'un des rares véhicules disponibles : une Fiat Uno Turbo grise, dont la peinture s'écaillait par endroits.

– Pourtant, les bruits de la nature, ça détend.

Papa lui avait pris la main, peut-être pour améliorer son humeur.

Dans l'habitacle résonnaient les sons de la forêt enregistrés sur la bande d'une cassette audio qui avait appartenu à on ne sait qui. Ninfa avait trouvé cette idée limpide et poétique : élever au statut de musique les alternances de gazouillis, le bruissement des cimes d'arbres dans le vent, l'eau coulant dans les ruisseaux.

Sa mère avait retiré la main, agacée.

– On aurait dû prendre le train.

Le soleil se couchait et il y avait encore pas mal de route à faire.

– Mais papa, pourquoi il faut faire le tour des villes et des musées ? On ne peut pas s'arrêter ici ?

– S'arrêter pour quoi faire ?

– Pour écouter les mêmes sons que ceux qui sont dans cet autoradio mais en vrai, en direct. Et puis, regarde un peu comme elles sont belles, ces cabanes au milieu des arbres.

– En direct, en plus des sons, il y a les insectes et l'humidité. Et tu n'es donc pas curieuse de voir Florence ?

Son père avait tendu la main vers la banquette arrière, tout en lançant un de ses sourires lumineux dans le rétroviseur.

Maman s'était tournée vers Ninfa, sérieuse :

– Tu verras, ma chérie, les tableaux de la Galerie des Offices valent bien mieux que les moustiques.

Par la vitre, Ninfa avait aperçu au loin une balançoire immergée dans la verdure qui, au milieu des insectes et de l'humidité, venait de faire s'envoler un enfant. Il riait, heureux. Lui aussi aurait détesté être enfermé dans un musée.

C'est à ce moment-là, cette vieille cassette audio entre les mains, qu'elle comprit quelle était l'odeur qu'elle sentait depuis leur arrivée à Tramonti : c'était l'odeur de papa et maman mélangée à celle de la voiture usagée, c'était l'odeur que sa mémoire associait aux bruits de la forêt.

Elle se leva et emporta ce fossile avec elle, troublée. Elle regagna la route principale et, suivant le plan, parvint à la chapelle rupestre de Gete, encastrée dans la roche. Une grande vitre séparait l'intérieur, froid comme une grotte, de l'extérieur. Sur la gauche, à l'air libre, on accédait à un petit espace couvert en passant sous un arc en plein cintre en pierre, au milieu duquel était suspendue une vieille lanterne, qui se balançait. Ninfa serra le pendentif autour de son cou et resta un moment immobile à fixer ce mouvement hypnotique.

Son absence au réveil avait affolé Alelì. Ninfa put le lire dans ses yeux lorsqu'elle la vit s'avancer vers elle, encore en pyjama, dans la véranda où était servi le petit déjeuner. Elle serrait contre elle Birillo, son fidèle doudou ; Ninfa se souvenait qu'elle l'avait délaissé vers l'âge de trois ans, mais ces derniers mois elle ne pouvait plus s'en passer.

– Tu veux une bonne tasse de lait chaud ?

Inutile de le nier. Antonietta, de visage, ressemblait à leur mère et, l'espace d'un instant, mais rien qu'un seul, Ninfa eut l'impression que sa sœur allait se jeter dans les bras de cette femme. Cela aurait été une belle façon de faire semblant que tout était encore comme avant.

La petite demanda son lait frappé habituel, à la banane et au beurre de cacahuète, et elle s'assit avec Ninfa sur la terrasse.

– Tu étais où ?

Tout en attachant la laisse du harnais de Flo à sa chaise, elle lui raconta sa promenade du matin.

– Tu la traites comme un chien, fit remarquer Alelì en lançant un biscuit qui alla frapper le chat sur le museau.

Ninfa essaya de discuter avec elle sans rien obtenir d'autre que des grognements, puis la petite se leva pour rejoindre Antonietta à la cuisine. Elles revinrent toutes les deux quelques minutes plus tard.

– Mais tu sais que ta sœur en pince pour un camarade de classe ? lui lança la femme, essuyant avec un chiffon humide quelques gouttes de café tombées sur la table.

Ninfa se tourna vers Alelì, les yeux écarquillés.

– C'est quoi, cette histoire ?

– Mais oui, je lui ai demandé si elle avait un petit copain et elle m'a répondu qu'elle en pince pour un garçon qui se fait prier. Alors je lui ai dit : « Les garçons, c'est comme les spaghettis : s'ils ne sont pas cuits à point, ils échappent à la prise. »

Ninfa sourit et questionna Alelì qui, cependant, ne souffla mot. Soudain, la fillette fit quelque chose qu'elle ne lui avait jamais vu faire, même toute petite : elle mit son pouce droit dans sa bouche et commença à le sucer. La voir si fragile et impuissante, comme jamais auparavant, lui fendit le cœur.

Antonietta versa le café dans la tasse devant Ninfa et les observa toutes deux avec peine. Elle avait compris, sans nul doute. Peut-être que toutes les mères du monde le sentent, quand l'une d'elles n'est plus là.

– Êtes-vous contentes des vélos ?

Elles l'étaient.

– Tramonti, c'est une deuxième maison pour tous les visiteurs, faites comme chez vous.

La sonnerie du téléphone interrompit la conversation et Antonietta se précipita à l'intérieur pour répondre, laissant la cafetière sur la table.

Une brise chargée de promesses de pluie les enveloppa et, ayant mis ses mains à l'abri dans les poches de son coupe-vent, Ninfa sentit les coins pointus du Polaroïd.

Antonietta revint, les mains jointes en prière sur la poitrine.

– Excusez-moi, c'était mon mari. Je dois aller à Maiori.

– Ne t'inquiète pas. Merci pour tout. Juste une question : sais-tu comment nous pouvons nous rendre à cet endroit, sur la photo ?

L'image de la maison abandonnée s'interposa entre elles, et les secondes qui précédèrent la réponse de la femme chargèrent ces ruines d'une énergie sinistre.

– N'allez pas dans des endroits de ce genre, ce n'est pas bon pour des jeunes filles comme vous, dit-elle seulement, et elle rentra dans la maison, troublée.

Sans laisser le temps à ces paroles de décanter, Alelì se leva d'un bond.

– On va au cimetière ?

– Au cimetière ? Ale, si c'était pour papa et maman, j'aurais compris, mais là…

– Je veux y aller.

Ninfa tenta de dissimuler son inquiétude.

– Nous sommes dans un endroit magnifique, plein de sentiers à explorer, pourquoi devons-nous penser à la mort, aux cimetières ?

– Toi, les morts, tu veux les oublier.

Par ces mots, elle la blessa comme seuls les enfants déçus et en colère savent le faire. Constater à quel point l'idée que sa petite sœur se faisait d'elle était déformée l'effraya tellement qu'elle ne savait plus ce qu'elle faisait. L'avait-elle emmenée ici pour oublier ou pour trouver la sérénité du souvenir ?

Ninfa ne reprit une respiration régulière qu'après s'être accrochée à l'illusion que les enfants disent parfois des choses qu'ils ne pensent pas, et à l'espoir que, s'ils les pensent, ils les oublient vite.

– Et si nous partions à la recherche de la maison sur la photo ? Ce serait amusant de devenir des exploratrices, de mener une enquête, proposa Ninfa dans un dernier effort un peu désespéré.

– Mais tu es obsédée par cette photo. À quoi bon ? Une fois qu'on l'aura trouvée, qu'est-ce qu'on fera ? Elle est vieille, vide, moche. Elle fait même un peu peur.

Une heure plus tard, elles étaient sur leur selle de vélo.

8.

L'adresse

La pratique du forest bathing
est fondée sur les bienfaits
des promenades en forêt pour la santé.
Mais elle nécessite une certaine ouverture d'esprit
et une bonne capacité d'écoute.

Avant de connaître les Monti Lattari, si quelqu'un lui avait parlé du cimetière de Tramonti, Ninfa n'aurait pas su quoi penser. Qu'est-ce que cela pouvait être ? Le titre d'une exposition de photographies nocturnes, dans une tentative extravagante de définir la nuit comme la pierre tombale d'un coucher de soleil ?

Elle secoua la tête. Peut-être qu'Alelì avait raison, elle avait un problème avec tout ce qui avait trait à la mort.

Le cimetière s'élevait au milieu des vestiges de l'ancien château aragonais de Santa Maria La Nova, construit en hauteur, là d'où on avait une vue panoramique, pour protéger le bourg des attaques ennemies. Mais selon Alelì, sa position n'était que la preuve empirique de ce qu'elle avait entendu des centaines de fois au cours de ces derniers mois : ceux qui ne sont plus là observent et protègent les vivants d'en haut.

Arrivées au sommet, elles s'arrêtèrent quelques instants, fascinées par la vue. L'espace circulaire où se trouvait le cimetière était délimité par une ronde de cyprès, d'un vert plus foncé que le vert en arrière-plan. Cela faisait bizarre, d'associer ce lieu funèbre à la vie intense de la vallée en contrebas, riche d'une végétation luxuriante.

Alelì regardait les étendues boisées entre les pentes montagneuses. Elle n'avait jamais vu autant de verdure de sa vie.

– On dirait un tas de brocolis debout, serrés les uns contre les autres.

C'est ainsi que résonna quelque chose de rare en cet endroit : des rires.

Elles entrèrent après avoir acheté un petit bouquet de fleurs des champs. En fin de compte, pourquoi offre-t-on des fleurs aux corps ensevelis ? interrogea Alelì. De la terre et des trucs qui y poussent, ils en ont certainement par-dessus la tête, littéralement, pour l'éternité. Des petites bouteilles d'eau de mer, ça oui, ça aurait eu un sens, dans un cimetière.

Elles se mirent à circuler parmi les tombes, Alelì s'arrêtant souvent et longuement. Ninfa se rendait bien compte qu'elle exagérait en poussant de gros soupirs, mais elle ne pouvait pas s'en empêcher.

Elle rassembla ses cheveux avec un élastique, pour dégager sa nuque en sueur.

– Ale ?

– Oui, je viens.

– Mais pourquoi tu t'arrêtes devant chaque tombe ?

– Parce que j'ai remarqué quelque chose. Regarde…

Le téléphone de Ninfa sonna. C'était Daniela. Elle fut contente d'être distraite et d'entendre son amie parler en avalant ses mots, sous l'emprise d'une émotion nouvelle. Il y avait quelque chose de différent dans sa voix. Elle se trouvait à Riva del Garda depuis seulement deux semaines, mais cet environnement semblait déjà l'avoir inspirée à commencer ses planches d'illustration. Elle avait esquissé quelques croquis et laissait maintenant décanter ses premières idées quelques jours, pour voir lesquelles survivraient.

Bien que Ninfa soit heureuse pour son amie, cette pulsion créatrice provoqua en elle un sentiment de vide. Et elle en eut honte.

Daniela fit remarquer que la maison de grand-mère Adriana sentait bon la mémoire et les souvenirs familiaux, comme ceux qu'elle avait toujours désiré posséder.

– Il y a des choses qu'on a beau ne jamais vivre, on connaît quand même leur odeur.

En esprit, Ninfa était en train de se projeter auprès de son amie, entre les murs de cette maison où elle s'était toujours sentie comprise et aimée, lorsque la voix de sa sœur la ramena à Tramonti.

– Incroyable !

– Et comment ça se passe, là-bas ?

Ninfa tamponna la sueur de son front avec un mouchoir.

– Justement, c'est un moment délicat, je te rappelle plus tard.

Elle raccrocha, impressionnée par le sourire satisfait de sa petite sœur qui fixait une vieille pierre tombale. C'était l'une des rares tombes sans fleurs fraîches.

– Tu as vu que nous avons bien fait ? Il est clair qu'ici personne ne vient.

Ninfa regarda sa montre et elle fut surprise de constater qu'elles n'étaient là que depuis dix minutes.

– Tu veux dire quelque chose pour elle ?

Alelì fixa la photo de la femme sur la pierre tombale, les yeux dans les yeux. On aurait dit qu'elles faisaient connaissance.

– Tu ne seras pas oubliée.

Et elle se pencha pour lui laisser les fleurs. Un homme, qui semblait confier tout son poids à un bâton de marche, s'approcha discrètement d'elles.

– Vous êtes de la famille de Pinuccia ?

– Bonjour, non, nous…

Ninfa avait du mal à expliquer les raisons de leur présence en ce lieu, mais Alelì coupa court, avec son pragmatisme habituel :

– Non, mais nous sommes désolées qu'elle soit morte et nous lui avons laissé des fleurs fraîches.

– Pinuccia le mérite. D'où venez-vous ?

Ninfa était peut-être la dernière personne sur terre à parler des morts au passé.

– De Milan. Nous sommes en vacances.

Une goutte venue du ciel tomba sur le nez de l'homme, glissa jusqu'à son extrémité et y resta suspendue, s'étirant vers le bas.

– Et vous venez au cimetière pendant vos vacances ?

– Qu'y a-t-il d'étrange ? Pendant les vacances, les morts ne cessent pas d'exister.

Vu l'agressivité d'Alelì, l'homme tourna son corps tout entier vers Ninfa, qui lui lança un regard entendu mais impuissant.

– Excusez-moi, monsieur, quel âge avez-vous ?

– Ale ! On ne demande pas l'âge…

– Et pourquoi ? Est-ce une honte d'être vieux ?

L'homme sourit en toussant.

– J'ai quatre-vingt-dix-sept ans et je m'appelle Gino.

Les yeux de l'enfant brillèrent d'une lumière nouvelle et, pour éviter toute autre intervention inopportune, Ninfa changea de sujet.

– Pourriez-vous nous dire où se trouve cette maison en ruine ? demanda-t-elle en lui tendant la photographie.

Elle fut soudain prise d'un certain malaise. Elle aurait juré avoir vu les yeux de la défunte sur la photo de la pierre tombale aller d'elle à M. Gino, accompagnant le mouvement du Polaroïd. Elle haussa les épaules, tandis que des frissons lui parcouraient le corps, et elle n'entrevit que furtivement l'expression troublée sur le visage de l'homme, car un éclair attira brusquement son regard vers le haut, juste avant qu'il ne prenne la parole.

– Non. Maintenant il faut que j'y aille. Profitez bien de votre séjour.

Ninfa le regarda partir et le ciel lança un coup de tonnerre déchirant. Elle eut l'impression que c'était Tramonti qui avait parlé, pour lui dire de faire attention. Et cela vint lui rappeler qu'il y a des histoires qui se nichent dans les réactions des hommes, non dans leurs paroles. Or, M. Gino avait réagi étrangement devant le Polaroïd, tout comme Antonietta. C'était indéniable.

Elles déjeunèrent tard et Alelì ne manqua pas de le souligner. L'orage ne semblant pas vouloir éclater, elles passèrent la première partie de l'après-midi à parcourir les sentiers de Tramonti, au milieu des arbres, là où Ninfa espérait qu'elles pourraient toutes deux respirer un peu d'air pur et trouver un minimum de sérénité. Cela lui parut un bon moment pour lui parler du souvenir qui avait refait surface ce matin, le voyage en Toscane avec ses parents.

La petite soupira bruyamment :

– Je sais déjà tout ça.

– Ils t'ont parlé de ce voyage ?

Ninfa aurait donné n'importe quoi pour que la conversation ne s'éteigne pas.

– Non, je veux dire que je sais déjà qu'ils aimaient l'art et détestaient la nature.

Un silence nocif s'installa rapidement. Il se mit à faire froid et le mécontentement s'accrut.

À l'embarras causé par les vélos s'ajouta soudain celui causé par les paroles de la fillette :

– Moi, j'aimais bien jouer avec toi.

Elle prit une profonde inspiration avant de continuer, comme si elle avait besoin de plus d'oxygène :

– C'était à cause de moi, c'est ça ?

Ninfa arrêta d'avancer et se tourna vers elle.

– Quoi ?

– Que tu es partie et que tu n'es jamais revenue. Je me souviens que tu t'es disputée avec maman, elle non plus ne voulait pas.

– Ne voulait pas quoi ?

– Te voir partir.

Il y a cet étrange instinct qui fait fermer les yeux des hommes, et non les oreilles, quand arrivent des mots douloureux, pensa Ninfa. Un instinct qui en sait plus long que la raison, car certains mots cessent d'être de simples sons et deviennent une matière obscure visible, tangible, qui prend la forme de ce qui fait le plus mal.

Elle se demanda à quel point les souvenirs des enfants pouvaient être distordus et qui elle était, à ce moment, pour leur redonner leur forme véritable, après tout ce temps.

– Ce n'était pas du tout à cause de toi. C'était uniquement à cause de moi. Je te demande pardon. Viens ici, que je te fasse un câlin.

– Je n'ai pas envie.

Elle remit un pied sur la pédale.

– En te parlant ainsi, c'est comme si je t'avais demandé un câlin, et maman dit toujours qu'il ne faut pas les demander, sinon les câlins perdent leur valeur.

En fin d'après-midi, la pluie se décida à tomber et Ninfa dut accepter le fait que ce premier jour de vacances n'avait rien apporté. Elle essaya de dissimuler la nervosité qui l'envahissait et proposa de regagner leur chambre, dans l'espoir qu'Antonietta leur suggère un endroit où aller dîner. Elles roulèrent sans échanger un mot, arrivèrent à destination et trouvèrent la maison vide. Leurs hôtes devaient encore être à Maiori.

C'est à ce moment-là que Ninfa se rendit compte qu'elle n'avait pas la clé de la chambre sur elle.

– Dis-moi que c'est toi qui l'as.

– Je n'arrive pas à y croire, tu l'as perdue.

Elle essaya d'appeler Antonietta, encore et encore, en vain. Elle finit par s'asseoir dans l'escalier, où elle profita du puissant signal du Wi-Fi pour chercher un endroit où manger.

Dès que la fillette réalisa la situation, elle explosa :

– Et qu'est-ce qu'on fait, s'ils ne reviennent pas ce soir ? Nous sommes seules, au milieu de nulle part. Pourquoi es-tu toujours aussi distraite ? Tu es une irresponsable.

– Ale, s'il te plaît. Je vais tout arranger.

– Non. On est venues ici à cause de cette stupide histoire de notre grand-mère. Mais c'est papa et maman qui sont morts il y a deux mois. Il fallait choisir un endroit en rapport avec eux.

Ninfa n'arrivait pas à se concentrer.

– Bon sang !

– Qu'est-ce que ça peut te faire, cette histoire ?

Tout à coup, Ninfa aussi se dit qu'il était insensé d'être allées aussi loin, mais elle ne pouvait pas céder.

– Ça me semblait être une bonne idée. Une aventure à vivre ensemble, essayer d'imaginer la fin du conte, voir s'il y avait un fond de vérité.

Alelì se passa les mains sur les yeux.

– Grand-mère était écrivain. Si ça se trouve, elle a tout inventé.

Ninfa lutta pour son idée, sans savoir pourquoi.

– Et la photo ? Comment l'expliques-tu ?

– Eh bien allons-y : cherchons des renseignements.

C'est alors que Ninfa lui parla de la visite qu'elle avait faite à l'aube, et de l'adresse erronée.

– Allons-y quand même.

– Mais où ?

– À l'adresse. Tu ne fais jamais attention à rien, peut-être que tu l'avais sous les yeux et que tu ne l'as pas vue, la maison de la photo.

Ninfa eut presque envie de vomir : on aurait dit la voix de sa mère. L'entendre satisfaisait ce désir irrationnel qui l'avait accompagnée chaque jour depuis la mort de leurs parents, que tout cela ne soit qu'une erreur et qu'elle soit toujours là, avec elles, vivante. Mais en même temps, les mots employés ne faisaient que mettre de l'huile sur un feu ancien qui n'avait jamais été complètement éteint et ne demandait qu'à être ravivé. Alors elle se leva, prise d'une frénésie incontrôlable, et se dirigea vers son vélo.

– Allez, on y va.

Alelì la regarda, assez déconcertée.

– Mais je ne voulais pas dire maintenant. Il pleut à verse !

– Peu importe. Plus vite nous résoudrons cette affaire, mieux ça vaudra.

Elles pédalèrent follement, au risque de tomber et de s'écorcher les genoux. Même le ciel cessa de se retenir et se laissa aller à une pluie torrentielle qui leur ôtait toute visibilité. Le silence d'Alelì pouvait faire penser à un consentement, mais Ninfa savait qu'il était chargé de ressentiment. Même Flo, couverte par son imperméable dans le panier de la bicyclette, miaulait comme elle ne l'avait jamais fait auparavant.

Lorsqu'elles arrivèrent, il faisait presque nuit.

– Tiens, vérifie par toi-même.

La seule raison pour laquelle elle ne lui lança pas la photo au visage, c'était qu'elle se trouvait à contrevent. La fillette n'arrivait pas à garder les yeux ouverts tant la pluie était forte, mais elle s'acharna, se dirigeant vers le début de la rue pour vérifier que le nom correspondait bien à celui qui était écrit.

Elle revint en courant.

– Mais qu'est-ce qu'on fait ici ?

Ninfa eut un rire nerveux et incrédule.

– Tu ne voulais pas vérifier de tes propres yeux ?

La fillette poussa un hurlement avant de se mettre à crier ce que Ninfa avait compris à l'instant même où elles s'étaient revues, après toutes ces années : elles n'avaient rien en commun, Alelì n'était pas comme elle mais comme ses parents, et cet endroit ennuyeux, primitif, sans palais, magasins ni musées, rempli de moucherons casse-pieds et plein de terre partout, n'avait rien à voir avec elle. Elle détestait le contact avec la nature, exactement comme ses parents, et ce voyage était inutile, comme Ninfa elle-même, qui ne savait pas comment l'élever.

Ninfa avait à peine commencé à hurler à son tour quand une autre voix se fit entendre, faisant une brèche dans ce mur de rancœurs.

– C'est quoi, ce tapage ?

La voix était tellement rauque qu'elle écorchait les tympans, son volume étant limité par l'usure de la vieillesse.

Elles restèrent toutes les deux pétrifiées, jusqu'à ce qu'une seconde voix, plus amicale que la première et tout aussi âgée, se fasse entendre :

– Vous avez besoin d'aide ?

La pluie faisait écran, on n'y voyait rien. Ninfa souleva son vélo.

– Non, on s'en va.

– Et têtues, en plus.

– Allez, entrez !

Une main fendit l'air, leur faisant signe d'approcher.

– Sinon vous allez attraper une pneumonie.

Les silhouettes des deux femmes rentrèrent dans la maison située au numéro 7 de la Via Apicella.

9.

Voyage dans le temps

Là où l'homme érige des murs,
la nature crée des plantes grimpantes.

Alelì regarda la porte qu'elles venaient de franchir. Il devait s'agir d'une faille spatio-temporelle, pensa-t-elle. Son père et elle s'étaient toujours moqués des enfants qui croyaient vraiment à l'existence des héros de contes de fées, du Père Noël et de toutes les possibilités extraordinaires de la science-fiction. Mais ce soir, même lui aurait dû l'admettre, s'il avait été là avec elle. L'extraordinaire était devenu réalité.

Elles se trouvaient dans une vaste pièce aux murs de laquelle, au lieu de tableaux, étaient accrochées de vieilles poêles et casseroles. La cheminée abritait un chaudron en cuivre, comme dans les vieux contes illustrés avec des sorcières et des magiciens. Dans le coin gauche, des paniers en bois tressé de différentes tailles étaient empilés, et à droite, contre un mur qui paraissait couvert de traces de doigts, se détachait une commode en bois, aussi vieille que tout le reste, avec quelques photos de famille en noir et blanc encadrées posées dessus. En face de la porte d'entrée, un four à bois éteint, dont l'ouverture semblait une bouche sur le point de dire quelque chose de méchant. Il n'y avait aucune trace d'interrupteurs ni de lustres. L'éclairage provenait d'une série de bougies et de quatre lanternes placées aux coins de la pièce.

Alelì n'avait aucun doute. Elles avaient atterri dans le passé. Elle sentit se briser la frontière qui séparait l'impossible du possible, le magique du réel, et c'est ainsi qu'une idée commença à naître en elle, qui était déjà une évidence en son cœur, tant elle était nette. Mais elle ne la partagerait avec personne, pas encore, car elle devait d'abord faire quelque chose : collecter des données, comme lui disait toujours son père lorsqu'ils parlaient de la méthode scientifique, et Tramonti se révélait étonnamment être l'endroit idéal pour une recherche.

*

– Allez, séchez-vous. Raché, prends des serviettes supplémentaires.

Quelque chose remua dans la poitrine de Ninfa.

– Que faites-vous toutes seules à Tramonti ?

Elle fixait la porte derrière laquelle s'affairait l'autre femme, attendant qu'elle arrive.

– Nous sommes en vacances.

– Ah, dommage que vous ayez trouvé le mauvais temps.

Était-ce l'eau de pluie restée dans ses cheveux bouclés qui pesait sur sa tête ? se demanda Ninfa. Elle lança un coup d'œil à Alelì. Son regard était haut et fier, elle se tenait bien droite, les bras raides le long du corps avec ses poings rougis serrés, faisant penser à deux allumettes éteintes. Elle avait beau les pincer, ses lèvres frémissaient, trahissant toute sa vulnérabilité.

Spontanément, Ninfa s'approcha d'elle, elle voulait la serrer dans ses bras et essayer de la réchauffer, mais la fillette lui échappa comme une savonnette mouillée.

– Pauvre enfant, elle tremble, Raché ! Allez !

La deuxième femme entra dans la pièce avec des serviettes. Ses rares cheveux ondulés étaient rassemblés sur sa nuque dans une vieille pince en bois. Elle portait une robe grise juste au-dessous du genou, et ceux qui avaient choisi le noir comme couleur du deuil n'avaient à l'évidence jamais vu son regard bleu.

– Elles ne vont pas pouvoir rentrer chez elles avec ce temps, dit la femme gentille.

– Si, au lieu de crier, l'aînée avait pensé à mettre la petite à l'abri.

– Raché !

Le refus peint sur le visage, Mme Rachele se dirigea vers la cuisinière et mit une soupe à chauffer.

– Pas de chats chez moi.

Flo, avec son harnais, était couchée près de la cheminée.

– Alors nous partons tout de suite.

Alelì jeta la serviette contre la chaise la plus proche.

– Et on va où ? Si tu me fais traverser les bois dans le noir et par ce temps, je…

– Raché, qu'est-ce qu'elles vont faire ?

Ses yeux se posèrent sur Flo.

– Tu laisserais le chat dehors, sous l'orage ?

– Bien sûr, Celé.

Mme Celeste frappa la canne avec laquelle elle se soutenait contre le sol, en lâchant une exclamation d'impatience.

Elle s'approcha de Flo, récupéra la laisse de son harnais et se dirigea vers la porte.

– Alors je le prends, ce chat, j'habite la maison d'en face.

– Emmène-les elles aussi.

– Tu sais bien que je ne peux pas.

Elle se tourna vers Ninfa et leva la main gauche, son pouce jouant avec son alliance.

– Mon mari a un sale caractère.

Du regard, elle lança à la maîtresse de maison des recommandations tacites, comme une mère stressée par l'éventuel comportement grossier de son enfant devant des étrangers. Elle s'enroula dans son châle, prit un parapluie et parcourut les quelques mètres qui la séparaient de chez elle.

Depuis qu'elle avait habité avec Daniela, Ninfa regardait les couleurs des choses comme si elle aussi devait les dessiner. Elle avait appris à voir des histoires dans les nuances.

Alors qu'elle était assise, silencieuse, et aidait Alelì à s'envelopper dans un peignoir sec, elle ne pouvait s'empêcher de scruter le visage de Mme Rachele. Ses yeux avaient la même solitude limpide que les flaques d'eau séparées de la mer lors d'une tempête passée, et sa peau était de la même couleur que le sable sec et brûlant auréolé de gouttelettes salées, sous le soleil.

Ninfa croisa son regard et elle se sentit intrusive.

– Nous vous sommes reconnaissantes de votre hospitalité.

D'un geste brusque de la main, la vieille dame balaya les remerciements et se dirigea vers la cuisinière.

Quelques secondes plus tard, Ninfa poussa son bras de la table pour lui permettre de poser un bol de soupe chaude, tandis que l'odeur épicée des bruschettas croustillantes qu'elles allaient y tremper éveillait aussi la faim d'Alelì. Elles consommèrent ce repas simple dans un silence religieux, enveloppées par la chaleur qui se répandait dans leurs corps.

Mme Rachele ne dit pas un mot. Lorsqu'elles eurent terminé et qu'il fut clair que l'orage ne donnerait aucun signe d'accalmie ce soir-là, elle les accompagna dans la petite pièce voisine, qui semblait être d'une construction plus récente que la principale. Elle changea les draps d'un lit à une place et demie, sur lequel se trouvaient auparavant des paniers et des boîtes. Puis elle referma la porte, marquant ainsi une frontière entre elle-même et les deux invitées inattendues.

Ninfa se laissa tomber sur le lit, abattue par la frustration.

– Demain, on rentre à Milan. Cette folie s'arrête là.

– Non.

Elle se retourna pour la regarder, épuisée. Elle pensait que cet endroit ne lui plaisait pas.

– Et pourtant si.

– Il faut que tu arrêtes de fuir. Tu avais dit qu'on resterait une semaine.

Ninfa se frotta les yeux avec la paume de ses mains.

– J'ai changé d'avis.

– Tu ne peux pas changer d'avis sans me consulter. Je suis là aussi, tu te rappelles ?

– Oui, mais l'adulte c'est moi, et je décide ce qui est le mieux pour nous deux.

– Une adulte qui perd les clés de la chambre et qui oblige une enfant à pédaler sous l'orage, dans un endroit inconnu et dans le noir. Excuse-moi vraiment de ne pas te faire confiance.

Il était un peu plus de quatre heures du matin lorsque Ninfa se leva. Un coup de tonnerre avait déchiré son sommeil depuis un moment déjà, et elle n'avait pas réussi à se rendormir. Tendue, elle fit les cent pas dans cet espace étroit, n'aspirant qu'à sortir au grand air. Peu lui importait qu'il pleuve encore.

Elle ouvrit la porte et lança un coup d'œil dans la pièce à peine éclairée par les restes d'une bougie. Le misérable lit d'appoint dans lequel dormait Mme Rachele était incliné vers le centre de la pièce comme s'il voulait la recracher, et les draps étaient si vieux et secs que leurs plis ressemblaient à des lames.

Elle jeta un regard à la porte d'entrée et comprit que l'ouvrir se serait révélé une opération trop bruyante. Elle voulut regagner son lit, mais la poignée lui échappa de la main avec un claquement sec, et les yeux rougis de la femme se tournèrent vers elle, exprimant tout le sentiment de violation qui l'envahissait.

– Excusez-moi de vous avoir réveillée, ce n'était pas mon intention.

Il y avait quelque chose dans son regard, quelque chose qui l'avait fait trembler intérieurement. Elle la vit se lever avec difficulté et se diriger vers la cuisinière. Elles ne dirent pas un mot pendant quelques minutes, jusqu'à ce que Ninfa abandonne la porte de sa chambre et traverse la pièce principale en direction de la fenêtre fermée par une barre, au-delà de laquelle l'orage continuait de gronder. Elle avait vraiment besoin d'air.

Un cri résonna soudain dans cette vieille caverne, couvrant le grincement du vantail en mouvement et terrorisant Ninfa. Mme Rachele laissa tomber le pain qu'elle tenait dans les mains et se précipita vers la fenêtre, remettant brusquement la barre en place, avec une agilité qui laissa Ninfa stupéfaite. Ses mains, couvertes d'anciennes coupures cicatrisées et de signes du temps, restèrent plaquées sur le bois épais qui les séparait de l'extérieur, et son front ridé vint s'appuyer à son tour sur la planche horizontale qui servait à tenir fermée la vieille fenêtre.

– L'eau du ciel ne doit pas entrer.

– Excusez-moi, madame, je…

Ninfa glissa un regard furtif vers elle et se sentit honteuse, sans même savoir pourquoi. Elle eut pitié d'elle, de ce tremblement qui l'avait traversée de la tête jusqu'aux jambes, maigres et tordues.

La femme sembla remarquer ses yeux posés sur son corps difforme.

– Qu'est-ce que tu regardes ?

Ninfa recula, mortifiée. Après quelques secondes de gêne, Mme Rachele s'éloigna de la fenêtre, arrangeant ses quelques mèches dans sa pince à cheveux. Puis elle prépara le café, en silence.

Ninfa brûlait d'envie de lui demander si par hasard elle avait connu grand-mère Adriana, et de lui parler du conte de celle-ci, mais l'étoffe dont cette femme était faite semblait appartenir au passé, et il était évident qu'elle ne tolérerait aucune retouche, certainement pas de la part d'une inconnue.

10.

Liens

Quelle que soit la douceur du toucher,
il suffit d'effleurer
les feuilles du mimosa pudique
pour qu'elles se referment sur elles-mêmes.

Alelì avala sa première gorgée de lait, grimaçant à cause de l'absence de son habituel lait frappé du matin.

– Moi j'ai des recherches à faire, aujourd'hui.

Ninfa demanda si par hasard elles étaient liées au récit de leur grand-mère.

– Non. C'est un truc à papa et à moi.

– Moi par contre, comme je te disais, j'aimerais retourner à Milan dès aujourd'hui.

Alelì reposa bruyamment sa tasse sur la table.

– Mais tu n'as même pas résolu la question pour laquelle tu as voulu venir ici. Tu n'es pas aussi douée que moi pour faire des recherches.

Et elle courut dans la chambre, revenant peu après, le Polaroïd à la main.

– Madame, ma sœur cherche ce lieu abandonné. Savez-vous où il se trouve ?

La femme cessa d'ensacher des tranches de pain et posa les yeux sur la photographie. Son visage resta impassible quelques secondes. Puis elle regarda Ninfa.

– Si quelque chose est abandonné, c'est toujours parce qu'il y a eu de sales histoires. Restez loin de ça.

Elle ferma un sachet et porta un poignet à son front, soudain exténuée. Elle était encore plus essoufflée que la veille.

Dans les minutes qui suivirent, son état s'aggrava, sa tête se mit à tourner et elle perdit l'équilibre. Lorsque Mme Celeste ramena Flo, Mme Rachele venait de s'allonger sur le dos, une main agrippée si fort au bord du lit d'appoint que son bras squelettique tremblait, et de l'autre elle se couvrait la bouche, dissimulant mal une grimace de douleur.

– Isidoro arrive, on va aller chercher tes médicaments.

Elle se tourna vers Ninfa, qui n'arrêtait pas de se mordre les lèvres.

– Ça lui fait toujours du bien, quand il est là.

Elle plaça une couverture sur Rachele, la coinçant sous ses pieds, puis on entendit quelque chose s'étrangler dans la gorge de la malade lorsque Celeste demanda, pleine d'espoir, si les filles avaient l'intention de rester à Tramonti quelques jours de plus. Des visages nouveaux seraient une bonne chose pour la communauté, dit-elle.

Alelì confirma, tandis que Ninfa se demandait si ce n'était pas justement leur présence inattendue qui avait affaibli la femme. Maîtresse des lieux, la fillette prit la cruche d'eau et tendit un verre à Mme Rachele.

– Si vous gardez votre gorge hydratée, elle brûlera moins. C'est ce que me dit toujours maman.

C'est alors que la voix d'une gamine dans la rue la détourna de son rôle d'infirmière.

– Mais il y a aussi des enfants, alors !

Et elle courut dehors.

Qu'était en train de devenir ce voyage à Tramonti ? Au cours de l'heure suivante, Ninfa n'avait pas cessé un seul instant de se le demander, après s'être laissé convaincre par un inconnu de s'occuper d'une vieille dame rencontrée quelques heures plus tôt, dont l'état de santé se détériorait à vue d'œil.

Le fait est que dire non à Isidoro ne rentrait pas dans les possibilités envisageables. Il ne devait pas avoir plus de cinquante ans, et souriait comme s'il en avait dix. Il parlait en chantant et caressait le front de Mme Rachele comme s'il s'agissait d'un jouet précieux, tandis que sa fille Imma, qui devait être un peu plus jeune qu'Alelì, bourdonnait autour de lui comme un écho.

Suivant ce rythme accéléré typique des liens naissants chez les enfants, Alelì et Imma avaient refusé de se séparer, aussi Isidoro les avait-il emmenées toutes les deux avec lui à la pharmacie, ainsi que Lupetto, leur chien, et Mme Celeste.

Dès que la voiture était partie, Ninfa s'était mise à transpirer. Avait-elle vraiment laissé sa sœur de huit ans s'en aller avec des inconnus ?

La panique lui tacheta la peau et, sans la permission ni l'objection de Mme Rachele, elle se mit à laver des légumes et à les découper pour faire de la soupe, en silence, les yeux rivés sur son téléphone.

– Il est comme un fils pour moi. Ne t'inquiète pas.

Ninfa s'essuya le front avec le dos de sa main qui tenait le couteau. Elle sourit en hochant la tête, et aucune des deux ne dit plus un mot.

Le sentiment de culpabilité ne la quitta plus, même lorsqu'elle entendit leurs voix, même lorsqu'elle sortit dans la rue et vit Alelì, heureuse et à son aise, plus qu'elle ne l'était avec elle. Elle ne put cacher son émotion et courut la prendre dans ses bras.

Sa sœur la repoussa, agacée.

– Qu'est-ce que tu fais ?

– Si tu veux, moi, tu peux me prendre dans tes bras, dit Imma, s'accrochant à son bassin et la regardant d'en bas, souriante.

Ninfa lui caressa le visage, la douleur et l'émotion lui serrant le cœur, tandis qu'Isidoro entrait dans la maison pour y laisser les médicaments. Elle resta dans la rue à regarder les fillettes jouer avec le chien et, peu après, la camionnette repartit, plongeant la rue et la maison dans un silence pesant. Ninfa et Alelì rentrèrent, attendant que la soupe soit prête.

La fillette prit le carnet qu'elle avait apporté de Milan et commença à planifier les étapes de sa recherche.

– Alors, quel est notre programme ?

– Je ne peux pas te le dire, c'est seulement entre papa et moi. Toi, tu ne peux pas venir.

Ninfa tourna la louche dans la soupe.

– Tu crois vraiment que je vais te laisser te promener seule dans les bois ?

– Je ne serai pas seule. Isidoro connaît tout le monde ici et dès demain, avec Imma et Lupetto, il m'emmènera faire mes entretiens.

– Alors des inconnus peuvent venir avec toi, et pas moi ?

– Au fond, nous non plus, on ne se connaît pas depuis longtemps.

Ninfa croyait que retourner chez Antonietta la libérerait du malaise qui s'était accumulé dans ses os au cours de ces dernières heures, mais elle se trompait.

Alelì refusa de sortir dîner et préféra manger un sandwich dans la chambre, en silence. Elle choisit l'endroit de la pièce le plus éloigné de Ninfa et Flo afin, expliqua-t-elle, de finir d'organiser le programme de ses recherches, mais Ninfa suspectait qu'elle l'avait déjà terminé chez Mme Rachele. De temps en temps, elle leur jetait un coup d'œil, et Ninfa lui souriait toujours, pleine d'espoir, mais ensuite la petite tournait à nouveau le dos.

Elle avait été naïve d'imaginer que partager une simple chambre ne serait pas tellement différent que de partager un appartement entier après toutes ces années.

– Qu'est-ce que je peux faire ? demanda-t-elle à Daniela, tout en grattant avec son ongle la partie ébréchée d'une des marches qui reliaient leur chambre à la réception.

– Pour commencer, te convaincre que la situation n'est pas simple, et arrêter de culpabiliser.

Puis Daniela ajouta que les problèmes familiaux étaient comme les cheveux, faciles à arracher du moment qu'ils étaient pris individuellement. C'était du moins ce qu'elle imaginait, elle qui n'avait jamais eu de famille. Mais dans leur cas, les nœuds étaient trop nombreux, et ce ne serait pas le premier jour d'un voyage improvisé qui arriverait à les démêler.

– Je pense qu'il faut que tu arrêtes de chercher à tout prix à reconstruire la relation que vous aviez. C'est impossible, vous ne vous êtes pas vues pendant trop longtemps, à part quelques rares occasions familiales. Elle a grandi, tu as changé, et aucune de vous deux ne semble l'accepter. Mais l'adulte c'est toi, et si quelqu'un doit faire le premier pas, ce n'est pas elle. C'est une enfant, mais d'après ce que j'ai vu, elle me semble très mûre, alors pourquoi n'essaies-tu pas de lui rappeler la raison pour laquelle tu t'es éloignée d'elle aussi ? Pourquoi ne pas lui parler de ce jour-là ?

La tête d'Alelì surgit sur le seuil de la chambre, pour disparaître à nouveau tout aussi rapidement. Ninfa se demandait souvent comment sa sœur avait pu refouler entièrement l'événement qui n'avait cessé de la tourmenter, elle, au cours de ces dernières années.

Elle aurait tellement aimé être chez sa grand-mère avec Daniela, et cette pensée devint parole.

– Mais alors, c'est que tu ne m'écoutes pas ! s'exclama Daniela. Continuer à te réfugier dans le passé n'est pas la solution. C'est sur l'avenir que vous devez vous concentrer, car c'est ce qu'Alelì et toi devez construire ensemble.

– Mais elle me rejette. Toutes mes tentatives sont vaines.

Son amie mit le haut-parleur, car elle devait se préparer à sortir.

– Ce n'est pas vrai. Elle a accepté de t'accompagner là-bas, non ? Ne le sous-estime pas.

Ce soir-là, Daniela allait boire une bière avec l'architecte qui habitait la maison voisine. Il l'avait remarquée dans le jardin, en train de dessiner une structure selon lui instable, et il avait proposé de lui donner quelques tuyaux. Daniela avait fait remarquer en vain que, contrairement à lui, ses dessins ne sortiraient jamais des pages, et qu'elle n'était tenue de respecter aucune règle de construction. Pour lui, même les maisons imaginaires devaient être réalistes.

Entre deux gloussements, la voix de son amie tremblait un peu en racontant cette histoire.

Ninfa la laissa à son rendez-vous de travail, sans oser le définir pour ce qu'il était, autrement dit un rendez-vous tout court, et regagna sa chambre. Alelì était dans la même position où elle l'avait laissée.

Elle se coucha, espérant s'endormir vite, et quelques minutes plus tard sa petite sœur éteignit la lumière. Elle se fourra sous les couvertures avec des mouvements d'une brusquerie excessive.

11.

Peindre avec la terre

Presque personne ne croyait que dans les hypogées abandonnés des anciennes carrières de tuf blanc, sur l'île de Favignana, des plantes pouvaient prospérer.
C'est grâce à ce « presque » qu'existe aujourd'hui le Jardin de l'Impossible.

Les vides ont toujours des racines profondes, aimait lui répéter sa grand-mère. Ninfa aussi en avait toujours été convaincue, jusqu'au jour où elle avait vu un libraire qui, grâce à un espace vide de quelques millimètres sur une étagère supérieure, avait réussi à placer un titre sur la dernière étagère, tout en bas. Il avait suffi de faire glisser l'espace. Dans ce cas, c'était le contenant qui, privé de racines, était allé à la rencontre du contenu.

Les terrariums, en revanche, lui avaient appris que certains vides, bien qu'immobiles, au lieu d'avoir des racines, étaient nés pour les accueillir. Il suffisait que quelqu'un les trouve et les remplisse. Avec le temps, ses jardins sous verre étaient devenus de plus en plus demandés et plus spacieux, et avec eux, sa capacité à s'écouter elle-même s'était également développée. S'exercer à insérer élégamment les plantes dans le vaste compartiment inférieur des dames-jeannes, après avoir traversé les goulots étroits, lui rappelait chaque jour que ses plus grands vides se trouvaient au fond d'elle-même, et que la seule façon de les combler était de faire passer gracieusement la beauté par les interstices au-delà desquels elle les avait enfouis.

Plus elle se découvrait elle-même, sans le poids des attentes familiales, plus ses terrariums devenaient colorés. Elle cherchait toujours à les composer en donnant une voix aux histoires des personnes qui les lui commandaient, et elle adorait les personnaliser avec les petites illustrations réalisées par Daniela, attachées à l'embouchure des récipients par une ficelle.

Ninfa était en train d'en réaliser un à l'intérieur d'une dame-jeanne de dix litres lorsqu'elle avait reçu le coup de téléphone lui annonçant l'accident de ses parents. Elle venait d'insérer la plante sentinelle, celle qui donnerait les premiers signaux en cas de problème dans le terrarium, et elle avait tout de suite compris que le vide créé par l'accident de voiture de ses parents ne resterait pas immobile, mais elle n'avait pas eu le temps de s'y préparer. Il lui était arrivé dessus à une vitesse désarmante, et elle n'était certainement pas en mesure de le combler.

Après avoir raccroché, elle était restée figée pendant un temps indéfini. Sans spasmes ni lamentations, ses yeux s'étaient mis à lâcher de l'eau, tels des barrages rompus. C'était la première fois qu'elle arrosait un terrarium avec ses propres larmes, or les terrariums détestent l'eau salée.

Ce qui la perturba, ce ne fut pas de voir à nouveau le soleil se lever sur Tramonti, mais plutôt sa première pensée au réveil. Elle aurait pu se demander une infinité de choses, par exemple ce qui l'avait retenue de demander au moins à Mme Celeste si elles avaient connu grand-mère Adriana, ou bien ce qu'elle ferait pendant les heures où Alelì serait de sortie avec ses nouveaux amis pour ses recherches, ou encore comment s'était passé le rendez-vous de Daniela. Au lieu de cela, elle s'était demandé comment allait Mme Rachele, si elle avait besoin de quelque chose, si le sifflement qu'elle produisait en respirant s'était atténué avec les médicaments qu'Isidoro lui avait apportés, et si ses mains avaient cessé de trembler, maintenant qu'elle n'avait plus d'étrangers chez elle.

Même tandis qu'elle pédalait vers la maison de la vieille dame, aux premières lueurs du jour, elle ne parvenait pas à donner un sens à cette vive préoccupation. Elle savait déjà ce que lui aurait dit Daniela, mais c'était faux, cette femme revêche et colérique n'avait aucun rapport avec grand-mère Adriana. Rien en elle ne la lui rappelait, et pourtant c'était la première fois qu'elle avait affaire à une personne âgée depuis sa mort, et cela lui avait donné un sentiment étrange et indéchiffrable d'appartenance à quelque chose. Les choses anciennes avaient toujours eu cet effet sur elle.

Lorsqu'elle tourna dans la Via Apicella, Flo sauta hors du panier. Ninfa abandonna son vélo devant la porte d'entrée, faisant le moins de bruit possible, et elle suivit le chat en courant vers l'arrière de la maison, mais elle se figea en découvrant Mme Rachele agenouillée à terre, raide et tordue, telle une branche sèche. La partie du potager sur laquelle elle travaillait était dénudée par rapport à la partie adjacente, pleine de tomates et d'asperges.

Comment était-il possible qu'elle soit courbée dans cette position ? se demanda Ninfa. La première fois qu'elle l'avait vue, ses os lui avaient semblé d'une fragilité extrême, comme si la moindre pression risquait de les réduire en poussière.

Elles se regardèrent un long moment, avant que Ninfa ne décide d'approcher de son potager.

– Personne ne peut y toucher.

Ninfa venait d'entendre à nouveau l'appel des plantes, après tout ce temps, et les battements de son cœur s'accélérèrent. Il y a longtemps, elle avait laissé sa mère étouffer cet appel, mais elle ne le permettrait jamais plus.

– Personne ne m'éloigne de la terre.

Mme Rachele parut tellement décontenancée par cette réponse que, malgré le ton péremptoire avec lequel elle s'était d'abord adressée à la jeune fille, elle se remit au travail sans plus rien objecter. Au bout de quelques minutes, Ninfa comprit qu'elle vérifiait que la pluie tombée deux jours plus tôt n'avait pas causé de dommages aux bulbes de safran plantés là. Elle imita ses gestes, tout en regardant silencieusement autour d'elle pour se familiariser avec la variété des produits qui poussaient dans ce jardin.

Elle n'aurait pu dire combien de temps elles avaient passé en silence lorsque Mme Rachele commença à parler.

– Où sont vos parents ?

Ninfa ne leva pas les yeux.

– Ils sont morts.

Elle recouvrit un bulbe.

– Il y a quelques mois, dans un accident de voiture.

La femme n'arrêta pas de manier ses outils.

– Tu faisais ça avec eux ?

Ninfa la regarda sans comprendre, et Mme Rachele indiqua la terre.

– Non, je ne faisais jamais rien avec eux. Ils n'avaient jamais de temps pour moi, ils travaillaient tout le temps. Et si nous avions fait quelque chose ensemble, à leurs yeux n'importe lequel de mes gestes aurait été mauvais.

Ninfa fut surprise de la quantité d'informations qu'elle lui avait fournies, mais les mots étaient sortis de façon incontrôlée, avec colère.

La dame lui demanda ce qu'ils faisaient dans la vie, et lorsque Ninfa répondit, l'expression sur le visage de Mme Rachele changea, anticipant le ton de la suite :

– Laisse les morts en paix.

Ils avaient certainement déjà assez vécu et lutté, ajouta-t-elle.

Elle se leva et se dirigea vers la maison avec un panier rempli de tomates fraîches. Elle s'arrêta un instant sur le seuil et se retourna pour la regarder. Elle l'invita à entrer, mais Ninfa voulait que sa petite sœur se réveille ce matin-là en la trouvant à son côté.

*

Alelì n'avait jamais eu peur de l'obscurité de la nuit. Elle avait compris qu'en éteignant toutes, mais absolument toutes les sources de lumière dans une pièce, on évitait les ombres. Car oui, c'étaient des ombres qu'elle avait toujours eu peur, parce qu'elles ressemblaient aux monstres des films. L'obscurité totale, en revanche, était comme un tableau noir bien propre, une surface sur laquelle traduire en images ce qu'elle avait dans la tête. Et dans sa tête, il n'y avait jamais eu de monstres, mais – pour le plus grand plaisir de son papa et de sa maman – que de bonnes idées. Jusqu'à l'accident. Après ce maudit accident, l'obscurité totale était devenue insoutenable, et elle n'avait plus jamais dormi sans lumière : des monstres étaient apparus en elle, bien plus effrayants que les ombres du dehors.

Pourtant, ce troisième soir à Tramonti, elle avait à nouveau ressenti le besoin d'occulter toute source de lumière, comme autrefois, mais lorsqu'elle s'était retrouvée près de la fenêtre, elle n'avait pas eu le courage d'aller jusqu'au bout et avait laissé dégagée une petite fente. Elle avait un nouveau projet, certes, mais aussi des monstres dans le cœur.

Lorsqu'elle ouvrit les yeux, elle trouva Ninfa à son côté, qui jouait avec Flo. Elle avait encore son ardoise nocturne imprimée sur la rétine. Elle referma les yeux, avant que sa sœur ne la découvre éveillée et, sans savoir pourquoi, elle resta encore quelques minutes immobile, respirant la chaleur du corps de Ninfa près du sien.

Peu après, elle regarda sa montre et courut se préparer. Sa mission secrète allait commencer et, si tout se passait comme prévu, elle allait recueillir des informations fantastiques. Ensuite, elle aurait certainement besoin de l'étudiant de papa, celui qui était doué pour les graphiques circulaires de toutes les couleurs et pour ceux qui avaient l'air d'être faits de règles placées à la verticale, mais ça, elle y penserait plus tard. Rien n'excluait qu'elle parvienne à aboutir seule aux premières conclusions.

Après avoir préparé son sac à dos avec gourde, cahier et stylo, elle dit à Ninfa qu'il était temps de partir.

Avec Isidoro et Imma, ils s'étaient donné rendez-vous chez Mme Rachele.

Lorsque les autres arrivèrent, Ninfa enfonça un chapeau sur la tête de sa sœur.

– Pourquoi est-ce que tu m'obliges à m'inquiéter et que tu ne me permets pas de vous accompagner ?

– Ne t'en fais pas, ils vont à Figlino, toi reste ici, dit Mme Rachele, alors que les coups de klaxon et les aboiements de Lupetto l'avertissaient que l'aventure allait commencer.

– Si tu as besoin de quelque chose, s'il te plaît appelle-moi.

Alelì hocha la tête et sortit en courant. Elle pouvait se débrouiller. C'était sa première vraie recherche scientifique sans son père, et il allait être fier d'elle.

*

Lorsque Ninfa revint chercher son sac à dos, la vieille dame l'invita à rester. Elle avait très envie d'explorer les sentiers environnants, mais elle avait déjà décliné son invitation le matin même et ne voulait pas se montrer impolie. Peut-être cette femme avait-elle besoin d'un peu de compagnie, alors elle accepta.

Au prix visiblement de gros efforts, Mme Rachele souleva son bras âgé pour désigner une table basse à sa gauche, sur laquelle étaient disposés en rangées des flacons de verre contenant des poudres, ainsi qu'un récipient dans lequel étaient placés un marteau et quelques pierres. En dessous, il y avait un chevalet en bois, replié.

Quelques minutes plus tard, la dame s'assit devant une vieille feuille de journal jaunie et versa de l'huile de lin sur une poudre couleur bronze. Elle écrasa le mélange avec une pierre lisse, et enfin elle se mit à peindre avec une petite spatule. Des bandes de brun recouvrirent des lignes entières d'articles du siècle passé.

Ninfa observa la palette et les nuances des poudres, remarquant comme elles contrastaient avec les explosions chromatiques des illustrations de Daniela.

– Vous n'utilisez pas d'autres couleurs ?

La femme s'interrompit, la main tremblante, posa une pierre dans le récipient et fit mine de lui asséner un bon coup de marteau. Puis elle ouvrit un tiroir du chevalet et lui montra des pierres de différentes nuances de brun.

Pour Ninfa, comprendre fut comme un retour, ce fut comme rentrer chez soi après une longue absence. Elle se sentit comme un marin au bout d'un long voyage lorsqu'elle s'exclama :

– La terre !

Mme Rachele peignait avec la terre.

Elle resta à son côté, enchantée par l'extrême précision avec laquelle la femme déplaçait la main sur le papier, par sa façon de s'arrêter pour réfléchir quelques minutes avant d'ajouter quelque chose de nouveau. Bien que le sujet soit un produit de son esprit, elle semblait chercher sur la feuille les parties manquantes, faisant ainsi du papier à la fois un support et une source d'images.

– Je n'aime pas la façon dont elle te regarde, dit soudain Mme Rachele.

Devant le silence de Ninfa, elle se tourna pour la regarder avant d'ajouter :

– Ta sœur.

– Moi non plus. Je me demande toujours si elle m'aime.

La femme secoua la tête.

– C'est pire si elle se pose elle-même cette question.

Cette observation, arrivée de manière aussi inattendue, lui fit mal. Pour la première fois, elle réalisa que depuis qu'elle était retournée dans l'appartement de ses parents, elle n'avait fait que se comporter comme elle avait toujours eu l'habitude de le faire entre ces murs : elle avait essayé d'obtenir l'approbation. Mais sa tâche la plus importante n'était plus celle-là, et peut-être ne l'avait-elle jamais été. Il s'agissait plutôt d'essayer de connaître et d'écouter Alelì, de faire en sorte qu'elle se sente aimée. À présent, c'était Alelì l'enfant, et non plus Ninfa.

– Je tenterai de faire de mon mieux, d'apprendre. Je serai toujours là auprès d'elle, ça c'est sûr, j'espère juste qu'elle apprendra à sentir mon amour pour elle.

Le dessin avait à peine commencé à prendre forme, lorsque Mme Rachele posa sa spatule. Elle continua à répartir la terre avec un pinceau, pour la lisser et accentuer certaines nuances, et dans un dialecte qui échappait parfois à Ninfa, elle lui raconta qu'avec Nannina, sa sœur, la présence et l'amour n'avaient pas suffi.

Le cœur de Ninfa se mit à trembler. Rachele et Nannina, exactement comme dans le conte de sa grand-mère. Elle attendit la suite mais, à sa grande déception, la femme se tut. Ninfa osa alors lui demander ce qu'elle voulait dire.

– Je n'aime pas parler de moi.

C'était la même réponse que lui faisait sa grand-mère, quand Ninfa allait trop loin avec ses questions sur sa jeunesse.

– Mais si ça te permet de ne pas reproduire mes erreurs…

12.

La mer a disparu

Tramonti, 9 septembre 1943

Rachele avait l'habitude d'observer sa mère comme on lui avait appris à le faire pour les objets tombés du ciel : avec la crainte qu'elle puisse exploser d'un moment à l'autre, en tonnant un reproche. Elle était sévère et infatigable, Maria, avec ses mollets robustes formés par la montagne. Elle avait toujours le cou penché en avant, même quand elle n'avait pas sur le dos ses habituels sacs remplis de citrons. Et elle était belle, mince comme ces espèces de stylos, justement, qu'on montrait dans les journaux à Maiori et dont on disait qu'ils pleuvaient sur les têtes, lâchés par des avions, pour exploser entre les mains d'enfants innocents. Heureusement, Rachele n'en avait jamais vu au cours de ses trajets en montagne, mais de toute façon elle ne les aurait pas touchés. Celle qui voulait apprendre à écrire, c'était Nannina, elle oui, elle aurait pu perdre ses mains, attirée comme elle l'était toujours par la papeterie de Pucara. C'était peut-être pour ça que tante Raffaella disait toujours que le stylo devait servir tout au plus à apprendre à signer et que pour le reste, il valait mieux s'en tenir aux travaux en montagne.

Ce matin-là, Nannina lui avait fait observer quelque chose de différent chez leur mère, une lumière nouvelle qui la faisait sembler plus vivante. Elle affirmait que ce changement n'était pas apparu d'un coup, qu'il s'agissait de quelque chose de progressif. Comment avait-elle pu ne pas le remarquer ? Après tout, dans les ténèbres de la guerre, c'était presque péché mortel pour l'âme que de rater des étincelles de vie.

Il faisait chaud et si l'on jetait un caillou dans le puits près de la maison, on entendait un bruit sourd. Sa mère avait déjà fait trois voyages pour aller chercher de l'eau dans les grottes de Cesarano, après le déjeuner, mais ils étaient six à la maison – elles trois, leurs deux petits frères et la grand-mère – et trois trajets ne suffisaient pas à s'approvisionner décemment. L'eau servait à cuisiner et à se laver, et depuis des semaines ils devaient désormais choisir entre sentir mauvais et jeûner.

– Une amphore pour Rachele et une pour Nannina, dit leur mère en montrant les récipients d'argile à double poignée dans lesquels on transportait l'eau.

Elle leur demandait de l'aide, et pourtant elle ne lui avait jamais semblé aussi sûre d'elle, dans sa voix, ses mouvements et son regard. Nannina avait-elle raison ?

Depuis que la guerre avait éclaté, on s'en sortait à peine, on luttait contre la faim et la peur. L'absence des hommes de la famille, envoyés au front, avait d'abord plongé leur mère dans un abîme de désespoir. Cependant, comme l'avait fait remarquer Nannina, il était possible que la nécessité ait commencé à transformer l'épouse en femme indépendante. Jour après jour, elle s'était mise à apprécier cette adrénaline qu'elle ressentait à gérer sa propre vie sans les contraintes masculines, malgré les inévitables doutes. Le simple fait de pouvoir faire des choix sans avoir de comptes à rendre à quiconque commençait à lui forger un caractère nouveau et fier. Et si le prix de tout cela était le travail en plus, il était clair qu'elle était prête à le payer nuit et jour.

Comment cette nouvelle facette de leur mère pouvait-elle ne pas effrayer sa sœur autant qu'elle ? Son mari, son frère, son père ne manquaient-ils plus à leur mère ?

Alors qu'elles sortaient de la maison, elles furent assaillies par les cris de Gennarino, le fils du boulanger de Corsano.

– Vous êtes au courant ? Ils arrivent !

– Qui ça ?

– Les Alliés.

Il était toujours difficile de distinguer la réalité des inventions de Gennarino. Il passait beaucoup trop de temps seul avec sa tête. « Il est juste bon à porter des branches sur le dos, disait son père en lui frappant la nuque. Comme les femmes. Au moins comme ça, il m'apporte du bois pour le four, parce que le pain, ça, il ne sait vraiment pas faire. »

Gennarino les suivit sur le sentier qui menait à la source, se griffant le visage avec les branchages qu'il négligeait d'écarter, tout à sa fougue.

– Vous ne me croyez pas ? Alors quand vous arriverez en haut, tournez-vous vers la plage de Maiori, et vous verrez, si j'ai tort ! Les Allemands sont en train de faire un carnage.

Il toussota, impatient de donner d'autres nouvelles encore, puis reprit :

– Vous avez entendu ce qui s'est passé à Ponte ?

– On est des « femmes qui voyagent », on ne fait que travailler dans les montagnes, répondit la mère, lasse de l'avoir à leurs trousses. On ne sait rien ni de la mer, ni des Allemands.

Comme tous les matins, elles s'étaient levées à l'aube pour traire les vaches et porter les seaux de lait chaud au laitier du village.

– Qu'est-ce qu'ils ont fait, à Ponte ? interrogea Nannina, curieuse.

Pour elle, toute distraction était bonne à prendre, quand elle devait travailler. Rachele, qui avait un sens scrupuleux du devoir malgré ses neuf ans, espérait que leur mère ne perdrait pas patience.

– Nannì, arrête, si tu parles, tu n'auras plus assez de souffle pour marcher.

– Ils ont voulu monter dans le clocher de l'église San Felice, et l'escalier en bois tout entier s'est écroulé sous leurs pieds.

Nannina et Gennarino eurent le courage de rire de ces Allemands qui faisaient pleurer tout le monde.

– Ils ont crié : « L'escalier du Christ ! » D'après moi, ils voulaient monter pour voir si c'était vrai qu'arrivaient…

– Encore cette histoire ? Arrête donc. Laisse-nous travailler, il va bientôt faire nuit, se plaignit Rachele.

– D'accord, vous verrez bien. Salut !

Le gosse fit demi-tour en courant.

Elles poursuivirent leur trajet sur les traces de leur mère qui, au retour, ne fit qu'interpeller Rachele sur sa façon de porter son amphore remplie d'eau.

– Il faut la tenir comme le fait ta sœur, sinon tout se renverse et tu as fait un voyage pour rien.

Malgré tous ses efforts, Nannina faisait toujours mieux qu'elle. C'est pourquoi Rachele l'admirait tant.

– Ne t'en fais pas, moi aussi j'ai fait tomber de l'eau, c'est juste que maman ne l'a pas vu.

Un peu avant minuit, sur les sommets des Monti Lattari et depuis les fenêtres de la côte amalfitaine, les gens essayaient de les compter. Non, pas les étoiles. Les bateaux. On les apercevait dans les éclats de lumière des fusées éclairantes allemandes qui, d'après Nannina, ressemblaient aux cheveux longs et argentés des grands-mères à la lueur des bougies allumées avant d'aller se coucher.

Rachele se mordait la lèvre inférieure jusqu'au sang et serrait la main tremblante de sa sœur jumelle. L'air empestait le choc de deux sentiments opposés : la joie, car la guerre se terminait peut-être, et la peur de ne pas sortir vivants de l'affrontement imminent entre les Alliés qui arrivaient et les Allemands qui, selon les rumeurs du village, s'étaient barricadés sur le col de Chiunzi.

C'était quoi, le pire : gagner ou perdre ? À écouter les adultes, ce n'était pas clair.

– J'ai peur.

Rachele cacha son visage dans les bras de sa sœur. Nannina, c'était le souffle supplémentaire qui lui manquait quand elle était fatiguée, la grimace avec la bouche ouverte pleine de châtaignes quand l'atmosphère à table était trop tendue, le chatouillement dans les côtes sous les tonnelles de citronniers au risque de faire tomber les lattes en bois. Nannina, c'était la beauté dans la laideur.

– Ce soir, les enfants, vous irez dans la grotte à Pucara, annonça la mère.

Les dents de Rachele se mirent à claquer de terreur tandis que sa jumelle arrivait à bafouiller :

– Mais il y fait tout noir et très froid.

– Mieux vaut le froid que les bombes sur la tête.

Cette réponse fut comme un grand coup dans la poitrine de Rachele qui commença à haleter, saisie de panique. Nannina prit le visage de sa sœur entre ses mains et la regarda droit dans les yeux, effaçant le reste du monde.

– Reste calme. Nous sommes ensemble.

– Et ensemble, ça veut dire fortes ?

– Plus que ça. Invincibles.

La grotte froide et humide où elles se réfugièrent cette nuit-là était le site d'une source presque tarie. Des filets d'eau coulaient autour d'elles, tandis qu'une bougie, la dernière de la maison, tachait de lumière les parois rocheuses. Leurs deux petits frères pleuraient l'absence de leur mère.

Il y avait aussi Gennarino, dont le caractère optimiste avait été mis à l'épreuve par les barges qui accostaient à Maiori.

– Je vous raconte une histoire ?

Et il vida un sachet en étoffe qu'il avait apporté, laissant tomber à terre de nombreux petits objets en fer. C'étaient de parfaites miniatures d'articles en tout genre, ustensiles de cuisine, meubles, bateaux, chariots, clés, chapeaux, animaux, soldats. Il plongea la main dans le tas et saisit une minuscule chaise à bascule, sur laquelle il déposa peu après un petit ours.

– Ça, c'est pour vous, les filles.

– Tu ne te tais jamais, toi, hein ?

Croyait-il vraiment qu'être fille, ça voulait dire jouer avec des figurines ? pensa Rachele.

– Mais c'est pour imaginer des choses nouvelles.

– Moi, la vie à Tramonti me suffit. Si la guerre nous la laisse.

La voix de Rachele s'éteignit dans un sanglot étranglé.

– Allez, Raché. Au moins, ça nous change les idées.

Et, d'un geste de la main, Nannina encouragea son ami à commencer, comme toujours fascinée par ses récits pleins d'aventures et de lieux exotiques.

– Mais tu les trouves où, tous ces jouets ?

– Mon grand-père travaillait dans les forges d'Amalfi. Il les fabriquait à partir de rebuts. Ils sont beaux, hein ? Si vous voulez, je vous en offre quelques-uns, c'est des porte-bonheur.

Rachele sentit le regard encourageant de Nannina sur elle. Cette nuit-là, c'est tout Tramonti qui aurait eu besoin de porte-bonheur, alors que le village était tendu comme un élastique entre les nazis dans les montagnes et les Alliés en mer. Elle imita donc sa sœur et choisit quelques miniatures, tout en écoutant les histoires du garçon.

Gennarino se lança alors dans ses récits inutiles sur le brigand Gasparre di Tramonti, sur la dynastie des Mezzacapa de Maiori, et sur des terres étrangères, jusqu'à ce qu'il finisse épuisé par le flot de ses propres paroles et s'endorme avec les petits frères des filles.

Le monde autour d'elles était en train de changer tandis qu'elles se serraient l'une contre l'autre sous le manteau en peau de mouton de leur mère. Celui qu'elle avait mis sur ses épaules le soir où elle avait traversé la montagne pour aller les mettre au monde. La flamme de la bougie semblait projeter dans la caverne les ombres que Rachele avait en elle, sans que cela allège son âme.

– Nannì ?

– Dis-moi.

– Tu les aimes, hein, les histoires de Gennarino ?

Un boulet de canon parti de la montagne dessina une traînée dans le ciel, mais contrairement aux étoiles, sa chute ne fit que tuer certains souhaits.

– Oui, elles parlent d'endroits nouveaux.

– Parce que ça ne te plaît plus, chez nous ?

– Bien sûr que si, ça me plaît.

Elles cherchèrent une position pour dormir, allongées sur le flanc, et Nannina appuya son front contre celui de sa sœur. Les coups de feu à l'extérieur les terrorisaient et, même si elle ne l'aurait jamais avoué devant Gennarino, Rachele ferma les yeux en cherchant refuge dans un geste : elle serra dans ses mains les jouets qu'il lui avait offerts, à la recherche d'un peu de chance.

Puis elle ouvrit les yeux et aperçut ceux, ouverts, de sa sœur, qui lui souriait. Elle avait reconnu le tintement des petits objets en fer.

Que pouvait-il y avoir de pire que d'être réveillée par la voix de Gennarino ?

– La mer a disparu ! La mer a disparu !

La grotte glacée amplifia sa voix irritante qui s'infiltra dans le sommeil angoissé de Rachele.

– La mer a disparu ! La mer a disparu !

Ce n'est pas possible, pensa-t-elle. La guerre était atroce, elle avait emporté la nourriture, les pères, les frères. Elle avait semé la terreur, la mort et la violence dans les bois où ses proches et elle étaient nés, mais la mer… rien ne pourrait jamais l'effacer, car la mer était infinie et ne pouvait s'évanouir dans le néant. Même si on essayait d'imaginer un Allemand plus fou que Gennarino, qui déciderait d'éliminer la mer, goutte après goutte, comment pourrait-il y parvenir, si les gouttes de la mer étaient infinies ? Et pourtant la guerre… peut-être la guerre était-elle capable d'effacer une chose infinie simplement parce que celle-ci était belle.

Non. Elle était bien bête de se laisser influencer par cet idiot de Gennarino.

Nannina se leva d'un bond, entre angoisse et curiosité.

– S'il te plaît, n'y va pas. C'est une bêtise.

Il ne pouvait en être autrement. Rachele pressa les genoux contre sa poitrine, tandis que le froid mordait ses chevilles nues. Pendant la nuit, les lacets retenant les chiffons autour de ses pieds s'étaient dénoués, et ses petits orteils avaient perdu toute sensibilité sous l'effet du froid. Chaque fois qu'elle parlait, le nuage de condensation qui sortait de sa bouche brouillait la silhouette de sa sœur devant elle, la transformant en fantôme.

Gennarino et Nannina sortirent en courant de la grotte, et Rachele n'eut d'autre choix que de les suivre. Le grondement des tirs nocturnes emplissait encore le silence de l'aube, comme un écho, tandis qu'ils gagnaient un point d'observation. Lorsqu'elle arriva au sommet, Rachele trouva ses compagnons les mains plaquées sur la bouche, retenant leur souffle. Elle se tourna à son tour vers Maiori et serra les poings, enfonçant les ongles dans ses paumes jusqu'au sang.

Il existait vraiment quelque chose de pire que d'être réveillée par la voix de Gennarino ou par les bombes.

Et c'était là, devant elle. Pourquoi, parmi toutes les histoires absurdes de ce garçon insupportable, c'était justement celle-là qui était devenue réalité ? La mer avait disparu. À sa place, il y avait une nuée grise flottante qui faisait penser à une population de mouches. Elle pouvait presque entendre leur bourdonnement. Cette chose immense qu'était la mer avait-elle été dévorée par les mêmes insectes qui se posaient sur les bouses de leurs vaches ?

– Mais il y en a combien ? demanda Nannina.

– De quoi ?

– De bateaux.

On ne voyait pas une goutte d'eau sous les navires et barges des Alliés. Si jusqu'alors on n'avait pas bien compris s'ils étaient bons ou mauvais, maintenant il n'y avait plus aucun doute. Si les Allemands étaient mauvais parce qu'ils tuaient hommes, femmes et enfants, comment appeler des êtres qui avaient tué la mer ?

Dans le reste du monde, on pouvait tout au plus regarder les couchers de soleil depuis la mer. Eux vivaient dans le seul endroit où l'on pouvait voir la mer depuis les couchers de soleil, depuis Tramonti. Maman le leur disait toujours.

Mais maintenant ? Quelle serait sa vie si Tramonti cessait d'être quelque chose d'unique ?

Le doute s'évanouit deux jours plus tard lorsque, traversant les chemins muletiers avec des seaux remplis de lait, elles tombèrent sur trois Alliés en uniforme. Pendant quelques secondes, le temps s'arrêta, figeant fillettes et soldats. Enfin, l'un d'eux ouvrit son sac à dos, et Rachele découvrit les plus belles armes qui soient : le chocolat et le pain.

Elle regarda sa sœur et se sentit stupide. Tramonti serait toujours unique, parce qu'il y aurait toujours la montagne avec ses sentiers et Nannina. Et le chocolat.

13.

Les petites fourmis

Tramonti, 1951

Ce n'était pas pour la paie que Rachele avait décidé de porter deux paniers à la fois ce matin. Le propriétaire du dépôt de citrons, avec lequel le métayer travaillait, lui donnait ces semaines-là deux mille lires par voyage, non par panier. La raison était autre. Celeste, avec qui elle parcourait chaque jour les sentiers de montagne, s'était précipitée chez elle avant le lever du soleil. Son ventre n'avait pas encore complètement disparu, bien qu'elle ait accouché depuis plus d'un mois.

– Raché ! Réveille-toi, Raché, il faut que tu m'aides !

Lorsqu'elle avait ouvert la porte, même ce qui restait de l'obscurité de la nuit n'avait pas réussi à dissimuler les marbrures violacées que son amie avait autour de l'œil droit. La veille, elles n'y étaient pas. La veille, elle avait juste un bleu sur le côté gauche de la mâchoire.

Celeste lui expliqua que son mari n'avait pas obtenu le travail à Maiori, celui sur lequel ils comptaient depuis des semaines.

Rachele lui tendit la main pour la faire entrer, mais l'autre recula.

– Non, écoute-moi. Il est rentré tard, complètement ivre. Là il va dormir toute la matinée, mais je ne sais pas où sont les chats.

Or, ne pas trouver les chats signifiait devoir laisser le bébé dans son berceau à la merci des rats, prêts à ronger ses petits pieds charnus, tandis que son père violent empestait l'air de l'alcool ingurgité la soirée précédente.

Non, Celeste ne pouvait pas rester dehors longtemps, mais elle ne pouvait pas non plus renoncer à une journée entière de travail. Elle devait nourrir son bébé. Depuis qu'elle était devenue mère, elle avait cessé de lutter contre son mari et elle subissait. Le ton de sa voix, autrefois vibrant et joyeux, s'était abaissé et assombri. Elle pensait qu'en se taisant et en laissant son mari se défouler elle souffrirait moins.

– Aide-moi, je t'en prie.

Ainsi, pour livrer au port de Minori la cargaison de citrons promise par leur employeur, et pour permettre à Celeste de terminer plus tôt sa journée de travail, Rachele en était déjà à son deuxième voyage avec plus d'un quintal d'or amalfitain sur le dos. Elle devrait se rappeler de changer de coussin, car l'éponge enveloppée de tissu était maintenant trop usée et se défaisait sans cesse, laissant sa nuque à découvert. L'élastique sur son front, qui aurait dû le maintenir en place, se prenait toujours dans une lanière de châtaignier endommagée. Elle allait devoir changer de panier aussi, cela faisait deux ans qu'elle avait celui-là et il était temps d'en acheter un nouveau.

Le long du sentier raide et accidenté, à mi-chemin entre Paterno Sant'Elia et Minori, les femmes en file indienne se chuchotaient des ragots sur les cris entendus chez Celeste la nuit précédente. On aurait dit de petites fourmis industrieuses, chacune avec une miette sur la tête.

Rachele avait la gorge brûlante de soif, les mâchoires douloureuses à force de grincer des dents sous l'effet de la fatigue, la sueur qui suintait entre les cils, et les jambes arquées sous l'effort. Son cœur pompait le sang pour supporter le poids, et un petit rire haletant colorait son visage quand elle s'efforçait de ne pas se pencher en avant pour éviter de faire tomber les citrons qui tenaient en équilibre. Si elle n'avait pas réussi à nouer le tissu censé contenir les agrumes, c'était uniquement à cause du subterfuge de son escroc de chef. Il les avait obligées à mouiller leurs paniers lorsque le prix avait été convenu avec le métayer et, quand les paniers avaient été secs et plus légers, elles avaient dû mettre plus de citrons pour atteindre le poids convenu. Résultat, plus de produits pour le même prix. Mais elle, elle serait toujours payée deux mille lires.

Malgré cela, les ragots des femmes devant elle la poussèrent à trouver la force de tourner le cou pour regarder Celeste dans les yeux.

– Laisse-les parler. Tu n'es ni la première ni la dernière.

Qu'avaient-elles à dire ? Croyaient-elles peut-être que cela ne leur arriverait pas, à elles ? Ça se passait comme ça, la plupart du temps. La femme ne connaissait vraiment l'homme qui deviendrait le père de ses enfants qu'après l'avoir épousé et, si le sort ne se révélait pas favorable, elle devait le garder quand même, tel qu'il était. Toutes le savaient et pourtant, bien que conscientes de pouvoir être les prochaines, elles entretenaient les commérages et critiquaient même le fait que Celeste soit venue travailler en tunique, sans savoir qu'elle se servait maintenant de sa jupe pour envelopper son bébé. Aucune d'entre elles ne semblait posséder l'altruisme et la douceur de Celeste, qui se contentait de se taire en espérant que les bavardages à son sujet finiraient par s'éteindre.

Rachele s'efforçait de ne pas écouter, lorsqu'elle posa le pied sur une pierre voilée par le filet d'eau d'un ruisseau. Pour rester debout, elle dut se pencher en avant d'un coup sec, ce qui lui provoqua une douleur déchirante au côté droit, et elle écarta les jambes, sa longue robe, qui lui arrivait juste au-dessus de la cheville, prenant la forme d'une cloche. Elle haleta sous l'effort, en équilibre sur le bord abrupt du sentier, priant pour que les citrons ne tombent pas. Il fallait que l'écorce reste intacte. Elle perdait toujours beaucoup de temps à doubler l'intérieur de ses paniers avec des sacs en toile, afin que le châtaignier n'égratigne pas l'écorce des citrons. Pour la même raison, quand elle les ramassait, elle avait toujours les ongles courts et des gants. Elle ne pouvait pas perdre un quintal de marchandise à cause d'un stupide moment d'inattention en marchant.

– Tu es folle. Tu vas te tuer, dit Nannina qui avait dépassé deux ou trois filles et rattrapé sa sœur. Je sais que tu veux l'aider, mais comme ça, tu vas te casser les reins.

– Si je ne le fais pas, Celeste sera obligée de faire plus de voyages et elle rentrera tard à la maison. Quel mal y a-t-il, si pour une fois je l'aide ?

Elle laissa échapper un nouveau sifflement de douleur, qu'elle étouffa aussitôt. Ce matin-là, elle avait trop serré la ficelle qui maintenait les chiffons fermement autour de ses pieds, et elle commençait à éprouver un mélange de fourmillements et d'élancements dans les orteils. Quand elle pliait le pied, elle sentait combien ses tendons enserrés étaient contractés. Si elle ne détendait pas ses lacets à Minori, elle perdrait la sensibilité jusqu'aux chevilles et ne serait pas en mesure de remonter ou, pire, de supporter le voyage suivant.

– C'est elle qui a choisi ce mari.

Choisi ? Nannina revenait-elle vraiment sur ce sujet ? On ne pouvait pas toujours choisir, ça ne lui était pas encore entré dans le crâne. La pauvreté et la faim n'avaient pas disparu avec la fin de la guerre, et certains mariages pouvaient améliorer le sort d'une famille. Que les choses tournent autrement et que l'union se révèle infructueuse, cela faisait partie de l'imprévisibilité de la vie. Celeste avait accepté d'épouser cet homme pour aider ses parents à élever ses sœurs cadettes, et s'il l'avait fallu Rachele aurait fait de même.

– Moi je ne pourrais pas.

Nannina poussa le panier supérieur de sa sœur, pour le remettre bien en équilibre, et elle se tut, pensive.

Rachele éprouva de la peine pour elle, pour sa faiblesse face aux difficultés, pour sa tendance à éviter la fatigue et la douleur. Si elle n'apprenait pas à accepter certaines choses, la vie risquait de lui être insupportable.

Soudain, la file de fourmis humaines s'arrêta. Un troupeau de chèvres leur coupèrent le chemin, en route vers les montagnes, suivies par le berger qui resta à l'écart, discret, avec l'intention de laisser passer les femmes après les chèvres. Ses cheveux bouclés étaient roux comme des citrouilles mûres, un soupçon de barbe mal entretenue lui piquetait la mâchoire, et son nez, comme pour s'accorder au reste, avait également pris des couleurs le long de sa difficile ascension.

– Quel malpoli ! Il nous laisse attendre là avec ces charges sur le dos ? croassa Rachele.

Sa sœur ne répondit pas, les yeux fixés sur le berger qui la regardait en retour.

– Arrête, ça ne se fait pas.

– Quoi ?

– De le regarder comme ça.

Il y avait déjà trop d'aventures dans les citronneraies, il était inutile d'en rajouter dans les montagnes.

Lorsque la file de femmes reprit sa marche, le sourire discret qu'échangèrent Nannina et le berger, tous deux barricadés derrière un décorum et une timidité qui avaient tout l'air de pouvoir facilement être franchis, n'échappa pas à Rachele.

La veille au soir, elle avait préparé elle-même la bassine d'eau avec des pétales de roses, comme le voulait la tradition liée à la fête de la Madone des Bains. Elle avait soigneusement choisi la forme et la nuance de chaque pétale, créant à la surface de l'eau des cercles concentriques monochromes allant du blanc au pourpre, et pour finir elle avait placé le récipient dehors, devant la porte de la maison, afin que l'eau soit bénie pendant la nuit.

Rachele avait toujours eu un faible pour les pétales de roses tombés. Si pour les autres ce n'étaient que des parties mortes de la fleur, incapables de rester accrochées à la beauté, pour elle ils étaient encore vivants et avaient choisi de retourner à la terre, sans la présomption de la floraison. Timides, plus fiers du sol qui les avait engendrés que de ce qu'ils pouvaient devenir. Ainsi, elle les ramassait et leur donnait une nouvelle vie, sentant en eux des amis, car ils paraissaient aimer les racines de Tramonti autant qu'elle. Ensuite, avant qu'ils ne sèchent, elle les collait sur les bords de vieilles feuilles de papier journal qu'elle peignait avec de la terre, créant ainsi des cadres fleuris. Toutes les mariées de la région recevaient une œuvre de Rachele le jour de leur mariage, c'était devenu une tradition.

Ce matin-là, le premier contact entre son visage chaud et l'eau de rose fraîche, recueillie dans ses mains en forme de coupe, fut comme une caresse. Elle ne fit qu'effleurer l'eau, pour que les callosités et les gerçures de ses doigts et de ses paumes ne viennent pas altérer la délicatesse de cette sensation, et pour finir elle choisit le plus beau pétale, avec lequel elle caressa ses joues régénérées, les yeux clos.

– Tu te fais belle pour quelqu'un de particulier ?

Cette voix fut comme une griffure en plein visage et vint ruiner la sacralité du rituel. Au fond, c'était bien la spécialité de Gennarino : se faire entendre aux moments les plus inopportuns. Elle se sentit agressée et le lui fit comprendre avec le plus profond regard de mépris qu'elle put décocher, tandis que quelques gouttes glissaient de son menton sur les pointes de ses très longs cheveux bouclés.

Le garçon leva les mains en signe d'excuse, sans décoller le dos du mur d'en face. Il resta quelques secondes dans cette pose arrogante puis, lorsque Rachele fit mine de s'en aller, il bondit vers elle en lui attrapant le bras.

– Je ne voulais pas être intrusif.

– Laisse-moi. Qu'est-ce que tu veux ? C'est l'aube !

Il lui indiqua un panier neuf à quelques pas de là, la poignée décorée de minuscules fleurs des champs. Elle se sentit ridicule. Elle avait oublié qu'elle lui en avait commandé un la veille.

– Tu as été vraiment très rapide.

– Parce que je suis le meilleur vannier du monde.

Il mima un salut, faisant tomber la casquette de sa tête.

– Je ne peux pas travailler aujourd'hui, je joue à la fête du village. Alors j'ai pris de l'avance sur mon travail. Sinon, comment tu aurais fait pour transporter les citrons, demain ?

Rachele baissa les yeux, agacée par le soupçon de gratitude inattendue qui venait de lui titiller l'orgueil.

– Je ne paie pas pour les fleurs.

Gennarino ramassa sa casquette et commença à s'éloigner.

– Elles sont pour Nannina. Les fleurs, c'est pour les filles les plus sympas.

À Tramonti, tout le monde aimait les jumelles. C'était dans leur façon d'interagir avec les gens que résidait la différence essentielle entre elles. Alors que Rachele aimait tenir compagnie aux personnes âgées le dimanche après-midi, les aidant à organiser leur semaine et à faire le ménage qu'elles ne pouvaient plus faire, Nannina amusait les enfants dans la rue, les faisant jouer et leur racontant des histoires. En d'autres termes, Rachele cultivait le passé, Nannina, l'avenir.

Les matins de fête, avant de rejoindre la communauté villageoise et de s'unir aux célébrations, les jumelles se réfugiaient sur un des belvédères des Monti Lattari et passaient quelques heures ensemble, seules. Parcourir la montagne en tant que femmes et non en tant que « femmes qui voyagent » avait une tout autre saveur, disait Nannina. Elle proposait toujours Foce, comme si elle voulait se rattacher à un lieu dont le nom partageait avec elle le désir de s'immerger dans quelque chose de nouveau et d'immense, précisément comme un fleuve qui se jette dans la mer[5]. Rachele, en revanche, préférait le Monte Finestra, d'où elle pouvait embrasser du regard et respirer la grandeur imposante de sa terre.

Dans ce coin du monde où le travail ne permettait d'avoir qu'une seule pièce par famille, la montagne ajoutait des couloirs, des escaliers et des espaces de vie, comme si elle était un immense château. C'est ainsi qu'elles avaient appris à se sentir chez elles dans chaque recoin de Tramonti, enfants, en jouant à « dis-moi où tu es » – en se cachant dans les criques rocheuses, derrière les buissons touffus ou derrière les ceps de vigne plus que centenaires – et adultes, en transformant les sentiers en lieux de confidences.

Ce jour-là, elles s'arrêtèrent à plusieurs reprises pour ramasser de l'herbe de la Madone des Bains. On l'offrait aux mariées comme symbole de fertilité, mais aussi comme amulette de protection à conserver chez soi, au-dessus du lit ou des portes.

– Celeste en aurait besoin d'une forêt entière.

Rachele espérait que le pouvoir miraculeux de cette plante, qui savait survivre et se régénérer même déracinée et privée d'eau, se transmettrait à son amie. Elle repensa

---

5. *Foce* en italien : « embouchure, estuaire ».

à elle, aux bleus sur son visage et ses poignets, qui semblaient des plaies par lesquelles sa force vitale s'évaporait. La solution résidait peut-être dans la foi, dans cette vieille tradition religieuse.

Nannina lâcha un rire amer, qui avait un goût d'indignation.

– Celeste n'a pas besoin d'une plante. Elle devrait juste fuir loin d'ici. Autrement son mari va la tuer.

Rachele fut prise de frissons. Elle ne pouvait même pas concevoir une vie loin de chez elle, de sa famille, de cette terre si profondément enracinée en elle. Comment pouvait-on penser à séparer ce que Dieu avait uni ? Elle chassa cette idée aussi vite que Nannina l'avait lancée dans l'air tiède du matin et elle continua à grimper, jusqu'à Foce. Celeste trouverait le moyen de gérer sa vie de couple, comme toutes les autres. Et Rachele l'aiderait.

Arrivées au sommet, elles s'assirent en silence quelques minutes, respirant la paix.

– Tu me promets que tu ne te contenteras pas de ça ?

Rachele rit de cette question. Il y avait de la beauté en abondance autour d'elles, rien ne pourrait jamais l'anéantir. C'était ça, son paradis.

– Il n'y a qu'une chose qui pourrait me gâcher la vie.

– Laquelle ? demanda Nannina, sérieuse.

– Voir jour après jour ce misérable Gennarino.

Un petit groupe d'oiseaux voisins s'envola, dans le sillage de leurs rires. Rachele les suivit du regard, enchantée par le bonheur d'un instant qui devenait un chemin sur lequel voltiger.

– Tu sais que son cousin Antonio va partir pour Loreto, dans la province de Novara ? dit Nannina tout en se plaçant derrière elle.

Elle divisa les cheveux acajou de sa sœur en mèches épaisses et se mit à les tresser avec des brindilles en fleurs fraîchement cueillies. De temps en temps, le vent faisait avec leurs chevelures ce que la vie avait fait avec leurs existences : il les entrelaçait, mélangeant le brun et le doré. Nannina disait toujours que la couleur de leurs cheveux reflétait leurs essences : les siens étaient dorés comme les étoiles auxquelles elle murmurait ses vœux, ceux de Rachele étaient comme la terre qu'elle utilisait pour peindre.

– Et tu te souviens de leur autre cousin, Luigi Giordano ? Celui qui est revenu de la guerre en disant qu'il voulait apporter le *fior di latte* dans le Nord.

– Ça ne lui suffisait pas de l'apporter à Naples ?

Nannina se mit à rire, se moquant comme toujours de la résistance de sa sœur au changement.

– Il veut ouvrir une pizzeria, c'est la seule façon d'écouler toute la mozzarella qu'il produit. Sinon, il va faire faillite. Antonio va voir s'il peut travailler avec lui.

– Ils n'ont pas une place en plus ? Comme ça, ils pourraient aussi emmener le vannier.

– Ils en ont une, mais c'est pour Vittorio. Tu te souviens de lui ? Il nous racontait toujours des histoires, quand on était petites.

Rachele acquiesça, puis Nannina lui tapa sur l'épaule.

– Pourquoi détestes-tu tellement Gennarino ? Moi, je l'aime bien. C'est mon meilleur ami.

– Tu sais bien pourquoi. Il parle trop ! Il a trop d'imagination et il travaille mal.

– Raché, c'est merveilleux, l'imagination. Elle te permet de voyager quand tu n'as pas l'argent pour le faire en vrai.

– Eh bien moi, je ne veux pas voyager.

– L'autre jour à la papeterie, pendant que j'étendais des feuilles pour les faire sécher, je me disais que ce serait beau, de savoir écrire. Et aussi de voyager et de connaître de nouveaux endroits, où on n'est pas obligées de trimer tous les jours sous des paniers.

– Tu vois le mal que ça fait, l'imagination ? C'est un leurre. Où veux-tu aller sans argent ? Le peu que nous gagnons ici sert à manger, pas à voyager.

Elles se firent belles pour la fête du village, impatientes de danser sur les musiques populaires au son des *tammorre* et d'assister au défilé des chars décorés de fleurs colorées. Leurs ventres grognaient à l'idée de la table dressée. Rachele aimait le moment où elle découvrait l'assiette avec la viande de porc, qu'ils pouvaient s'offrir tout au plus une fois l'an. Elle pensa aux plateaux avec les fromages frais et les *pigelle*, ces bols en terre cuite contenant des miches de pain recouvertes de lard salé et fourrées de fromage râpé.

Nannina était moins enthousiaste, elle disait qu'une seule fête ne pouvait suffire à compenser la faim d'une année entière.

14.

La pizza de Tramonti

La Tradescantia zebrina,
également connue sous le nom de « misère »,
est une plante vivace herbacée qui survit
à toute adversité avec très peu de soins.
Peu, ce n'est pas rien. Peu, parfois, c'est assez.

Sur la feuille de journal que Mme Rachele avait devant elle, Ninfa vit la silhouette d'une femme entre les arbres, qui traversait la montagne avec un grand panier sur le dos. Une « femme qui voyage », une « petite fourmi ». Dans la partie montagneuse de la côte amalfitaine, les routes asphaltées avaient été construites tardivement. En leur absence, aucun véhicule ne pouvant être utilisé, le transport des marchandises se faisait entièrement à pied, en grande partie sur les épaules des femmes.

Ninfa se leva pour s'éclaircir les idées, désorientée par la fierté avec laquelle la femme avait parlé de ce genre de métier. Ces corps âgés, encore vivants mais très rouillés, portaient en eux le contraste entre l'environnement salubre de la montagne et l'usure du labeur quotidien, ainsi que les effets de la banalisation de conditions de vie familiales et professionnelles qui semblaient lointaines, mais qui appartenaient à un passé trop récent pour que ce ne soit pas déconcertant.

Elle repensa à sa grand-mère, à son élégance et aux opportunités qu'elle avait eues. Puis elle posa à nouveau les yeux sur Mme Rachele, croyant ressentir de la pitié à son égard, au lieu de quoi elle se sentit traversée par des sentiments inattendus, qu'elle ne put garder pour elle. C'était de l'envie pour l'humilité et la fierté avec lesquelles Rachele parlait de sa contribution à cette communauté, et du travail qu'elle avait accompli avec dévouement pendant près d'un siècle. C'était de l'admiration, parce que même à une époque et dans une terre qui n'offrait rien ou presque aux femmes, Mme Rachele avait su trouver sa propre place dans le monde.

Les yeux âgés de Rachele se remplirent de gratitude, mais elle tint tout de même à souligner que ce qui pour Ninfa n'était rien, pour elle avait été tout. À l'époque, pour les femmes, pouvoir travailler, quelles que soient les conditions dans lesquelles elles le faisaient, c'était un luxe, la possibilité de s'affranchir du patriarcat et de montrer que leur contribution comptait, pour aider les bons pères et les bons maris ou pour sortir de chez soi si certains d'entre eux devenaient violents.

Ninfa pouvait estimer que c'était de la torture, ajouta-t-elle tandis que la trace d'une larme qui glissait s'ajoutait aux sillons de son visage, mais pour ces femmes, et pour elle-même, c'était la liberté.

*

Imma, six ans, parlait sans arrêt, et elle semblait être le prolongement d'Isidoro. Elle était pendue à ses lèvres et complétait ses phrases.

– Alors, jeune fille, comme tu me l'as demandé, j'ai choisi vraiment les plus vieux, ceux qui ont fait…

– … l'histoire de notre terre, gazouilla sa fille.

Isidoro affichait un sourire généreux et ses yeux étaient un peu comme sa bouche : ils avaient une voix propre, semblables à de petites radios.

– Tu habites à Tramonti depuis longtemps ?

Le visage de l'homme s'illumina.

– Je suis ici depuis toujours.

Il ne l'avait quitté qu'à l'âge de vingt-cinq ans, pour aller travailler dans des restaurants de la côte.

– Positano, c'est un bijou. Là-bas, j'attrapais les yeux bleus.

Il se tourna vers elle et la fillette découvrit des yeux aussi noirs que ses olives préférées.

– À Positano, on voit la mer la plus bleue du monde. Elle est tellement bleue qu'à force de la regarder tes yeux deviennent bleus…

– … et ton cœur aussi… poursuivit Imma.

Tout devient bleu, conclurent-ils en chœur avant d'éclater de rire.

C'est peut-être là que les princes des contes de fées deviennent bleus[6], pensa Alelì. À Positano ! Elle se tourna pour observer le père et la fille, et elle se sentit seule.

– Mais je suis revenu très vite. Parce que Tramonti est un endroit unique et qu'on ne peut pas l'abandonner.

---

6. En italien, le Prince charmant s'appelle littéralement le « Prince bleu ».

Et pourtant, tandis qu'il conduisait sur ces routes grimpant dans la montagne, son regard semblait celui de quelqu'un qui s'émerveille pour la première fois. Or, s'il y avait bien une chose qu'Alelì n'aimait pas, c'étaient les rediffusions. Elle détestait revoir des films qu'elle avait déjà vus. Alors elle lui posa la question : comment était-il possible de voir le même endroit toute sa vie, encore et encore, et de le regarder toujours avec autant d'amour ?

– C'est exactement ça, le secret des grands amours. Pas vrai, Lupé ? dit Isidoro.

Il tendit une main sur la tête du petit chien qui, depuis qu'Alelì était montée dans la voiture, n'avait fait qu'essayer de se blottir sur ses genoux. Mais elle n'était pas Ninfa.

La voiture s'engagea dans une allée toute dorée. Il y avait des citrons partout, aussi gros que des oranges et très parfumés. Ceux qu'elles avaient dans le réfrigérateur, à Milan, ne sentaient rien avant qu'on les coupe.

Ils s'arrêtèrent devant une maison en pierre et l'homme le plus vieux du monde – il ne pouvait en être autrement – leur ouvrit la porte. Sans aucune hésitation, il les invita à entrer et leur offrit quelque chose à manger, intrigué par les recherches de la petite fille. Alelì n'avait pas l'intention de dévoiler ses objectifs, réservés à elle-même et à son père, qui l'avait certainement écoutée du ciel pendant la nuit.

Ils s'assirent, les craquements de la vieille maison remplissant les moments de silence.

– Ale, cet homme a fait l'histoire, c'est pour ça que je t'ai emmenée ici, expliqua Isidoro. Et aussi parce qu'il a toujours été le conteur de Tramonti, tu peux demander à Celeste et à Rachele.

– Monsieur Vittorio, quel âge avez-vous ?

– Quatre-vingt-dix-sept ans.

Alelì sourit. C'était décidément la bonne personne.

– Qu'est-ce que vous faisiez dans la vie ?

– Pizzaiolo.

Alelì ouvrit grand la bouche et se gratta la tête, en difficulté. Un pizzaiolo qui fait l'histoire ? se demanda-t-elle. Mais ce ne sont pas les scientifiques, les politiciens, les avocats, les hommes de lettres qui font l'histoire ? Elle essaya de se rappeler les conversations avec ses parents, lorsqu'ils imaginaient ce qu'elle deviendrait un jour. Faire des pizzas n'avait jamais fait partie des projets possibles.

Elle tenta de contenir sa stupeur et poursuivit :

– Pourquoi avez-vous choisi ce métier ?

Le contour des yeux de Vittorio était tellement marqué par de profondes rides qu'il était désormais difficile de les distinguer des deux fentes étroites qu'il avait entre les paupières, et à partir desquelles il observait le monde.

– Donc, il y a bien longtemps…

C'est ça, ils se moquaient vraiment d'elle ! s'exclama-t-elle. Qu'est-ce qu'ils croyaient ? Qu'elle était venue là pour écouter des contes pour enfants ? Elle voulait de vraies données, sinon sa recherche ne servirait à rien. Pourquoi avait-il choisi d'être pizzaiolo ?

Toutes ces pensées jaillirent sur un ton direct et autoritaire. Vittorio reprit aussitôt son sérieux et Alelì eut l'impression qu'avec sa voix elle l'avait ébouriffé, comme un coup de vent venu ôter des couches et des couches de poussière déposées par le temps, jusqu'à faire émerger une réponse à laquelle elle ne s'attendait pas :

– Parce que j'avais faim.

Ses vieux doigts agrippèrent le manche de la canne qui semblait être la dernière chose qui le maintenait debout.

Personne ne parla pendant quelques secondes, des secondes pendant lesquelles la fillette réfléchit soigneusement avant d'ouvrir à nouveau la bouche. Puis elle reprit :

– La faim est une bonne raison pour manger des pizzas, pas pour les faire.

Sur le visage de Vittorio se dessina une grimace de tristesse qui, franchement, pouvait aussi être un sourire.

– Mais si tu n'as pas d'argent pour les acheter, comment fais-tu pour les manger ?

Machinalement, elle se mit à faire ce qu'elle faisait lorsqu'elle mangeait des myrtilles, pour enlever le goût amer qui restait dans sa bouche après les avoir mâchées et avalées : elle se gratta le palais avec le bout de la langue.

Il lui demanda :

– Et toi, d'où viens-tu ?

– De Milan.

– Ah !

L'homme leva un doigt vers elle et le lui posa sur le front. Pour une raison étrange, cette réponse semblait beaucoup le satisfaire.

Dans un dialecte obscur, qui nécessita plusieurs fois l'intervention d'Isidoro, il dit qu'il avait bien vu qu'elle avait été déçue lorsqu'il lui avait révélé qu'il avait été pizzaiolo, mais il n'était pas vexé, parce qu'il savait que cela venait du fait que, dans sa petite tête milanaise, il était banal d'aller manger dans une pizzeria. Or, quand lui était jeune, avant 1950, les Milanais ne savaient même pas ce que c'était, une pizza. C'étaient les gens de Tramonti. Oui, c'étaient les gens de Tramonti qui avaient amené la pizza dans le nord de l'Italie, et qui y avaient ouvert la première pizzeria. Ce qui semblait aujourd'hui normal, banal, pour tout le monde, ne l'était pas avant que l'un d'eux y pense pour la première fois. Et le plus dur, c'était justement de les créer, les premières fois. À partir de rien, quand personne n'y pensait.

Ce discours commençait à avoir un sens.

– Procédons par ordre. Sais-tu d'où vient le nom des Monti Lattari ?

Alelì fit non de la tête.

– La légende dit que si tous les paysans de Tramonti jetaient un seau de lait par terre, Maiori serait inondé.

Lorsqu'il était enfant, c'était grâce au lait que beaucoup échappaient à la faim et faisaient vivre leur famille : ils trayaient les vaches à l'aube et transformaient le lait en mozzarella, en *provola*, en ricotta.

– Le *fior di latte* de Tramonti.

Isidoro prononça ces mots avec une telle passion qu'Alelì eut l'impression d'en sentir l'odeur.

On mettait les mozzarellas dans des paniers, on franchissait à pied le col de Chiunzi et on allait à Naples pour les vendre dans des magasins et des restaurants.

Alelì repensa à l'importance qu'elle accordait au verre de lait qu'elle buvait tous les matins, et elle n'arrivait pas à croire qu'autrefois les gens vivaient de ça, du lait.

Puis il y avait eu la guerre, et avec elle plus de pauvreté encore. À la fin, ils n'avaient plus rien, beaucoup avaient perdu maison et famille sous les bombes. On mourait de faim, littéralement de faim.

– Aujourd'hui, si tu cherches bien, tu finis toujours par trouver un moyen de gagner quelques sous.

À l'époque, par contre, on ne pouvait même pas gagner ces quelques sous, ajouta-t-il avec amertume.

Et puis c'était arrivé, dit-il. Le miracle. Un homme un seul, Luigi Giordano, qui était allé dans le Nord pendant la guerre avant de rentrer à Tramonti, confronté à la misère, avait décidé de partir chercher fortune. À Loreto di Novara, près de Milan, il avait découvert une grosse usine de transformation du lait et avait pensé : « Qui mieux que les habitants de Tramonti peuvent fabriquer le *fior di latte* ? » On était en 1947.

Il reprit son souffle.

– Tu prends des notes ?

– Oui, beaucoup. Une question. Où est Luigi Giordano, maintenant ?

M. Vittorio leva les bras au ciel.

– Avec le Père éternel.

– Il n'est jamais revenu vivre ici ?

Il fit signe que non.

– Ah. Il est mort vieux ?

– Moins vieux que moi, mais oui, vieux.

– Comme quoi ?

– Un peu moins de soixante-dix ans. Tu es un peu obsédée par l'âge.

– J'aime les chiffres. Je veux être une scientifique.

L'homme sourit.

– C'est bien. Giordano s'est installé là et a ouvert une fromagerie.

– C'est-à-dire ?

– Un endroit où on transforme le lait en fromage, précisa Isidoro.

Mais il y avait un problème. On ne vendait pas assez de mozzarellas.

– Alors il a abandonné ?

L'homme abattit sa main sur la table, faisant sursauter la fillette.

– Jamais !

Alelì s'illumina. Il fallait toujours éviter l'échec, c'est ce que répétait maman.

Isidoro se pencha pour la regarder dans les yeux.

– Quand on a connu la faim, on ne veut plus jamais la revoir. C'est comme ça qu'il a eu l'idée. Pour gagner de l'argent avec les mozzarellas et ne pas produire à perte, il devait les vendre aux pizzaiolos, pour garnir les pizzas.

– Mais il n'y avait pas de pizzerias, à Milan.

– Exact.

Les yeux de Vittorio se mirent à briller comme des fours à bois.

– Exact. En août 1951, Luigi Giordano, de Tramonti, a ouvert la première pizzeria du nord de l'Italie. Qu'est-ce que tu dis de ça ?

Racontée ainsi, en effet, l'affaire prenait une tout autre saveur. On aurait vraiment dit un récit tiré d'un livre d'histoire.

Toutefois, poursuivit-il, les gens du Nord avaient l'habitude d'aller dans des restaurants où on pouvait commander de nombreux plats différents. Il n'était pas facile de les inciter à venir dans un endroit où l'on ne mangeait qu'une seule chose. Cela n'avait donc pas été évident au début, mais au bout de deux ou trois ans, le succès était venu. Tout le monde aimait la pizza de Tramonti. Les Napolitains étaient arrivés aussi, mais leur pizza était différente. Celle de Tramonti était à base de farine complète et cuite à une température plus basse.

Alelì commença à s'agiter sur sa chaise. Ils s'éloignaient du sujet.

– Oui, mais quelle université avez-vous fréquentée pour devenir pizzaiolo ?

L'homme éclata de rire, comme s'il se moquait d'elle.

– Université ? Mademoiselle, j'ai seulement fait un an d'école primaire.

Un an d'école primaire. Elle en avait fait quatre et elle avait neuf ans, comment était-il possible qu'un homme aussi âgé se soit arrêté au bout d'une année ?

– Et qu'est-ce que vous faisiez, enfant, si vous n'alliez pas à l'école ?

– Je travaillais.

Elle posa son stylo, là c'en était vraiment trop.

– Mais c'est illégal ! Un enfant ne peut pas travailler.

– À Tramonti, on a toujours travaillé. J'accompagnais mon père, qui faisait du charbon, et après je suis allé dans un moulin, où on faisait de la farine.

Plus M. Vittorio parlait, plus le cerveau d'Alelì devait se contorsionner. Rien de ce qu'il disait n'était clair ni familier pour elle. Elle ne savait même pas à quoi se référaient certains termes. Le seul charbon qu'elle connaissait, c'était celui que la Befana apportait si l'on n'était pas sage. Papa lui avait appris à ne pas croire aux histoires sur la Befana, et pourtant, elle commençait à tout remettre en question. Pourquoi donc les enfants de Tramonti fabriquaient-ils leurs propres punitions ? se demanda-t-elle.

– Vittò, raconte-lui que, dès que tu as appris que Giordano voulait ouvrir d'autres pizzerias, tu as fui dans le Nord avec un seul disque de pâte en poche et une seule chaussure.

L'homme acquiesça, plein de fierté.

– Ce n'est pas possible.

– Et pourtant si. Le jour de mon départ, je n'avais qu'une chaussure à me mettre. Toute ma richesse, c'était ce disque de pâte, ainsi que mon meilleur ami, Antonio, qui m'a suivi avec toute sa famille. Nous nous sommes enfuis pour ne pas mourir de faim. Dès notre arrivée, Giordano nous a embauchés, et on a appris à faire la pizza en un rien de temps, jusqu'à ouvrir notre propre pizzeria. Et puis une autre, et une autre encore. Et on a fait fortune.

Alelì réfléchit à ce qu'elle venait d'entendre. Papa et maman lui avaient toujours dit que pour trouver un bon travail il fallait d'abord apprendre à le faire, et non l'inverse. Elle prit quelques notes.

– Et que faites-vous ici ? Pourquoi n'êtes-vous pas resté dans le Nord ?

M. Vittorio croisa le regard complice d'Isidoro.

– Quand j'étais dans le Nord, un jour j'ai eu un accident de voiture. J'ai survécu par miracle. Là, j'ai compris que je n'étais pas vraiment heureux, et que Tramonti, c'est unique. Et je n'ai pas pu ne pas revenir.

Oui, il avait le même regard émerveillé qu'elle avait vu chez Isidoro. Alelì se concentra sur le sourire édenté de l'homme, sur le tremblement de ses mains et sur sa respiration laborieuse, et pourtant, plus que les traces des efforts et des souffrances dont il avait parlé, elle y perçut sa satisfaction.

Elle prit ses dernières précieuses notes sur son carnet et tenta d'amalgamer toutes ces informations avec son propre bagage culturel, mais elle eut du mal, beaucoup de mal, et son cœur se mit à s'emballer, plein d'anxiété. La voix de son père émergea de ses souvenirs, la prenant par la main : « Ma chérie, n'oublie pas que les données recueillies ne doivent être analysées qu'à la fin. Si un scientifique s'arrête pour les regarder avant qu'elles ne soient au complet, il ne peut pas les interpréter.

La compétence ne consiste pas seulement à savoir où et comment les collecter, mais aussi à comprendre ce qu'elles signifient. Ce n'est pas facile, cela demande du travail et du temps. »

Alelì acquiesça, comme si son père se tenait devant elle. Il était normal de ne pas avoir les idées claires, elle n'en était qu'à son premier entretien.

Sans doute influencée par le récit qu'elle venait d'entendre, elle eut soudain l'impression que la peau de M. Vittorio était faite de farine, une idée qui la fit sourire : il était tellement fier de ce qu'il avait accompli dans la vie qu'il avait peut-être fini par être de la même pâte que ses pizzas.

15.

Doutes

La valériane rouge
a un système racinaire très fin
qui lui permet de survivre sur l'asphalte,
entre les briques ou dans les fissures d'un mur.
Elle a appris à voir des espaces invisibles aux autres.

« Ce n'est pas pour rien que la partie inférieure des pieds s'appelle la plante, lui disait toujours grand-mère Adriana. Elle doit rester en contact avec la terre. Quand tu es sur la terre, il faut enlever tes chaussures. »

Maman, elle, ne supportait pas cette habitude.

– Seuls les mendiants se promènent pieds nus.

À l'époque, Ninfa pensait que c'était juste une de ses nombreuses manies hygiéniques, mais depuis qu'elle s'occupait seule d'Alelì et de son bien-être, elle avait commencé à se dire que, derrière cette intolérance, il y avait aussi des raisons plus maternelles et, en l'occurrence, thermiques. Enfant, elle ne le comprenait pas, mais c'était peut-être pour cela que sa mère n'arrêtait pas de lui acheter des chaussettes. On sait que, pour les mamans, il est essentiel que leurs enfants soient toujours au chaud.

– C'est qui, les mendiants ? avait demandé Ninfa.

– Les gens qui demandent l'aumône dans la rue, parce qu'ils n'ont pas bien travaillé à l'école et n'ont pas trouvé un bon travail, et qui ont pris le pire chemin qui soit, le seul que l'on puisse emprunter sans chaussures.

Ninfa l'avait regardée, attendant la suite.

– Celui de l'échec.

– Je ne veux jamais y aller.

Et elle s'était jetée dans les bras de sa mère, y cherchant refuge. Elle avait gagné un baiser sur le front et un chatouillis dans les côtes.

– Je ne suis pas obligée, hein ?

– Non, pas toi, ma chérie. Personne dans notre famille ne devra jamais y aller. Et un bon moyen de s'en assurer, c'est de commencer par ne jamais enlever ses chaussures quand on est dehors.

Seule grand-mère n'avait pas souri.

Ninfa parcourait pieds nus certains sentiers du bourg de Gete, tout en discutant au téléphone avec Daniela et en lui racontant l'histoire de Mme Rachele. Autour du cou, elle portait la « clé du temps », dans l'espoir que ces journées à Tramonti, au milieu de la nature, lui donnent le temps et l'oxygène nécessaires pour apprendre à gérer sa nouvelle vie.

Des gouttes de soleil tombaient par les espaces entre les branches, marquant le chemin, comme pour lui montrer la voie. Vers où, elle ne savait pas encore très bien.

Depuis la mort de ses parents, sa vie à Milan, les boulots qu'elle faisait pour s'en sortir, son absence de projets, tout ça faisait qu'elle se sentait privée d'identité.

Elle avait commencé à se regarder avec leurs yeux à eux. Daniela avait la passion du dessin, Alelì, l'amour de la science et le désir de réaliser son projet secret, même Mme Rachele justifiait toutes ses années d'usure physique par son profond dévouement envers ses montagnes. Mais Ninfa n'avait rien d'aussi puissant dans sa vie, rien qui lui serve de force motrice. La seule chose qui l'ait jamais poussée à faire quelques pas, c'était son incompatibilité avec sa famille.

Elle se pencha vers un filet d'eau de source et en but une gorgée, puis une autre encore, jusqu'à ce qu'elle réalise combien elle avait soif. Elle ne savait pas qu'elle avait besoin de cette eau avant d'y baigner les lèvres. Lorsqu'elle eut terminé, elle passa le dos de la main sur sa bouche et reprit la parole, les pieds plongés dans le filet d'eau glacée.

– Je ne veux plus continuer comme avant, dit-elle, lasse. Mais je ne sais pas quoi faire.

– Tu vas finir par le comprendre, il te faut juste du temps. Les opinions de tes parents sur toi ont…

Elle marqua une pause.

– … ont saboté, oui, saboté les chemins que tu aurais voulu prendre, au point qu'ils te sont devenus invisibles. Mais ils existent.

Elle vit l'eau glisser sur le dos de ses pieds, dessinant de petits sentiers sur sa peau et lui donnant l'illusion que Daniela avait raison, qu'elle portait bien quelques chemins en elle. Flo trottinait avec son harnais et léchait les gouttelettes coincées entre ses moustaches tendues comme les cordes d'une guitare. Un petit oiseau coloré se posa non loin de ses pieds nus, il la fixa de ses yeux sphériques tout noirs et elle se sentit sous pression, comme lorsque n'importe quel regard tombait sur elle. Toutefois cela ne dura qu'un instant, car Flo le fit s'envoler en tentant de se jeter sur lui. Elle fut reconnaissante à la chatte de l'avoir chassé.

Elle appuya son dos contre le tronc d'un arbre.

– Tu sais, j'ai à nouveau travaillé avec la terre.

– Ah ça, c'est une bonne nouvelle. Tu as réalisé un terrarium ? Les demandes ne cessent d'affluer à la boutique, et ça commence à être gênant de refuser.

– Non, j'ai aidé Mme Rachele à faire son potager.

Et cela avait été différent. Le fait de ne pas avoir de frontières de verre à respecter lui avait permis de contourner le blocage de ces derniers mois. Elle avait recommencé à respirer.

– Au fait, tu lui as parlé de ta grand-mère ?

Elle eut du mal à s'expliquer. C'était comme si ne pas l'avoir fait immédiatement l'avait mise dans une position inconfortable. Plus elle la connaissait, plus elle avait le sentiment de lui avoir tu quelque chose d'important, et elle ne voulait pas risquer de lui être désagréable.

*

Alelì entra dans la maison avec trois sacs volumineux qu'elle peinait à porter, expliquant qu'ils allaient passer la journée à faire des pizzas, pour les apporter à la fête organisée pour l'anniversaire d'Isidoro. Il y avait une lumière étrange dans ses yeux, mélange équivoque de satisfaction et de trouble, que Ninfa ne parvint pas à déchiffrer.

Elle l'embrassa sur la tête, avant que la fillette ne s'esquive.

– Comment s'est passé le début de tes recherches ?

– Bien. Aide-moi à disposer tous les ingrédients sur la table.

Farine complète, huile d'olive extra vierge, fenouil sauvage « à ajouter à la pâte car c'est la spécificité de la pizza de Tramonti », mozzarella *fior di latte* « évidemment des Monti Lattari », origan, basilic, tomates San Marzano. Ninfa leva les yeux vers Mme Rachele et s'aperçut qu'elle avait commencé à faire des mouvements de mâchoire étranges.

La vieille porte d'entrée, restée entrouverte, grinça, faisant émerger Mme Celeste.

– On fait une fête ?

Ninfa ne dit mot, percevant des vibrations négatives sur le visage de Mme Rachele, auxquelles la femme ne tarda pas à donner une voix :

– Aucune fête ici, je ne me sens pas bien.

– Mais madame, j'ai promis à Imma et à Isidoro que nous allions préparer ensemble cinq pizzas, en utilisant votre four.

Mme Rachele s'approcha de la table avec un visage funèbre et, les mains tremblantes, poussa un sac de farine qui tomba à terre, son contenu se dispersant en un nuage, comme dans un tour de magie. Son expression trahissait une irritation aiguë.

Ninfa n'attendit pas une seconde de plus. Elle remit tous les ingrédients dans les sacs, tandis qu'Alelì restait immobile, et dit au revoir à la maîtresse de maison, en la remerciant pour son hospitalité. Flo les suivit à l'extérieur, avec les pattes qui se prenaient dans sa laisse.

Dans la cuisine d'Isidoro, Ninfa fit à son tour la connaissance de M. Vittorio. Les manches de sa vieille chemise étaient retroussées sur ses avant-bras âgés et il avait un grand bateau en papier sur la tête.

– Je n'ai plus de toques de pizzaiolo.

Il sortit de la poche arrière de son pantalon un bloc de feuilles pliées et, avant de commencer à pétrir, il apprit à tout le monde comment fabriquer son propre chapeau.

Quand Alelì eut terminé son bateau, l'homme le lui plaça sur la tête.

– Très bien, maintenant il peut naviguer sur la mer tempétueuse que tu as là-dedans.

Et, de son poing, il tapota le front de la fillette. Ninfa s'approcha d'elle, pendant que l'homme reprenait le fil de ce qu'il disait le matin, expliquant le rôle que la pizza avait joué dans sa vie.

– C'est lui que tu as interviewé ?

Alelì acquiesça d'un air impénétrable.

– Je ne peux rien te dire de plus.

– Pourquoi ? Je pourrais t'aider.

– Toi ? M'aider ? Il y a toute une méthode derrière, seul papa en serait capable.

– Dans ce cas, ça pourrait simplement être une façon d'être avec toi. Même sans t'être utile ni connaître les détails de ton projet.

– Combien de fois il faut te le répéter ? J'ai l'habitude de me débrouiller sans toi.

Et elle se leva pour suivre Isidoro, qui appelait tout le monde dans la cave.

Lorsque Ninfa en franchit le seuil et se retrouva à l'intérieur d'une sorte de grotte en pierre, elle repensa aussitôt à une phrase de Nino, l'épicier de Maiori : « À Tramonti, quand les choses n'existent pas, nous les créons. » Elle commençait à comprendre cette terre, simple et accueillante, et à en saisir l'essence. Ce n'étaient pas n'importe quelles choses, qu'ils créaient ici. C'était l'espace. Les habitants de Tramonti créaient de l'espace. Il n'y avait pas de terres arables ? Alors ils avaient creusé dans les pentes jusqu'à trouver la roche dure et avaient créé des terrasses, pour cultiver les citrons et la vigne. Il n'y avait pas de pizza dans le nord de l'Italie ? Alors l'un d'eux s'était fait une place dans un nouvel environnement pour l'y introduire. Et en regardant autour d'elle, Ninfa réalisa que cette partie de la maison, si fraîche et ancienne, n'était autre qu'un espace taillé dans la pierre. En observant attentivement, on voyait que même les hommes et les femmes avaient fait beaucoup de place en eux, et qu'ils semblaient toujours savoir quoi y mettre. Un savoir remarquable, pensa-t-elle.

Le rire franc d'Isidoro se répandait dans cette caverne fraîche telle une maîtresse de maison bienveillante, imprégnant les murs et se répercutant sur les sens de Ninfa, bridés par ses pensées. Sur une longue table en bois, on se mit à préparer la pâte à pizza, tandis qu'Imma chantait, et que Flo et Lupetto se liaient d'amitié. Le naturel avec lequel Alelì se fondait dans ces lieux et nouait des relations avec tout le monde sauf elle désarmait Ninfa. L'enfant avait une ombre nouvelle et fugace dans le regard, comme l'embryon d'une idée, qui d'un côté semblait la dynamiser et de l'autre lui faire peur. De temps en temps, Ninfa la surprenait en train de l'observer, concentrée comme si elle faisait d'elle un objet d'étude. Ce désir apparent de la connaître, de la comprendre, était une nouveauté. Elle aurait juré que, la veille encore, il n'existait pas.

– Tu veux apprendre ? C'est une occasion unique.

Le ton d'Alelì était tendu, elle ne lâchait pas prise, aussi Ninfa mit-elle un peu de farine sur la paume de sa main tournée vers le haut, après quoi elle la porta à hauteur de son menton et fit voler un nuage de farine sur une bouffée d'air jusqu'au visage de sa sœur. Celle-ci toussa exagérément et lui cria d'arrêter, de ne pas gâcher cet instant, avec quelque chose de si adulte qu'Imma en cessa de chanter, se mettant à ajuster sa toque en papier comme si elle avait voulu arranger ainsi tout ce qui pouvait aller de travers en ce moment.

Ninfa se rembrunit, s'essuya les mains sur son pantalon et sortit prendre un peu l'air, suivie de Flo. Elle s'engagea sur les sentiers du terrain d'Isidoro, choisit un endroit au hasard et s'assit par terre, pour pleurer. La chatte se plaça sous la protection de ses jambes, le ventre en l'air, et commença à s'accrocher à son jean avec ses griffes, la forçant à ouvrir une fenêtre entre ses cuisses. Quelques larmes tombèrent, frappant ses billes vertes, mais Flo ne bougea pas, se contentant de se frotter les yeux. Elle resta là, immobile, accueillant cette douleur liquide, comme un rocher battu par la mer agitée.

– Tu es mon roc.

*

– J'ai fini le tien, dit Alelì en indiquant un pain de pizza parmi les nombreux autres prêts à être enfournés.

Ninfa lui sourit, l'air fatigué. Peu après, les convives commencèrent à arriver.

– Joyeux anniversaire, Isidò !

– Meilleurs vœux, Isidò !

– Tu es génial, Isidò !

Un homme aux cheveux épars longs jusqu'aux épaules, avec un débardeur jauni et un collier en or sur la poitrine, s'approcha de lui, le frappant à l'épaule d'une main et lui tendant une grande bouteille de vin de l'autre.

– À ta santé, Isidò !

Rapidement, Alelì découvrit que son nouvel ami n'était pas uniquement un pilier de la communauté de Tramonti, estimé et aimé pour sa constante disponibilité, mais aussi une célébrité. *'A paranza d'o tramuntan* était le nom du groupe au sein duquel, accompagné de castagnettes, de *tammorre* et de danses, il jouait de l'accordéon, maintenant ainsi vivante la vibrante tradition de la musique populaire des Monti Lattari dans toute l'Italie. Or, la fillette n'avait jamais rencontré de personne célèbre auparavant.

Entre pizzas, paniers de cerises fraîchement cueillies, vins de la maison et fromages frais, la soirée s'écoula en les entraînant, Ninfa et elle, dans un tourbillon d'émotions. Avant de se mettre à danser, tous se retrouvèrent dans la cave pour déguster les pizzas qu'Isidoro et d'autres sortaient du four à tour de rôle.

Alelì n'avait jamais vu une communauté aussi soudée et hospitalière, pas même à l'école, quand des camarades fêtaient leur anniversaire en classe, ni lors des dîners avec les collègues de ses parents. En outre, tout le monde se comportait comme si la fête était pour Ninfa et elle.

Dans un décor qui faisait penser à une grande crèche, enfumé par les chauds sillages de saucisses et de tranches de porc provenant de la cuisine, Alelì se laissa divertir par les récits sur la tradition de la pizza de Tramonti.

Chaque personne prenant la parole se révélait être intimement liée à ce plat historique, qui plongeait ses racines dans une miche de pain médiévale, préparée pour tester la température des fours pendant la cuisson du pain biscuité, et garnie à l'origine uniquement d'épices, de tomates et de lard.

– C'est quoi, le pain biscuité ? Soit c'est du pain, soit c'est un biscuit.

Mme Celeste, qui s'était jointe à la fête peu avant le début du repas, s'était assise à son côté, et elle répondait patiemment à toutes ses questions. Ce moment se transformait en l'un de ses entretiens.

Elle lui expliqua que, depuis des siècles, sur la côte amalfitaine, on fabriquait une sorte de pain sec très dur, comme un biscuit, et elle lui en tendit un morceau préparé par Isidoro.

Alelì le tourna et retourna entre ses mains, essayant de le mordre.

– Et comment ça se mange ?

Il fallait d'abord l'humidifier avec de l'huile, expliqua la femme. Les marins le plongeaient même dans l'eau de mer pour le saler et le ramollir. Ensuite, ils mettaient des tomates dessus et le mangeaient.

– La vraie raison pour laquelle on allumait le four à Tramonti, c'était pour faire le pain. La pizza était plutôt un plat que l'on préparait pour le jour des morts, en novembre, avec de la farine complète, de la pulpe de tomate, de l'huile d'olive et des anchois. La mozzarella était un luxe, il valait mieux la vendre que la manger, expliqua l'homme au collier d'or.

La chanteuse du groupe, Dora, s'assit près de Ninfa en souriant.

– Tu dois penser que nous sommes fous de parler uniquement de pizza et de pain.

Ninfa avala une bouchée.

– Pas du tout, je pense que vous avez de très belles traditions, qui méritent d'être transmises.

– Nous sommes très attachés à notre pizza. Mais maintenant, nous avons l'Indication géographique protégée.

Les deux sœurs n'avaient aucune idée de ce que c'était.

– Une espèce de certificat de garantie contre les imitations. Il n'y en a qu'une seule au monde, de pizza de Tramonti.

Ce n'est qu'après s'être immergée dans l'atmosphère conviviale de cette fête qu'Alelì remarqua que Ninfa était un peu moins crispée. L'expression de son visage s'était détendue et sa respiration semblait plus régulière. Mais elle tenait toujours fermement le pendentif qu'elle portait autour du cou.

Son carnet à la main, Alelì se dirigea vers un autre invité. C'était un homme âgé qui, lorsqu'elle lui avait demandé son métier, avait répondu qu'il s'occupait d'œuvres d'art.

– Vous êtes peintre ? sculpteur ?

– Non, je suis vigneron.

Elle le fixa, abasourdie.

– Mais dans un vignoble, il n'y a pas de tableaux ou de trucs dans le genre.

L'homme confirma. Mais elle, elle l'avait vu, leur vignoble ? demanda-t-il. La nature aussi avait ses propres monuments historiques, et les vignes de Tramonti en étaient un exemple. Il s'agissait de vignes séculaires, mariées au saule.

– Comment ça, mariées ?

– Unies par le mariage.

Tout était si bizarre, à Tramonti. Non seulement les vignes étaient des œuvres d'art, mais elles se mariaient, pensa-t-elle. Les mariages n'étaient donc pas uniquement entre hommes et femmes. Se pouvait-il que papa et maman se soient trompés sur ce point aussi ? se demanda-t-elle.

Tandis que l'homme lui expliquait que c'était une façon de dire que la vigne était attachée aux lattes de châtaignier par des cordes en saule, afin de créer cette fameuse structure en treillis, Alelì n'arrêtait pas d'écrire.

Le vigneron venait de dire que l'air salé, la pierre ponce du Vésuve et les cendres avaient permis aux vignes de Tramonti de survivre longtemps et de devenir célèbres dans le monde entier, quand Alelì repensa à une phrase qu'Isidoro avait prononcée lorsqu'il lui avait expliqué comment on construisait les fours à bois. Elle revint quelques pages en arrière et la lut à haute voix :

– « Au fond du four, on met du sable de mer. »

Et elle resta silencieuse quelques instants, avant de se tourner à nouveau vers l'homme.

– Donc ici, la mer et le feu coopèrent toujours.

Ninfa et le vigneron la regardèrent fixement, comme si elle avait dit quelque chose d'absurde.

Soudain, l'un des convives se saisit d'un instrument de musique qu'Alelì n'avait jamais vu, deux grosses flûtes sortant d'une outre en cuir semblable à un coussin déformé, et qui se portait en bandoulière. Il se mit à souffler dans un tuyau en haut de l'instrument tout en déplaçant les doigts sur les trous des flûtes, donnant vie à une musique qui empêchait de rester assis.

En effet, presque tout le monde se leva, certains sortant des castagnettes de leurs poches et commençant à danser en cercle. Les danseurs échangeaient leurs places et se regardaient en souriant, au rythme des *tammorre* dont lui avait parlé Isidoro, et de cet instrument. Dora se mit à chanter.

– Il n'y a rien de plus beau que la voix d'une femme au son d'une *zampogna* ! s'exclama Mme Celeste. C'est ce que disait toujours mon père.

Les yeux clos, elle portait à sa bouche des cerises parfaites, accompagnant de mouvements de tête son sourire rempli de musique. Alelì l'observait, tout en se remémorant une partie de ses récits. En elle fusionnaient à la perfection une vieillesse sereine et une jeunesse difficile. Il devait arriver à tout le monde de connaître un moment comme ça, où l'envie de sourire l'emportait sur la tristesse et les mauvais souvenirs. Ou peut-être pas à tout le monde, pensa-t-elle.

Elle s'approcha de Ninfa.

– Pourquoi tu ne vas pas tenir un peu compagnie à Mme Rachele ? Moi je reste encore un instant, et dès que j'ai fini je t'appelle.

16.

L'écrivaine

Tramonti, été 1951

Plusieurs années s'étaient écoulées depuis le jour où Nannina l'avait obligée à entrer en cachette dans la papeterie de Pucara. Chaque fois qu'elle passait devant, Rachele accélérait le pas pour échapper au grondement des maillets cloutés qui réduisaient en charpie les chiffons de coton macérés. La guerre était finie depuis peu et ce bruit semblait ramener à la vie les mitrailleuses.

Ce jour-là, Nannina avait paru emportée par son propre esprit d'exploration.

– Attends. Je veux voir.

Rachele s'était laissé entraîner dans une salle aux murs et au plafond en pierre, saturée d'humidité. Des femmes penchées en avant tendaient les bras dans des cuves en pierre pour y plonger des formes rectangulaires en bois semblables à des cadres qui, une fois remontées à la surface, renfermaient une couche de bouillie solidifiée, un peu comme une photographie. Cette première apparition de la feuille de papier était ensuite déposée sur un feutre de laine et pressée.

Sa grand-mère lui avait décrit ce processus à maintes reprises, mais le voir de ses propres yeux était une chose dont Nannina ne se lassait pas. Bien qu'elle n'ait fait qu'un an d'école primaire, le papier et les livres l'avaient toujours fascinée.

Elle aurait tellement voulu travailler là, s'était-elle exclamée tandis qu'elle traversait l'étendoir, la salle où les feuilles de papier bombycin encore humides étaient suspendues pour sécher, après avoir été séparées des feutres. Accrochées à des fils tendus, elles se balançaient comme des lames au-dessus de sa tête, à la merci des courants d'air, prêtes à tomber et à blesser. Sur le qui-vive, de peur que quelqu'un ne vienne les réprimander, Rachele se tenait à l'écart, dans un coin de la pièce, et elle observait sa sœur en train de sauter, le bras tendu en l'air pour effleurer le bord des feuilles.

Pour finir, Nannina avait voulu profiter de la pause des employées pour retourner dans la zone des cuves. Elle s'était penchée au-dessus de l'une d'elles, attirée par son revêtement intérieur carrelé, et avait été hypnotisée par la mixture d'eau et de coton qu'elle contenait.

– Regarde, Raché, on dirait que la lune est tombée dedans.

Tout en continuant de s'assurer que personne n'arrivait, Rachele était venue jeter un coup d'œil. C'était vrai. La lune liquéfiée.

– Si tu te penches un peu plus, tu vas y tomber aussi.

– Non, pas moi, j'ai un porte-bonheur.

Et elle avait serré un des colliers qu'elle portait autour du cou, avec l'un des pendentifs en fer que

Gennarino lui avait offerts la nuit du débarquement allié à Maiori.

– Je veux travailler ici pour faire du papier.

– Tu es encore petite et tes bras sont trop courts. Tu n'arriverais pas à descendre la forme dans la mixture.

Nannina était restée là à se balancer comme un V à l'envers, le bord de la cuve contre son ventre et les doigts tendus vers l'astre liquide.

Au fil des ans, alors que les autres filles examinaient leur corps à la recherche de formes féminines, Nannina indiquait sa taille par une encoche sur le mur de la maison, impatiente d'atteindre sa taille adulte. La bonne. Jusqu'à ce que, la veille de leur seizième anniversaire, Rachele entende une jeune fille de Polvica se plaindre de la propagation d'une méchante grippe, à cause de laquelle de nombreuses femmes de la papeterie ne pouvaient pas travailler, devant s'occuper de leurs enfants et d'amis. On avait besoin de remplaçantes.

C'était le cadeau idéal pour sa sœur : une journée de travail dans son endroit préféré.

– Eh, tu te moques de moi ?

– C'est juste pour demain.

Nannina s'était mise à l'embrasser sur tout le visage. Elle ne savait pas écrire, dit-elle, mais elle allait fabriquer du papier pour ceux qui en étaient capables.

– Tu réalises ?

Non, elle ne réalisait pas. Mais c'était la première fois qu'elle parvenait à la rendre si heureuse. Alors elle acquiesça.

Pourtant, lors des mois suivants, Rachele regretta souvent cette décision. Chaque fois qu'on avait besoin d'une remplaçante à la papeterie, Nannina abandonnait ses paniers et les sentiers de montagne pour aller gagner moins. Et pour ne pas faire perdre d'argent à la famille, sa sœur était obligée de travailler deux fois plus.

On était l'un de ces jours-là. Rachele rentra chez elle en nage et endolorie, les oreilles résonnant déjà du récit imminent de Nannina, qui allait lui répéter comme le travail à la papeterie était satisfaisant, et combien elle trouvait noble de créer les feuilles sur lesquelles les amoureux obligés de se séparer écriraient de longues et poignantes lettres.

– C'est dur, Raché, mais au moins je fabrique une chose, au lieu de juste la porter.

Rachele secoua la tête, pour chasser ces absurdités qui l'agaçaient tant. Elle mangea sans faim une focaccia au fromage et se mit dehors avec son chevalet et des feuilles de journal, les dernières qu'elle avait, pour peindre avec ce qui restait de lumière du jour.

Nannina la rejoignit, l'air rêveur, lui annonçant qu'il lui était arrivé quelque chose d'incroyable. Elle pinça les lèvres et se mit à sautiller sur place, les poings serrés.

– Une écrivaine s'est installée à Tramonti.

Rachele commença à étaler la terre sur le papier avec sa spatule, recouvrant la première couche de mots.

– Ah bon ?

Nannina hocha la tête. Elle l'avait rencontrée lors d'une pause, au bord de la rivière Satrono. Elle était assise sur un rocher, le dos bien droit et les hanches élégamment serrées dans une longue jupe, aussi verte que les arbres alentour et bordée d'une dentelle moutarde. Ou bien non, peut-être jaune clair. Elle avait sur les genoux un carnet en papier bombycin. Le stylo à plume qu'elle tenait entre les doigts faisait penser au pied d'une danseuse de ballet sur pointe, comme celles qu'elles avaient vues danser une fois sur l'écran carré de la télévision, chez leurs riches cousins d'Amalfi. Nannina dit s'être approchée d'elle avec une discrétion dont Rachele, la connaissant, doutait fort. Elle avait été fascinée d'abord par la concentration de cette femme, et puis par son écriture sinueuse. En la regardant et en voyant la vitesse à laquelle elle bougeait la main, cela ne semblait pas si difficile, d'écrire.

– Raché, qu'est-ce qu'elle est gentille !

La femme lui avait lu un chapitre de son premier roman, et Nannina avait eu l'impression qu'elle peignait avec les mots.

Rachele se mit à rire et laissa aller sa spatule à des mouvements brusques. Il y avait ceux qui peignaient *avec* et ceux qui peignaient *sur* les mots, pensa-t-elle.

Mais Nannina ne l'écoutait pas. Elle ne faisait que parler de la magie de la machine à écrire, de l'importance pour elle d'en comprendre le fonctionnement. Elle décrivit le mouvement du chariot sur lequel on coinçait le papier, qui se déplaçait vers la gauche chaque fois qu'on appuyait sur une lettre. Ce qu'elle trouvait fou, c'était que la feuille bougeait, alors qu'elle restait immobile lorsqu'on écrivait à la main. Lorsqu'on avait fini de remplir une ligne, le mouvement que l'on devait faire avec le chariot était toujours le même, poursuivit-elle, il fallait le déplacer d'un bord à l'autre de l'engin. Et pourtant, la machine savait qu'elle devait aussi descendre à la ligne suivante. Pas comme elles, qui grimpaient et descendaient la montagne chaque jour, pour repartir toujours du même endroit le lendemain.

Elle dénoua sa tresse et ramena les jambes contre sa poitrine, les serrant rêveusement entre ses bras.

L'écrivaine rédigeait la première mouture de ses livres à la main, raconta-t-elle. Elle aimait faire ainsi, car l'encre du stylo bavait un peu quand elle appuyait trop la pointe sur le papier, et elle était consciente qu'elle ne faisait ça que lorsqu'elle se laissait emporter par son histoire. Ainsi, en relisant ce qu'elle avait écrit au stylo, elle pouvait identifier les passages où l'émotion était la plus vive.

Rachele ne voyait aucun charme là-dedans. Elle avait beau posséder une machine à écrire coûteuse, cette femme se permettait de gaspiller de l'encre et du papier bombycin pour un caprice, une émotion. Elle comprenait maintenant pourquoi elle avait tellement plu à Nannina : elle n'avait aucun sens de la discipline, tout comme elle.

– D'où vient-elle ?

De Riva del Garda, répondit-elle. Lorsqu'elle était enfant, une amie de la famille lui avait offert un bloc de papier d'Amalfi. Elle trouvait ce papier inimitable, c'était une source d'inspiration, aussi avait-elle décidé d'aller écrire dans les Monti Lattari, afin de pouvoir s'approvisionner en cas de besoin pendant qu'elle terminait l'écriture de son nouveau roman.

– C'est peut-être moi qui ai fabriqué certaines pages de son livre, aujourd'hui.

– Pendant que je trimais à ta place !

– Mais regarde, moi aussi j'ai gagné de l'argent.

Aucune discipline, et ingrate. D'un air fier et heureux, elle tenait dans ses mains la moitié de la paie qu'elle aurait reçue si elle avait travaillé dans les montagnes. Pour finir, elle se leva sans daigner jeter un regard au tableau de Rachele et, avant de franchir la porte de la maison, elle se retourna. Cette femme lui avait promis de lui apprendre à lire et à écrire.

Nannina avait toujours envié les cheveux de sa jumelle, plus épais que les siens. Rachele lui en aurait volontiers cédé quelques boucles, mais Nannina préférait joindre leurs deux chevelures en une unique tresse. C'est ainsi que, siamoises par les cheveux, elles avançaient unies par une natte qui alternait des mèches d'or et d'autres couleur chocolat. Au fil des ans, les cheveux étaient restés la seule chose qu'elles réussissaient encore à mêler. Quant au reste, les frontières entre elles étaient nettes et bien visibles. Jamais le caractère de l'une ne l'avait emporté sur celui de l'autre. Elles existaient dans un équilibre de tempéraments opposés, s'acceptant sans se comprendre.

En ces semaines estivales, les seules tresses qui les unissaient étaient les *truocchi*, ces longues volutes de foin entortillées que l'on stockait sur le toit de la maison comme nourriture hivernale pour le bétail. Avec la faux, elles en avaient préparé environ trois mille. D'un côté, Nannina lâchait l'herbe, et de l'autre, Rachele l'enroulait en s'éloignant, pour ensuite rejoindre sa sœur à mi-chemin et rassembler la tresse d'herbe en un huit.

Malgré leurs bras fourbus par ce travail ininterrompu, depuis quelques matins Nannina semblait se réjouir de parcourir la montagne avec des quintaux sur le dos. Elles allaient aussi devoir s'occuper de la cueillette des citrons, en plus du transport, ce qui demandait concentration et délicatesse. Munies de gants de coton pour protéger l'écorce, on plaçait les citrons dans des *panari*[7], et ce n'est qu'après qu'on les transférait dans les paniers habituels.

– Nannì, tu t'es mis du rouge à lèvres ?

7. Paniers en osier tressé, de forme hémisphérique ou cylindrique, munis d'une solide poignée incurvée reliant les deux côtés.

Nannina porta les mains à la hauteur de sa bouche, la couvrant sans la toucher.

– C'est pour le berger roux ? Aniello ?

– Peut-être.

Elle coula vers sa sœur un regard malicieux.

– Mais non, tu penses, ce n'est pas pour lui. J'avais juste besoin de me sentir un peu femme.

Pasquale, le fils du patron, passa près d'elle juste à ce moment-là et lui flanqua une claque sur les fesses, laissant sa main dans cette position tout en se penchant pour lui chuchoter à l'oreille :

– Si tu veux, je peux m'en occuper, de te faire sentir femme.

Même Rachele, qui se trouvait plus loin, sentit l'odeur nauséabonde d'alcool qui sortit de sa bouche. Nannina courba les épaules, qui formèrent une carapace de gêne et de dégoût, et elle grinça des dents. Elle n'ajouta pas un mot pendant toute la durée de la récolte et garda les yeux baissés. Au bout d'un moment, Rachele la vit se frotter les lèvres pour enlever jusqu'à l'odeur du rouge à lèvres. Elle avait appris sa leçon.

Nannina ne se détendit qu'après leur deuxième voyage jusqu'à Minori, lorsqu'elle tomba sur Aniello et ses chèvres. La douceur avec laquelle il s'adressait à elle, sa façon de se soucier que le poids sur son dos ne soit pas trop excessif, n'échappa pas à Rachele. Mais elle exhorta sa sœur à ne pas oublier qu'un homme comme lui ne serait pas d'une grande aide. Il devait déjà nourrir ses parents et ses cinq jeunes frères et sœurs.

– Pourtant ils t'ont aidée, les *pezz'e casa* qu'il nous a offerts ces dernières semaines.

Ces paroles la firent culpabiliser. Aniello produisait des *pezz'e casa*, des morceaux de fromage qu'il vendait dans l'Agro Nocerino pour quelques pièces par jour. Et ces derniers temps, à la fin de sa journée de travail, il était apparu sur l'un des sentiers qu'elles empruntaient, offrant à Nannina et à leur famille le fromage frais que, disait-il, il n'avait pas réussi à vendre. Mais au fond de son cœur, Rachele savait bien qu'il l'avait gardé pour sa sœur, renonçant ainsi à de l'argent en plus. Tout comme Nannina, cet homme faisait preuve de peu de jugement dans la gestion de son argent quand les sentiments s'en mêlaient, et il ne pourrait jamais lui donner le style de vie auquel elle aspirait. Rachele savait renoncer sans souffrir, supporter sans se plaindre, rêver sans désirer. Mais pas Nannina. Elles étaient nées toutes deux dans la pauvreté, mais seule l'une d'elles avait les outils pour y faire face.

La journée de travail fut plus fatigante et mouvementée que d'ordinaire. Soudain, pendant le cinquième voyage de retour, sur un sentier de montagne, une porteuse se mit à hurler et lâcha son panier dans le ravin : elle venait de rompre les eaux. Les paroles d'encouragement des autres femmes, afin qu'elle résiste et fasse encore quelques pas jusqu'au village, furent inutiles : elle s'assit à même le sol, le dos appuyé contre le tronc d'un arbousier, et l'enfant naquit sous un feu d'artifice de baies rouges et de fleurs blanches, avec un cri qui se propagea dans l'air, porté par les ailes des oiseaux effrayés.

Rachele bénit cette naissance pleine de couleurs et, entre les larmes, elle embrassa la femme. Le pouce taché de terre, elle marqua le front de l'enfant : c'était un fruit de la montagne.

Après avoir repris son souffle, la jeune mère se remit debout et, pas à pas, elle parcourut ce qui restait du sentier, les jambes tremblantes.

Nannina offrit son propre panier pour transporter le nouveau-né et elle sauta le dernier voyage, comme elle le faisait désormais depuis plusieurs semaines. Mais au moins, cette fois-ci, c'était justifié par l'absence de panier. Rachele était sur le point de faire demi-tour et de se remettre en route lorsqu'elle vit qu'au lieu de prendre le chemin de chez elle sa sœur se dirigeait vers Pucara.

Il lui fallut quelques secondes pour comprendre, puis elle se sentit bête. L'enthousiasme au début de chaque journée de travail, le désir de retrouver sa féminité en se maquillant, les derniers trajets manqués : tout cela venait certainement de sa fréquentation de l'écrivaine.

Rachele ne put résister et, pour la première fois de sa vie, elle sauta elle aussi un service et suivit sa sœur, sans se faire repérer.

Nannina avait raison. Cette personne était d'une élégance jamais vue parmi les femmes de Tramonti, elle gardait le dos bien droit même lorsqu'elle se penchait pour se mouiller le front et les poignets, à la recherche d'un peu de fraîcheur en cette journée irrespirable.

Cependant, ce qui frappa Rachele fut la réaction de l'écrivaine lorsqu'elle vit arriver Nannina. Elle courut à sa rencontre, écartant les bras pour la soutenir comme si elle était sur le point de s'écrouler. Elle avait l'air inquiète. Elle la fit s'allonger sur un tissu coloré, la tête posée sur un gros coussin moelleux, et elle lui tendit une petite corbeille avec des gâteaux au citron.

Rachele eut envie de rire, mais se retint pour ne pas se faire remarquer. Même à distance, on voyait comme la peau des mains de cette femme était lisse et délicate, et avec quel soin elle avait arrangé ses cheveux épais et sains. L'usure sur le visage de Nannina, ses jambes tremblantes et son cou courbé en avant par le souvenir du poids qu'elle avait porté devaient lui apparaître comme les signes d'une santé précaire, plutôt que comme les effets normaux du dur labeur qui était à la base d'un commerce tout entier.

Tout en rafraîchissant les épaules rougies de Nannina avec un linge humide, elle écoutait le récit de sa journée de travail. Elle se taisait, mais son regard ne cessait de juger. C'est lorsqu'elle apprit la naissance de l'enfant qu'elle s'arrêta et baissa la main qui tenait le linge, le visage gris de consternation.

– C'est illégal de vous faire travailler aussi dur à l'approche de l'accouchement. Ces dernières années, en Italie, il y a eu beaucoup de mobilisation pour que ce genre de choses ne se produise plus. Tu n'as pas entendu parler de la loi sur la protection physique et économique des mères qui travaillent, adoptée l'année dernière ? Elle inclut aussi les travailleuses agricoles.

Nannina se montra à la fois intéressée et troublée, peut-être parce qu'elle savait encore, en son for intérieur, que la leur était plus une terre de devoirs que de droits.

L'écrivaine sembla deviner ses pensées.

– Je vais retrouver le texte législatif et te le lire. Ensuite, il faudra que tu le lises aux autres, que tu leur ouvres les yeux. Vous ne pouvez et ne devez pas travailler dans ces conditions. Vous avez une assurance, au moins ?

– Pour cinquante et un jours, mais on travaille plus que ça.

En attendant de pouvoir énoncer les détails de la loi qui, d'après elle, changerait leur vie, elle revint sur ce qui s'était passé ce jour-là.

– Il n'y avait pas de sage-femme ?

Nannina éclata de rire.

– Au milieu des bois ? Non, on n'a pas eu le temps de l'appeler.

La femme se leva, gagnée par la nervosité.

– Je n'arrive pas à supporter l'idée qu'à ce stade de la grossesse elle continuait à porter des quintaux de citrons. C'est inhumain. Ça va à l'encontre de la dignité de la femme et, je le répète, c'est illégal.

Dignité. Son style de vie était plus digne, peut-être ? Vivre dans le confort et pouvoir se permettre de passer ses journées assise à barbouiller des feuilles d'encre. Que savait-elle de ce que ça signifiait, travailler pour survivre ? Y compris quand il était aussi épuisant de remonter avec des paniers vides que de descendre avec des paniers pleins. Quand l'essoufflement mettait le feu aux poumons et brouillait la vue. Ou quand le cou peinait à se remettre droit. Ou quand on avait un enfant dans le ventre.

C'était facile de s'inquiéter, sans comprendre la nécessité de tout cela. Sans se demander ce qu'il y avait derrière le choix de transporter soixante kilos de marchandises avec un bébé de neuf mois dans le ventre qui déplaçait le poids vers l'avant.

Rachele ferma les yeux pour maîtriser son irritation et, lorsqu'elle les rouvrit, elle prit peur. Pendant un instant, rien qu'un seul, elle vit sa sœur à travers le regard de l'écrivaine : une épave humaine. Mais ensuite, elle secoua la tête. Quiconque n'était pas riche aurait eu l'air maladif et négligé à côté de cette femme.

L'écrivaine répéta à Nannina que, lors de leur prochain rendez-vous, elle lui apporterait le texte de loi qui protégeait les ouvrières agricoles.

– Parfois, j'imagine des terres lointaines, tu sais ? Mais ensuite, je me dis que c'est cette terre qui m'a donné la vie, cette montagne. Ici, il y a ma sœur. Qu'est-ce que je serais sans ça ?

L'écrivaine se tourna vers la rivière, pensive. Puis elle baissa les yeux sur le carnet qu'elle tenait sur les genoux.

– Si tu prends une de ces feuilles de papier bombycin et que tu la jettes dans la rivière, qu'est-ce qui va lui arriver ?

– Eh, ne fais pas ça ! Elle serait détruite.

– Exact. Et pourtant, c'est de l'eau qu'elle est née. De tissus en coton qu'on y a fait macérer. Sans la force de la rivière qui actionne les moulins, ces tissus n'auraient pas été réduits en bouillie, ensuite on n'aurait pas pu descendre la forme dans la cuve et recueillir cette feuille.

Elle se tourna vers Nannina et se remit à lui rafraîchir les épaules.

– La feuille de papier vient de l'eau mais ce n'est pas en elle qu'elle prospère. Parfois, si on reste trop longtemps là où on est né, on devient de la bouillie.

Elles se turent pendant quelques minutes qui, pour Rachele, parurent des années. Des années pleines d'une autre vie, uniquement possible pour qui n'avait pas de racines profondes dans les Monti Lattari.

– Tu es trop fatiguée, aujourd'hui. Mettons de côté notre leçon de lecture.

– Mais je veux apprendre !

– Je sais, mais pas aujourd'hui. Tu as les yeux rougis, tellement tu as fourni d'efforts.

Cette dernière phrase arracha un grognement de dérision à Rachele, attirant l'attention de l'écrivaine. La jeune fille se dissimula derrière un tronc, et la rivière Satrono qui coulait derrière elle couvrit le bruit des branches cassées sous ses pieds.

Ce que cette femme donnait à sa sœur, ce n'était pas de l'attention, c'étaient des propos et des gestes de privilégiée, qui ne feraient que diminuer l'envie de travailler de Nannina, déjà faible. Aucune des autres « femmes qui voyagent » n'était aussi indolente qu'elle.

Elle s'enfuit loin de là, agacée par la posture de victime que prenait sa sœur en se taisant face à tous ces jugements. Et également effrayée par la distance émotionnelle que ces paroles, elle le savait, allaient créer entre elles. Elle se traîna le long des sentiers, tête baissée, tandis que des dômes de citrons défilaient à ses côtés. L'écrivaine parlait sans savoir.

À Tramonti, avant de donner le citron *sfusato*, le raisin et le blé, les montagnes avaient été entaillées jusqu'à devenir des marches. À Tramonti, les femmes étaient comme les montagnes : elles allaient jusqu'à s'entailler le corps afin de voir les fruits de leur existence, afin de soutenir leurs proches.

Tous ces murs en pierres sèches, des murets de soutènement qui servaient à retenir les parcelles cultivables et créaient ce paysage en terrasses, c'était son père qui les avait construits, avec les hommes et les femmes du coin, jour après jour. Enfants, Nannina et elle l'accompagnaient parfois pour l'aider à transporter les pierres et à mélanger la chaux. Ces terrasses existaient aussi grâce à elles, grâce à Nannina : comment pouvait-elle ne serait-ce qu'écouter le conseil de celle qui lui suggérait de les abandonner ?

La montagne les avait engendrées, et elles-mêmes avaient contribué à lui donner un visage.

Elle atteignit un belvédère et s'assit, incapable de croiser ses jambes gonflées. Si son dos avait eu une voix, il aurait déchiré jusqu'aux oreilles d'un sourd, aussi s'allongea-t-elle dans l'herbe. Elle resta ainsi plusieurs minutes, immobile, respirant le moins possible pour réduire les mouvements de sa cage thoracique et percevoir les vibrations du sol.

Soudain, quelque chose lui toucha le cou, et elle écarquilla les yeux.

– Bon Dieu, Raché. Tu m'as fichu une de ces frousses, tu avais l'air morte.

Plus tard, repensant à ce moment comme à la cause de tout ce qui s'était produit par la suite, elle n'arriverait pas à expliquer ce qui l'avait poussée à révéler sa vulnérabilité ce jour-là, précisément à Gennarino. Peut-être était-ce son apparition inattendue ou bien le fait que, se croyant seule, elle avait baissé toutes ses gardes. Quoi qu'il en soit, c'est ce qui se passa. Elle fondit en larmes, incapable de continuer à retenir les mots exprimant sa déception, sa peur de perdre Nannina, son amertume de voir toute l'importance que sa sœur accordait à cette femme qui venait d'arriver. L'écrivaine était tout ce que Rachele ne serait jamais : cultivée, élégante, parfumée, voyageuse, opposée à leur mode de vie, compréhensive.

– Elle ne parle jamais de mes peintures comme elle parle de son livre.

Elle baissa les yeux sur les mains de Gennarino, qui semblaient faites en châtaignier, rugueuses et marquées comme les lamelles de bois qu'il tressait chaque jour, depuis l'enfance.

– Et alors ? Tu n'as pas besoin de son approbation. Ici, personne ne sait lire le journal. Et pourtant, beaucoup de maisons à Maiori et à Tramonti en ont au moins une page accrochée au mur, grâce à toi.

Il toucha son épaule égratignée, pour lui donner de la force.

– Bas les pattes.

Elle l'esquiva comme s'il avait été un bourdon.

Il lui dit de ne pas mesurer sa propre valeur en fonction de ce que Nannina pensait et disait d'elle.

– Tu crois que, chez moi, quelqu'un me dit que je fais de beaux paniers ?

– Évidemment, t'es nul !

Pour la première fois, ils éclatèrent de rire ensemble.

Rachele regarda au loin, vers les limites du monde qu'elle connaissait, et elle lança un petit caillou pour attirer un écureuil.

– En ce moment, je ne peins même pas. Je n'ai plus de journaux.

Gennarino se tourna pour la regarder dans les yeux et, après une très brève hésitation, il l'enlaça, luttant contre sa résistance. Pour elle, qui était de feu, ce fut comme s'écraser contre un mur d'eau. Peut-être s'était-elle exprimée sur un ton qui suscitait la pitié, pensa-t-elle.

Quand ils étaient petits, dit-il, il voyait des fillettes en larmes pour un genou écorché ou pour de simples caprices. Elle, en revanche, elle ne pleurait jamais, elle avait toujours eu un caractère bien trempé.

– Tu me faisais peur. Maintenant que je te vois pleurer pour la première fois, tu me sembles plus…

Il réfléchit quelques secondes, concentré :

– … plus humaine.

Rachele laissa échapper un sanglot de pleurs et de rires mêlés. Elle avait juste besoin d'un peu de chaleur, ajouta-t-il, comme les lamelles de châtaignier plus dures qu'il utilisait pour faire les anses de ses paniers : il lui serait impossible de les plier s'il ne les passait pas d'abord au four.

– Misérable, tu veux me mettre au four ?

– Ça dépend. Si une étreinte ne suffit pas, alors oui.

– Il vaut mieux que tu continues à avoir peur de moi, sinon…

La main de Gennarino vint lui couvrir la bouche pour l'empêcher de terminer sa phrase et, tout doucement, Rachele cessa de se débattre, d'une part consciente qu'il ne la laisserait pas partir, de l'autre reconnaissante que quelqu'un la remarque. Chez elle, elle passait toujours inaperçue. Chez elle, c'était Nannina qui, avec son brio, apportait la lumière.

*

Le lendemain, au lever du soleil, Rachele fut la première de la maison à se réveiller. Ses douleurs, comme toujours, étaient plus fortes que la veille et moins fortes que le lendemain, signe qu'elle travaillait comme il fallait. Elle sortit respirer un air qui n'était pas celui qu'elle partageait avec toute la famille et, devant la porte, elle découvrit quelque chose qui lui caressa le cœur d'une manière inattendue : une petite pile de vieux journaux sous quelques lattes de châtaignier.

17.

Cadeaux

Tramonti, été 1951

Personne n'aurait imaginé qu'il puisse pleuvoir autant en ces journées d'été. Les meules à charbon, construites quelques jours plus tôt, allaient être inutilisables. Depuis cinq heures du matin, les femmes trimaient sur les chemins couverts de boue, d'un côté appréciant de sentir sur elles de l'eau qui n'était pas uniquement de la sueur, mais de l'autre endolories par la rigidité musculaire indispensable pour garder l'équilibre sur le sol fangeux. Toutes étaient unies dans une même voix, un chant qui était à la fois une complainte et un antidote à la fatigue qui imprégnait leurs membres.

Rachele pouvait distinguer les voix de toutes ses compagnes, sauf celle de sa sœur jumelle, qui se trouvait juste derrière elle.

– Chante, ça fait du bien.

– Ce qui me fait du bien, c'est de penser aux fruits que j'ai cueillis ce matin. J'ai hâte de livrer mon chargement pour pouvoir les manger.

En été, la robe de Nannina présentait souvent une tache sombre au niveau de la grande poche avant. Dès qu'elle le pouvait, elle cueillait des mûres et des myrtilles et les dégustait une à une, les yeux fermés. Ça l'aidait à récupérer. Parfois il lui en restait quelques-unes et, oubliant qu'elle les avait en poche, elle se jetait à plat ventre dans les bois, lors de moments d'extrême fatigue, finissant ainsi par les écraser et par se tacher.

Elles croisèrent Aniello qui, heureusement, sembla produire sur elle le même effet que les fruits auxquels elle n'avait pas droit pour le moment. Le dimanche précédent, il s'était présenté chez eux pour la première fois, avec un panier de fromages et deux bouteilles de vin. Ils avaient passé quelques heures tous ensemble, pendant que son père lui posait des questions sur les conditions dans lesquelles il vivait, sur ce qu'il gagnait avec son travail. Il avait passé très peu de temps avec Nannina, mais on voyait à leurs yeux que pour tous les deux, c'était déjà un cadeau que de pouvoir se regarder l'un l'autre, sans avoir à penser qu'une chèvre ou un citron pouvaient échapper à leur surveillance.

Après cette rencontre familiale, il ne serait pas déplacé qu'une fois par semaine, pas plus, Aniello et Nannina se promènent ensemble autour de la maison, en restant toujours en vue, au cas où son père la chercherait, et avec Rachele.

Ce matin-là, alors que l'obscurité de la tempête donnait l'impression que le soleil ne s'était jamais complètement levé, Aniello s'était présenté sur le sentier sans son troupeau. Il n'était là que pour s'assurer que Nannina puisse porter son chargement de la journée sous ce déluge.

– Je vais me débrouiller, merci.

Et elle continua à avancer, avec le garçon à son côté qui essayait de lui enlever le panier des épaules, en vain.

– Est-ce que je peux au moins t'apporter quelque chose à la fin de ta journée ?

Nannina toussa l'eau qui se déversait sur elle.

– Le soir, je n'ai besoin que d'une chose. Et tu ne peux pas me l'apporter.

– Quoi donc ?

– Des étoiles. Le ciel est tellement inondé que, la nuit, on ne les voit plus.

*

Ce n'est qu'au coucher du soleil que la pluie s'arrêta et que l'air cessa de se confondre avec la mer et les rivières. Nannina dut renoncer à son heure désormais coutumière de lecture et d'écriture en fin d'après-midi au bord du Satrono. De son côté, Rachele ne put dissimuler sa joie. Cela faisait des semaines qu'elle n'avait pas passé un peu de temps avec sa sœur, en dehors des heures de travail où on était obligées de choisir entre parler et garder son souffle. Mais personne chez elle ne partageait son envie de sourire, alors ils dînèrent en silence, à la lumière d'une seule bougie et enveloppés dans l'odeur du pain biscuité tout juste sorti du four. Il y en avait moins que d'habitude et il allait falloir qu'il dure au moins un mois, car leur père avait encore perdu son travail. Ils mangèrent des bruschettas, ramollies avec de l'huile et garnies de tomates et d'anchois.

Nannina avait les yeux rivés au sol, elle suivait les lignes dessinées sur la coulée de ciment qui simulaient la présence de carreaux. Ils n'avaient pas les moyens d'en acheter de vrais. C'était leur mère qui avait voulu cette illusion. Comme Nannina, il y avait parfois des choses auxquelles elle n'arrivait vraiment pas à renoncer.

Alors qu'elle mâchait son dernier morceau de pain, Rachele remarqua que, dans le coin de la maison où elle conservait ses pots avec la terre et son chevalet, les dernières feuilles de papier journal qu'elle avait peintes n'étaient plus là.

– Papa, où sont passés mes journaux ?

Avec un filet d'huile qui lui coulait sur le menton, le père leva un doigt en direction de la base de la fenêtre. Devant la fente par laquelle, lors des journées de forte pluie, beaucoup d'eau s'engouffrait, elle reconnut ce qui restait de ses travaux, enroulés pour former une épaisse bande de papier, mais elle n'eut pas le courage de dire un mot. Nannina se tourna pour la regarder, et elle lui prit la main sous la table. Elle savait combien ces peintures comptaient pour elle.

– Ils ont enfin servi à quelque chose, ces barbouillages, lança le père.

– Ce ne sont pas des barbouillages. C'est sa passion.

– Le riche fait ce qu'il veut, le miséreux fait ce qu'il peut. Il n'y a pas de temps pour les passions, ça ne rapporte pas d'argent à la maison.

– La mienne pour le papier, si, par exemple. Si nous vendions ces fameux dessins…

– Et qui les achèterait ? Toi c'est différent, Nannì. Débrouille-toi pour te satisfaire d'un vrai métier. À la papeterie on transpire, on ne reste pas assis là à bouger un bras sur une feuille de papier.

Le père mit fin à la conversation en éructant sa dernière gorgée de vin. Puis il se leva, embrassa ses deux filles aînées sur le front et s'abandonna sur le lit.

Quelques heures plus tard, alors qu'ils étaient tous couchés, Rachele entendit un bruit à l'extérieur de la maison, à peine audible. Elle l'aurait ignoré s'il ne s'était répété deux ou trois fois encore. Elle se redressa, et une main lui saisit le poignet. L'œil droit de Nannina la fixait, bloquant un faible rayon de lumière nocturne qui s'infiltrait par une étroite ouverture.

Elles se levèrent sur la pointe des pieds, avec leurs jupons qui leur arrivaient jusqu'aux mollets et qui sentaient un mélange de sueur et d'eau de pluie. On ne voyait quasiment rien de l'autre côté de la fenêtre, pourtant toutes deux le reconnurent à sa silhouette.

– Qu'est-ce qu'il fait ici, à une heure pareille ? murmura tout bas Rachele.

– Tais-toi, ils vont t'entendre. Je sors un instant, il a un panier à la main.

Nannina n'attacha même pas les chiffons à ses pieds. Elle sortit avec ses longs cheveux dénoués et alla à la rencontre d'Aniello, qu'elle prit dans ses bras. À ce contact physique, Rachele plaqua une main sur sa bouche grande ouverte. Elle chercha toute trace de regards indiscrets autour d'eux, bien qu'elle sache que personne ne pouvait être là à cette heure. Elle sentit la peur monter en elle lorsqu'elle les vit s'éloigner sur le sentier devant la maison, et elle n'eut pas le courage de la laisser partir. Ce n'était pas seulement une question de décorum, mais de danger. Elle sortit dans la nuit et les suivit. Ils marchèrent juste deux ou trois minutes, pas plus, et s'arrêtèrent devant une large flaque, dont on apercevait à peine le miroitement.

Rachele, restée en arrière, se cacha derrière un arbre.

– Anié, je te le redemande, qu'est-ce que tu fais ici ? Si mon père te surprend, il te tue !

Visiblement, l'amour ne lui avait pas encore complètement obscurci l'esprit.

Le garçon se baissa, alluma la bougie qu'il tenait à la main et la fixa sur le sol. Puis il commença à sortir de son panier de petits objets, qui recouvraient à peine la paume de sa main : des coquilles de noix remplies de cire, avec une mèche au milieu. Une à une, il les approcha de la flamme de la bougie, avant de les poser délicatement à la surface dc l'eau de pluie formant cette grande flaque. Enfin, il prit la main de Nannina, ils se redressèrent pour mettre de la distance entre leurs yeux et les petites flammes, et ils regardèrent d'en haut ces lumières qui flottaient dans un bleu sombre comme la nuit.

– Je t'ai apporté les étoiles.

On aurait dit que le monde s'était renversé : ils avaient le ciel sous les pieds. Il n'y avait peut-être pas plus de dix lueurs, car la cire coûtait cher, mais reflétées dans les yeux de sa sœur, Rachele vit des milliers d'étoiles.

Ça devait être exactement ça, la fameuse lumière dans les yeux des amoureux.

Carmela, une des petites sœurs de Gennarino, était plutôt silencieuse ce matin-là. Elle n'avait que sept ans et son dos lui servait déjà à travailler.

À un moment donné, elle ne put résister :

– Raché, mais pourquoi la nouvelle mariée a une tête d'aubergine ?

En effet, on ne pouvait pas lui donner tort. Les bleus de Margherita aux poignets, à l'œil gauche et sur la pommette droite avaient la couleur des aubergines mûres.

– Parce que après le mariage son mari a voulu l'emmener acheter une nouvelle robe, et elle n'a pas voulu.

L'enfant se tut quelques secondes, déconcertée par cette réponse.

– Bah, si elle n'en veut pas, moi je la veux bien.

– Il ne vaut mieux pas, intervint Nannina.

Au bout de la file, la voix rauque de Margherita se fit entendre.

– Je me suis mariée pour m'installer, pas pour faire la putain.

Margherita n'était pas comme Celeste. Elle avait toujours été d'un caractère plus tranché et combatif et, avec un mari à la maison usé par les expériences du front, à la recherche d'un travail et du réconfort de l'alcool, elle risquait beaucoup plus encore si elle n'apprenait pas à tenir sa langue.

Celeste, silencieuse, suivait le même chemin, le regard éteint, sans prodiguer de conseils. On le sait, ce ne sont pas les gens qui enseignent la résignation, mais le temps, pensa Rachele.

– Cela aurait pu être moi, tu imagines ? Son mari ne l'a choisie que sur son physique, fit remarquer Nannina.

Depuis qu'elles étaient enfants, on plaisantait en famille sur l'incroyable ressemblance entre Nannina et Margherita, la fille de tante Raffaella. Le fait qu'elles soient nées à quelques heures d'intervalle l'une de l'autre renforçait la légende selon laquelle Rachele aurait été échangée avec sa cousine au berceau, dans un moment de distraction, et qu'elle ne serait pas la véritable jumelle de Nannina.

Plus tard, Rachele suivit sa sœur, toujours en cachette. Ces rencontres indirectes avec l'écrivaine étaient devenues une habitude également pour elle, qui les vivait dans l'ombre. C'était une façon de surveiller les effets que cette femme avait sur sa sœur.

– Beaucoup de filles disent qu'étant donné que le mari de Margherita l'a épousée malgré toutes les dettes de sa famille, elle devrait être plus reconnaissante. Les autres sont toutes reconnaissantes, raconta Nannina.

Pendant l'une de ses habituelles pauses de réflexion silencieuses qui irritaient tellement Rachele, et pendant lesquelles elle se préparait à dispenser ses jugements et conseils de lettrée, l'écrivaine chercha les mots pour aborder le sujet, sur lequel elle avait certainement beaucoup à dire, comme sur tout le reste.

– Ma chérie, il ne faut jamais exagérer, avec la reconnaissance.

– Pourquoi ?

– Parfois, trop de reconnaissance[8], ça finit par être une prison dont on ne peut pas s'échapper.

Elle ramassa une brindille qu'elle jeta dans la rivière, comme pour la libérer.

Rachele ne savait pas à quoi ressemblait le monde dont venait l'écrivaine, mais une chose était sûre : une femme qui mettait des limites à la gratitude avait vécu une vie où elle avait pu choisir son destin. À Tramonti, en revanche, le destin arrivait aux femmes, et quel qu'il soit, elles devaient faire de leur mieux pour permettre à leurs

8. Jeu de mots autour de *grata*, qui signifie à la fois « reconnaissante » et « grillage ».

enfants et à leurs proches de survivre sans trop souffrir de la faim. Quelles que soient les conditions dans lesquelles elles y parvenaient, la gratitude ne pouvait pas faire défaut, jamais. Sans elle, les os se briseraient et l'espoir s'envolerait. Car le jour pouvait arriver, et même souvent, où les propriétaires des vergers n'avaient plus de citrons à faire transporter, où les pères et les maris perdaient leur travail, où les voisins se retrouvaient sans nourriture pour leurs enfants et où il fallait partager avec eux le peu qu'on avait, où l'on se mariait pour de l'argent sans rien obtenir d'autre que les raclées d'un mari ivre. Et ces jours-là, les seules choses qui permettaient de faire face à la vie, c'étaient la gratitude et l'espoir. La gratitude envers la force qui n'abandonnait jamais les membres, envers la communauté toujours prête à apporter son soutien, et envers ces monts qui offraient un air propre et des fruits précieux ; l'espoir dans la possibilité que sortir en forêt pour ramasser de gros fagots de bois incite le boulanger à payer un peu plus, ou que les meules à charbon ne soient pas détruites par la pluie.

Les bleus de ses compagnes, Rachele ne les avait jamais justifiés, et elle n'avait jamais prétendu qu'elles soient reconnaissantes de leur sort. Mais c'était celui qui leur était échu, et elles devaient faire avec.

Des larmes de douleur baignèrent son visage, de la douleur pour cette sœur qui ne savait pas répondre à une personne qui jugeait si superficiellement le labeur et la vie d'autres femmes et qui se contentait de déplacer les doigts sur une machine à écrire.

Une main lui saisit le bras, la faisant sursauter.

– Raché, je t'ai cherchée partout ! Comment ça se fait que tu reviennes de Pucara ?

À ce moment-là, face à la présence inattendue de Gennarino, ses larmes devinrent un véritable déluge. Car certaines émotions atteignent extérieurement la même puissance qu'elles ont à l'intérieur seulement lorsqu'elles peuvent être partagées.

– Écoute, en ce moment tu pleures tout le temps et je n'aime pas ça. Viens, j'ai un cadeau pour toi.

À cet instant, Rachele découvrit que le cœur ne s'arrête pas seulement quand on meurt, mais aussi quand on cesse d'être invisible.

– Et pourquoi ?

– Eh bien, parce qu'il pleut souvent en ce moment.

– Qu'est-ce que ça veut dire ?

Gennarino se mit à rire.

– Tu vas voir.

Ils marchèrent quelques minutes, puis le garçon s'arrêta devant une maison qui était familière à Rachele. La porte d'entrée, d'un bleu vif, se dressait en haut d'une petite volée de marches en pierre, et si sa mémoire était bonne, elle ouvrait sur une unique pièce. Les habitations de Tramonti étaient presque toutes aussi petites que ça, quel que soit le nombre de personnes qui y vivaient.

– Eh bien quoi ? Tu m'offres une maison ?

– Eh, n'exagère pas, quand même. Tu ne t'en souviens pas ? C'est la maison de mon cousin Antonio, celui qui est allé chez Giordano à Novara, pour travailler dans une pizzeria. Elle est vide, il a emmené sa famille avec lui.

– Et qu'est-ce que je fais chez eux ?

– Tu peins.

Tu peins. Pendant quelques instants, Rachele eut l'impression de voir ces deux mots flotter dans les airs.

– Je te vois toujours dehors avec ton chevalet, j'imagine que chez toi il y a trop de monde et que tu ne peux pas te concentrer. Je me trompe ? Mais quand il pleut, qu'est-ce que tu fais ? Tu ne peux pas. Eh bien maintenant, si.

Gennarino lui remit la clé de la maison. C'était un geste trop grand.

Elle n'aurait jamais pu soupçonner qu'en acceptant ce don elle allait changer pour toujours le cours de la vie de beaucoup de gens.

18.

Franc de pied

Les soins ne peuvent pas remplacer la liberté.
Les plantes en pot vivent bien,
mais c'est dans les jardins, là où elles sont libres,
qu'elles s'épanouissent dans toute leur beauté.

Mme Rachele se fondait tellement dans son milieu que, lorsqu'elle parlait, on avait l'impression que c'était la maison qui s'exprimait. Les murs semblaient tenir debout par la grâce de ses poumons fatigués et de ses os fragiles dont les fissures sentaient bon les sentiers de montagne. À moins que les frontières ne soient plus vastes encore. Ninfa se plut à penser qu'en traçant toutes ces fissures on aurait obtenu la carte de la côte amalfitaine.

– Comment s'appelait cette écrivaine ?

– Pourquoi ?

– Par curiosité, j'ai peut-être lu quelque chose d'elle.

Mme Rachele ne l'avait jamais su, car dans un mélange d'admiration et de respect, sa sœur s'était toujours référée à elle en l'appelant simplement « l'écrivaine ».

Elle expliqua cela avec un dédain qui déconcerta Ninfa ; mais au fond, il n'y avait pas besoin de confirmation. Celle qui avait rompu l'équilibre avec Nannina, qui avait instillé en elle l'idée non seulement qu'une vie meilleure existait, mais que toutes les femmes la méritaient, était certainement grand-mère Adriana qui, dans ses écrits, avait passé toute sa vie à lutter pour les droits des femmes. Ninfa n'avait aucun mal à comprendre la jalousie que Mme Rachele avait dû éprouver alors, elle connaissait bien le charisme de sa grand-mère, tout comme la façon mordante dont elle choisissait ses mots pour décrire la réalité. Mais bien des années s'étaient écoulées, ce sentiment était encore trop vivace pour n'être qu'une simple jalousie de jeunesse. Il devait y avoir plus, quelque chose qui avait fait décanter ce sentiment, le séparant nettement de la peine qu'elle lui avait causée, pour finir par le transformer en rancœur. Il était clair que l'influence de grand-mère Adriana sur la vie des jumelles ne s'était pas limitée à ce qu'elle venait d'entendre, et elle craignit presque d'écouter le reste, de découvrir quelque chose qui puisse entacher l'opinion qu'elle avait toujours eue d'elle.

Elle attendit encore quelques instants, puis elle comprit que, pour ce soir-là, le récit était terminé.

Pour se distraire de ces pensées, elle se demanda si Gennarino et Rachele avaient fini par tomber amoureux. Elle aurait aimé poser la question, mais cela lui parut une curiosité indiscrète.

Flo avait réussi à s'approcher de plus en plus de la femme, jusqu'à se faire une place sur ses genoux âgés.

Commençait-elle à saisir le sens de ce qu'elle racontait ? lui demanda soudain Mme Rachele. Trop souvent, tout ce que l'être humain réussit à comprendre facilement, c'est ce qui se trouve en lui-même ou dans son entourage immédiat, le reste s'échappe au loin. Comme Nannina. Comme Alelì.

Cela sonna comme un reproche, mais plus adressé à elle-même qu'à Ninfa.

– Si c'est ce que vous pensez aujourd'hui, si vous pensez que vous auriez dû vous efforcer de comprendre, pourquoi continuez-vous à haïr à ce point cette écrivaine ?

Mme Rachele la dévisagea en plissant les yeux, comme un myope sans lunettes. Sa tâche n'était pas de comprendre cette femme, dit-elle sèchement, mais de comprendre sa sœur. Elle n'aurait pas dû rire des rêves de Nannina, de l'admiration qu'elle éprouvait pour une femme qui, sans nul doute, aurait suscité l'envie de quiconque appelait « chaussures » des chiffons attachés aux pieds ou devait coudre son unique robe de rechange le dimanche après-midi.

Elle se pencha en avant, comme si elle avait voulu pénétrer en elle. Elle demanda à Ninfa si elle comprenait sa petite sœur. Car tout le problème était là, dans la confusion entre le besoin d'être compris et la nécessité de comprendre d'abord les autres.

Ce changement de perspective fut, pour Ninfa, comme l'ouverture d'une faille. À l'intérieur il y avait ses parents, Alelì, ce que l'on attendait d'elle, et en équilibre au bord il y avait elle, sur le point d'être aspirée. Elle ne savait pas par où commencer pour gérer tout ce qui s'agitait en elle. Aussi se mit-elle à poser des questions.

Pourquoi, à la mort d'une personne avec laquelle on a toujours eu des relations difficiles, le sentiment de culpabilité se met-il à nous travailler ? Pourquoi oublie-t-on tous les arguments avec lesquels on justifiait nos positions et, repensant aux malentendus constants, nous apparaît-il brusquement simple et évident de nous remettre en question ?

Mme Rachele se leva avec un des mouvements les plus rapides que Ninfa lui ait vu faire jusqu'à présent, et elle prit une bouteille de vin. Elle remplit deux verres et lui en tendit un tout en se rasseyant.

– Bois un peu.

Les premières gorgées se mêlèrent aux larmes qu'elle avait essayé par tous les moyens de refouler, les suivantes commencèrent à la réchauffer et à apaiser sa tension.

– Il est très bon. Merci.

– C'est du tintore, le vin rouge de Tramonti.

Quand elle le buvait, la gorge de la femme émettait un son si articulé et répétitif qu'on aurait dit un langage. Elle parlait avec le vin. Comme elle le faisait peut-être avec tous les fruits de sa terre. Une goutte resta en équilibre là où la lèvre inférieure changeait de direction pour devenir la lèvre supérieure, sur le côté droit, et ne frémit même pas lorsque la femme commença à parler.

Rachele raconta qu'à la fin du XIXe siècle un fléau s'était répandu dans les vignobles européens, un insecte, le phylloxéra, qui avait infecté les racines, compromettant un travail de plusieurs siècles. La plupart des viticulteurs avaient tenté d'y remédier en plantant des racines américaines immunisées contre la maladie, et en y greffant des tiges européennes. En revanche, le sol de Tramonti, recouvert par les cendres du Vésuve, avait protégé les racines de la vigne de ce fléau.

Si le tintore de Tramonti plaisait tellement, c'était parce qu'il était franc de pied, autrement dit la racine et la tige provenaient d'une seule et même plante.

– Personne n'y a jamais greffé quoi que ce soit.

Elle marqua une pause intense sans cesser de la regarder, s'attendant à ce que Ninfa comprenne sans avoir besoin d'ajouter quoi que ce soit, mais l'expression de la jeune fille l'invita à poursuivre. La vigne de Tramonti a toujours été elle-même, ajouta-t-elle, des racines aux fruits. Qu'elle produise ceux-ci lentement par rapport à la vigne greffée, c'était indubitable, mais ses raisins étaient bien meilleurs.

La goutte céda et dessina un sillon rouge jusqu'à son menton, où un doigt vint aussitôt l'ôter.

– Toi, continua-t-elle en désignant Ninfa de son doigt rougi, tu n'es pas greffée. Tu peux être fière…

Elle leva son poing fermé en l'air.

– … de ta vie franche de pied.

Elle grimaça, faisant une pause.

– Le moment venu, elle portera ses fruits.

Ninfa sentit une larme couler dans un sourire. Elle but une gorgée de vin et se reconnut en lui. Enfin elle baissa les yeux, pensive, et posa la question qui la tourmentait :

– Et Alelì ?

– Qu'en penses-tu ?

– Je crains qu'elle ne soit greffée.

Rachele ne sembla pas convaincue, mais elle répondit avec diplomatie. Elle lui conseilla de la considérer comme un pied franc, de l'encourager dans ses goûts. Le temps finirait par révéler la vérité, car tôt ou tard, la vigne greffée s'effondrait toujours.

– Et si elle s'effondre ?

– Moi, elle ne me semble pas greffée. Elle m'a l'air bien dans sa peau. Mais si elle ne l'est pas, tu seras là pour la replanter et la soutenir.

*

Dormir à nouveau chez Mme Rachele n'avait pas déplu à Alelì, car elle n'avait pas envie de retourner chez Antonietta à vélo après la fête.

Le matin sentait bon la confiture de fruits rouges. Elle ne l'avait jamais perçue aussi intensément, pas en étant si éloignée du pot. Le soleil devait être levé depuis longtemps lorsqu'elle ouvrit les yeux et découvrit Ninfa allongée sur le côté, près d'elle, qui la regardait en lui tenant la main.

– Bonjour, ma chérie.

Si elle lui avait pris la main alors qu'elle était éveillée, elle aurait éprouvé ce contact comme quelque chose d'étranger, mais puisqu'elle l'avait fait pendant son sommeil, elle ne décelait pas de différence entre sa propre peau et celle de sa sœur. Elles semblaient le prolongement l'une de l'autre. C'était la vue qui marquait les limites, pas le toucher.

Cette scène lui rappela les week-ends du passé où elle se réveillait tard et trouvait Ninfa près d'elle, sur son lit, en train d'attendre qu'elle ouvre les yeux dans cette même position, avec son odeur de crème pour les mains parfumée à la vanille. Elle en mettait toujours le soir, avant de se coucher, pour lutter contre les gerçures.

La maison de Mme Rachele était vraiment un portail vers le passé, un trésor de souvenirs cristallisés dans le temps. À cet instant, elle lui montrait un « nous » qui n'existait plus depuis des années.

Elle retira sa main, méfiante.

– Bonjour.

– Alors, quel est le programme, aujourd'hui ?

Alelì s'assit dans ses draps tout en se frottant les yeux.

– Cimetière et interview.

Elle s'attendait à ce que Ninfa s'oppose à la première étape or, pour la première fois, elle parut d'accord.

L'odeur de confiture provenant de la cuisine était de plus en plus intense.

– Aujourd'hui, en plus d'Isidoro et Imma, Mme Celeste m'accompagne pour interviewer un de ses amis, un monsieur qui faisait un métier bizarre.

– Quoi donc ?

– Il fabriquait des paniers.

– Super, et à quelle heure on y va ?

Ninfa prit le visage de sa sœur entre ses mains, la forçant à la regarder dans les yeux.

– Je veux venir avec toi, nous passons trop peu de temps ensemble.

– Comme d'habitude.

– Je sais, mais je veux changer les choses. Je promets de ne pas poser de questions.

Entrant dans la cuisine, elles trouvèrent Mme Rachele en train de cuisiner avec Mme Celeste. Alelì n'avait jamais connu ses grands-parents, ils étaient tous morts avant sa naissance, et pourtant cette scène lui parut on ne peut plus familière. Ses grands-mères avaient peut-être été comme ça : la peau des bras pleine de plis, les mains couvertes de farine, et habillées avec des robes à fleurs.

Elles prirent le petit déjeuner et, pour finir, Alelì courut préparer les sacs à dos. Elle ne voulait pas que Ninfa voie ce qu'elle y mettait.

Mme Rachele demanda où elles allaient mais, avant qu'Alelì puisse répondre, Mme Celeste intervint, évasive :

– Nous balader.

Elles sortirent peu après, tandis que la maîtresse de maison fermait les pots de confiture. Flo ne s'éloignait plus de ses pieds.

*

Isidoro vint les chercher au cimetière, en milieu de matinée. Les aboiements de Lupetto et le bruit des petites chaussures d'Imma sur le bitume résonnèrent parmi les tombes.

– Ale, tu es prête ? On y va ?

Imma souriait toujours, et avait toujours envie de courir. La veille, elle lui avait raconté qu'elle jouait souvent avec ses cousins dans la rue, et Alelì avait trouvé ça incroyable. Ses parents ne l'auraient jamais laissée jouer seule dans les rues de Milan, cela n'aurait été ni décent ni sûr, avait-elle expliqué.

Imma avait plissé le front.

– Ça veut dire quoi, décent ?

– Pour les *filles comme il faut.*

– Et toi, où est-ce que tu joues ?

– À la maison.

– Et tu peux courir ? Il y a de la place ?

Alelì avait levé les yeux au ciel.

– Il y a de la place, mais on ne peut pas courir à l'intérieur.

Imma s'était gratté la tête, et puis l'avait frappée sur le bras.

– Attrape-moi.

Elle s'était enfuie vers la camionnette. En fait, Alelì ne l'avait pas poursuivie et Imma était revenue peu après, avec son habituel sourire joyeux, nullement fâchée.

Tous se dirigèrent vers la camionnette d'Isidoro.

– Tu as vu ça, Lupé ? Aujourd'hui, on est en compagnie de dames de tous les âges.

Imma remplissait l'habitacle d'enthousiasme et de vitalité, tandis qu'Isidoro chantait quelques chansons de la veille au soir. Il expliqua que cela lui paraissait indispensable, afin de tempérer un peu la tristesse que l'on ressentait en quittant le cimetière. Lui non plus n'était pas d'accord avec ces visites. Personne ne l'était.

– Ale, mais dans ta maison, où est-ce que tu grimpes ? demanda la fillette.

– Moi je ne grimpe pas !

– Ah, tu vois ? C'est parce que tu ne joues pas dans la rue, au milieu des arbres. Je le savais, qu'à la maison ce n'était pas pareil.

Ninfa sourit et parla de l'époque où elle vivait à Riva del Garda. Près de la maison de grand-mère Adriana, il y avait un parc avec de gros arbres très hauts, qui avaient des creux créés par des branches, dans lesquels on pouvait s'accroupir, après avoir grimpé un peu. On y montait facilement, et elle adorait rester là tout en écoutant sa grand-mère qui lui lisait un livre d'en bas. Une fois c'était *Peter Pan*, une autre encore, *Le Jardin secret*.

– C'était magnifique. La poussière de bois des arbres restait sur mes paumes et après, à la maison, je ne voulais pas me les laver.

– Et ensuite tu touchais sûrement le pain avec tes mains sales, comme tu le fais toujours. Maman déteste que tu amènes des microbes à table.

Alelì repensa à la voix de sa mère et eut envie de pleurer. Personne ne lui avait jamais expliqué que les belles choses peuvent faire souffrir.

Peu après, ils arrivèrent devant une vieille maison. Ils frappèrent à la porte et un monsieur âgé vint leur ouvrir. Son expression changea brusquement lorsque, après avoir dévisagé Ninfa et sa sœur, il arrêta les yeux sur Mme Celeste.

– Bonjour, je m'appelle Alelì et je fais une recherche scientifique. Je pourrais vous poser quelques questions ?

Il plissa le front.

– À moi ? Je ne connais rien à la science.

– Oh non, ne vous inquiétez pas. Vous devez juste me parler de votre vie.

L'homme regarda Isidoro, perplexe. Puis il jeta un coup d'œil à l'intérieur de la camionnette, comme s'il cherchait quelqu'un d'autre.

– Elle n'est pas là, Gennarì, croassa Celeste d'un ton agacé qui rappelait beaucoup celui de Mme Rachele.

– Qu'est-ce que j'en sais ? Vous êtes toujours ensemble.

– Allez, fais-nous entrer ! lança-t-elle, impatiente.

L'homme s'écarta et les fit passer à la cuisine. La maison était petite et vieille, mais au moins elle était équipée de tous les appareils électroménagers modernes. Il les fit asseoir et s'assit en dernier face à eux, sur un canapé.

– Vous êtes monsieur Gennarino, c'est ça ?

Il acquiesça. Ninfa se pencha en avant, le regardant d'un air étrange, comme si elle le connaissait déjà.

– Vous avez quel âge ?

– Quatre-vingt-dix, tout rond.

Il avait une voix profonde, chaude. Cela lui transmit aussitôt de la sérénité, alors elle lui sourit.

– Vous êtes né dans cette maison ?

– Non, mon ancienne maison a été détruite lors d'une inondation, dit-il en détournant le regard. Avec beaucoup d'autres choses.

Quand il était enfant, sa famille possédait trois chèvres et un cochon, raconta-t-il. Son père était boulanger et sa mère faisait du fromage. Tout était plus sain, plus savoureux, et on donnait de la valeur aux produits de son jardin.

– Pourquoi construisez-vous des tonnelles ? demanda Alelì.

– Parce que, comme ça, tu récoltes du raisin ou des citrons au-dessus, et en dessous tu as de la place pour cultiver d'autres choses, comme du blé, des haricots, des tomates. L'espace est limité et nous l'utilisons au maximum.

Il avait commencé à travailler à l'âge de six ans et n'était pas allé à l'école, et ça Alelì ne pouvait pas le digérer.

– Eh oui, je sais que ça ne se fait pas aujourd'hui. Mais de mon temps, tout le monde devait donner un coup de main à la maison. C'est grain par grain qu'on remplit la meule.

– Qu'est-ce que ça veut dire ?

Isidoro leva la main, approchant l'index et le pouce sans les faire se toucher.

– Que tout un chacun, même très petit, peut apporter sa contribution. Parce que les grandes choses se font avec les petites.

M. Gennarino se levait tous les jours à quatre heures du matin et, s'il voulait du lait, il allait mettre la tête sous le poitrail d'une de ses chèvres et le buvait tout chaud, directement aux mamelles.

– Ma préférée, c'était Pinella.

Alelì écarquilla les yeux : c'était vraiment primitif, mais elle garda cette pensée pour elle après avoir croisé le regard de Ninfa, qui lui suggérait de se taire et d'écouter poliment. Alors elle prit quelques notes sur sa feuille.

En octobre, on faisait du miel de châtaignier que l'on mangeait sur des fromages fabriqués à la maison.

– Tu as déjà goûté ?

Alelì fit signe que non. L'homme se leva, prit un pot de miel dans son garde-manger et, avec une cuillère à café, en fit couler un peu sur quelques morceaux de fromage de chèvre.

Alelì se força à avaler, par politesse.

– C'est amer.

Son père aurait préféré qu'il passe son temps à la boulangerie, mais pour lui ça n'avait jamais été une option : il aurait travaillé n'importe où, sauf là. À l'âge de dix ans, il avait commencé à se rendre à Casa Lauro, dans les montagnes, pour ramasser du bois et suivre les traces de son grand-père : il voulait devenir vannier.

– Et c'était bien payé ?

– À Tramonti, rien n'était jamais bien payé. Parfois, on ne pouvait même pas acheter un paquet de pâtes.

– Et pourquoi n'êtes-vous pas parti faire des pizzas dans le Nord, comme les autres ?

Une expression étrange passa sur son visage. Il regarda Mme Celeste avant de baisser les yeux, contractant une joue.

Partir n'était pas toujours une bonne idée, dit-il, et Alelì ne put s'empêcher de regarder sa sœur. L'homme ravala une pensée et se passa la langue entre les lèvres. Il semblait avoir soif. En effet il se leva, but une gorgée d'eau, puis s'essuya la bouche avec le dos ridé de sa main droite.

– Et puis, les gens de Tramonti n'existent pas ailleurs. Ici, tout le monde s'entraidait, il n'y avait pas ce qui est à moi ou à toi. C'était tout à nous. Par exemple, tous les ans en hiver, celui qui avait un cochon le tuait et en apportait un peu à tous les voisins. Et le cochon c'était une richesse, tu comprends ?

Alelì écrivit : *Moi je ne tue pas de cochon, mais je peux donner quelques-unes de mes affaires à Imma.*

Ensuite elle l'observa à nouveau et, spontanément, elle se mit à le comparer aux personnes qu'elle avait déjà interrogées. Quand il racontait sa terre, il ne fermait jamais les yeux, un sourire rêveur aux lèvres ; il ne s'approchait jamais de la fenêtre pour regarder le paysage ; et il parlait précipitamment. Il n'avait pas la même aisance ni la même disponibilité que M. Vittorio ou le vigneron, il mettait trop de temps à répondre aux questions, comme s'il y avait une différence entre ce qu'il aurait voulu dire et ce qu'il disait. Il lui rappela certains camarades de classe, qui temporisaient avant de répondre aux questions des maîtresses parce qu'ils n'avaient pas assez étudié, et cette idée l'irrita. Elle n'était pas tout à fait sûre de pouvoir se fier à ses paroles.

– Tu veux voir mon atelier ? lui demanda-t-il.

Alelì acquiesça, et tout le monde le suivit. Son mouvement créait un sillage qui sentait bon un monde ancien.

Ils parvinrent dans une cave semblable à celle d'Isidoro, humide et spacieuse. Empilés dans tous les coins, il y avait des paniers de tailles variées, des fagots et des outils de toutes sortes. Le mur en face de l'entrée, en revanche, était couvert d'un amas de rondins qui allaient jusqu'au plafond et dont on ne voyait que la partie circulaire.

– On fabrique les paniers à partir de déchets de châtaigniers.

À ces mots, une phrase que sa mère répétait souvent lorsqu'elle parlait de Ninfa avec son père revint à l'esprit d'Alelì. « Si elle n'étudie pas, elle finira comme un déchet de la société. »

Quelque chose lui échappait.

– Mais les déchets, c'est quelque chose de moche, qui n'a pas de valeur.

Pourtant, tout en parlant elle observait les paniers devant elle, qui semblaient faits de tresses, les mêmes que sa mère aimait réaliser avec ses cheveux tous les matins. Comment pouvaient-ils être le produit de déchets ?

M. Gennarino s'arrêta un instant pour la regarder, puis il prit quelques lamelles de bois poncé. Il les examina longuement, presque comme s'il voulait les protéger de telles remarques, et Alelì éprouva la honte qu'on ressent lorsque, sans réfléchir, on a offensé quelqu'un.

Il les approcha d'elle, sans jamais lever les yeux du bois, et il l'invita à les effleurer avec ses petits doigts. Il dit quelque chose en dialecte, à voix basse, qu'Isidoro traduisit en italien par un concept qui ressemblait beaucoup à ceci : les déchets recèlent un potentiel qui n'est visible qu'à quelques-uns.

Alelì glissa un regard vers sa sœur et elle la trouva belle, pour la première fois depuis très longtemps.

L'homme s'assit sur un tabouret et, tout en croisant les lamelles de châtaignier, il se mit à parler de son travail avec le même calme que la maîtresse d'école lorsqu'elle récitait des poèmes. En forêt, il commençait toujours par ramasser les bois les plus fins. Il les mettait au four pour les attendrir avec la chaleur, afin de pouvoir ainsi les plier et faire les anses des paniers. Ensuite, il faisait cuire le reste et préparait les lanières à tresser. Il réalisait huit ou dix paniers par jour, de toutes tailles, mais surtout des grands pour les citrons, les pierres et le fumier.

Tandis qu'il parlait, ses mains s'affairaient avec des gestes sûrs, sans nul signe de vieillesse. Il créa en quelques minutes une grille en châtaignier.

– Ça, c'est la base.

Ensuite il la pressa contre sa poitrine et se mit à plier les extrémités des lanières vers l'extérieur, perpendiculairement à son cœur, pour commencer à créer les côtés montants du panier. Le tressage prenait forme, nullement compromis par l'attention qu'il portait à son récit. Ses mains semblaient avoir leur propre esprit.

– Je prenais tous ceux que j'avais faits au cours d'une journée et j'allais les vendre à Castellammare di Stabia. Si j'avais de la chance je gagnais trois cents lires, mais il y avait des gens qui ne payaient pas tout de suite.

Il prit une bande qui fourchait à une extrémité, exactement comme un cheveu à deux pointes, et il pinça une de ces fourches entre ses lèvres, tirant l'autre avec la main, jusqu'à obtenir une deuxième lamelle de châtaignier, plus fine.

– Pourquoi aimez-vous tellement le bois ? demanda Alelì.

M. Gennarino prit l'expression typique de quelqu'un qui a du mal à expliquer une évidence. Puis il se lança, essayant d'éclaircir le motif qui l'avait poussé tous les jours à se lever le matin et à effectuer toujours les mêmes gestes, avec la même matière première, et malgré ses inflexions dialectales, il réussit à se faire comprendre. Il aimait sa terre et ses habitants, dit-il. Or, le bois les représentait tous, et il donna un exemple : cette matière ne se cassait ni à la chaleur ni à l'humidité. Exactement comme les gens de Tramonti, qui résistaient aux longues journées de travail, dos sous le soleil brûlant ou pieds enfoncés dans l'eau de pluie, prêts à entrelacer leurs forces et à se soutenir, dans une communauté qui, depuis des siècles, sentait le bois, la rosée et les citrons.

– Qu'est-ce que ce travail vous a appris ?

– La patience. Je n'ai jamais fait un bon panier dans la précipitation.

– Et vous l'avez enseigné à vos enfants ?

Ce fut le seul moment où les mains de M. Gennarino hésitèrent et où une bande de châtaignier lui échappa. Imma se jeta au sol pour la récupérer et la lui tendit.

– Ça m'aurait plu.

– Alors…

Isidoro s'éclaircit la gorge en posant une main sur l'épaule de la fillette. C'était le signal que sa mère utilisait pour maîtriser son tempérament, quand elle dépassait les bornes. Une légère pression, un contact ferme, et elle savait qu'elle devait se taire. Elle ne se tourna pas pour regarder Isidoro. Elle se plut à imaginer sa mère à sa place, là juste à côté d'elle.

Dans les minutes qui suivirent, presque personne ne parla. On percevait le respect pour ces gestes anciens et l'impatience de voir l'œuvre achevée. On aurait dit une naissance silencieuse.

À la fin, M. Gennarino lui offrit le panier, avec à l'intérieur du pain frais, quelques morceaux de fromage et deux pots de miel de châtaignier. Il donna également un panier plus petit à Imma. Sur le pas de la porte, avant qu'ils partent, l'homme prit les mains des deux sœurs et les embrassa, disant quelque chose d'incompréhensible en dialecte, qu'Isidoro traduisit ensuite, en voiture.

– Cherchez la beauté dans les déchets et soyez patientes. La patience est mère de toutes les belles choses.

Lorsqu'elles rentrèrent, Mme Rachele avait déjà fini de déjeuner. Elle se reposait sur son lit de camp, une main sur le front et l'autre sur la tête de Flo. C'était étrange, comme elles avaient fini par s'habituer l'une à l'autre.

Pour ne pas les réveiller, Ninfa proposa de manger en plein air le pain et le fromage offerts par le vannier. Elles s'engagèrent alors sur un sentier du CAI[9], suivant les balises rouge et blanc.

– Mais qu'est-ce que tu as mis dans ce sac à dos ? Il est lourd. Fais donc voir le tien.

Ninfa tendit la main et souleva le sac sur les épaules de sa sœur.

– Ale, mais c'est trop lourd !

– Je n'ai mis que le nécessaire.

Elles s'arrêtèrent à un endroit d'où on avait une magnifique vue panoramique sur les terrasses des Monti Lattari et, appuyées contre le tronc de deux arbres, elles se préparèrent des sandwichs.

Alelì ne l'aurait jamais avoué à haute voix, mais il était agréable d'être plongées ensemble dans cette nature intacte. Elle n'avait jamais entendu autant de gazouillis d'oiseaux, et elle les imagina exactement tels qu'elle les percevait : comme de minuscules aiguilles sonores qui perçaient l'air entre les cimes des arbres, poussées par une brise fraîche. Elle accepta de s'asseoir à même le sol, sans couverture de pique-nique, et tenta d'ignorer les minuscules pattes de fourmis qui se promenaient sur ses chevilles.

9. Club Alpino Italiano.

– Cet entretien t'a été utile ?

Elle acquiesça, sans rien ajouter. Elle s'attendait à d'autres questions intrusives, mais il n'y en eut pas. Elle mordit dans son sandwich et observa Ninfa reposer la tête contre le tronc, fermer les yeux et savourer son repas.

– Merci de m'avoir incitée à rester. C'était une bonne idée, Ale.

La fillette ne s'y attendait pas. Cela faisait des jours que sa sœur s'opposait à la moindre de ses propositions, et ce remerciement lui sembla contre-nature, dénué de sens, mais en même temps très sincère.

– Pourtant tu n'as toujours pas trouvé ce que tu cherches.

Ninfa rouvrit les yeux et regarda dans le lointain.

– Ce n'est pas grave. En fait, j'ai arrêté de chercher. Parfois, on ne cherche pas ce qu'il faut. L'important, c'est que nous soyons ensemble.

Elles avaient le même nez, pensa Alelì. Et soudain, parmi tous les après-midi de sa vie passés avec la professeure d'anglais, de piano ou de danse classique, elle s'en souvint d'un. Un seul, isolé. Celui où, alors qu'elles essayaient de faire une aquarelle, Ninfa avait peint son nez en vert. Elle eut l'impression de sentir à nouveau les poils du pinceau humide s'écraser contre sa peau.

Alelì éternua à plusieurs reprises.

– Maman veut que je fasse les tests d'allergie.

– Elle me les a fait faire aussi, tu sais ? Même ceux pour la cellulose, et elle éclata de rire.

– Tu es allergique au papier ?

– Non, mais maman en était convaincue, parce que quand j'étudiais, je n'arrêtais pas de me moucher.

C'était le premier souvenir de famille qui semblait l'amuser, mais pour Alelì, c'était une absurdité.

– Non, je ne plaisante pas. Quand je faisais mes devoirs, j'avais toujours le nez qui coulait, les yeux qui brûlaient. Un rhume en bonne et due forme. Puis je refermais mes livres et hop ! ça passait. Quand les résultats des tests d'allergie sont revenus, tous négatifs, maman a mis en doute jusqu'aux fondements de la médecine. Tu aurais dû voir sa tête.

Elle essuya des larmes de rire et s'esclaffa plus fort encore :

– Elle s'asseyait à côté de moi, pour observer la scène. Plus je me concentrais sur mes devoirs, plus mon bureau se couvrait de mouchoirs usagés. Elle voyait bien mes yeux rougis, elle entendait mon nez bouché, et tout ça, je ne pouvais certainement pas le simuler.

Alelì se mit à rire, par contagion.

– Elle n'arrivait pas à se l'expliquer. Puis un jour, le diagnostic est tombé.

– Et alors ?

Ninfa tâta ses abdominaux endoloris.

– J'étais simplement allergique aux études.

Et elles eurent un fou rire ensemble, comme cela ne leur était jamais arrivé, pendant un temps qui leur parut éternel. Lorsqu'elles se reprirent, un voile de tristesse couvrit le visage de Ninfa, et l'espace qui la séparait d'Alelì semblait s'être rétréci, bien que ni l'une ni l'autre n'ait bougé.

– Moi aussi, je peux avoir un pendentif en forme de clé ?

– Bien sûr. Ils nous appartiennent à toutes les deux, c'est ce que grand-mère aurait voulu.

– Si tu veux, tu peux me parler d'elle.

Ninfa haussa les sourcils, surprise.

– Tu en sais tellement sur elle.

– Comme toi sur papa et maman. Tu les regardais, tu les observais. Malheureusement, moi je crois ne l'avoir jamais vraiment fait, du coup je n'ai pas grand-chose à dire sur eux. Quand tu m'en parles, j'ai l'impression d'entendre parler de personnes différentes de celles que je connaissais, peut-être simplement parce qu'ils ont essayé de faire les choses différemment avec toi. Parce que tu es différente de moi. Tu as été leur deuxième chance.

Alelì détourna le regard.

– Moi je crois que tu ne les aimes pas, un point c'est tout. Grand-mère, par contre, tu l'aimais.

– Ale…

– On pourrait faire un truc. Moi je te parle d'eux, et toi, d'elle.

Ninfa avala sa dernière bouchée, en acquiesçant. Oui, ça pouvait marcher.

– Il y a une chose que je ne comprends pas.

Alelì avait peur de formuler cette question, mais il fallait qu'elle sorte. Elle lui trottait dans la tête depuis la première fois où elle avait vu Ninfa après la mort de leurs parents. Elle se la posait chaque fois qu'elle la voyait pleurer, qu'elle la voyait souffrir.

– Pourquoi tu pleures pour papa et maman alors qu'avant l'accident tu ne voulais jamais passer du temps avec eux ?

Un coup de vent enveloppa Ninfa dans une nuée de feuilles. Cela ne dura que quelques secondes, pendant lesquelles Alelì, dans une pensée enfantine, craignit de voir sa sœur s'envoler. L'espace d'un instant, elle se dit que cette question était trop difficile pour Ninfa, et elle redouta que la nature soit venue à son secours pour la libérer du fardeau de devoir y répondre.

Ensuite sa sœur commença à parler, calmement. Enfant, elle cassait la plupart de ses jouets, raconta-t-elle. Elle les vivait d'une manière tellement intense qu'elle les poussait à leurs limites. À l'âge d'un an, elle avait même brisé le mobile au-dessus de son berceau, celui avec des planètes suspendues, en s'accrochant à Mars. Papa et maman voulaient toujours les jeter, mais elle réussissait à garder ses préférés.

– Et après, tu les réparais ?

– Jamais.

Elle gardait des boîtes remplies de petits trains sans roues, d'hélicoptères télécommandés aux hélices cassées, de poupées aux robes déchirées ou sales.

– Et alors, pourquoi tu ne les jetais pas ?

– Parce que savoir que, si je voulais, je pouvais les réparer ou continuer à jouer avec eux même s'ils étaient cassés, ça me rassurait. C'est le pouvoir des possibles, ils existent même si on ne les saisit pas.

Une libellule se glissa entre elles, légère.

– À la maison, je n'étais jamais assez. Ma relation avec papa et maman s'est rompue au fil du temps, en plusieurs occasions, d'année en année. Et maintenant qu'ils ne sont plus là, j'ai perdu toute possibilité de la réparer. Je voudrais pouvoir la retrouver dans mes boîtes avec les jouets cassés, que je garde encore. Mais elle n'y est pas. Et à certains moments, cette pensée me coupe le souffle.

Alelì ne dit mot. Elle se sentit traitée comme une adulte, sans filtre, après tout ce temps, et elle saisit la portée de chaque parole.

– Si tu veux, dès que nous rentrons à Milan, nous en réparons quelques-uns ensemble.

À ces mots, Ninfa se tourna pour la regarder.

– C'est exactement ce dont j'ai besoin.

*

Une fois dans la chambre, Ninfa massa ses épaules endolories. Elle regarda le sac à dos, tout en effleurant les marques qu'il lui avait laissées sur la peau, et elle se leva pour l'ouvrir. À l'intérieur, elle trouva un disque de pâte à pizza, des tas de copeaux de châtaignier et pas moins d'une dizaine de citrons.

19.

Châtaignes

Tramonti, automne 1951

Si Rachele préférait la forêt à la mer de Maiori, il y avait une raison. On disait que celle-ci était à chercher dans la nuit où Maria l'avait mise au monde, dans les prières que sa mère avait adressées à la Vierge et aux arbres, alors qu'elle parcourait les sentiers de montagne en proie aux contractions, afin que l'enfant puisse naître à l'abri et non dans le froid glacial de la nuit. Et à ceux qui objectaient que, dans ce cas, alors Nannina aurait dû aimer la forêt autant que sa jumelle, d'autres rétorquaient que Maria ne savait pas, cette nuit-là, qu'elle attendait deux filles, et que par conséquent la forêt avait uniquement été liée à l'une d'entre elles, la première qui avait vu le jour.

Longtemps, Rachele s'était contentée de ces rumeurs, se sentant un peu comme un personnage de légende et reconnaissant dans les frissons qui parcouraient sa peau la respiration des arbres qui l'avaient protégée, le flot de la sève à laquelle sa mère avait demandé protection cette nuit-là, il y a toutes ces années.

Jusqu'à ce qu'un matin de 1951 à l'aube, observant la vallée entre les Monti Lattari, depuis la place de l'église San Michele à Gete, tout devienne clair pour elle.

La mer de Maiori, que Nannina aimait tant, n'était à ses yeux qu'un miroir plein de fissures, qui se contentait d'imiter les couleurs du ciel en le brisant, jusque là où la côte le permettait, et elle n'avait par conséquent aucune identité propre. Les bois de Tramonti, en revanche, s'élevaient dans les airs pour atteindre la voûte céleste sans prétendre en imiter l'apparence, et même fiers de s'en distinguer, enracinés dans une identité bien terrestre.

Tandis qu'elle laissait son regard se perdre dans la végétation luxuriante de la vallée, Rachele se reconnut dans l'automne de Tramonti. Tout comme elle ornait ses peintures terreuses de cadres de feuilles colorées, cette saison sublimait la frontière entre le ciel et la terre en encadrant les cimes des arbres et les chemins entre eux de feuilles pourpres, jaunes, orange et brunes. Elle avait l'impression de se respirer elle-même et de se reconnaître, pour la première fois. Peut-être parce que, depuis des semaines maintenant, l'espace privé que lui avait offert Gennarino lui avait permis de se définir dans une solitude qu'elle n'avait jamais connue auparavant, et de se percevoir non pas comme sœur de Nannina, comme fille de Pietro et Maria, comme porteuse de citrons, mais simplement comme Rachele. Elle n'avait jamais réalisé auparavant le peu de temps qu'elle passait seule dans la vie, ni la liberté qu'il y avait à ne pas être sous le regard d'autrui une heure par jour. Elle se rendit compte que ce temps où personne ne la voyait était celui où elle pouvait se voir elle-même sans influence étrangère.

Au départ, elle avait dû lutter contre des sentiments de culpabilité, contre l'idée que ces heures solitaires à la fin de sa journée de travail auraient pu être utilisées de manière plus profitable, peut-être pour gagner un peu plus d'argent. Jusqu'à ce qu'elle réalise que les forces de son corps avaient une limite et qu'elle n'avait jamais utilisé ce temps pour travailler, pas après avoir fait en moyenne quinze allers-retours dans la montagne avec ses paniers remplis.

Non, cette maison de Pucara n'affectait pas sa productivité quotidienne. Au contraire, elle semblait lui offrir des heures de vie pour se ressourcer.

Elle plongea un dernier regard dans la vallée, pour se sentir liée à elle pendant les heures de travail qui l'attendaient, et elle sourit. Ce matin marquait le début de la période de l'année qu'elle préférait, celle où tous les habitants de Tramonti devenaient des créatures des bois, les peuplant pour cueillir les châtaignes. Elle serra celles qu'elle avait en poche, les premières qu'elle avait ramassées ce matin-là à l'aube, et qu'elle pouvait garder pour elle parce qu'elles étaient tombées toutes seules sur les sentiers.

Elle se dirigea vers la châtaigneraie où elle travaillerait les jours suivants, avec tous les habitants des hameaux voisins, et elle croisa le chemin de sa sœur jumelle qui, encore ensommeillée, s'accrocha à son bras et l'embrassa sur la joue.

Elle sentit les yeux de Nannina sur son profil.

– Tu es encore plus belle que d'habitude.

– Je suis d'accord, intervint Gennarino derrière elles, avant de les dépasser au pas de course.

Elles échangèrent quelques plaisanteries de circonstance, mais Rachele veilla à ne pas sortir de sa réserve.

Si elle l'avait fait, elle aurait révélé l'existence de la maison, qu'elle n'était pas encore prête à partager. Elle voulait avoir quelque chose rien qu'à elle, tout comme Nannina avait ses rendez-vous avec l'écrivaine.

La première journée de travail fut exténuante, mais les moments de convivialité ne manquèrent pas. C'était justement cette coexistence entre labeur et communauté que Rachele aimait en cette période.

Tout le monde partagea le rite initial, qui lui était si cher, de la récolte des châtaignes et de leur cuisson sur place. Son père, Gennarino et le mari de Celeste préparaient les « champs », les lits de fougères sèches sur lesquels on faisait cuire les fruits, saupoudrés de sel.

Gennarino regardait souvent autour de lui, à la recherche de jeunes troncs droits qu'il reviendrait couper bientôt afin de fabriquer de nouveaux paniers. Ses cheveux étaient bruns et bouclés, tout comme les fruits de ces arbres qu'il travaillait depuis des années, remarqua Rachele, et pour la première fois elle le considéra comme un élément fermement enraciné dans cette terre qu'elle aimait tant.

Elle réalisa qu'elle l'avait fixé trop longtemps seulement lorsque Nannina s'approcha d'elle avec un sourire malicieux.

– Tu sais, j'ai compris.

Rachele tenta en vain de se réfugier derrière un « Compris quoi ? » quand Celeste intervint, s'asseyant près d'elles, les poignets couverts de bleus très voyants et son regard doux empreint de tristesse.

– Garde-le près de toi, Raché. Au moins, tu sais qui il est.

Savoir qui était un homme, pour des filles non mariées, ça avait quelque chose de honteux, comme si une frontière avait été franchie avant l'heure, et pourtant, dans la bouche de Celeste, cela sonna comme quelque chose de rassurant. Je sais qui il est, continuait de se dire Rachele, et cette connaissance avait pour elle les couleurs de l'automne à Tramonti.

Les jours suivants, Aniello rejoignit à son tour les cueilleurs, ajoutant ainsi des fils au réseau de regards furtifs déjà tissé entre Rachele et Gennarino. Chaque fois qu'elle se trouvait à côté de lui, Nannina brillait comme les coquilles de noix lumineuses qu'il lui avait offertes. Elle appréciait beaucoup les longues conversations que le garçon, comme s'il voulait faire bonne impression, avait avec son père.

– Il est venu ramasser des châtaignes juste pour être avec moi, glissa Nannina à sa sœur, tout en se penchant pour attraper une bogue.

Elle se redressa, des boucles dorées encadrant son visage en feu, de la même couleur que les cheveux d'Aniello.

Nannina alla à sa rencontre et le garçon lui fit une caresse sur la joue. Un geste excessif, trop intime, qui éveilla le regard sévère du père de la jeune fille, anéantissant tous les efforts qu'avait faits Aniello pour créer un lien avec lui.

Sa situation financière était-elle réellement si importante, par rapport à toutes ces attentions et à tous ces sentiments ? se demanda Rachele pour la première fois. Au fond, de nombreuses femmes de Tramonti se mariaient par intérêt et puis finissaient par trimer de toute façon, se retrouvant auprès d'hommes détruits par la guerre et incapables de conserver leur emploi. En l'épousant, Nannina ne résoudrait certainement pas son sort ni celui de la famille, mais au moins elle ne serait pas couverte de bleus comme Celeste et Margherita.

Un vent frais s'était levé, Rachele se mit à frotter ses mains sur ses bras, pour se réchauffer.

– Ça marche, affirma Gennarino.

– Quoi ?

Le ton de la jeune fille souffrait d'années d'hostilité ouverte difficiles à effacer, son visage un peu moins.

– La maison.

Rachele regarda autour d'elle, espérant que personne n'avait entendu.

– Tu es plus… détendue. Ça te fait du bien, de peindre là-dedans.

– Tu peux reprendre la clé quand tu veux.

Gennarino leva les mains en guise de drapeau blanc et sourit de cette distance verbale, qui n'avait rien à voir avec la façon dont elle le regardait.

– Il commence à faire froid, ajouta-t-il en imitant le geste que Rachele venait de faire. Je vais faire un *pagliar*.

Il s'éloigna à la recherche de trois rondins de bois dur et de quelques rejetons de châtaignier. Une fois rassemblés, il choisit un endroit légèrement en pente et dressa l'ossature d'une cabane. Il demanda à Aniello de l'aider à ramasser des fougères, des mottes de terre et de l'herbe afin de recouvrir cette structure, et finalement ce fut comme si deux portions de terre jointes s'étaient inclinées pour former un toit naturel en pente à deux versants, qui s'intégrait parfaitement au paysage naturel, bien qu'il ait été créé par l'homme. Le *pagliar* : la terre qui se soulève et devient cabane.

– Comme ça, s'il fait froid nous pouvons nous y abriter à tour de rôle.

Gennarino disait cela en regardant Aniello, mais Tramonti savait que ce refuge n'était que pour Rachele.

C'étaient des jours intenses, ceux de la récolte. La terre de la châtaigneraie portait les corps de ses créatures qui, à la fin, transporteraient sur leurs épaules des sacs remplis de ses fruits. Exactement comme dans le cycle de la vie, où parents et enfants finissent par échanger les rôles.

Le dernier jour de la récolte, comme le voulait la tradition, le propriétaire du taillis offrit à tous les cueilleurs un déjeuner à base de poissons frits et de morue séchée ou salée. Rachele adorait ce moment.

Son père avait la bouche pleine de vin et de poisson.

– Quel gueuleton !

Gennarino s'approcha d'elle.

– Je suis déçu que ce soit fini. C'était bien, de travailler ensemble.

– Si tu veux, tu peux toujours faire la « femme qui voyage », rétorqua-t-elle.

Le garçon éclata d'un rire tonitruant avant d'attraper le dernier mets de la journée, préparé par la femme du patron : un *panzerotto* fourré à la crème de marrons. Aniello en prit un à son tour, le coupa en deux et en donna la moitié à Nannina, avec la douceur de celui qui voudrait partager toute sa vie avec elle. Le père jugea ce geste excessif aussi et, après une dernière gorgée de vin, il rappela ses filles et sa femme pour rentrer à la maison.

En chemin, loin des oreilles indiscrètes, il n'y alla pas de main morte :

– Tu veux déshonorer notre nom ?

– Papa, mais je n'ai rien fait.

Ça jasait, lui lança-t-il, on les voyait trop souvent ensemble. À partir de ce jour, il ne les autoriserait pas à se rencontrer plus d'une fois par semaine, et toujours sous sa surveillance.

Même ses leçons avec l'écrivaine commençaient à faire l'objet de rumeurs, continua le père, les livres ne rapportait pas de pain à la maison et mettaient des idées bizarres en tête. Le seul motif pour lequel il les autorisait encore était qu'il serait utile qu'au moins un membre de la famille sache lire et écrire. Ainsi, ils pourraient communiquer avec leurs oncles et tantes en Argentine.

Brusquement, Nannina se toucha le cou, ses yeux écarquillés effectuant des mouvements rapides.

– J'ai perdu mon collier. J'avais un des porte-bonheur de Gennarino, il faut que je retourne à la châtaigneraie.

– Non, Rachele va y aller. Tu me prends pour un imbécile ?

Nannina n'aurait jamais utilisé une des choses les plus précieuses qu'elle possédait pour tromper sa famille, pas même pour voir Aniello, pensa Rachele sans l'ombre d'un doute.

Elle tendit une main vers sa sœur.

– Je vais le retrouver, je te jure.

Nul n'aurait jamais pu dire avec certitude si cette circonstance détermina l'avenir de chacun. Tout se serait-il passé de la même façon tôt ou tard ? Ou bien un changement minimal aurait-il fait toute la différence ?

Rachele se poserait ces questions toute sa vie, traçant jour après jour les contours d'une obsession.

Le vent frais effaça la sueur de sa peau tandis qu'elle se dirigeait vers le taillis. Elle gardait les yeux bien ouverts, le collier avait pu tomber n'importe où. Arrivée dans la zone de récolte, elle se mit à quatre pattes, tâtant le terrain et chuchotant au tapis de feuilles pour qu'il lui donne un coup de main.

Les paroles de Gennarino vinrent chatouiller sa nuque dénudée.

– Encore ici ?

– Et toi, toujours là ?

Est-ce le vent qui se leva et lui remplit les yeux de terre ?

L'air de la forêt se colora de feuilles volantes et le garçon la conduisit jusqu'à la petite cabane en bois qu'il avait construite juste pour elle quelques jours plus tôt. Les mottes de terre s'étaient suffisamment enracinées pour rendre le toit herbeux presque imperméable. Pendant une poignée de minutes, avec ce vent, Tramonti avait rendu aveugle sa fille la plus dévouée. C'est peut-être pour cela que Rachele l'appellerait ainsi pour le restant de sa vie, le premier baiser avec Gennarino : le baiser aveugle.

Le soir, quand elle rentra chez elle, Nannina lui annonça qu'elle avait retrouvé le collier qu'elle croyait avoir perdu, accroché à l'intérieur de sa robe.

20.

Le nid

Tramonti, 1951 / 1952

– Il est inacceptable qu'il n'y ait pas assez de routes, et qu'il vous faille emprunter des chemins aussi escarpés et dangereux, avait dit l'écrivaine à Nannina, cet après-midi-là.

Rachele se frappa le front avec la main. Elle avait encore cédé et suivi sa sœur, bien que pour la première fois elle ait aussi un espace personnel, un morceau de vie qui n'appartenait qu'à elle et à personne d'autre.

Les paroles de l'inconnue continuaient à résonner dans sa tête, avec la puissance des propos volés auxquels on ne peut pas répliquer à moins de se révéler voleur, et elles se propageaient avec des secousses dans son cœur ainsi que le long de sa main qui tenait le pinceau.

Elle aurait voulu lui dire ce qu'il en était vraiment. C'était vrai, il n'y avait pas de bonnes routes à Tramonti, et pourtant, à bien y regarder, on voyait que chacun avait la sienne. Les gens savaient où aller et comment revenir, sans jamais se perdre. Ils connaissaient chaque sentier, chaque chemin muletier, chaque grotte. Ils reconnaissaient les arbres comme on reconnaît le nom des rues dans les grandes villes. Il était inutile d'enlever du terrain à la montagne pour la traverser.

Que pouvait savoir cette écrivaine de la voix des ruisseaux, qui les avertissait à temps lorsque le chemin se rétrécissait ? Ou du langage des oiseaux, qui anticipait la pluie, le vent, le soleil et les tempêtes ?

Alors qu'elle tentait de chasser ces pensées, elle entendit un bruit derrière la porte d'entrée et craignit que quelqu'un ait découvert son secret. Peu après, une voix familière retentit.

Elle n'avait pas vu Gennarino depuis le jour du baiser. Elle avait tout fait pour l'éviter, après avoir fui la châtaigneraie, et au fond c'était à partir de là que l'effet bénéfique de ces heures de solitude avait commencé à s'estomper. Peut-être parce que la solitude avait le son des sentiments et que Rachele n'était pas à l'aise avec les siens. Elle les considérait comme erronés et superflus. Erronés parce que, Celeste avait raison, elle le connaissait, et de ce fait elle savait qu'ils n'avaient rien en commun. Superflus parce que, dans cette vie qui lui était échue, les sentiments ne jouaient aucun rôle, si ce n'était celui de la distraire de ses devoirs.

– Je sais que tu es là, Raché, allez. Si quelqu'un passe et me voit frapper à la porte d'une maison vide…

Elle ne le laissa même pas terminer sa phrase, elle ouvrit la porte et le garçon entra furtivement. Il s'arrêta devant elle, essayant d'effacer la distance qui les séparait.

– Qu'est-ce que tu veux ? demanda-t-elle irritée, tendant un bras pour l'éloigner.

– Je veux savoir si je t'ai offensée.

– Évidemment. Tu m'as traitée comme une fille facile, sans demander la permission. Je n'embrasse pas le premier venu.

– Le premier venu ? On se connaît depuis toujours.

– Et on ne peut pas se supporter.

Il aimait les rêves, elle les considérait comme des illusions. Il aimait l'aventure, elle se contentait de la paix des dimanches après-midi, à coudre son trousseau ou à aider les anciens. Il parlait trop, même lorsqu'il tressait ses paniers, au point qu'on se demandait comment il faisait pour les réussir, alors qu'elle adorait le silence, car c'était la voix de Tramonti. Il se plaignait toujours, elle remerciait Dieu et la nature chaque soir pour la journée de travail et pour n'avoir pas fait céder ses jambes.

– Et puis toute cette imagination !

Gennarino pencha la tête sur le côté, amusé.

– Qu'est-ce que tu as contre mon imagination ?

Rachele porta la main à son front. Il était bien comme Nannina, lui dit-elle, il voulait toujours fuir la fatigue, la douleur, la peur. Ils ne comprenaient pas que ces choses-là, il fallait les traverser, pour éviter de passer son temps à chercher mieux et à ne jamais être heureux.

Le garçon ôta son petit chapeau de laine de sa tête, pour le serrer entre ses mains et y noyer son regard.

– Et toi, tu es heureuse ?

Elle ne répondit pas à sa question, prise par le flux de ses propres pensées.

– Tu t'es trompé de sœur.

Gennarino releva brusquement les yeux et les posa sur elle, avec une détermination qui la frappa et qui criait une seule chose : elle était la bonne jumelle, et peut-être que seul Tramonti avait toujours su pourquoi.

Cette terre en gardait la trace dans les empreintes du garçon qui se superposaient à celles de Rachele lorsque, enfant, il la poursuivait dans les bois, dans l'écho de leurs voix à l'intérieur de cette grotte où ils avaient dormi la nuit du débarquement, pendant le temps – maintenant, elle l'avait compris – qu'il avait toujours aimé passer à la regarder tandis qu'elle peignait, dans les tresses des paniers qu'il confectionnait pour elle.

Des courants d'air froid entrèrent par la fenêtre et vinrent faire frissonner le corps de Rachele : c'étaient les messagers de Tramonti, prêts à lui livrer ces traces.

À partir de ce jour, cette minuscule maison de pierre devint leur refuge. Ils apprirent à se connaître, à se regarder dans les yeux sans honte, à accepter que seules quelques parcelles de leur peau devaient être accessibles. Ils eurent des aperçus de la vie quotidienne d'un couple, bien qu'ils ne le soient pas aux yeux du monde. Gennarino se tenait à côté d'elle pendant qu'elle peignait, et de temps en temps, pendant qu'il travaillait, Rachele préparait quelque chose à manger. Un après-midi, elle exagéra et utilisa une partie de ses gains de la semaine pour préparer une soupe de châtaignes agrémentée d'oignons, de céleri et de fromage de vache, sans réussir à justifier ensuite son manque d'appétit auprès de sa famille.

Sa mère lui posa une main sur le front.

– Tu es malade ?

– Si elle est malade, demain elle va travailler quand même.

Nannina fit remarquer en vain à son père que, dans la famille, Rachele avait toujours été la plus consciencieuse de tous.

Le lendemain, les travaux allaient commencer au four à chaux pour la construction de la maison de Pasquale, le fils nauséabond du métayer dans le verger duquel elles avaient travaillé tout l'été.

– Si elle n'y va pas, elle va perdre ce travail et aussi celui de l'été prochain, avec les citrons, grommela le père.

– De toute façon, nous ne travaillons pas pour le métayer mais pour l'intermédiaire, chuchota Nannina.

Rachele fut obligée de terminer son assiette tandis que son estomac, pas habitué à être aussi rempli, frémissait sous le coup de la quantité mais aussi du sentiment toujours plus fort qu'elle éprouvait pour Gennarino. Elle commençait à croire en quelque chose qui ne lui avait jamais traversé l'esprit auparavant : un jour pas très lointain, elle aurait une vie différente, avec un homme qui la traiterait bien et la rendrait heureuse.

Ce n'était pas comme porter des citrons. Pour Rachele, travailler au four à chaux avait un charme unique. Cela ressemblait, d'une certaine manière, à devenir mère. Pendant des semaines, les femmes ne faisaient rien d'autre qu'apporter des fagots et des paniers remplis de pierres calcaires depuis le Monte Falerzio, et chaque jour leur corps, bien que fatigué, semblait en mesure de supporter un peu plus de poids, presque comme s'il percevait la hâte de voir la chaux vive.

Une fois que les hommes avaient disposé les pierres dans le cylindre du four à chaux, on commençait à mettre le feu au bois qui se trouvait dans la partie inférieure. Chacun devenait l'élément d'un rite qui consolidait les liens de la communauté, et on prenait prétexte du dos et des bras fatigués pour s'arrêter et se raconter des histoires en plein air. La nuit, on se relayait pour enlever les cendres et entretenir le feu en apportant constamment du bois neuf, et la montagne vibrait de rires, de chants et de danses, tandis que cette bouche de feu soufflait le mystère sur les récits des plus anciens.

Une fois la chaux cuite, les femmes la transportaient dans de larges fossés, avec la patience et la force des mères qui, après de longues nuits d'insomnie, trouvent encore l'énergie, au lever du soleil, de soutenir leurs jeunes enfants.

« Ces murs sont mes créatures, c'est moi qui les ai transportées alors qu'elles ne tenaient pas encore debout », disait à Rachele sa grand-mère, lorsqu'elle passait devant certaines maisons de Tramonti.

Cela faisait des jours qu'elles gravissaient et descendaient la montagne, et enfin le four à chaux était prêt. Cette nuit-là, les jumelles feraient le premier des six services, avec d'autres habitants de Tramonti.

Nannina avait dû se battre pour que son père accepte de la laisser sortir.

– Je t'y envoie seulement parce que Rachele est là pour te surveiller.

Lors du dernier voyage de la journée, les fagots sur les épaules, tandis que les autres femmes cherchaient la vigueur dans le chant, les deux sœurs se chuchotaient des secrets.

– Aniello va venir, ce soir ?

Nannina acquiesça.

– Il va s'asseoir un peu à côté de nous. Rien de plus, je te jure.

– Je sais que vous êtes sérieux.

– Ah bon, maintenant tu as confiance ?

Rachele sourit, lui demandant si une annonce de mariage était en vue.

Nannina baissa les yeux. Aniello dormait avec les animaux, dans l'étable, pour qu'il y ait plus de place dans la maison pour ses jeunes frères et sœurs. Il ne gagnait pas assez pour faire vivre deux familles.

– Et puis je ne sais pas si j'ai envie de me marier si tôt.

Nannina resta silencieuse quelques secondes avant de reprendre la parole :

– Tu te souviens de maman, pendant la guerre ? Quand papa, grand-père et les oncles étaient au front.

Elle toussota, le souffle court, puis continua :

– Tu te souviens qu'elle était plus forte ?

En réalité, dit Rachele, elle se souvenait que leur mère avait peur des bombes et que, lors de l'éruption du Vésuve en 1944, elle avait couru dans la rue avec les autres, une casserole sur la tête.

Nannina se mit à rire.

– C'est vrai, pourtant c'était elle qui décidait tout. Aucun homme ne lui disait quoi faire ou ne pas faire. J'aime beaucoup Aniello, mais je veux également me sentir aussi forte qu'elle.

Rachele s'assombrit. Alors même qu'elle commençait à la comprendre et qu'elle vivait un amour semblable au sien, les idées de Nannina paraissaient prendre une forme qui, à nouveau, était indéchiffrable pour elle. Tout ça devait être la faute de l'écrivaine.

À la fin du trajet, Rachele se dirigeait vers la chapelle rupestre de Gete, seule, lorsque Nannina la rejoignit en courant.

– Tu ne m'attends pas ?

– Tu ne dois pas aller la voir, l'autre ? demanda-t-elle en se référant à l'étrangère.

Nannina fit non de la tête. Elle voulait être avec elle. Ce geste suffit à Rachele pour ressentir enfin le besoin de partager les sentiments qu'elle avait pour Gennarino, de se montrer femme comme elle. Parce que rien n'unissait plus que se comprendre l'une l'autre.

Nannina l'écouta, fière de l'espace que sa sœur apprenait à réserver au bonheur. Rachele ne réussit pas à lui parler du refuge, peut-être parce qu'il arrive toujours un moment où l'on ressent la nécessité de protéger un endroit qui vous protège, et qu'en parler serait comme le révéler au grand jour, sans défense.

Elle avoua que parfois elle avait peur, car elle se sentait trop différente de Gennarino.

– Nous aussi nous sommes différentes, et pourtant nous sommes jumelles, dit Nannina sans la moindre hésitation. Parfois, c'est ainsi que les âmes sœurs doivent être. Différentes. Autrement, ce serait trop facile de se trouver, il suffirait de chercher quelqu'un qui nous ressemble, et la magie serait perdue.

– Mais différentes comment ?

Nannina s'allongea, les mains sous la nuque.

– C'est justement ça, le mystère. Il n'y a qu'une façon d'être identiques, alors que le mot « différent » contient tellement de possibilités qu'on ne sait pas où chercher.

– Mais moi je ne cherchais pas.

– Gennarino, lui, te cherchait depuis toujours.

C'était précisément ça qui faisait la beauté des âmes sœurs, continua Nannina : si l'une oubliait de chercher, l'autre s'en chargeait.

– Et Aniello ? C'est la tienne ?

– Dans un certain sens. Même si ma véritable âme sœur, c'est toi.

Rachele détacha les yeux du paysage pour les poser sur ceux de Nannina, si différents des siens et pourtant si familiers. Elle venait de lui dire quelque chose de si précieux qu'elle en eut le souffle coupé, honteuse d'avoir pensé que leur relation s'était détériorée.

– Et pas parce que nous sommes sœurs jumelles. Je ne sais pas si je saurai bien m'expliquer. Il y a la différence qui nous agace et celle qui nous complète. Voilà, toi, tu me complètes.

Elle sortit un stylo de sa poche, tandis que les joues de Rachele se couvraient de stries salées.

– Je croyais que tu voulais être comme ton amie.

Nannina plissa le front.

– Mais l'âme sœur, ce n'est pas celle à laquelle on veut ressembler. C'est celle que l'on ne sera jamais et qui, pour cette raison, nous donne toujours quelque chose en plus.

– Qu'est-ce que tu parles bien.

Nannina lui frappa le bras en riant. Mais l'importance des leçons de l'écrivaine se refléta dans les mots qu'elle lui écrivit sur la peau, d'une écriture qui parut aussi élégante à Rachele que celle du contrat de mariage de leurs parents.

– Qu'est-ce qu'il y a d'écrit ?

– Tu es ma moitié.

Un vent soudain emporta le son de ces paroles, mais heureusement l'encre resta.

– Il faut que tu apprennes à lire, ma sœur.

– Mais tu es là, alors à quoi ça va me servir ?

– Et si je dois te dire un secret et que je peux seulement l'écrire ?

Le visage de Rachele s'éclaira, intrigué et intimidé à la fois.

– Quel secret ?

– Je ne sais pas. Un que je ne connais pas encore.

Elle la regarda de travers.

– Ce ne serait pas qu'Aniello et toi…

– Je ne ferais jamais ça. Pour qui tu me prends ?

Le doute demeura dans l'air.

– D'accord, un jour tu m'apprendras.

Toutefois, Rachele ajouta qu'elles avaient également besoin d'un endroit où le cacher, ce secret écrit.

– C'est vrai ! Ici.

Nannina saisit le pendentif qu'elle portait au cou, un des vieux porte-bonheur de Gennarino. On pouvait dévisser l'une des extrémités du pendentif pour cacher un billet roulé à l'intérieur.

– D'accord.

Elles dînèrent de pain et d'oignons, liées par une union nouvelle, après quoi elles se dirigèrent vers le four à chaux pour le service de nuit. En arrivant, Nannina eut une mauvaise surprise. Pasquale allait superviser le travail nocturne. Elle avait toujours éprouvé du dégoût pour lui, pour la façon indigne dont il la touchait et lui parlait. C'était un garçon inintéressant, vulgaire et parfois dangereux, qui croyait pouvoir avoir tout ce qu'il voulait simplement parce que sa famille avait plus d'argent que les autres.

Ce soir-là, tout le monde remarqua la façon dont il la regardait, les nombreuses occasions où ses mains essayaient de l'importuner, et tous les propos déplacés qu'il lui chuchotait. Ce qui aurait dû être une nuit de danse, de travail et d'histoires autour du feu se transforma, pour Nannina, en un cauchemar que même la présence d'Aniello ne parvint à atténuer.

Au fil de ces mois, Rachele apprit que, lorsqu'on vit un amour à peine éclos, les traditions – qui sont parmi les choses les plus enracinées dans le passé – ne semblent avoir de sens et de beauté que lorsqu'on les projette dans l'avenir, au moment où on pourra les vivre avec l'être aimé. L'amour impliquait un changement de perspective.

Tous les ans, le 31 décembre, avec Nannina et sa mère, elle préparait des *sproccolate*, des figues sèches fourrées de noix et d'écorces d'orange, symbole de gratitude pour les mois écoulés. Cette année, cependant, chaque figue farcie lui procurait un mouvement d'impatience. L'impatience d'une nouvelle vie à passer avec Gennarino. Elle aurait tellement voulu lui en faire goûter une, mais ce jour-là, ils n'auraient ni le temps ni la liberté de se croiser.

Depuis qu'elle l'aimait, elle avait tendance à voir dans les petites choses toute la vie, mais vraiment la vie dans son intégralité. Et une petite chose qui en contient une autre devient grande, très grande. Comme une femme qui porte un enfant dans son ventre est très grande, avant même que son ventre ne soit visible. Ainsi, une figue sèche fourrée finissait par contenir cette très grande chose qui est le fait de se projeter dans l'avenir et de se voir heureux, pour la première fois.

L'année 1952 transforma la maison abandonnée en un nid. L'hiver accompagna cette étrange aptitude qu'a le temps d'accélérer précisément aux plus beaux moments, et les champs herbeux couverts de rosée devinrent des tapis de fleurs. Avec le vol des abeilles de corolle en corolle, l'air de Tramonti se remplit de traînées de poussière dorée.

Chaque fois qu'ils se retrouvaient dans leur nid, Gennarino se présentait avec une fleur, et chaque fois

Rachele l'exhortait à cesser de les arracher pour elle, autrement la forêt allait finir par en être affectée. Aussi lui donna-t-il rendez-vous un jour dans un petit coin de prairie entouré de noisetiers. Parmi les touffes d'herbe se détachaient, élégantes et imperturbables, des orchidées sauvages de différentes sortes.

Rachele en fut émue : c'étaient les couleurs et les odeurs de son amie la montagne.

Il lui replaça une mèche de cheveux derrière l'oreille.

– Alors ? Comment va la forêt ?

Quand les orchidées sont saines et nombreuses, dit-elle, les forêts sont en bonne santé. Le garçon s'assit dans l'herbe, l'invitant à son côté, mais Rachele resta debout à une certaine distance, au cas où quelqu'un passerait. Elle ne voulait pas que cet amour perde l'avantage de son invisibilité.

– Il y a des années, je te voyais de temps en temps allongée ici. Tu parlais aux fleurs.

– Tu m'espionnais !

– Je t'aimais déjà.

Rachele entendait les voix des fleurs, mais elle croyait que seules sa mère et Nannina étaient au courant. Les premières à lui parler avaient justement été les orchidées.

– Quelles voix ont-elles ?

Il lui demanda d'essayer d'expliquer la différence entre la voix des orchidées et celle des roses. C'est ainsi que Rachele réalisa que ce genre d'amour transformait en beauté ce que d'autres auraient appelé folie, et qu'auprès de Gennarino elle ne devrait jamais faire semblant d'être quelqu'un d'autre. Elle expliqua que lui décrire les voix des fleurs n'avait pas beaucoup de sens, puisqu'il ne connaissait pas leur langue. Elle devrait d'abord la lui apprendre, ce n'est qu'ensuite qu'il pourrait apprécier les différences.

– On ne peut pas les différencier si on ne comprend pas ce qu'elles disent ?

Rachele réfléchit quelques instants et fit signe que non. Un épisode survenu quelques années plus tôt lui revint à l'esprit. Elle était allée au marché de Maiori pour vendre une partie de la récolte familiale, et s'était retrouvée auprès d'un groupe de soldats britanniques. Elle avait été fascinée par le son de leur langue, bien qu'il lui rappelle celui de la guerre. Puis elle s'était rendu compte que, ne comprenant pas ce qu'ils disaient, ses oreilles étaient incapables de distinguer leurs voix les unes des autres. Si elle avait croisé à nouveau l'un de ces soldats, elle n'aurait jamais été capable de le reconnaître sans le regarder, même après avoir passé la journée à les écouter.

– C'est la même chose pour les fleurs.

Il désigna une orchidée à proximité.

– Celle-là a une jolie voix ?

– Très jolie. Tu vois qu'au milieu on dirait une abeille ?

Le garçon acquiesça. Il n'y avait jamais fait attention.

– Eh bien voilà. Sa voix ressemble au bourdonnement des abeilles.

Gennarino, enthousiaste, lui demanda alors si ce n'était pas justement là le secret : des voix liées à l'apparence.

Rachele regarda autour d'elle, pour s'assurer qu'il n'y avait personne, puis elle courut vers lui et prit son visage entre ses mains.

– Non, mon amour, l'apparence change. On doit reconnaître les voix comme ça, et elle lui couvrit les yeux.

Si on avait découvert leur nid secret, on n'aurait jamais cru qu'ils n'avaient pas dépassé certaines limites. Et pourtant, il en était ainsi. Bien qu'évidente à leurs yeux et à leur cœur à tous les deux, leur envie de s'abandonner avait toujours été freinée.

L'été se colora de ce désir d'amour qui semblait se manifester dans le rouge des tomates mûres, dans les aiguilles veloutées des disques de tournesol, dans les buissons d'hortensias et dans les paniers de cerises. Rachele se surprenait à rougir devant les teintes des paniers remplis de carottes, de poivrons et de betteraves, comme s'ils révélaient tout ce qu'elle ressentait en elle, avant leurs rendez-vous. Des rendez-vous de plus en plus compliqués à gérer dans une saison où la chaleur était déjà partout. À cette époque, l'attente vibrait d'amour.

Pendant ses longues heures passées sous le soleil brûlant, Rachele se demanda souvent comment elle avait pu, par le passé, supporter cette fatigue et cette douleur qui avaient maintenant pour seul et indiscutable sens celui de précéder les heures de vie qu'elle partageait avec Gennarino. Ce qui la maintenait droite sous les quintaux de citrons, c'était le besoin viscéral de rassembler ses dernières forces de la journée pour pouvoir lever les bras et le serrer contre elle.

Comment faisait-elle, avant de l'aimer ? Qui était-elle, avant ces rendez-vous ?

À présent, même la moiteur et la sueur des voyages de travail en montagne lui paraissaient uniquement acceptables parce qu'elles étaient sœurs de la chaleur qu'elle ressentait dans le dos lorsque Gennarino lui touchait les cheveux. Il l'accueillait souvent dans le nid avec un verre de lait et des fruits fraîchement cueillis. Une oasis.

Le mois d'août s'acheva avec les confidences que Rachele faisait à Nannina.

– Allez, parle un peu d'Aniello et toi, c'est toujours moi qui parle, lui dit-elle un jour, alors qu'elles étaient occupées à préparer les tomates *piennolo* à conserver pour l'hiver.

Nannina éclata de rire.

– Je dirais qu'il était temps. Tu as passé toute ta vie à te taire. Et puis moi, je n'ai rien à dire. On se voit tous les quinze jours et on n'est jamais seuls.

Nannina lui caressa le visage.

– Qu'est-ce que tu es belle. Tu as le bonheur contagieux.

– Et toi ?

– Arrête de poser des questions sur moi. C'est de toi qu'on parle, insista Nannina, tout en attachant avec une ficelle plusieurs petites grappes de tomates cerises afin d'en former une plus grande.

– Je sais, mais j'ai aussi envie d'avoir des nouvelles de toi, de Celeste, de Margherita.

Nannina s'éteignit comme une bougie dans le vent.

– Toutes les deux, elles ne vivent plus. Elles se brisent les os sous leurs paniers, font des gosses et, quand elles ont de la chance, leurs vieux bleus disparaissent avant les nouveaux. Tu te souviens comme elles étaient différentes ? Aujourd'hui, on dirait une seule et même personne. Cette vie a anéanti leur personnalité.

À ce moment-là, Rachele éprouva quelque chose. Elle crut à une sensation sans importance, liée à ce qu'elle venait d'entendre. Plus tard, elle réalisa qu'il s'agissait d'un pressentiment. Dans ce moment empreint de confidences douces-amères, elle avait senti vibrer une des infinies racines qui l'ancraient aux Monti Lattari. Son Tramonti avait changé, dans l'espace de deux battements de cœur irréguliers, les derniers du père de Gennarino. Et Rachele savait que, comme tous les changements importants, celui-ci aurait des effets à une grande échelle.

Bientôt, les feuilles des arbres tombèrent de concert, formant des routes. L'automne découpa des coins de nature dans des cadres de raisin, et l'air commença à sentir bon les cyclamens baignés par la pluie.

Sans les revenus de la boulangerie, Gennarino s'était mis à travailler deux fois plus dur pour sa famille, et ses yeux, mis à dure épreuve par les longues heures de travail nocturne à la lumière des bougies, commencèrent à s'éteindre.

Rachele tenta chaque jour de lui rappeler ce qu'il lui avait appris. Elle devint son imagination, son rire, son espoir de changement. Elle qui avait vécu toute sa vie loin de tout ça, elle apprit à tresser des paniers, et lors de leurs rendez-vous dans le nid, là où se trouvait auparavant son chevalet ouvert, des paniers de toutes tailles commencèrent à s'empiler. Ce lieu l'avait sauvée, il fallait maintenant qu'il le sauve lui aussi.

La communauté se mobilisa également pour aider la famille de Gennarino. Certains se présentaient avec des paupiettes de chèvre farcies de lamelles de pecorino en ragoût, d'autres donnaient des boules de *cacio*, ceux qui ne possédaient plus rien apportaient quand même des accolades de réconfort. Nannina aussi se mit à renoncer à ses cours de lettres pour aller vendre les paniers tressés par sa sœur à Pagani et à Nocera.

Rachele observait, silencieuse, la puissance de cette communauté qui, bien que très pauvre, se battait pour aider Gennarino à ne pas laisser affamés ses petits frères et sœurs, désormais orphelins de père et de mère. Elle toucha du doigt ce que sa grand-mère lui disait toujours lorsqu'elle était enfant : à Tramonti, dans les moments d'extrême nécessité, les frontières familiales s'effaçaient, et même la faim devenait plus supportable quand elle était le résultat de renoncements faits pour le bien d'autrui.

Novembre 1952 arriva soudain, colorant les pointes des montagnes de blanc et les nez de rouge. Un après-midi, Gennarino regarda par la fenêtre du nid qui donnait du côté opposé à la porte d'entrée. Il ne se souciait plus de savoir si quelqu'un le voyait là, et ses yeux balayaient tranquillement les terrasses en contrebas, désormais abandonnées.

– Tu vas me quitter, n'est-ce pas ?

Le cœur de Rachele se mit à trembler rien qu'à cette idée.

– Je sais ce que tu disais à ta sœur à propos d'Aniello. Qu'il n'avait rien à lui donner.

Elle eut honte. Combien de fois avait-elle pu dire ça…

– Cette fille idiote n'existe plus. Elle ne connaissait pas l'amour, elle ne te connaissait pas.

Un petit oiseau frileux se posa sur le rebord de la fenêtre, gazouillant sur leurs peurs. C'était la mission de la nature, à Tramonti, de rendre les douleurs de Rachele plus douces.

– Je n'ai vraiment rien à t'offrir, ici.

– Je n'ai besoin de rien. Tout ce que je veux, c'est toi.

Le vent froid se renforça et anesthésia l'angoisse qui le tenaillait depuis des mois, au point de lui donner le courage qui lui avait manqué jusqu'à présent.

– Alors si je te demande de m'épouser, tu me dis oui ?

Peu après, ils découvrirent que les réponses à certaines questions avaient le pouvoir de fusionner deux corps en un seul.

21.

Le déclin

Tramonti, fin 1952 / début 1953

Enfant, Gennarino avait toujours eu les cheveux ébouriffés. Selon Nannina, les courants d'air entre les branches d'arbres utilisaient ses frisettes comme de petits chaussons de danse et, lorsqu'ils étaient fatigués de se promener, ils les abandonnaient en l'air. Après avoir entendu cela, Gennarino s'était déplacé pendant des jours en faisant des pointes, avec la grâce d'un sanglier.

Des années après, plus Rachele le regardait, plus elle était convaincue que tout en lui était fait de vent. Bien qu'il soit endormi, immobile à son côté, il avait le pouvoir de la transporter loin de son cher Tramonti. Mais désormais, cette sensation ne lui suffisait plus. En cet après-midi de novembre, Rachele s'était faite sentier et avait laissé Gennarino la traverser, exactement comme un souffle de tramontane.

Alors que la maison grinçait d'intimité, Rachele se laissa aller à la stupeur. Elle n'avait ressenti ni honte ni peur. Dans la façon dont Gennarino l'avait aimée, il n'y avait aucune trace de la violence ni des abus dont les femmes parlaient souvent après la première nuit de noces. Jamais, pas le moindre instant, elle n'avait ressenti le besoin de se couvrir, de se cacher.

Que venait-elle donc de vivre ? L'essoufflement sans fatigue, le tremblement sans peur, la chaleur sans fièvre. Cela avait les symptômes des mauvaises choses, et pourtant c'était la plus belle qu'elle ait jamais vécue. Était-ce pour ça que certaines filles n'appréciaient pas ce genre d'intimité ? S'arrêtaient-elles aux symptômes, sans en cueillir l'essence ? Rachele ne cessait de s'interroger.

Elle secoua la tête, comme on le fait lorsque les pensées deviennent des interlocuteurs. Non, se répondit-elle aussitôt après. Ce n'était pas pour ça. Elle regarda son propre corps et se réjouit de l'absence de toute marque de contrainte. Ce qu'elle avait vécu avec Gennarino n'avait rien à voir avec les expériences de Celeste et Margherita.

Quand il se réveilla, ils restèrent allongés à se regarder, le bout de leurs doigts traçant des signes délicats sur la peau l'un de l'autre. C'était la seule forme d'écriture qu'ils connaissaient.

– Alors, tu m'épouses ? lui demanda-t-elle.

– Même tout de suite.

Rachele éclata de rire, et dit qu'il devait d'abord demander la permission à son père.

– C'est un peu tard, non ?

Ils se serrèrent l'un contre l'autre sans aucune étoffe entre eux, puis ils se préparèrent à sortir en se mettant d'accord que le dimanche suivant il se présenterait chez elle, comme le voulait la tradition.

Rachele referma la porte du nid derrière elle et une forte rafale de vent l'obligea à descendre le perron en courant. Elle s'arrêta pour regarder la maison. L'espace d'un instant, elle eut l'impression qu'on lui disait de fuir, mais cela n'avait aucun sens, alors elle sourit et se mit en marche.

*

Alors qu'elles traversaient la montagne pour porter leurs fagots au four de Polvica, Nannina et Rachele tombèrent sur Aniello. Le froid et l'émotion se disputaient la coloration de ses joues.

Ils ne discutèrent que quelques minutes, le temps pour les filles de reposer un peu leurs épaules. Enfin, Aniello remit un présent à Nannina.

– Mais qu'est-ce que tu as fait, Anié ? Tu n'aurais pas dû.

– J'ai économisé de l'argent.

– Mais tu en as besoin pour manger.

Le garçon fut heureux de l'avoir surprise. Nannina ouvrit le paquet et porta une main à son cœur, tandis que de l'autre elle tenait un stylo à plume. Le capuchon avait les mêmes éclats dorés que ses cheveux.

– Il n'est pas neuf. Et il ne vaut rien. Mais il est aussi beau que toi.

Personne n'avait jamais réussi à faire perdre la parole à Nannina, certains soutenaient qu'elle prononçait aussi les mots de sa jumelle et que c'était pour ça que Rachele était d'une nature si silencieuse. Et pourtant, à ce moment-là, Nannina ne put émettre le moindre son. Rachele fit donc ce qu'aurait fait sa sœur dans une situation moins chargée d'émotion. Elle s'approcha d'Aniello et le prit dans ses bras. Cette inversion des rôles attira l'attention des filles qui avançaient sur le sentier. Celeste et Margherita s'arrêtèrent, manifestant leur joie pour le geste d'amour envers Nannina, et dans leurs yeux il n'y avait aucune forme de jalousie ni de rancœur devant ce sentiment si pur qu'elles n'avaient jamais connu.

Rachele observait le spectacle, se nourrissant de la beauté de cette communauté. Elle ne fut distraite que par le cri d'un geai occupé à récupérer une partie de sa nourriture cachée entre les racines d'un arbre. C'était tout ça, Tramonti : la nature, la solidarité, le partage des joies et des peines, l'amitié. Tramonti était sa terre. Elle fit siennes toutes les merveilles qui l'entouraient avant de se remettre en chemin, fière non seulement d'être capable de les voir mais aussi d'en faire partie intégrante.

Quand elle ouvrit les yeux ce jour-là, elle ne perçut rien d'inhabituel. Le mur d'air froid était là, derrière la porte. Le père se préparait pour les travaux des champs et la mère faisait la pâte pour le pain biscuité. Sa fratrie dormait encore, dans un coin de la pièce.

Elle but une gorgée de lait et sortit, prête à commencer sa journée de travail. Pendant ses heures en montagne, elle prêta attention à toutes les manières que la nature trouvait pour se manifester à travers la neige. Elle s'arrêta souvent pour effleurer les pétales de camélias fuchsia qui surgissaient ici ou là sur les tapis de cristal, pour observer les roses rouges et les fleurs de cerisier parsemées de pépites de glace. Il lui sembla qu'ils essayaient de lui dire quelque chose, mais leurs voix étaient bloquées par le froid et elle n'avait pas assez de temps pour les écouter.

À la fin du dernier voyage, elle se sépara du groupe et se dirigea vers le nid. Elle trouva Gennarino assis sur une chaise. Il était différent. Il lui parut plus heureux, plus vivant, il avait une lumière nouvelle dans les yeux.

Il courut vers elle, la souleva de terre et la fit tournoyer, et Rachele cessa de sentir le froid.

Ensuite ses paroles parvinrent à ses oreilles. Elles étaient toutes si justes, si sensées. Le salut. L'argent. Ses jeunes frères et sœurs n'auraient plus jamais faim. Tout cela sonnait tellement bien. Mais après, elle comprit. Elle comprit que parfois, certaines lueurs dans les yeux étaient comme des éclairs dans un ciel nuageux, qui anticipaient d'effroyables coups de tonnerre. L'explosion se produisit sur un mot, Novara, et l'atteignit à une telle vitesse que son visage, gelé par la longue marche dans la neige, n'eut pas le temps de faire transparaître le désarroi qui se répandait en elle.

– Luigi Giordano a besoin de beaucoup de monde. C'est notre chance.

– Notre ?

– Bien sûr. Tu viens avec moi, n'est-ce pas ? Ton père sera heureux. On enverra aussi de l'argent ici.

Il était très beau, quand il rêvait. Mais la beauté était trompeuse, Rachele l'avait toujours su, et ceux qui lui accordaient trop de pouvoir finissaient par ne plus savoir s'ils étaient bercés par des bras aimants ou par ceux du destin. Or la seconde condition était dangereuse, car le destin ne savait pas toujours étreindre.

Non, ça ne pouvait pas être vrai. L'amour qu'elle avait éprouvé tout au long de cette année ne pouvait se réduire à un choix de ce genre. Est-ce que tout allait trop vite, ou bien était-ce elle qui était trop lente ? se demanda-t-elle. Elle jeta un coup d'œil à la porte. Rien que quelques secondes plus tôt, la vie était totalement différente.

Or la vie était quelque chose d'énorme, il était certainement impossible de la changer de fond en comble avec une poignée de mots.

Gennarino s'agenouilla devant la chaise sur laquelle elle était assise.

– C'est un essai. On apprend à gérer une pizzeria. On reste là un moment et si ça ne nous plaît pas, on revient.

Rachele sentit la panique se glisser dans ses veines comme une vipère.

– Tramonti, c'est chez moi.

Mais Novara, expliqua-t-il, signifiait dire adieu à la faim, aux quintaux de citrons sur le dos, aux dizaines de voyages par jour qu'elle faisait en montagne, dans la chaleur et le froid, chargée de pierres, de lait et de fumier. C'était la fin de cette vie inhumaine.

Rachele tressaillit. Inhumaine. Était-ce ainsi qu'il avait défini sa vie ?

Alors que Gennarino continuait de parler, elle cessa de comprendre sa langue. Comme dans l'histoire des fleurs et des Anglais de Maiori, sa voix commença à lui sembler étrangère. Elle n'aurait plus été capable de la reconnaître au milieu d'une foule.

Sa vision se brouilla et elle eut envie de vomir.

– Ils te donnent un salaire de misère pour que tu travailles comme une mule.

– Tu appelles une misère ce qui m'a nourrie jusqu'à aujourd'hui ?

– Mon amour, écoute-moi…

Elle se leva. La neige sur ses chiffons avait fondu et ses pieds étaient trempés.

– Non, tu ne peux pas m'appeler et une mule et un amour.

– Mais tu ne vois pas la chance que c'est ? Pour moi, pour mes frères et sœurs ?

Il suivit son regard.

– Tu pourras avoir des chaussures ! Tu n'es pas heureuse ?

Heureuse de devoir choisir entre perdre Tramonti ou lui ? demanda-t-elle. Pouvait-il y avoir du bonheur dans ce choix ? Elle plissa les yeux en secouant la tête.

Ça ne pouvait pas être vrai. Elle reprit le contact visuel avec lui et se mit à pleurer.

– Je t'en prie, discutons.

Elle s'approcha de lui, pour le sentir encore sien et l'ancrer à cette terre qu'il ne cessait de fuir depuis toujours, en chevauchant son imagination. En un an, il était devenu sa principale racine, or les racines ne s'en vont pas déambuler de par le monde.

– La solution est de ne pas partir.

– Et pourtant si. Mes frères et sœurs ont faim.

Elle commença à manquer de souffle, pourtant elle n'abandonna pas :

– Je travaillerai plus dur, en montagne. Ou… ou bien je demanderai à Immacolata de m'embaucher dans sa taverne, le soir.

Gennarino éclata de rire.

– Tu veux te tuer au travail ?

– Pour moi, travailler n'est pas un poids.

– Et pourtant, ça devrait ! Ton travail, c'est de porter des poids, bon Dieu ! Ta dignité…

Rachele poussa un cri de désespoir. Elle eut l'impression d'avoir l'écrivaine devant elle, qui parlait sans respect et méprisait sa vie.

Il la regarda comme il ne l'avait jamais fait auparavant.

– Au moins, Nannina espère changer de vie, mais toi ? Tu veux vivre éternellement comme ça ? Comme un animal ?

Ces mots transpercèrent l'air et s'enfoncèrent dans sa chair comme les balles de cette guerre qui parfois, dans ses cauchemars nocturnes, semblait n'avoir jamais pris fin. Peut-être était-ce le fait de se trouver exactement au même endroit et dans la même position qu'un an plus tôt, lorsque leur histoire avait commencé. Lui qui tournait le dos au four, les yeux fixés sur elle, et Rachele qui tenait fermement le dossier d'une chaise cassée, placée entre eux. Peut-être était-ce la dernière tentative que faisait la vie pour lui ouvrir les yeux. Tout ce qu'il lui avait dit avant n'avait pas suffi, non. Il fallait rejouer la même scène qu'un an plus tôt, celle où elle voyait encore comme une erreur l'union de deux êtres si différents.

Rachele ravala sa déception et choisit de répéter le scénario.

– Tu t'es trompé de sœur.

Gennarino avait le même amour dans les yeux que ce jour-là et, l'espace d'un instant, elle eut l'impression que rien ne s'était brisé, qu'ils étaient toujours les deux jeunes gens d'autrefois.

– Tu as peut-être raison. Elle, elle ne choisirait jamais Tramonti.

Il se dirigea vers la porte.

– Si tu préfères cette vie pourrie à moi, à ce que nous pouvons vivre ensemble, ça veut dire que je ne suis rien pour toi.

Rachele comprit ainsi que la beauté d'un nid a aussi beaucoup à voir avec la façon dont on l'abandonne.

Qu'il y avait une différence entre savoir le laisser derrière soi en s'envolant et tomber dans le vide.

Gennarino s'envola. Comme ça. Comme ces oisillons qui, un instant, ne voient la vie que dans leur nid, avec leurs petits yeux tout ronds, et qui l'instant d'après disparaissent dans les airs d'un simple battement d'ailes. Rachele, en revanche, resta encore là un moment à chercher des forces, mais une fois qu'elle quitta le nid, elle ne put voler et s'écrasa contre la réalité. Les ailes brisées.

Au cours des semaines suivantes, elle découvrit que, pire que de ne pas voir les choses qui vont de travers, il y avait le fait de les voir, de les accepter et même de les justifier. C'était comme un poison lent, qu'elle avait délibérément ingéré toute sa vie.

Sa peau et ses yeux changèrent, ils n'avaient plus de filtres, ils sentaient et voyaient tout avec une clarté désarmante. Elle voyait les autres porteuses fendre l'air glacial avec leurs membres raidis et endoloris. Ou bien était-ce l'air qui les fendait ? Elle voyait celles qui étaient déjà mères et commençaient à travailler deux heures avant elle, lorsqu'elles la dépassaient d'un pas plus rapide, même au-dessus des ravins, afin de pouvoir rentrer à la maison avant le réveil de leurs enfants. Elle voyait les regards avares et indécents des propriétaires de vergers. Et ces familles honnêtes réduites à la misère.

Plus elle voyait, plus elle acceptait. Et plus elle acceptait, plus elle se rendait compte que l'alternative proposée par Gennarino n'avait rien à voir avec elle. Elle qui, le dimanche après-midi, au lieu de s'amuser, éprouvait le besoin d'aider les personnes âgées. Elle qui avait convaincu sa mère de prêter sa robe de mariée à Celeste. Elle qui avait aidé l'enfant d'une autre petite fourmi à naître dans la montagne. Elle continuait à se répéter qu'elle n'avait pas tout perdu en perdant Gennarino, qu'elle avait encore sa montagne et Nannina, qui avait compris et ne faisait que lui offrir des fleurs. Elle avait elle-même. Et pourtant, elle n'arrêtait pas de fondre dans des crises de larmes incontrôlables, comme si elle n'avait plus rien, incapable de vivre sans cet amour.

Elle eut un rire amer. Aucun des gros paniers qu'elle avait portés dans sa vie n'avait réussi à la briser comme lui l'avait fait. Le vrai poids n'était pas dans les paniers, mais dans les mains qui les avaient tressés pour elle, ces mêmes mains qui avaient parcouru sa peau en traçant les seuls chemins de Tramonti qu'elle n'avait pas foulés avant lui.

Après le départ de Gennarino, il ne resta d'eux qu'une maison abandonnée. Rachele n'eut pas le courage d'y retourner, elle avait peur d'y mourir. Mais elle garda la clé comme souvenir de ces jours-là, comme rappel de ce qui lui avait été donné et puis repris.

Nannina, la montagne, elle-même. Nannina, la montagne, elle-même. C'étaient les trois choses qui restaient, les plus importantes, et elle se les répétait tous les jours, toujours dans le même ordre.

Pendant cette première période sans lui, Nannina vécut pour elle. Tous les matins, elle la réveillait en la caressant, pleurant ses propres larmes et les siennes.

– Je pleure pour toi, ma sœur, lui chuchota-t-elle un jour, alors que les autres dormaient encore. À la maison, ils ont l'habitude de me voir me plaindre. Mais si c'est toi, ils s'inquiètent.

Rachele tenta de lui essuyer le visage, mais elle l'en empêcha.

– Chhhh, ne t'en fais pas, Raché. Je vais pleurer pour toi. Par contre, il faut que tu souries pour moi.

Elle l'emmenait parler aux fleurs, mais Rachele se contentait de les écouter sans répondre.

Nannina lui répétait toujours les mêmes choses, espérant qu'elles finiraient par avoir un effet.

– Tu n'es pas seule. Je suis là, avec toi.

Elle ne lui demanda jamais, pas une seule fois, de se ressaisir, d'arrêter de se sentir aussi mal. Elle lui tint la main et affronta la tourmente avec elle.

Ensuite la situation empira. Rachele se mit à manger de moins en moins, jusqu'à arrêter complètement. Sa faiblesse devint visible aux yeux de tous. Ses nombreux vertiges et nausées furent suivis d'une première perte de connaissance. Et à son réveil, elle découvrit qu'elle-même et le monde avaient changé.

*

Alors qu'une main fraîche pressait son front et ses tempes, le bruit d'objets que l'on brisait et des hurlements de haine fusaient dans l'air autour d'elle. Comment un toucher aussi aimant et un vacarme aussi épouvantable pouvaient-ils coexister ? se demanda-t-elle.

Elle eut envie de se boucher le nez, pour ne pas respirer cette atmosphère hostile, mais elle sentit que ses bras étaient trop lourds. On aurait dit les voix de ses parents, et pourtant elle n'en était pas sûre. Elles étaient déformées, elle ne les avait jamais entendues comme ça. Essayant de demander une explication, elle sentit que sa bouche était sèche.

– Prépare la mixture que vous prenez, vous les femmes, dans ces cas-là, dit le père.

– Pas question.

La voix de Nannina était résolue, aussi forte que toujours :

– Tu as oublié Pina, de Gete ? Elle est morte après avoir bu ce truc-là.

Quelqu'un donna un coup de poing sur la table.

– On prend le risque.

– Jamais.

Elle eut presque l'impression de sentir l'haleine de sanglier de son père.

– Comment oses-tu…

La voix de sa mère s'interposa avec assurance :

– Nous l'emmènerons à Figlino.

Rachele eut la force de froncer le visage en une grimace. De tous les hameaux de Tramonti, Figlino était le seul auquel elle ne se sentait pas attachée, depuis le jour où elle avait découvert qu'il devait son nom aux *figlini*, les petits enfants rejetés comme illégitimes. Une fois, en passant par là, elle avait entendu les pleurs d'un de ces bébés abandonnés provenant de l'église de la Santissima Annunziata, et elle s'était sentie vidée.

– Mais comme ça, personne ne voudra plus d'elle, tonna le père.

Elle reconnut les pas de sa mère qui approchaient.

– On le gardera secret, jusqu'à ce que ça se voie. Après, on avisera.

Soudain, elle entendit également les pas de son père, et la voix désespérée de Nannina.

– Papa, non !

Ce qui lui donna la force d'ouvrir les yeux et de bouger, ce fut un jet d'eau glacée en plein visage. Son cœur se noya dans l'étonnement.

– Alors, qui c'est ? Qui est ce vaurien ?

Il leva la main pour la gifler, mais Nannina s'interposa :

– Arrête ! Ne la touche pas.

Le père pencha la tête sur le côté pour éviter qu'elle ne lui bloque la vue.

– Honte à toi. Fille perdue.

Nannina éloigna son père, puis elle saisit Rachele par le bras et la poussa dehors, pour qu'elle prenne un peu l'air. Elle saisit le visage de sa sœur entre ses mains et lui dit qu'elle la protégerait de tout et de tous, des ragots, des insultes, de la douleur. Elle n'arrêtait pas d'écarter les mèches de cheveux humides qui collaient à son visage, à son cou, à ses épaules. Rachele se laissa entraîner sur les sentiers, presque insensible à la neige qui gelait ses pieds nus, tandis que l'obscurité du soleil couchant hivernal glissait du ciel.

– Je ne comprends pas.

Nannina se tourna pour la regarder. Elle se tenait près d'elle, pourtant elle dit quelque chose de très lointain :

– Tu es enceinte.

Mars et avril ressemblèrent à des prisons. Ni Nannina ni elle n'eurent plus jamais le droit de sortir seules, même pour aller travailler. Elles étaient toujours sous la surveillance de leur mère qui, bien que plus douce que son mari dans sa manière d'approcher Rachele et soucieuse de son état émotionnel, ne leur laissait jamais un instant de répit. Elle avait arrêté de biner la terre et était redevenue porteuse.

Un matin, alors qu'elles faisaient une halte à Gete pour reprendre leur souffle, Rachele osa regarder alentour. Elle ne l'avait pas fait depuis des semaines, les yeux toujours baissés de peur que quelqu'un ne regarde à l'intérieur d'elle et n'y voie une vie supplémentaire. Elle fut étonnée de ne pouvoir saisir aucune nuance, aucun entre-deux. Où qu'elle regarde, elle ne voyait que des séries de contraires, incapables d'interagir, de se mélanger. Les visages insouciants des enfants jouant aux boules dans la Via Bolvito et ceux, éreintés, des petites fourmis humaines ; les yeux sévères de sa mère et ceux, bienveillants et pleins d'espoir, de sa sœur.

– Tu te souviens quand, nous aussi, on jouait aux boules ? Dès que quelqu'un criait « une balle dans le fossé », on courait dans la rue, pieds nus, lui dit Nannina.

Bien sûr, qu'elle s'en souvenait. Elle aimait aussi observer le menuisier de Corsano lorsque, avec son tour, il fabriquait des boules en bois de sorbier domestique.

Elle se tourna vers le groupe d'enfants et fut presque tentée de sourire, quand une pensée la figea. Elle l'imagina parmi eux, âgé d'environ huit ans, avec son propre regard désabusé. Ses cheveux, en revanche, étaient ébouriffés comme ceux de l'homme qui l'avait abandonnée. Son fils, celui qu'elle ne pourrait jamais élever, qui ne l'appellerait jamais maman. Faire de lui un *figlino* allait lui arracher ce peu d'âme qui lui restait. Elle imagina même la stupéfaction sur le visage de ses parents qui, en voyant grandir l'enfant, comprendraient enfin quel fils de Tramonti il fallait blâmer pour tout ça. Le seul auquel ils n'avaient pas pensé.

Elle ferma les yeux pour ne plus encourager cette horrible plaisanterie de son esprit, qui le lui montrait déjà né.

Elle s'efforçait de penser le moins possible à la vie qu'elle avait dans le ventre et pourtant, chaque fois qu'elle était fatiguée, elle ne pouvait s'empêcher de se demander si ce qui résonnait dans ses oreilles, c'était le battement de son propre cœur ou le sien.

– Il faut que je trouve le moyen d'aller voir l'écrivaine, lui chuchota Nannina, profitant de l'éloignement momentané de leur mère. À mon avis, elle pourra t'aider.

Elle s'indigna à cette idée :

– Personne ne le peut.

– Je sais que tu ne peux pas la supporter, mais écoute-moi. C'est une femme forte et indépendante, elle te donnera beaucoup de conseils pour affronter le problème. Tout n'est pas joué, Raché. Tu ne peux pas abandonner ton bébé !

Elle sentit sa poitrine se gonfler.

– Laisse-moi écrire à Gennarino. Je t'en prie, essayons. Au moins, tu n'auras pas de regrets.

Rachele se tourna pour la regarder, avec colère. Elle avait déjà des regrets, et ils étaient tous le fruit de l'unique partie de sa vie remplie de secrets, de subterfuges et de mensonges. Continuer dans cette voie n'avait aucun sens, agir dans le dos de ses parents n'améliorerait pas les choses.

Pour Rachele, qui s'était toujours perçue comme une créature de la terre, ce fut une surprise de se découvrir aussi un peu fille de la lune. Son ventre commençait à s'arrondir, sa peau très blanche s'étirant pour créer de la place à l'intérieur, et spontanément elle avait envie de le caresser, de le regarder. Elle commença à comprendre pourquoi Nannina aimait tellement le ciel nocturne.

Ses parents ne parlèrent plus de sa grossesse, comme si l'air portait les oreilles invisibles des gens et que la réserve était donc de rigueur, y compris entre les murs de la maison. Pour elle, cela coïncida non seulement avec le lent affaiblissement du poids de leurs opinions négatives, mais aussi avec l'émergence discrète de réflexions et de sensations rien qu'à elle, dont elle n'osait pas parler non plus. Seule Nannina, avec son brio inné, rendait réel ce qui se passait dans son corps, embrassait son ventre chaque fois qu'elle le pouvait et y approchait même des fleurs.

– Imagine s'il les entend parler, comme toi !

Ces paroles qui, prononcées par Nannina, étaient pleines de beauté prirent dans son esprit, au fil des heures, un sens de plus en plus angoissant. Elle eut du mal à s'endormir, tandis que le bruit du vent de l'autre côté de la fenêtre se mêlait à ses pensées confuses.

Elle ne pouvait s'empêcher de se demander ce qui se serait passé si l'enfant avait été comme elle. Cela aurait-il été un bien ou un mal ?

Le lendemain matin, alors qu'elle transportait des rondins pour un nouveau jardin de citronniers juste au-dessus de Maiori, elle ne fit que se tourmenter de questions. Que se serait-il passé si elle n'avait pas été femme ? Au détour d'un virage, elle leva les yeux et aperçut une autre porteuse en grande difficulté, incapable de faire passer le long fût qu'elle tenait sur les épaules. Elle plissa les yeux encore et encore, avant de finir par admettre ce qu'elle voyait : une adolescente avec des cheveux semblables aux siens et un visage identique à celui de Gennarino, les genoux tremblants et le dos endolori.

Elle ne put s'empêcher de lâcher ses rondins, et se mit de côté pour ne pas bloquer le chemin. Elle posa une main sur le tronc d'un arbre et approcha l'autre de sa poitrine, qu'elle sentit vibrer. Elle n'était pas sûre de vouloir pour sa fille ce qu'elle avait passé sa vie à défendre, ce à quoi elle s'était accrochée ce jour-là, dans le nid, quand Gennarino lui avait offert une autre possibilité. Et que signifiait cette prise de conscience ? Pourquoi, tout à coup, être comme elle, accepter ce qu'elle avait toujours accepté, ne lui paraissait plus quelque chose à souhaiter pour sa fille ?

– Qu'est-ce que tu as, Raché ? Tu ne te sens pas bien ?

Nannina jeta au sol ses rondins et s'approcha d'elle, inquiète.

– Qu'est-ce qui se passe ?

Le souffle de Rachele s'était fait de plus en plus court, aussi à cause du transport. Elle n'avait pas le courage d'exprimer à haute voix ces pensées, si étrangères. Mais elle n'aurait pas réussi non plus à mentir, aussi choisit-elle d'aborder la question de biais.

– L'écrivaine, tu l'as revue ?

Nannina resta silencieuse un instant, surprise par cette question, puis s'approcha de sa sœur avec des manières furtives.

– Deux semaines après qu'on a appris…

Elle s'interrompit.

– Je lui ai écrit une lettre pour dire que je ne pouvais plus venir la voir. J'écris bien maintenant, tu sais ? Bref, je l'ai donnée à Aniello. Tu te souviens qu'on l'a croisé dans la montagne ?

Rachele acquiesça et réalisa à ce moment-là à quel point ses actes ignobles avaient également affecté la vie de sa sœur, à qui on avait interdit de voir l'homme qu'elle aimait, pas même une fois tous les quinze jours. Elle scruta son beau visage rosé, où elle ne lut aucune rancœur.

– Tu ne lui as pas parlé de moi, hein ?

– Non, jamais.

Elles balayèrent les alentours du regard, pour s'assurer que personne ne les écoutait.

– Mais pourquoi tu me demandes ? Tu as changé d'avis ? Tu veux lui parler ?

Rachele sentit son propre cœur s'emballer.

– Je ne sais pas, mais…

– Mais ?

Elle leva les yeux au ciel.

– Si Aniello t'avait demandé ce que m'a demandé Gennarino, toi tu y serais allée, n'est-ce pas ?

– Où ça ?

– À Novara.

Elle lui caressa la joue.

– Depuis quand tu te compares à moi ?

– Depuis que j'ai deux cœurs.

À ce moment-là, Nannina comprit, Rachele le lut dans ses yeux, elle comprit que le vent tournait et qu'il allait répandre du pollen sur un nouveau chemin, tout à explorer.

Nannina lui proposa à nouveau une rencontre, toutes les trois ensemble, ne serait-ce que pour discuter avec quelqu'un d'extérieur à la situation.

– Et comment on fait, avec papa et maman ?

– Je m'en occupe.

22.

Prendre soin

Si on enlève le couvercle d'un terrarium,
l'habitat à l'intérieur
n'est plus en équilibre.

Vivre une expérience, aussi intense soit-elle, avait ses limites propres, cela durait ce que cela durait. C'était la revivre qui pouvait être interminable.

À ce moment-là, Ninfa ne put laisser Mme Rachele continuer à se mettre ainsi à nu devant elle, non seulement parce qu'elle sentait que lui avoir caché la raison de sa présence à Tramonti n'était plus un détail sans importance et rendait leur échange inégal, mais aussi parce que la vieille dame avait été prise de tremblements et d'une respiration sifflante.

Elles s'éloignèrent un peu de la maison, ensemble. Un pas à la fois, elles se livrèrent l'une à l'autre, ainsi qu'à la nature intacte de Tramonti, aux papillons noir et orange en compétition avec les abeilles sur les corolles, aux parfums de la forêt voisine. Plus que jamais, le présent, si calme et si stable, les réconforta toutes les deux.

Ninfa lui tint la main à chaque instant, avec son plein accord, jusqu'à ce que l'essoufflement de ses poumons âgés s'estompe.

– Vous parlez encore aux fleurs ?

Mme Rachele acquiesça, avant de préciser qu'il y avait également eu plusieurs périodes de silence entre elles.

– Vous savez, dans un certain sens, moi aussi je parle aux plantes. Ou du moins, c'était le cas jusqu'à récemment.

Elle raconta le blocage qui l'affligeait, combien il lui était devenu difficile, avec ses outils, d'aider les petites plantes à s'enraciner dans leurs bulles de verre. Elle avait essayé avec des dames-jeannes et des bocaux plus grands, avec des pierres plus colorées, avec des espèces moins délicates. Mais rien n'y faisait, elle n'avait pas réussi à terminer un seul terrarium, et elle avait peur de ce qui se cachait derrière cette incapacité.

Mme Rachele secoua la tête. Elle n'avait jamais trop cru qu'on pouvait forcer les choses, dit-elle, surtout en ce qui concernait la nature. Il était toujours possible de trouver des techniques de culture plus fines, de meilleurs outils, des engrais plus adaptés. Le fait est que, parfois, le problème n'était pas dans les plantes, mais dans l'être humain.

– Écoute-les. Elles, elles savent.

Ninfa rougit.

– Je ne crois pas savoir le faire. C'était moi qui leur parlais, je ne les entendais pas.

– Ça s'apprend.

Ninfa l'aida à se pencher pour s'engager sur un petit sentier escarpé couvert de citrons, mais la femme la poussa à s'arrêter et à la regarder dans les yeux.

Les terrariums avaient juste besoin d'être créés, dit-elle, ensuite, ils se débrouillaient pratiquement seuls.

Ninfa l'avait fixée, confuse.

– Tu voulais être le terrarium de tes parents.

Mais rien n'était plus comme avant, poursuivit-elle en recommençant à marcher. Cette fille n'existait probablement plus, ses parents étaient morts. Le moment était venu de se consacrer à quelque chose qui lui apprenne à prendre soin des autres et à accepter que les autres en fassent de même pour elle.

– Avant, tu mettais tout sous un couvercle, parce que tu étais seule. Mais l'accident l'a fait sauter. Maintenant, il y a la fillette et toi. Alelì et toi, vous êtes un potager.

– Et les potagers demandent un travail quotidien, des expérimentations et de l'eau.

Mme Rachele acquiesça, puis lui demanda de l'aider à s'asseoir sur un muret, sans cesser de parler. Elle dit que la plus grande erreur qu'elle pourrait commettre était de se croire immuable. Elle devait apprendre à faire face aux changements extérieurs et intérieurs sans les combattre. Si elle ne faisait pas la paix avec elle-même, elle ne pourrait pas la faire non plus avec Alelì. Si elle n'apprenait pas à se reconnaître, à savoir d'abord ce dont elle avait besoin, ses proches aussi en paieraient les conséquences.

Elle, c'était ce qui lui était arrivé.

23.

Faux pas

Tramonti, 1953

Quelques jours plus tard, au cours de leur trajet en montagne, elles s'arrêtèrent comme d'habitude près de la taverne d'Immacolata à Corsano pour reposer leurs épaules et, tandis que leur mère discutait avec quelques amies, Rachele suivit Nannina à l'intérieur de l'établissement. Elle reconnut immédiatement l'élégant chapeau de l'écrivaine, sur l'une des tables les moins exposées, puis elle l'aperçut elle, debout au comptoir, dans une robe à fleurs qui soulignait sa taille fine. Entendant leurs pas, elle se retourna et les salua poliment, avant de s'arrêter pour les observer.

– Pour l'amour du ciel, vous avez l'air bien fatiguées, mesdemoiselles ! Permettez-moi de vous offrir quelque chose à manger.

L'écrivaine leur indiqua sa table et, comme convenu au préalable, Rachele résista.

– Non, merci. Nous ne pouvons pas accepter.

Refuser lui vint plus spontanément qu'elle ne l'aurait cru. Se retrouver à côté de cette femme la fit se sentir inadéquate, sale, peu féminine, et la distance qu'elle avait toujours perçue entre elles lui parut s'accroître de manière disproportionnée.

– Bien sûr que si, vous pouvez.

Elle se tourna vers Immacolata.

– S'il vous plaît, apportez du vin et de la morue séchée avec des pommes de terre pour elles aussi.

– Nous n'avons pas d'argent pour payer.

– C'est pour moi, ma chérie. Je vous invite.

Elle posa une main sur le dos de Rachele et l'invita à s'approcher de la table. La peau de son visage était aussi lisse qu'une roche humide couverte d'algues, ses cheveux étaient rassemblés sur sa nuque, et quelques mèches brillantes et ondulées encadraient ses saines joues roses. Elle avait des doigts longs et fins, comme si taper à la machine à écrire avait eu le même effet sur eux que la danse sur les jambes d'une ballerine. À son annulaire droit, elle portait une bague avec un petit myosotis.

Une fois assises, tout en affichant l'expression typique des personnes qui échangent des politesses, Nannina et l'écrivaine se chuchotèrent des phrases d'affection et exprimèrent leur bonheur de se retrouver. Puis la femme s'adressa à Rachele avec douceur :

– C'est un immense plaisir pour moi de te rencontrer. Ta sœur m'a beaucoup parlé de toi.

– Oui, nous sommes très proches.

L'écrivaine acquiesça, l'air courtois et compréhensif. Elle semblait toujours avoir une totale maîtrise de soi, comme si elle n'osait jamais parler avant d'avoir longuement réfléchi.

Elle se tourna à nouveau vers Nannina :

– Pourquoi as-tu interrompu nos leçons ?

– Pour le moment, nous n'avons plus le droit de sortir de la maison, sauf pour aller travailler.

– Et pourquoi donc ? Qu'est-ce qui a changé ?

Rachele serra les poings sous la table. Elle perçut pleinement sa propre vulnérabilité, elle était sur le point de sortir à découvert devant une femme qu'elle détestait, et elle se demanda ce qui lui était passé par la tête.

Nannina sourit, comme si elle discutait de la fraîcheur et de l'agrément de la brise printanière.

– Ma sœur attend un enfant, mais comme tu le sais bien, elle n'est pas mariée.

Rachele n'aurait pas su dire si l'absence totale d'étonnement sur le visage de la femme était due à la nécessité de continuer à jouer la comédie, ou s'il était en effet possible que pas l'ombre d'un jugement ne lui ait traversé l'esprit.

L'écrivaine posa les yeux sur elle.

– Et comment te sens-tu, ma chérie ?

Cette question la troubla davantage qu'un reproche. Personne ne lui demandait jamais comment elle allait, à l'exception de sa sœur, et avec Nannina elle n'avait même pas besoin d'articuler une véritable réponse. Elle n'avait qu'à la regarder dans les yeux pour lui transmettre ce qui se passait en elle.

Elle frotta ses mains moites sur sa jupe rugueuse, cherchant quelque chose à dire.

– Je ne sais pas quoi faire.

La femme soupira, puis elle sourit à quelqu'un derrière elles, un signal qui les invitait à se taire. Quelques secondes plus tard, Immacolata leur apporta trois assiettes fumantes. L'arôme qui se dégageait de la morue s'infiltra dans les narines de Rachele, réveillant sa circulation sanguine.

– Des plats comme ça, les porteuses en rêvent. Elles gagnent deux sous par voyage et doivent nourrir toute leur famille.

Immacolata s'essuya les mains sur son tablier, enchantée par cette scène d'altruisme.

– Bon appétit.

L'écrivaine baissa les yeux sur son assiette et se mit à découper son poisson, avec élégance.

– As-tu subi des violences ?

– Non. Je…

Elle ressentait encore le besoin de défendre ce qu'elle avait vécu avec Gennarino, bien qu'elle le déteste.

– … il y avait de l'amour.

– Bien.

La femme porta la fourchette à sa bouche avec la grâce d'une princesse.

– Le garçon a-t-il pris ses responsabilités ? Te soutient-il ?

Alors que Rachele cherchait la force de répondre, Nannina intervint à sa place :

– Quand nous l'avons appris, il était déjà parti chercher du travail dans le Nord. Il n'est pas au courant. Et nos parents ont décidé de faire adopter l'enfant.

Jamais, pas une seule fois, elles ne critiquèrent son choix de rester, ce qui la surprit. Elle avait assisté à leurs conversations, bien qu'en cachette. Elle savait à quel point toutes deux désapprouvaient le mode de vie des femmes à Tramonti. Pourquoi tant de prudence, devant elle ? S'agissait-il de protection, de respect, de fausseté ?

Au bout d'une vingtaine de minutes, leur mère les rejoignit devant la table, demandant ce qui leur était arrivé.

– Bonjour madame, j'ai vu qu'elles avaient faim et je leur ai offert un repas chaud. Asseyez-vous avec nous, je vais en demander un pour vous aussi.

Le visage de Maria pâlit.

– Mais nous ne pouvons pas rendre la pareille...

– Vous n'avez pas à le faire. Cela fait un an que j'habite sur la côte et je suis heureuse de faire de nouvelles connaissances. C'est un vrai plaisir pour moi de vous inviter à déjeuner.

La mère accepta et Rachele se sentit émue en l'observant manger, chez eux son assiette était toujours la plus vide. Elle fit l'éloge de ses filles, de leur beauté et de leur dévouement au travail, et Rachele lui fut reconnaissante de cet amour, toujours aussi fort malgré ce qu'elle avait fait.

Leurs trois assiettes se vidèrent rapidement, et à la fin la mère prit la main de l'écrivaine. Elle lui dit que sa générosité était un don de Dieu et qu'elle lui ferait parvenir une bouteille de vin et un peu de pain biscuité fait maison.

– Je vous remercie, Maria.

– Maintenant, nous devons retourner au travail.

Elle prit congé en leur laissant encore quelques minutes.

– Chère Rachele, ne désespère pas. Nous les femmes, quand nous sommes seules, nous pouvons être beaucoup plus fortes que tu ne le crois. Tu n'es pas obligée d'abandonner ton enfant, je peux t'aider. Je peux te donner un coup de main pour trouver un travail... différent.

Comme ça tu pourras subvenir à ses besoins. Tu ne peux pas porter de lourdes charges pendant la grossesse, ce n'est pas bon pour toi.

C'était donc ça, la solution qu'elle proposait : élever un enfant toute seule. Aucun homme ne voudrait plus d'elle. Elle sentit monter en elle son habituel sentiment de répulsion envers cette femme qui croyait pouvoir changer les règles d'une communauté à laquelle elle n'appartenait pas.

– Je ne veux pas vivre avec la tache du déshonneur sur moi.

– Tu préfères renoncer à ton enfant ? Tu n'as pas besoin d'un homme pour l'élever. Et il ne faut pas te soucier de ce qu'on pense de toi.

Elles se regardèrent dans les yeux, tandis que Nannina observait leur affrontement. Pour finir, Rachele prit son courage à deux mains et dit ce qu'elle couvait maintenant depuis des jours :

– Si nous écrivons à Gennarino, il reviendra peut-être. On se mariera et tout s'arrangera.

Nannina sourit, soulagée.

– Eh bien, je ferai la lettre et… je lui donnerai ton adresse pour qu'il réponde, ajouta-t-elle en se tournant vers l'écrivaine.

Comme chaque année, fin mai, les terrasses commencèrent à se colorer de jaune et le vent à sentir bon le citron. Les porteuses récupérèrent leurs gants de coton dans les malles et se mirent à la récolte du *sfusato*. De temps en temps, Nannina profitait de ces accessoires pour jouer à la noble dame, comme si leur fonction était de protéger la peau des mains et non l'écorce des agrumes. Les seules fois où elle reprenait son sérieux, c'était lorsque Pasquale apparaissait dans le verger. En sa présence, elle cherchait à se faire invisible, priant en vain pour qu'il ne vienne pas l'importuner, mais il ne traînait par là que pour la voir. Il s'approchait avec arrogance, posait ses mains sur elle et lui murmurait des vulgarités, sans aucune retenue.

La lettre pour Gennarino partit quelques semaines plus tard que prévu, en raison de l'indécision de Rachele. L'envoyer signifiait provoquer un changement, or elle les avait toujours redoutés. Elle était certaine qu'une fois qu'il saurait, pour l'enfant, il reviendrait en vertu de cet amour qui n'avait pas pu s'être évaporé. Et pourtant, elle n'était pas sûre de le vouloir vraiment, il n'avait quand même pas hésité à l'abandonner.

Le matin où tout changea irrémédiablement, leur mère se réveilla avec une forte fièvre. Elle ne serait pas en état de supporter les trajets sur les sentiers escarpés de montagne et dans les nombreux escaliers qui reliaient Maiori à Minori, là où elles devaient apporter leurs chargements.

– Mets ça, Raché, ton ventre a grossi.

Elle toussa et lui jeta sa propre jupe. En la mettant haut, juste en dessous des seins, sa forme ample contribuerait à garder le secret.

– Dès que ça se voit davantage, on l'enferme jusqu'à la naissance, intervint le père, sévère, sans une hésitation.

Ce lundi matin, les chemises de Rachele et Nannina étaient très blanches par rapport à celles des autres femmes. Mais comme tout, la propreté aussi avait un prix. Elles avaient passé leur dimanche à porter de l'eau de la source jusqu'à la maison, puis elles l'avaient fait chauffer et y avaient ajouté de la cendre pour fabriquer de la lessive – « le meilleur agent blanchissant », disait toujours la grand-mère. Mais le plus dur était d'essorer le tout.

Avant de sortir, Rachele pria Notre-Dame de lui donner la force de lever les bras et de tenir son panier plein en équilibre.

Lors du troisième voyage de Tramonti jusqu'à la côte, elle prit le sentier de Maiori qui menait à Minori en passant par San Vito. Chaque fois qu'elle gravissait une marche, elle avait la sensation de rapetisser de quelques centimètres, écrasée entre l'escalier et les soixante-dix kilos calés sur son coussin. Quelques élancements dans le bas-ventre, dus à la fatigue, lui suggéraient de ralentir, mais elle ne le fit pas. Elle lutta aussi contre la tentation constante de baisser un bras pour se masser le ventre, afin de ne pas attirer les regards indiscrets.

Parvenue à l'un des belvédères ponctuant le parcours, elle tomba sur Nannina qui embrassait du regard l'immense tapis bleu qu'était la mer de la côte amalfitaine.

– Ça, c'est la seule vraie raison de venir trimer jusqu'ici.

Ses cheveux dorés s'échappaient de leur pince et dansaient dans le vent, reflétant les rayons du soleil.

– Moi, elle me fait peur. Regarde-la, dit Rachele, tendant une main vers la mer puis fermant le poing, comme pour saisir quelque chose. Là, tu n'as nulle part où t'accrocher en cas de tempête.

– N'y pense donc pas, aux tempêtes.

À ce moment-là, le vent leur apporta une voix. Elle criait leurs noms en bas de la longue volée de hautes marches qui les attendait, dans la descente.

Nannina se pencha pour regarder.

– C'est l'écrivaine.

Elle brandissait quelque chose au-dessus de sa tête. Une lettre. Nannina se débarrassa de son panier et descendit en courant. Rachele, au contraire, resta immobile, jusqu'à ce que sa sœur lève les yeux vers elle, heureuse. Il y avait de bonnes nouvelles. Cette pensée lui donna l'élan nécessaire pour faire un premier pas, puis un deuxième, oscillant sans regarder où elle mettait les pieds.

De l'un des volets qui donnaient sur le chemin émergea Mme Francesca.

– Bonjour Raché, j'ai un verre d'eau pour toi, comme d'habitude.

Cette femme était toujours prête à offrir un rafraîchissement aux petites fourmis, surtout lors des journées les plus chaudes. Elle pressait un citron dans un verre d'eau fraîche et leur donnait quelques *amarene* que son fils cueillait pour elle à Campinola.

Rachele continua son chemin, en refusant. Elle ne voulait pas perdre de temps. Elle descendit encore deux marches, et puis la nervosité prit le dessus. Les premiers citrons commencèrent à tomber sur son côté droit, et son pied gauche se plia de façon anormale. Pour rester debout et sauver le reste de la cargaison, elle déplaça son poids vers l'avant.

De ce moment-là, elle se rappellerait pour toujours l'expression joyeuse sur les visages de Nannina et de l'écrivaine, qui se glaçaient et devenaient des grimaces de peur, l'impact de son ventre contre les marches, et sa descente tête la première, jusqu'à échouer à leurs pieds.

La dernière chose qu'elle vit avant de perdre connaissance, ce fut le verre de Mme Francesca qui roulait et s'arrêtait au niveau de son visage. Vide.

J'aurais dû m'arrêter pour boire, pensa-t-elle avant que l'obscurité ne tombe.

Elle entendit confusément les voix de personnes qui se succédaient à ses côtés, puis celle de sa mère. De temps en temps elle ouvrait les yeux, mais le monde restait flou. Dans son seul moment de lucidité avant de perdre connaissance pendant plusieurs heures, elle saisit, aux mots hurlés par son père, que tout Tramonti était désormais au courant, pour elle et sa grossesse. Le secret avait été révélé par le sang perdu après sa chute, et par son ventre gonflé sous les mains de ceux qui avaient essayé de l'aider. Mais elle ne s'en souciait plus. Elle l'aurait fait publier dans les journaux de tout le pays, si ça lui avait permis de se sentir encore pleine de cette petite vie.

Elle resta alitée une semaine, sans prier, sans manger, entourée des voix de ceux qui se demandaient qui voudrait d'elle à présent.

Les pas de son père la tirèrent d'un long sommeil. Elle entendit le bruit d'une chaise qui raclait le sol et la gorge du père qui avalait de l'eau. Puis il prit de profondes inspirations, comme s'il voulait faire le plein d'air. Enfin, cela arriva. Elle l'entendit aboyer une idée qui ressemblait trop à une décision déjà prise, et Nannina, après avoir laissé jaillir la fureur et le désespoir de tous les recoins de son corps, sortit en courant.

Rachele se força à se lever et elle la retrouva à Pietre, sous le noisetier. Elle avait l'air d'un fruit tombé par erreur de la branche, pas encore assez mûr.

Cela avait toujours été l'un des endroits préférés de Nannina, l'hiver. Pour les autres, c'était l'arbre de la lune, mais pour Gennarino et elle, qui l'avaient découvert lorsqu'ils étaient enfants, c'était celui des étoiles filantes. En effet, lorsqu'il était en fleur, des filaments dorés pendaient de ses branches, semblables aux traînées de lumière qui remplissaient le ciel la nuit de San Lorenzo. « Pas besoin d'un ciel noir pour voir des étoiles filantes et faire des vœux. », lui avait dit Nannina la première fois qu'ils l'avaient emmenée là. De ce jour-là, Rachele se rappelait sa gêne de ne pas savoir quoi souhaiter, et le silence concentré des deux autres, avant qu'ils ne se mettent à révéler ce qu'ils avaient demandé à l'arbre. Ils croyaient à tout, même aux légendes les plus anciennes, mais pas au mythe selon lequel révéler ses souhaits les empêchait de se réaliser. Quand on est enfants, le besoin de partager est plus fort que tout.

Un jour de l'hiver 1943, des soldats américains les avaient trouvés couchés sous les branches et ils s'étaient allongés avec eux, en leur distribuant du chocolat. Tous étaient restés silencieux, occupés à formuler des souhaits et à écouter le bruit de l'eau de pluie qui ruisselait sur le terrain escarpé tout près de là, les yeux tournés vers le ciel quadrillé par les branches fleuries. Rachele n'oublierait jamais cette scène. La guerre en pause, allongée près de l'enfance, en train de souhaiter sa propre fin. C'était à cette occasion, devant les pleurs étouffés d'un de ces grands gaillards armés, que Rachele avait compris que l'on pouvait avoir l'air fort tout en ayant peur.

De nombreuses années s'étaient écoulées depuis ce moment. Nannina se trouvait là, immobile, et ne cessait de murmurer ses rêves, de prier, sous le noisetier. L'été, ses filaments dorés ne fleurissaient pas, et pourtant

Rachele n'avait aucun doute, elle savait que sa sœur courrait se réfugier là en toute saison, en attendant les étoiles.

Lorsqu'elle s'assit à côté d'elle, Nannina saisit sa main, sans quitter l'arbre des yeux.

– Je t'en prie, Raché. Aide-moi.

Sa voix semblait un mécanisme brisé.

– Je sais que tout est ma faute, mais je ne sais pas comment t'aider.

Les événements de ces derniers jours l'avaient désarmée, elle n'aurait jamais pu soupçonner que les conséquences de ses erreurs puissent affecter Nannina à ce point.

– Ce n'est la faute de personne, Raché. Ne raisonne pas comme papa et maman. Je veux que tu m'aides à les faire changer d'avis. Parle avec eux, s'il te plaît, aide-moi.

Ses mots se perdirent dans un sanglot rauque, comme si son corps était en train de s'assécher.

– Maintenant, je ne suis plus rien pour papa. Il ne m'écoute pas.

– Essaie. Moi je n'y arrive pas, ne me laisse pas mourir.

La mort, Rachele en avait fait l'expérience à l'intérieur d'elle-même, ces derniers jours, et ça n'avait rien à voir avec ce qui arrivait à sa sœur, aussi pénible et inattendu cela puisse-t-il être. Elle trouva cette remarque irrespectueuse mais ne dit rien, toujours accablée par la conscience d'avoir provoqué tout ça.

– Tu ne meurs pas. Ce n'est qu'un mariage. Tu ne vois pas les autres ? Elles t'ont l'air mortes ?

Nannina s'assit, et la terre rappela à soi toutes les larmes qui s'étaient attardées sur son visage jusqu'à cet instant.

– Moi je ne suis pas comme les autres, tu le sais. Moi je suis comme ce noisetier. Tu le vois ? Différent, au milieu de châtaigniers tous identiques.

Rachele voyait uniquement ce qui lui était arrivé à elle, pour avoir voulu se distinguer juste une fois. Elle s'était laissé tromper par l'amour, par le rêve d'avoir un mari différent des autres, bon, honnête, attentionné. Au lieu de quoi elle se retrouvait seule, avec le vide en elle, et la communauté qui ne faisait que parler d'elle et de sa faute. Elle avait l'impression d'être une femme de mauvaise vie.

Elle ferma les yeux et, comme punition, vit ce qui aurait pu être le visage de l'enfant qu'elle avait perdu.

Désormais la décision avait été prise. Rachele avait fait honte à la famille et, pour améliorer le sort de tous, il était indispensable que Nannina, au moins, se marie dignement. Aniello ne suffisait pas, pour la fille préférée. Il fallait quelqu'un d'autre, quelqu'un qui ait la possibilité de soutenir financièrement la famille.

Et leur père avait choisi le seul homme que Nannina, à cette époque, méprisait et craignait. Pasquale.

24.

La statue

Difficile à trouver,
la Saxifraga florulenta
ne fleurit qu'une seule fois avant de mourir.
Elle vaut la peine d'être cherchée,
car une fois trouvée on ne l'oublie plus.

– Quelles fleurs vont pousser ? avait-elle demandé à grand-mère Adriana le jour de son cinquième anniversaire, avec en main le sac de chanvre contenant ses premières graines.

Grand-mère s'était penchée pour lui embrasser le front.

– Ce sera une surprise. Un jour, tu te réveilleras et tu les verras fleuries, aussi belles que toi.

– Ça prend beaucoup de temps ?

– Le temps nécessaire.

– Et le temps nécessaire, c'est long ?

– Le temps nécessaire pour qu'une belle chose se produise n'est jamais tellement long. C'est la juste durée, même si nous ne comprenons pas toujours pourquoi.

Face à Mme Rachele, Ninfa se demanda combien d'autres fois sa grand-mère lui avait menti. Cette femme-là n'avait jamais découvert la beauté, trop barricadée qu'elle était derrière les regrets et les sentiments de culpabilité. Une vie entière ne lui avait pas suffi pour fleurir.

Elle craignit la tristesse de ces yeux âgés, leur expression de renoncement. Elle craignit de devenir comme elle, rongée par les regrets. Elle l'observa recroquevillée dans le petit coin de sa vie, fatiguée, et elle eut envie de l'aider. C'est à ce moment-là qu'elle commença à réaliser que ce ne serait pas sans peine qu'elle la quitterait pour rentrer à Milan.

Mme Rachele se tourna pour la regarder.

– Nannina a payé à cause de moi et à cause de cette… écrivaine.

Entendre la rancœur de cette voix fit mal à Ninfa. Elle aurait tellement aimé défendre les intentions de sa grand-mère, qui n'avait fait qu'essayer de les aider, mais elle ne pouvait s'empêcher de penser que, si elle n'était pas intervenue, Mme Rachele n'aurait pas perdu son enfant.

– Le prix que Nannina a dû payer, ce sont vos parents qui l'ont décidé, vous ne pouviez pas…

Mais la femme la fit taire d'un geste brusque du bras, une expression horrifiée sur le visage. Il fallait cesser de rejeter les fautes des enfants sur leurs parents, dit-elle.

Elle lui demanda avec colère si elle avait déjà essayé de les comprendre, ses parents. Ils s'étaient peut-être trompés dans la manière, mais avait-elle jamais saisi leurs intentions ? Avait-elle jamais éprouvé de la gratitude pour les sacrifices que son père et sa mère avaient faits afin qu'Alelì et elle puissent avoir une vie digne ? Avait-elle jamais pensé au fardeau qu'ils portaient en eux ? Eux n'avaient jamais droit à l'erreur, ils étaient médecins, ils avaient la vie des gens entre leurs mains, tandis qu'elle, elle continuait de les blâmer uniquement parce qu'ils espéraient que leurs filles deviendraient la meilleure version d'elles-mêmes, et qu'elles grandiraient en sachant à quel point les erreurs pouvaient être fatales.

– Mais j'étais une enfant, pas un médecin. J'avais le droit de me tromper.

Elle fut surprise de voir à quel point son ton manquait de conviction.

Il n'était pas nécessaire d'être médecin pour ruiner la vie des autres avec ses erreurs, ajouta Mme Rachele.

*

– Tu crois que vendeuse à temps partiel et barmaid, ce sont des emplois stables ? lui avait demandé sa mère au cours du déjeuner, la dernière fois qu'elles s'étaient vues avant l'accident.

Ninfa avait senti son inquiétude. Elle l'avait vue nichée dans ses lignes d'expression, alors que son visage aurait dû être au repos. Elle l'apercevait les rares fois où Alelì était présente lors de leurs rencontres sporadiques et où leur mère accordait à la gamine les petites libertés enfantines dont Ninfa avait été privée, comme si elles renfermaient la clé qui lui permettrait de grandir sans avoir besoin de se rebeller contre leurs enseignements.

– Tu sais que tu peux revenir à la maison.

Bien sûr qu'elle le savait, tout comme elle savait à quelles conditions.

– Tu es maigre. Tu manges suffisamment ?

– Je pesais encore moins quand vous m'avez chassée, quand vous m'avez éloignée d'Alelì.

Mais l'admettre quatre ans plus tôt aurait signifié donner de l'importance à son mal-être, à ce que sa mère s'évertuait à qualifier de caprice insensé et de besoin d'aller à contre-courant.

– Je vais mieux depuis que je vis seule.

– C'est donc indispensable, c'est ça ?

Les mains de sa mère s'étaient mises à trembler, avant qu'elle ne les cache sous la table.

– Toute cette haine à notre égard.

Ninfa s'était levée et avait jeté l'argent pour le déjeuner sur la table.

– Aussi indispensable que votre tendance à me rabaisser, à toujours me faire sentir en échec.

Échec. Voilà le dernier mot qu'elle avait dit à sa mère avant qu'elle meure.

Elle n'arrêtait plus de trembler, tout en parcourant les sentiers de Tramonti. Au bout d'un temps interminable, elle s'assit sur la terre humide et fondit en larmes. Elle essaya d'appeler Daniela à plusieurs reprises, mais son amie ne répondit pas.

Elle sentait que toute la pourriture qu'elle avait gardée à l'intérieur, pendant des années, était sur le point de sortir, or la déverser sur cette terre si pure allait lui donner l'impression d'être encore plus sale. Elle cligna des yeux et secoua la tête, comme pour tout refouler à l'intérieur.

Elle avait essayé, elle avait essayé de toutes ses forces d'être heureuse ces dernières années, elle avait tout abandonné, même sa petite sœur qu'elle aimait tant, et elle avait essayé de tout recommencer, loin des jugements et des pressions, mais en fin de compte elle avait continué à se trouver nulle. Peut-être l'était-elle vraiment.

Le téléphone se mit à sonner.

– Je m'éloigne un instant et tu me noies dans les larmes ? s'exclama son amie.

Ninfa tenta de s'expliquer, mais elle était si peu lucide qu'elle n'arrivait pas à remettre les morceaux ensemble.

– Je n'apprends rien. Je continue à tout rater.

Daniela disait qu'elle ne comprenait pas mais elle mentait certainement, car tout était si évident, si clair. Ninfa se leva, agitée.

– Regarde avec toi, par exemple. Tu es la seule famille que j'ai eue, ces dernières années. Une sœur. Et qu'est-ce que j'ai fait ? Ce qui t'effraie le plus dans la vie. Je t'ai abandonnée. Je t'ai fait exactement ce que j'ai fait à Alelì.

– Écoute…

– Je suis égoïste.

– Je dirais plutôt égocentrique…

Son ton déconcerta Ninfa, mais au fond elle était d'accord avec ses paroles.

– … dans le sens où, récemment, tu te crois la cause de tous les maux du monde.

Daniela voulait l'inviter à plus de légèreté, mais Ninfa avait juste besoin d'expulser la haine qu'elle éprouvait envers elle-même.

– Je n'ai rien fait de bien, ces dernières années. J'en ai rejeté la faute sur mes parents, mais ils avaient raison. Je les ai tourmentés en me rebellant contre tout ce qu'ils essayaient de m'apprendre. J'ai vingt-trois ans et je n'ai fait que gaspiller les années que j'aurais dû passer à me construire un avenir, les dernières années de leur vie, celles où j'aurais pu les amener à changer d'avis sur mon compte. Je suis la même nullité qu'ils ont mise à la porte.

– Ce n'est pas vrai. Quand je t'ai rencontrée, tu étais une fille privilégiée et gâtée qui ne savait même pas à quoi ressemblait une facture. Et pourtant, tu sais quoi ? Tu as appris à les payer.

– Je n'avais pas le choix.

– Bien sûr que si. Tu aurais pu retourner chez toi nager dans l'argent et faire tout ce qu'on te disait. Mais tu ne l'as pas fait.

Ninfa donna un coup de pied dans un caillou, mettant en fuite un écureuil.

– Mais c'est justement ça, le problème. J'aurais dû. J'aurais dû les comprendre.

– C'est ça, et puis ainsi de suite jusqu'à la béatification. Allez, ça va ! Tu aurais pu, c'est sûr, mais ce n'était pas le moment de te mettre à leur place et tu ne pouvais pas savoir qu'ils allaient mourir. Mme Rachele a peut-être raison sur certains points, mais elle n'en reste pas moins une femme qui se noie dans les regrets et la culpabilité depuis des années. Essaie de ne pas faire la même chose, je t'en conjure ! Les raisonnements a posteriori, ça peut être un poison. Tu t'es éloignée d'eux parce que tu avais le droit de vivre ta vie, de faire de bonnes et de mauvaises choses sans avoir à te sentir constamment jugée et rabaissée. Tu as travaillé dur chaque jour. Tu as même ouvert une boutique de plantes en ligne.

Elle fit une pause.

– Bon Dieu, les autres personnes que je connais, tout au plus ils les fument, les plantes, alors j'ai le droit d'être fière de toi, non ?

Ninfa éloigna le téléphone de sa bouche, pour cacher ses pleurs mêlés de rires. Mais elle l'entendait quand même.

– Tu as été à mes côtés comme personne ne l'avait jamais été.

– Oui, et puis je t'ai abandonnée.

– Tu sais quoi ? Tu te donnes beaucoup trop d'importance. Te voir disparaître a été dur pour moi, je le reconnais, mais ça m'a aussi rappelé que je peux me débrouiller. Toujours. Au diable la peur de l'abandon ! Ce risque existera toujours et je l'accepte, s'il veut dire créer des liens comme le nôtre.

– Ou comme celui avec ton architecte.

Elle appuya le front contre un tronc d'arbre, un peu plus légère. Mélanger la pourriture aux belles choses lui fit du bien.

– Je t'abandonne et toi, tu me remercies ?

– Mon amie, je n'ai jamais été du genre délicat, mais ces jours-ci tu es franchement une épave. T'accabler serait exagéré, même de ma part.

Lorsqu'elle raccrocha, le silence de Tramonti diminua peu à peu le vacarme qui régnait en elle.

*

Depuis que sa sœur était revenue à la maison, Alelì avait tout de suite compris que papa et maman avaient raison : Ninfa n'était pas très à l'aise avec les charges.

Et pourtant ce matin-là, bien qu'ayant la tête d'Alelì sur la poitrine, Ninfa dormait encore et respirait naturellement. Elle ne l'avait pas déplacée, au contraire elle la serrait contre elle, comme elle ne l'avait jamais fait. Du moins, pas ces derniers mois.

Alelì se tourna lentement, pour ne pas la réveiller, et surprit ses propres cheveux dans les narines de sa sœur. Pour la première fois depuis longtemps, elle n'eut pas le réflexe de s'éloigner. Elle tendit la main vers son visage endormi et toucha un peu de maman, effleurant le minuscule grain de beauté sur le côté gauche de son menton, juste sous la bouche. Puis elle toucha un peu de papa, parcourant de haut en bas, à plusieurs reprises, la petite bosse de son nez. Enfin, elle toucha un peu de Ninfa, effleurant ses cernes. Ce fut sur ces derniers qu'elle s'attarda le plus.

Au cours du petit déjeuner, Ninfa lui demanda ce qui était au programme après la visite au cimetière, qu'elle tenait pour acquise.

– Je dois terminer mon interview de Mme Celeste.

Et elle but une gorgée de son lait frappé, sans cesser de la regarder.

Elles se préparèrent rapidement, puis quittèrent leur chambre. Sur le chemin du cimetière, Ninfa freina brusquement, proposant un petit détour. Elle venait d'apercevoir toutes sortes d'orchidées sauvages et voulait les observer de près. Elle expliqua qu'elle avait toujours trouvé ces fleurs fascinantes pour leur curieuse tendance, selon les espèces, à prendre l'apparence d'autres êtres vivants. Comme si elles n'étaient pas tout à fait à l'aise parmi les espèces végétales.

– Un peu comme moi parmi les gens, parfois, ajouta Ninfa. Tu la vois, celle-là ? C'est l'*Orchis italica*, aussi connue sous le nom d'« homme nu ».

La fillette éclata de rire.

– Homme nu ?

– Oui, regarde-la bien. Tu vois que les pétales ont la forme d'une silhouette humaine ? Il y a même de petites marques plus foncées qui font penser aux traits d'un visage.

Tandis qu'elle se concentrait sur cette image, Alelì sentit une véritable stupéfaction lui courir dans les veines. Très proche de ce qu'elle éprouvait quand elle regardait des documentaires avec son père.

– Ça te dit d'en cueillir quelques-unes pour faire un petit bouquet ? On pourrait le mettre sur une tombe.

Alelì apprécia l'idée, comme elle avait apprécié de ne pas avoir eu à demander à aller au cimetière, pour une fois.

Elles s'enfoncèrent dans la végétation et Alelì découvrit l'*Ophrys insectifera*, une orchidée dont la fleur ressemblait incroyablement au corps d'un insecte au complet, avec ailes et antennes. Elles descendirent ensuite un escalier creusé dans la roche qui conduisait à un sentier du CAI, et là elles tombèrent sur la *Serapias vomeracea*, moins particulière que les autres.

– Celle-ci a compris qu'elle était une plante, dit Alelì en effleurant ses feuilles violacées. Comment tu fais pour savoir tout ça ?

Ninfa plaça une autre fleur dans le bouquet.

– J'ai lu beaucoup de livres de botanique.

– Et comment tu fais pour te souvenir de tous ces noms ?

– Les plantes sont comme des amies, pour moi. Et le nom des amis, ça ne s'oublie pas, je n'ai pas raison ?

Elles se promenèrent un moment le long des sentiers, discutant comme elles ne l'avaient jamais fait auparavant.

– Nous aussi, on est un peu des petites fourmis de Tramonti, tu ne trouves pas ?

Ninfa se tourna pour la regarder.

– Comment ça ?

– Nous avançons sur un sentier et nous portons un poids sur nos épaules, celui de la mort de papa et maman.

Sa sœur ne répondit rien. Elles marchèrent encore un peu, puis elles reprirent leurs vélos. Peu après, elles croisèrent la camionnette d'Isidoro. Ce matin-là il avait les yeux gonflés, comme s'il n'avait pas beaucoup dormi, et son sourire était légèrement crispé. Imma avait été malade pendant la nuit. Alelì n'aima pas son expression lorsqu'il apprit qu'elles se dirigeaient vers le cimetière, et par conséquent fut agacée de voir qu'il se garait. Elle détestait ôter du temps aux morts pour en passer avec des gens qui ne la comprenaient pas.

Il sortit du véhicule, s'adossa à la portière et croisa les bras, l'air un peu trop sérieux.

– Ale, il faut que je te raconte une histoire. À Corsano, quand j'étais enfant, il y avait une église avec une statue de la Madone à l'intérieur. Un jour, comme le toit menaçait de s'effondrer, on a décidé de la transporter à l'église de Santa Maria La Nova.

– Celle du cimetière ? demanda Alelì.

– Exactement. On a fait les travaux nécessaires à Corsano, on a réparé le toit, et enfin on est revenus récupérer la statue. Mais tu sais ce qui s'est passé ?

Alelì secoua la tête.

– Ça n'a pas été possible.

Lupetto lécha la main de la fillette.

– Comment ça ?

– Quelque chose d'inexplicable s'était produit : la statue était devenue très lourde. Cinq personnes l'avaient portée à l'aller et pourtant, au retour, douze n'y arrivaient pas.

– Et comment c'est possible ?

– Elle ne voulait pas redescendre.

Isidoro marqua une pause, ses yeux très noirs braqués sur elle.

– Elle ne voulait pas quitter le cimetière.

Ils demeurèrent tous trois silencieux quelques instants, puis il remonta dans sa camionnette.

– Plus tu passes de temps là-haut, plus tu t'alourdis, Ale. Et tu risques de ne plus pouvoir rentrer chez toi.

Pour finir, il s'adressa à Ninfa :

– Appelle-moi, si vous avez besoin de quoi que ce soit, lui dit-il avant de partir.

Quand elles arrivèrent au cimetière, tout en attachant leurs vélos Alelì jeta un coup d'œil au chemin qu'elles venaient de parcourir. Il lui avait semblé étrangement plus court, l'ascension moins fatigante que d'habitude.

Elle prit le bouquet d'orchidées et s'engagea entre les tombes.

– Tu peux porter mon sac à dos ? demanda-t-elle à Ninfa. Aujourd'hui, il m'embête.

Mais alors que sa sœur tendait la main pour le saisir, Alelì le ramena vers elle d'un geste brusque. Il n'était pas judicieux de faire peser tout le poids sur les épaules de Ninfa, répartir la charge était la meilleure chose à faire.

Elles choisirent la tombe dont les fleurs étaient les plus sèches et les remplacèrent par les orchidées fraîchement cueillies. Ninfa réalisa une composition très esthétique mais cela lui prit beaucoup de temps, elle n'arrêtait pas de changer les tiges de place et de les alterner avec de petits cailloux ramassés le long de la route. Alelì l'invita à accélérer, elles avaient une interview à terminer et elles ne pouvaient pas être en retard à cause de ce genre de détails.

– Tu pourras prendre des notes toi aussi, aujourd'hui ? Parfois, quelques trucs m'échappent, surtout quand ils parlent en dialecte.

Ninfa eut soudain l'impression d'avoir grandi et elle acquiesça, avec un sourire à peine esquissé, immobile devant la tombe décorée. Alelì visualisa le meuble de leur salon sur lequel étaient posées toutes les photos de famille, et elle se dit qu'une fois rentrées ce serait bien de l'embellir avec des compositions florales comme celles-ci.

Elle regarda alentour, il y avait plus de gens qui entraient que de gens qui sortaient.

– Allez, c'est l'heure d'y aller.

– Où en étions-nous restées, l'autre soir ? demanda Alelì à Celeste, en feuilletant le carnet contenant ses entretiens. Ah oui, à la Seconde Guerre mondiale.

Isidoro se pencha en avant, prêt à traduire si nécessaire. Il avait eu l'air soulagé, lorsqu'il avait vu Ninfa et elle arriver en avance au rendez-vous.

La femme acquiesça et porta une main à sa bouche, tripotant un instant ses lèvres minces. Elle baissa les yeux vers la table, sur laquelle étaient disposées deux rangées de quatre cartes siciliennes, près d'un paquet. Mme Celeste était une passionnée de réussites.

À l'époque, commença-t-elle, elle n'était qu'une enfant comme Alelì, mais elle se souvenait très bien de la faim. Elle vivait encore à Maiori. Son père était au front et elle accompagnait toujours sa mère pour aller chercher de la nourriture avec leur carte de rationnement. Le plus important, c'était de réussir à acheter du pain.

– Il y avait une carte pour le pain ? demanda Alelì, étonnée, en pensant à celle que papa et maman utilisaient pour le théâtre.

La femme hocha la tête.

– Et il y avait une collecte de points ? Je ne sais pas, genre après dix pains, on en avait un gratuit ?

Elle se sentit stupide lorsque tout le monde éclata de rire, mais fut réconfortée de voir que Ninfa s'était contentée de noter ce qui avait été dit, sérieuse.

Isidoro lui ébouriffa les cheveux.

– Il n'y avait rien de gratuit.

– Et alors, à quoi servait la carte ? questionna-t-elle, irritée.

À limiter la nourriture pour chaque personne, expliqua Mme Celeste.

Alelì aimait la façon dont la femme déplaçait la main pour piocher de temps en temps une carte dans le paquet, tandis que de l'autre elle portait sa cigarette à la bouche. Ses lèvres étaient minces mais charnues, sombres, d'une couleur à mi-chemin entre la fraise et la prune.

Son visage âgé disparut quelques instants dans un petit nuage de fumée.

– Et vous ne vous êtes pas révoltés ? demanda Alelì. Tu ne t'es pas révoltée parce que tu avais trop de travail ? Tu n'étais qu'une enfant et tu n'avais même pas assez à manger.

En ce qui concerne le travail, on ne pouvait qu'être reconnaissants, dit-elle, quant à la faim, il y avait eu quelques émeutes, mais elle n'y avait pas participé. Elle s'en souvenait au moins d'une, menée par sa sœur aînée. C'était la mairie qui, tous les deux mois, une fois les ravitaillements de l'État arrivés, distribuait les rations alimentaires aux commerçants. Mais il y avait toujours beaucoup de retards, alors un jour sa sœur avait rassemblé un bon groupe de porteuses, et elles s'étaient rendues devant la mairie de Maiori, munies des mêmes bâtons noueux sur lesquels elles s'appuyaient pour parcourir les chemins escarpés de montagne.

Mme Celeste se pencha vers elle et lui chuchota que sa sœur avait été la première à frapper le maire.

Alelì posa son stylo, mal à l'aise. De toutes les choses étranges qu'elle avait entendues au cours de ces journées à Tramonti, le fait que la réponse à la faim puisse être la violence était la chose la plus incompréhensible pour elle.

Elle écrivit une note dans son carnet, avec un point d'interrogation à côté.

– Elle avait accouché peu de temps avant, mais ils l'ont arrêtée quand même.

Alelì porta les mains à son visage.

– Et le bébé est resté sans sa maman ?

La dame fit non de la tête. Ils ne l'avaient gardée que trois jours dans la prison, qui se trouvait au sous-sol de l'église San Domenico. Alelì marqua un temps d'arrêt mais, après avoir haussé les épaules, elle se remit à écrire. Au moins, cela lui parut sensé : Dieu à l'étage d'en haut, les pécheurs en bas.

Mme Celeste n'avait pas eu de chance avec son jeu de cartes. Elle les mélangea donc de ses belles mains et commença une autre réussite.

– Ma mère et moi lui apportions le bébé, elle devait l'allaiter.

Dans ce coin, comme Alelì avait pu le constater lors de ses autres entretiens, on ne se révoltait presque jamais, on se contentait de peu, mais ce peu, pendant la guerre, était devenu presque rien. De temps en temps, des garçons et des filles se réunissaient en petits groupes et dévalisaient les camions de denrées alimentaires.

– Francesca, la *bersagliera*.

Alelì n'arriva pas à donner un sens au sourire nostalgique qu'elle lui vit faire avant de reprendre la parole.

– C'était la plus belle, et elle savait y faire.

Lorsqu'elle demandait à monter à bord d'un camion, tous l'invitaient. Alors elle distrayait leur attention, tandis que les autres membres du groupe dévalisaient les véhicules par l'arrière, se passant le chargement de main en main. Elle s'en était toujours sortie.

– Ta sœur et… commença Alelì en consultant ses notes, et la *bersagliera* sont toujours en vie ?

– Ma sœur est morte il y a deux ans, Francesca est toujours en vie mais elle a plus de cent ans et elle ne comprend plus rien.

Quelque chose ne la convainquait pas :

– Ça n'aurait pas été mieux de faire des révoltes pacifiques ?

À ce moment-là Isidoro intervint, répétant que ce n'était pas un pays de rebelles et que lorsqu'ils essayaient de l'être, ils ne le faisaient pas de la meilleure façon. Amer, il ajouta que tous ceux qui avaient essayé de changer les choses avaient échoué, étaient partis ou étaient morts.

La main de Mme Celeste trembla en retournant une carte. Le hasard voulut qu'il s'agisse de la reine de bâtons qui, d'après les règles du jeu, ne correspondait à aucune autre carte sur la table.

– Seule l'une d'entre nous n'arrivait pas à accepter le sort qui lui avait été réservé.

Elle s'appelait Nannina, ajouta-t-elle, et c'était la sœur jumelle de Mme Rachele. Elle avait toujours aspiré à une autre vie et avait même trouvé quelqu'un qui l'encourageait à en rêver.

– De qui s'agissait-il ? demanda Ninfa, s'entremettant pour la première fois dans l'interview.

Alelì fut contente de la voir s'impliquer.

La femme tira une bouffée de cigarette et se mit à parler très vite, de manière incompréhensible, comme saisie d'une soudaine nervosité.

Quelques années après la guerre, traduisit Isidoro, une écrivaine était arrivée sur la côte, avec laquelle Nannina s'était liée d'amitié.

– Elle lui a mis des idées bizarres en tête, mais nous n'étions pas des privilégiées comme elle.

Ninfa se pencha en avant, une inquiétude toute nouvelle sur le visage.

– Et que s'est-il passé ?

– La montagne s'est mise en colère et a brisé de nombreuses vies.

Ninfa abandonna l'interview. Une fois à l'air libre, elle ralentit le pas et s'accrocha à la nature environnante. Ce n'était sans doute pas pour rien que les hommes de mer appelaient le mât de leur bateau l'*albero*, « l'arbre ». Même au large, ils éprouvaient le besoin d'un lien avec la terre.

Mme Rachele avait peut-être raison, les arbres étaient les seules créatures capables d'apporter un soutien quand éclataient les tempêtes. Et elle était certaine qu'il allait en arriver une.

25.

La fille aux noix

Tramonti, 1953

Ce jour-là, tout lui fit mal. Le long silence qui les enveloppa, Gennarino et elle, lorsqu'ils se croisèrent sur le sentier, l'amour qu'elle lut dans ses yeux tristes, la douleur tapie dans la petite fossette de son menton, qui apparaissait sous l'ombre de sa barbe chaque fois qu'il était troublé. Cela lui fit mal de constater à quel point leur amour et ses conséquences l'avaient changé.

Elle avait souvent pensé à ce qui resterait d'eux, après ce qui s'était passé. Elle s'était demandé si un amour aussi grand pouvait laisser place à quelque forme de lien intermédiaire, afin de ne pas se perdre complètement. Mais en vérité, son sentiment pour lui rendait inacceptable toute solution alternative. Ce garçon qui ne lui convenait tellement pas, et qui l'avait abandonnée, Rachele ne savait que l'aimer et le désirer. Toute relation n'incluant pas de vivre l'un avec l'autre de manière inconditionnelle aurait achevé le peu d'elle qui réagissait encore à la vie et la maintenait debout.

– Je peux te serrer dans mes bras ? demanda-t-il.

– Non.

Si elle s'était retrouvée ne serait-ce qu'une dernière fois dans ses bras, il lui aurait été insupportable de les quitter un instant plus tard. Avec lui, c'était l'éternité ou rien. Mais l'éternité n'était qu'une illusion, comme il le lui avait démontré en s'en allant.

– Je te cherchais.

– Tu m'as trouvée.

Dans les pauses entre lesquelles ils avançaient, des vies entières auraient pu se glisser, autant de vies à vivre ensemble. Parler, et donc les interrompre, c'était comme se quitter à nouveau.

Il lui annonça qu'il était revenu pour rester et qu'il ne repartirait plus.

– Tant mieux pour toi.

Il tenta de s'approcher d'elle, mais elle recula.

– De moi il ne reste presque rien, Gennarì.

– Tu es toujours tout ce que je veux.

Elle se sentit comme une forêt ravagée par un feu d'été.

– C'est étrange. Ce n'est pas ce que tu pensais, quand tu es parti.

Le garçon baissa les yeux, les arrêtant sur les chiffons que Rachele portait aux pieds. Elle ne put s'empêcher de se demander combien de chevilles fines et élégantes avaient défilé devant lui, à Novara, tandis que le bruit de leurs talons coûteux sur le bitume remplissait l'air. La vérité était qu'elle ne se serait jamais sentie assez bien pour lui. Et Gennarino aurait recommencé à le penser aussi, s'il l'avait eue à nouveau à son côté.

– J'ai eu tort. Mais maintenant je suis là, pour toi.

Elle secoua la tête et lui dit qu'il n'était pas juste de renoncer à ses rêves pour des sentiments.

– Ensuite l'amour passe et il ne te reste plus que les regrets. Ne fais rien pour moi, Gennarì.

Mais il ne le faisait pas pour elle, rétorqua-t-il, il le faisait pour lui-même, parce que sans elle il n'existait pas. Il la supplia de lui pardonner mais, pour elle, il n'y avait rien à pardonner. Il n'avait fait que suivre ce qu'il pensait être juste pour lui et pour ses frères et sœurs, alors il était parti.

Gennarino porta les mains à ses cheveux, désarmé. Lorsqu'il avait reçu sa lettre, dit-il, il avait déjà décidé de rentrer, parce qu'il n'était pas heureux là-bas, sans elle.

– Et puis j'ai appris…

Rachele leva la main pour le faire taire.

– Je veux juste te dire que je suis désolé pour l'accident et que je suis ici pour être à tes côtés.

Le vent emmêla les cheveux de Rachele, la faisant se sentir encore plus débraillée et inadéquate.

– Rien n'allait, la chute a arrangé les choses.

Gennarino recula d'un pas, comme pour avoir une vue plus complète.

– Tu le penses vraiment ?

Rachele chercha un espace pour se faufiler et partir, elle n'arrivait plus à soutenir son regard.

– Nous avions tout juste, Raché. Épouse-moi, Raché. Dis-moi oui une nouvelle fois.

Il croyait vraiment pouvoir recoller tous les morceaux ensemble, il ne comprenait pas que certains avaient été détruits et qu'il serait impossible de recomposer ce qu'il y avait auparavant. Il ne comprenait pas qu'avec ce qui restait on ne pouvait rien construire.

Les gens penseraient que Gennarino s'était senti obligé de revenir, pour l'épouser et effacer le déshonneur dont elle s'était entachée. Et au fond, c'était ce qu'elle pensait aussi.

– On pourra avoir d'autres enfants.

Le feu qu'elle avait ressenti en elle fut transpercé par des aiguilles de glace.

– Ne parle pas d'enfants.

Gennarino avait l'air désespéré, il ne se rendait même pas compte de ce qu'il disait, et Rachele ne supportait pas d'être spectatrice d'une souffrance qu'elle ne pouvait soulager. Elle aurait voulu lui donner de l'amour, mais ce n'était plus possible, car elle n'aurait pas pu vivre avec la peur de le voir partir une autre fois.

Cet amour était une erreur. Il était néfaste. Il fallait le renier.

Et c'est ce qu'elle fit.

Pendant les deux mois qui précédèrent le mariage de Nannina et Pasquale, un bruit constant, semblable à celui de castagnettes, se mit à résonner le long des sentiers parcourus par les porteuses et, bien qu'il soit produit par une seule d'entre elles, il devint le symbole de tout le groupe. Il devint le signal de leur passage, et certains habitants prirent l'habitude de se poster aux fenêtres en criant : « C'est la femme aux noix ! Et toutes les autres ! », avant de sortir leur offrir de l'eau fraîche ou un peu de vin.

On les entendait marmonner, se demandant pourquoi cette fille aux cheveux dorés, les joues constamment striées de larmes, gardait toujours toutes ces coquilles de noix vides dans la grande poche de sa robe.

Lorsqu'ils lui posaient directement la question, Nannina ne répondait pas, et elle continuait sa route sans prendre de rafraîchissement, dispersant le bruit généré par son propre mouvement.

Rachele avait cessé de sentir le flux de la vie en elle, après avoir perdu celle qu'elle avait portée en son sein. Les ragots du village ne lui avaient laissé aucun répit. À l'exception de ses amies les plus proches, personne ne se souciait de sa santé mais seulement de son sort, qu'elle devait accepter désormais : aucun garçon de bonne famille ne la demanderait en mariage après ce qui s'était passé. Mais elle ne s'en souciait plus du tout. Imaginaient-ils vraiment qu'elle aurait pu oublier cette douleur et la laisser derrière elle ? Elle était la première à ne plus jamais vouloir fonder de famille, à ne plus vouloir se faire nid de nouvelles petites vies. Elle souhaitait simplement que les gens cessent de la dépeindre comme une femme de mauvaise vie.

Rachele était la seule à connaître le sens de ces coquilles de noix, elle était là elle aussi la nuit où Aniello les avait remplies de cire et transformées en lampions, et pourtant elle n'arrivait pas à comprendre pourquoi Nannina les portait sur elle, pourquoi elle continuait à s'accrocher à ces petites étoiles terrestres désormais éteintes. Tout au plus, ce qu'Aniello aurait pu faire à présent, cela aurait été de les remplir de cet alcool dans lequel il avait commencé à s'enfoncer depuis que la nouvelle du mariage était devenue officielle. On le retrouvait souvent endormi dans le vignoble de Tramonti, anéanti par l'idée qu'il ne vivrait jamais une vie avec elle, vaincu par son extrême pauvreté qui l'avait empêché de la demander en mariage avant qu'il ne soit trop tard.

Quelques jours seulement avant le mariage, Nannina se détacha du groupe un matin, abandonnant son panier pour s'enfoncer entre les arbres. Rachele la suivit et la trouva à quatre pattes, agonisant de désespoir. Lorsque Nannina l'entendit arriver, elle se retourna, ses yeux gonflés réduits à des fentes, elle se traîna à genoux pour la rejoindre et, comme chaque jour, elle l'implora de l'aider à trouver un moyen de sortir de cette prison.

– Écoute, je sais pourquoi tu ne m'aides pas, Raché.

Sa voix était méconnaissable, elle avait le son de la peur, la peur de l'enfer qui, selon elle, l'attendait.

– Je sais que tu n'es pas méchante et que tu m'aimes. Tu ne m'aides pas parce que toi aussi tu te sens morte à l'intérieur, parce que tu es convaincue que tout est ta faute et que tu préfères ne rien faire pour éviter plus de dégâts. Mais même le choix de ne pas m'aider a un effet sur ma vie, et le pire qui soit, Raché, le pire.

Rachele était paralysée. Au début, c'est exactement ainsi qu'elle s'était sentie, responsable également du malheur de sa sœur, de la fin de ses rêves et de son amour, et cette pensée l'avait clouée au lit pendant des jours. Mais ensuite, une voix avait commencé à s'insinuer en elle. Que ce soit le fruit d'un instinct de survie trompeur ou que ce soit la réalité, elle avait ressenti le besoin de donner crédit à cette voix. Celle-ci ne faisait que lui répéter que sortir des chemins battus l'avait menée à sa perte, et que la décision de leur père empêcherait peut-être Nannina d'en faire de même : alors comment ne pas être de cet avis ? Peut-être que ses actions n'avaient détruit que sa propre vie, et qu'elles pouvaient servir d'avertissement à sa sœur, si proche de les commettre à son tour, à la merci comme elle l'était de ses rêves et de ses sentiments. Il suffisait de l'empêcher de commettre les mêmes erreurs. L'amour avec Aniello l'aurait déçue, comme ça lui était arrivé avec Gennarino, et dans le meilleur des cas, tout ce qui serait resté de lui aurait été sa pauvreté et son incapacité à subvenir aux besoins de la famille.

En ce moment, Nannina n'aurait pas pu le comprendre, mais c'était pour son bien qu'elle ne donnait pas suite à ses appels à l'aide. C'était pour son bien qu'elle interceptait les lettres de l'écrivaine avant qu'elles lui parviennent et lui insufflent d'étranges idées de changement. Elle voulait lui éviter de croire qu'elle faisait partie d'un monde bourgeois où elle ne se sentirait jamais à sa place, aussi allait-elle cacher ces lettres dans le nid, là où personne ne les trouverait jamais.

Elle se pencha pour l'embrasser mais Nannina la repoussa, pour la première fois.

– Parle ! Pleure ! Si tu ne ressens rien devant ma souffrance, pleure au moins pour toi-même et pour ton malheur.

Rachele lui dit que pleurer n'avait aucun sens pour elle, qu'elle méritait ce qui lui était arrivé.

Nannina poussa un cri déchirant :

– Ce n'est pas vrai, arrête ! Personne ne mérite ce qui t'est arrivé, et moi je ne mérite pas ça.

– Lève-toi, s'il te plaît. Ne te comporte pas ainsi.

Nannina la poussa plus fort encore, manquant de lui faire perdre l'équilibre, puis elle se leva et reprit son chemin après avoir récupéré son panier. Rachele resta quelques instants immobile, balayant les alentours du regard, près d'une petite touffe d'orchidées sauvages. Dans l'air, le silence. Elle avait cessé d'entendre leurs voix. Son enfant avait aussi emporté ce pouvoir avec lui.

La seule robe de mariée que Nannina pouvait mettre était celle de sa cousine. Elle avait refusé de l'essayer, irritant toute la famille, et Rachele avait fini par convaincre sa mère de ne pas insister.

– Si elle va à Margherita, elle lui ira aussi.

Ainsi, le jour de la cérémonie, niant l'inquiétante perte de poids de la mariée au cours de ces derniers jours, tous blâmèrent Rachele pour son indulgence envers ce qu'ils considéraient comme un caprice insignifiant. Mais elle y était indifférente, trop occupée à donner à sa sœur tout ce qu'elle-même n'aurait jamais ni ne voudrait. Car Gennarino était revenu, certes, et ces derniers mois il avait continué à s'excuser de l'avoir abandonnée, à dire qu'il l'épouserait, qu'il ne partirait jamais plus. Mais ce qui était parti pour toujours, c'était tout ce qui la rendait femme, et il ne restait plus d'elle qu'une enveloppe de peau et d'os qu'avant de partir il avait lui-même qualifiée d'animal sans dignité. Son retour définitif à Tramonti ne pourrait rien y changer.

– Tu seras la plus belle de toutes les mariées, lui murmura-t-elle à l'oreille, après avoir attaché la dernière fleur de jasmin dans la coiffure de Nannina et récupéré les quelques mèches de cheveux collées sur sa nuque en nage.

La chaleur du mois d'août n'était pas compatible avec le tissu épais de la robe, dont on avait dû couper les manches. Rachele vit sa carotide palpiter follement, contrastant avec l'expression sans vie que son visage affichait depuis des jours. Elle avait l'air d'être constamment dans l'effort, contractant ses membres et grinçant des dents.

Elle tenait serrés dans ses mains quelques feuilles de papier et le stylo à plume d'Aniello.

– Je n'ai plus de mots.

Rachele expira l'angoisse qui lui étreignait le cœur. Sa sœur avait recommencé à lui adresser la parole. Peut-être la voyait-elle encore comme une alliée à qui se confier.

– Ils reviendront, ma chérie.

– Pas dans cette vie.

Elle froissa le papier et porta le stylo à sa poitrine, le pressant si fort qu'elle semblait vouloir l'incorporer à sa propre chair, pour éviter que quelqu'un ne le lui prenne.

Après avoir fini de la coiffer, Rachele regarda autour d'elle pour vérifier que les lieux étaient prêts pour les festivités. Elle avait dépensé tout son argent du mois pour le photographe et pour organiser un petit concert à la maison après la cérémonie, et elle avait décoré de couronnes de fleurs fraîches la table sur laquelle on placerait tous les cadeaux de mariage, et qui servirait de toile de fond pour les photos.

Les yeux de Nannina étaient deux flaques d'eau.

– Aide-moi.

Elle continuait à s'opposer à un sort inévitable, ce qui allait la détruire avant même que cette vie tellement redoutée ne le fasse.

Quelqu'un frappa à la porte et Rachele sursauta. Personne ne devait voir la mariée avant qu'elle ne soit prête. Elle courut ouvrir, sortit et referma la porte derrière elle avant que son cerveau n'enregistre l'identité de l'invitée. Les mains de l'écrivaine serraient un présent et son visage était aussi funèbre que celui de Nannina.

Rachele s'éloigna de la porte, faisant en sorte que l'autre la suive et que sa voix ne parvienne pas à l'intérieur de la maison.

– Bonjour, Rachele. Comment vas-tu ?

Elle baissa les yeux sur le ventre de la jeune fille, qui se figea.

– Bien, merci.

– J'ai encore beaucoup de peine pour ce qui s'est passé ce jour-là à Minori. Je veux que tu saches que mon aide est toujours valable, pour tout ce dont Nannina et toi pourriez avoir besoin.

– Merci, mais nous n'avons pas besoin d'aide. Vous en avez déjà assez fait.

Si elle ne les avait pas rejointes ce jour-là alors qu'elles travaillaient, les choses se seraient peut-être passées différemment. Si elle avait respecté leur travail et attendu la fin de la journée, Rachele ne serait jamais tombée dans les escaliers, et maintenant on serait sur le point de célébrer son mariage avec Gennarino, et non celui de Nannina et Pasquale.

Elle sentit son cœur s'emballer de colère et tenta de chercher du réconfort auprès de Dieu. Elle devait cesser d'éprouver de la rancœur. En fin de compte, il ne servait à rien de désigner d'autres coupables.

Un vent chaud poussa le parfum coûteux de la femme jusqu'à ses narines, réveillant ses sens engourdis.

– Nannina a-t-elle reçu mes lettres ?

– Oui, mais elle n'a plus de temps pour la lecture.

Rachele fit volte-face pour rentrer dans la maison, mais l'écrivaine lui attrapa la main.

– Je connais Nannina. Je sais à quel point ce mariage la dégoûte et à quel point il va la rendre malheureuse. Elle t'aime, elle a tout fait pour toi quand tu étais en difficulté. C'est ton tour, maintenant. Si – à Dieu ne plaise – ce mariage est célébré aujourd'hui, il sera de ton devoir de la soutenir et de limiter les dégâts. Je vais encore rester quelques semaines sur la côte, puis je rentrerai chez moi. J'ai besoin de savoir que tu prendras soin d'elle.

Elle croyait sincèrement qu'elle savait mieux qu'elle ce qui était bon pour sa sœur jumelle. Qu'elle avait besoin de sa haute recommandation pour veiller à son bien-être. Ce que Rachele avait toujours pensé était donc vrai : la culture pouvait rendre arrogant. Elle la défia du regard, se demandant comment elle avait pu lui faire confiance quelques mois plus tôt.

Elle lui arracha le cadeau des mains, rentra dans la maison et le posa sur la table. Nannina était dans la même position où elle l'avait laissée, et le sol était jonché de toutes les fleurs de jasmin auparavant dans ses cheveux.

Ce jour-là, Rachele assista à deux cérémonies. Celle vécue par les invités, heureux que le fils d'un métayer ait choisi d'épouser une fille « qui ne possédait pas grand-chose », et celle subie par les épaules voûtées de Nannina.

Plus tard, alors qu'elle nettoyait la maison et se préparait à la première nuit sans sa sœur, sa mère vint lui apporter une nouvelle. Gennarino n'avait pas assisté au mariage parce qu'il avait préféré rester avec Aniello, pour l'aider à supporter sa souffrance.

– Il l'a emmené à la maison abandonnée de Pucara, tu vois laquelle ? Son cousin Antonio, celui qui travaille maintenant pour Luigi Giordano dans le Nord, lui a laissé les clés avant de partir, et aujourd'hui il a accompagné Aniello là-bas pour qu'il se reprenne.

Gennarino ne l'avait laissé qu'une heure, juste le temps de rentrer chez lui pour mettre ses frères et sœurs au lit. À son retour, Aniello s'était déjà ôté la vie.

Rachele ressentit un élancement dans la poitrine et perdit connaissance.

Le mariage avec Pasquale se révéla immédiatement moins bénéfique que prévu financièrement. Son père était un bon travailleur, certes, mais le fils était différent, plus attiré par l'alcool et le jeu que par les responsabilités. Il devint aussitôt évident pour tout le monde que ce serait Nannina qui ferait vivre la famille et leurs futurs enfants.

Rachele vit apparaître sur les bras et poignets de sa sœur les mêmes ombres que celles qui avaient taché les corps de Margherita et de Celeste après leurs premiers mois de mariage. Mais contrairement à ses amies, Nannina ne cherchait pas à les cacher. Elle retroussait ses manches presque jusqu'aux épaules, même lorsque les températures baissèrent. Elle en faisait montre car « pour éradiquer le mal, il faut l'exposer à la lumière du soleil ».

Souvent, le matin, Rachele passait chez elle pour la pousser à sortir de son lit et à affronter sa journée de travail. Elle lui préparait la soupe au lait *tramontana* – un bol de lait chaud avec du pain biscuité – qu'elle avait toujours aimée, tandis que Pasquale dormait en exhalant l'alcool de la soirée précédente, et elle essayait de la distraire en lui donnant des nouvelles du village.

Elle avait des cernes si prononcés qu'il ne fut pas facile de les distinguer des premiers bleus autour des yeux. Trop souvent, elle n'avait pas la force d'aller travailler, aussi Rachele travaillait-elle deux fois plus, pour elle, pour cette sœur égarée dans une dimension obscure éloignée de la réalité.

Un jour, pour la sortir du lit, elle lui apporta son dessert préféré : des aubergines au chocolat. Elle la trouva recroquevillée sur elle-même, et elle semblait avoir du mal à respirer.

– Tu sais à quoi j'ai pensé ? lui dit-elle dans un filet de voix.

Elle leva les yeux vers le plafond et bougea légèrement la main, indiquant la pièce dans laquelle elle vivait.

– Que les pierres pour construire cette maison, c'est moi qui les ai transportées.

Elle était allongée sur le côté et une larme coula jusqu'au bout de son nez, avant de tomber sur l'oreiller.

– J'ai construit ma prison.

– Nannì, dès que tu auras ton premier enfant, ta situation va s'améliorer, et avec un peu de chance le destin te fera cocue, dit Celeste.

Margherita laissa échapper un gémissement.

– Ne la berce pas d'illusions, Celé.

– Je ne veux pas d'enfant de cet homme, rétorqua Nannina avec la froideur d'un cadavre. Je prie chaque nuit pour être stérile.

Et peut-être que le ciel écoutait ses prières, car en quatre mois de mariage, son ventre était resté vide de vie.

Noël fut plus pauvre que d'habitude. Pasquale avait contracté des dettes et sa famille essaya d'en payer une partie, lui niant toute aide supplémentaire et refusant de passer les fêtes avec lui. Malgré la présence du mari, Rachele fut heureuse de pouvoir passer ces journées avec sa sœur jumelle, dans la maison où elles avaient grandi toutes les deux. Pour le réveillon, ils ne purent s'offrir que des *zeppole* arrosées de miel.

Au début de l'année 1954, le noisetier de Pietre fleurit, et Nannina eut à nouveau un endroit rien que pour elle, un bout de monde qui promettait au lieu d'enlever, un lieu où elle pouvait se tapir et continuer à faire ce qui lui avait toujours donné espoir : exprimer des vœux. Malgré la neige, Rachele la trouvait toujours là le matin, le dos sur la glace et le regard tourné vers ses chères étoiles en fleurs. Elles prirent l'habitude de prendre le petit déjeuner en plein air, tandis que Rachele se réjouissait de la couleur rosée sur les joues de sa sœur. Elle faisait semblant d'y voir un léger signe de reprise, mais au fond de son cœur elle savait que c'était seulement lié au contraste entre les températures de la glace sous ses jambes et du bol plein de lait chaud entre ses mains.

– Comment vas-tu ? lui demanda un jour Nannina.

– Je vais bien. Mais tu me manques, à la maison.

Nannina se mit à parler avec une expression tellement paisible sur le visage que Rachele eut du mal à pleinement intérioriser ce qu'elle lui disait.

– Tu sais, je n'ai plus rien. J'ai perdu mon amour, mon amie écrivaine, mon désir d'écrire des lettres, toi.

– Mais qu'est-ce que tu racontes ? Moi je suis toujours là.

Nannina tourna brusquement la tête pour la regarder, mais le temps qu'elle passa les yeux braqués sur elle parut une recherche vaine. Elle finit par secouer la tête.

– Non. Tu es restée presque entièrement dans l'escalier de Minori. Ceci – et elle toucha son corps –, c'est comme les coquilles de noix que je porte sur moi. Un contenant qui a perdu sa lumière et ne fait que du bruit. Si tu étais encore là, tu n'aurais pas permis ce qui m'est arrivé.

Elle posa son bol sur la neige et s'allongea, tandis qu'une fleur de noisetier fendait l'air jusqu'à sa poitrine, comme une étoile filante allant droit vers son cœur.

– C’est pour ça que je ne suis pas en colère contre toi. Comment pourrais-je l’être ? Tu n’es plus la sœur avec laquelle j’ai grandi.

– Je suis toujours avec toi, dit Rachele sans prétendre caractériser ce « je », sans répondre au besoin fondamental de Nannina de le rattacher à ce qu’il avait été par le passé.

Le « je » de cet instant était là, avec elle, et de ce fait elle ne pouvait pas dire qu’elle n’avait plus rien. Le « je » de cet instant et de ceux à venir était prêt à partager chaque peine, chaque douleur qui maculait ses membres d’hématomes, pour en voler chaque fois un morceau de plus, jusqu’à en prendre toute la charge. Le « je » que Nannina qualifiait de coquille vide se remplirait de sa souffrance, jusqu’à lui rendre la paix qu’elle méritait.

Nannina brisa le filament de la fleur de noisetier.

– Parfois je rêve de mourir, et je me réveille plus sereine.

– Je t’en prie, ne dis pas des choses pareilles.

– C’est pourtant ainsi. Moi, je n’accepte pas ce destin. Je n’accepte pas d’avoir un mari ivrogne qui me bat si je ne veux pas le satisfaire. Je n’accepte pas de ne pas avoir d’argent pour acheter un livre, pour étudier. Je n’accepte pas la mort d’Aniello, celle de ton enfant. Ma mort me ferait moins mal.

Rachele eut un horrible pressentiment, mais elle le fit taire.

26.

L'inondation

Tramonti, 1954

Le printemps 1954 eut du mal à se colorer. Les fleurs, toutes, semblaient prises dans une toile d'araignée invisible. Rachele stimulait leurs pétales pour qu'elles finissent de s'ouvrir, mais elle les voyait devenir de plus en plus ternes. Elle découvrit bientôt que leurs couleurs avaient simplement commencé à partir, transférées sur les plumes d'oiseaux voleurs auxquels elle n'avait jamais prêté attention.

Les teintes printanières ne furent que les premières à prendre leur envol. De nombreux habitants de Tramonti suivirent leur exemple et s'en allèrent bientôt à la recherche d'une nouvelle vie dans le nord de l'Italie, s'accrochant aux promesses de la pizza, et le nombre de maisons inhabitées se mit à croître démesurément.

Rachele eut l'impression que, sans le poids des couleurs et des familles sur la montagne, la surface de celle-ci commençait à s'effriter et à s'envoler au vent. La fuite affamée de nombreux villageois laissa ouvertes les portes de leurs logis abandonnés, effaçant ainsi les frontières entre nature et habitations.

– Il y a même des photos sur les murs, dit un jour Margherita qui, curieuse, avait franchi la porte d'une de ces maisons, tandis que Celeste et Rachele l'appelaient de loin, de peur que quelqu'un ne surprenne cette intrusion.

Une famille qui n'emportait pas ses photographies ne voulait qu'une chose, oublier. C'est ce qui faisait le plus mal à Rachele : l'idée que la pauvreté, les privations et les conséquences de la guerre puissent effacer dans les cœurs ce que cette terre avait toujours fait de beau pour tout le monde.

Cet exode intolérable empira avec l'arrivée de l'été, et à l'automne, au moment des vendanges, on put croiser les quelques rares familles qui, aussi affamées que celles qui étaient parties, étaient restées fidèles à cette vie qui, pour le meilleur et pour le pire, avait fait tenir debout des générations entières.

Mi-octobre, Rachele eut l'occasion de gagner un peu d'argent en plus. Elle accepta de transporter clandestinement des feuilles de tabac de Gete jusqu'à Maiori, contournant le monopole d'État, et elle impliqua aussi Nannina. Elles empruntèrent des chemins solitaires, ceux les moins fréquentés par les patrouilles, sans jamais se parler afin de passer inaperçues, jusqu'à ce qu'elles aperçoivent, à proximité du vallon de Sant'Antonio, vers Pucara, trois carabiniers. Les jambes de Rachele se mirent à trembler, alors que Nannina resta immobile, les observant d'un air presque fanfaron.

– Tu penses que s'ils m'arrêtent, ma vie sera pire ?

Rachele lui jeta un regard effrayé, avant d'entendre des voix féminines provenant de la zone où se trouvaient les soldats, et elle poussa un soupir de soulagement. Ils étaient là pour surveiller la grotte où l'on disait que se produisaient des apparitions de la Vierge et où, par conséquent, de nombreux groupes de fidèles se rassemblaient souvent. Par le passé, certains étaient sortis de là les bras levés au-dessus de la tête, transportant une statue invisible le long des sentiers de Tramonti.

Rachele proposa de dissimuler leur chargement, tout en fouillant d'une main dans la poche de sa robe, à la recherche de son chapelet. Elle avait l'intention d'aller prier avec les autres.

Elles atteignirent la grotte, sous les yeux des carabiniers. L'humidité et l'écho à l'intérieur rappelèrent à Rachele la nuit du débarquement des Alliés, et cela lui fit mal.

Certaines femmes les indiquèrent comme les belles jumelles aimées de tous mais tombées en disgrâce. Cela fit mal aussi.

Elles priaient depuis une demi-heure environ lorsque Nannina laissa tomber son chapelet par terre, ses yeux embués pointant vers le fond de la grotte.

– Raché…

– Quoi ?

– Je la vois. Mon Dieu, je vois la Madone !

Toutes les autres femmes se tournèrent vers elle, certaines irritées par ce privilège, d'autres cherchant un contact avec son corps, espérant recevoir la même grâce. Elle dit qu'elle voyait la partie supérieure de la statue de la Vierge, le reste étant enveloppé dans un nuage nacré. Alors que les voix des fidèles résonnaient à l'intérieur de la grotte, le visage de Nannina changea brusquement, envahi par une sombre pensée.

– Partons.

– Pourquoi ? Tu ne la vois plus ? demanda Rachele, qui lisait dans cette apparition une promesse de paix.

– Allons-y, et elle partit en courant, oubliant son chapelet entre les pieds des autres femmes.

Rachele la suivit et Nannina s'arrêta là où elles avaient caché leurs paniers. Mais il n'était pas prudent de s'attarder, une femme présente dans la grotte aurait pu les suivre et voir le tabac.

Les pupilles de Nannina étaient dilatées et sa poitrine semblait oppressée.

– La statue tenait l'Enfant Jésus dans ses bras.

– Elle était belle ?

– Non, Raché, tu ne comprends pas ! C'est mauvais signe, ça veut dire qu'un bébé va arriver.

Elle se recroquevilla en position fœtale, se balançant d'avant en arrière en proie à une crise de panique, et Rachele ne put rien faire d'autre que la rejoindre et ceindre ses épaules, pour arrêter ce mouvement d'angoisse. Une grimace de douleur apparut sur le visage de Nannina, elle devait avoir des bleus sous sa robe, à cette hauteur.

– Un enfant, c'est toujours une bénédiction.

– Alors tu n'as qu'à en faire un avec Pasquale. Vas-y. Je t'offre ma vie tout de suite, si tu en veux, prends-la, fais donc l'épouse et la mère. Moi je ne suis pas faite pour ça.

Elle souleva sa jupe, horrifiant Rachele. Les carabiniers étaient à quelques pas de là, comment pouvait-il lui passer par l'esprit de se comporter ainsi ? Elle plongea vers elle pour la couvrir.

– Non, il faut que tu regardes, Raché. Il faut que tu voies les marques de cette vie. Tu la veux ? Tu les veux ?

Elle les voyait, les marques. Elle les voyait sur ses joues maintenant creusées, sur ses pommettes acérées, sur ses poignets violacés. Elle les voyait dans ses cheveux dorés négligés, et dans le fait que, depuis le jour de son mariage, le stylo d'Aniello avait rejoint les noix dans sa poche, faisant du bruit avec elles. Elle voyait chaque trace de cette douleur et oui, si elle avait pu, elle aurait pris la vie de sa sœur pour lui en donner une qui la rende heureuse. Mais ce n'était pas possible. Pas plus que ça ne l'était pour tant d'autres filles qui, par rapport à elle, essayaient au moins de trouver du réconfort dans l'idée d'un enfant.

– Recommence à écrire.

Nannina lâcha un rire plus semblable à une lamentation, avec une expression un peu folle, et puis elle cracha de nouvelles paroles avec mépris :

– Écrire n'a pas de sens, si personne ne lit.

– Apprends-moi.

Rachele eut envie de pleurer à cette idée qui aurait dû naître en elle longtemps auparavant.

– Apprends-moi à lire et à écrire.

– Ces choses-là ne t'intéressent en rien.

– Mais si, maintenant si. Si ça t'aide, ça m'intéresse.

– Alors maintenant, tu veux m'aider ?

Elle la regarda avec un sourire plein de douleur.

– Alors tu n'as qu'à porter les paniers à Maiori.

Ce soir-là, Rachele ne put trouver le sommeil. La montagne hurla toute la nuit, le vent automnal semblait ratisser les chemins pour s'emparer de tout l'espace dont les habitants de Tramonti en fuite n'avaient pas voulu, et il s'engouffrait par le cadre de la fenêtre jusqu'à glacer ses pieds découverts.

Elle n'avait jamais vu Nannina aussi déterminée et en colère. Effrayée et désespérée, oui. Mais jamais aussi en colère, pas même lorsque leurs parents avaient changé le cours de sa vie pour toujours.

À l'aube, elle entendit des bruits étranges et des gémissements derrière la porte d'entrée, puis un bruit sourd. Prise d'un terrible pressentiment, elle se leva d'un bond, ouvrit la porte et, dans les premières lueurs du jour, découvrit le corps martyrisé de sa sœur, gisant sur le sol. Elle eut envie de vomir devant sa robe souillée de sang et son visage tuméfié. Sa joue, son épaule et son bras droits étaient devenus le lit d'un ruisseau de sang qui jaillissait d'une coupure nette entre la tempe et l'œil.

– Aide-moi…

Pour Rachele, ce fut comme connaître toutes les sensations négatives possibles d'un seul coup, le temps d'un clin d'œil. Elle fut saisie par l'horreur, l'effroi, la honte, l'angoisse, la détresse. Elle sentit ses poumons s'épuiser et prendre feu, tandis que ses membres s'engourdissaient. Elle avait entendu cette supplication un nombre incalculable de fois. Comment avait-elle pu imaginer que ne pas répondre à ces constants appels à l'aide, dans le sens où Nannina les entendait, pourrait lui faire du bien ? Était-elle devenue lâche au point de croire que ne pas agir signifiait ne pas avoir d'influence ? Depuis toujours, le mal dans ce monde dépendait autant des actions que de l'immobilité.

Elle s'agenouilla à son côté, tandis qu'un coup de tonnerre extériorisait tout ce qu'elle ne pouvait pas crier.

– Pardonne-moi. Ma sœur, pardonne-moi.

Elle pleura pour la première fois depuis qu'elle avait perdu son enfant.

– Viens à l'intérieur.

– Non… Raché, il a essayé de me tuer. Il va venir ici, c'est sûr. S'il me trouve, cette fois il va m'achever.

Leur père était parti quelques jours, pour le travail. Si Pasquale arrivait, elles n'auraient aucun moyen de lutter contre sa fureur. Rachele courut dans la maison, chercha la boîte qu'elle cachait sous son lit et saisit la clé du nid. Elle la fixa intensément avant de trouver la force de se relever.

Leur mère s'était réveillée et se trouvait sur le pas de la porte.

– Maman, ne sors pas !

Mais c'était trop tard. La mère sortit et se mit à hurler de désespoir en voyant sa fille réduite à cet état. Leurs petits frères se levèrent à leur tour, mais Rachele les enferma dans la maison. Avant de se tourner à nouveau vers sa sœur, elle appuya le front contre la porte, tandis que les poings des petits la faisaient vibrer de l'intérieur.

Puis elle réalisa les mots que sa mère était en train de répéter, comme un mantra :

– Qu'est-ce que tu as fait ? Qu'est-ce que tu lui as dit ?

Rachele se retourna brusquement. Rien de ce que sa sœur avait pu faire ou dire ne justifiait un tel massacre. Elle perçut combien ces questions étaient le fruit d'une distorsion, comme elles réduisaient une femme martyrisée à la cause évidente de ce qui avait manqué de la tuer, à la marionnettiste de son propre bourreau, bourreau du coup dépourvu de toute responsabilité simplement parce qu'il aurait été provoqué.

Elle saisit sa mère par le bras et la força à retourner à l'intérieur, la suppliant de ne pas s'en mêler. Elle craignait qu'elle ne remette Nannina à son mari, s'il se présentait.

Elle referma la porte derrière elle. Un pas après l'autre, elle conduisit sa sœur au seul endroit où, dans une autre vie, elle s'était sentie en sécurité. Là, Pasquale, et donc la mort, ne la trouveraient jamais, pensa-t-elle.

Vers l'heure du déjeuner, le ciel se mit à tomber sur la terre avec un acharnement évident. Rachele n'avait travaillé que deux heures ce matin-là, puis elle était rentrée chez elle afin de préparer des provisions et des remèdes pour Nannina. Au village, le bruit courait que Pasquale errait dans les bois, en proie à un délire funeste, hurlant le nom de sa femme, et les gens commençaient à craindre le pire.

Son panier était presque prêt lorsqu'elle réalisa que l'orage allait se gâter et qu'il lui serait impossible de rejoindre Pucara dans de brefs délais.

Elle se posta à la fenêtre. Sous la fureur des nuages, les mottes de terre explosaient comme des mines, et des éclats de boue fendaient l'air. Elle décida d'aller voir Nannina dès que la pluie se calmerait, mais son inquiétude pour l'état de sa sœur augmenta au fil des heures. Elle espéra qu'elle avait au moins pu sortir pour laver son visage ensanglanté avec de l'eau de pluie.

La mère n'avait pas cessé de pleurer un seul instant, mais à écouter ses propos, Rachele n'aurait su dire si c'était pour le passé ou pour l'avenir de sa fille, et cette ambiguïté lui faisait peur.

Vers le soir, on frappa à la porte. C'était Celeste, qui demandait de l'aide pour faire monter ses grands-parents et oncles et tantes âgés à l'étage supérieur de leur maison. Cela faisait longtemps qu'ils ne pouvaient plus gravir les escaliers.

– C'est de pire en pire, Raché. La boue commence à envahir les étages inférieurs.

Elle jeta un coup d'œil à l'intérieur de leur habitation. Eux non plus n'étaient pas en sécurité, dit-elle.

Il ne fut pas simple de convaincre la mère de quitter leur logis au moment même où le monde disparaissait sous les flots, mais le sens des responsabilités envers la communauté finit par prévaloir.

Sur le chemin, une silhouette d'eau et de chair leur coupa la route. Rachele fut troublée de constater que même toute la pluie qui s'engouffrait dans ses narines ne suffisait pas à étouffer l'odeur de Gennarino, à empêcher la reconnaissance inévitable entre deux corps qui n'en avaient fait qu'un autrefois. Le garçon criait pour se faire entendre par-dessus ce qui avait maintenant tout l'air d'une tempête, leur demandant si elles avaient vu Margherita. Celle-ci n'était pas rentrée chez elle, son mari était obligé de rester avec les enfants, et sa mère ne pouvait pas se déplacer à cause d'une jambe cassée.

– Je fais une autre ronde pour la chercher et après je retourne auprès de mes frères et sœurs, dit Gennarino.

Rachele lui saisit la main et se pencha vers lui, sur la pointe des pieds. Le toucher lui fit à la fois du bien et du mal, d'un seul coup.

– Pendant que tu cherches, passe par le nid.

Gennarino s'écarta juste assez pour la regarder dans les yeux, confus.

– Nannina y est. Prends-la avec toi.

Puis elle le laissa partir et reprit son chemin, elle allait en direction inverse. Avec Celeste, elles atteignirent Polvica alors qu'elles avaient de la boue jusqu'aux mollets. Les gens couraient à la recherche d'abris, enfants sur les épaules, abandonnant leurs maisons en péril. Un homme penché à la fenêtre d'un bâtiment lança une corde, pour y faire grimper une fille coincée dans la boue. Rachele la connaissait, c'était une porteuse qui aurait dû se marier la semaine précédente mais dont le fiancé s'était enfui la veille des noces. Elle avait travaillé depuis l'enfance à la confection de son trousseau, et ce rejet l'avait clouée au lit plusieurs jours. Rachele la vit lever un bras pour saisir la corde, avec un regain de force, mais le bout de terrain sur lequel elle se tenait céda, et elle fut emportée. Rachele sentit son souffle se bloquer dans sa gorge, tandis qu'elle fixait le désespoir sur le visage de l'homme, resté le haut du corps penché par la fenêtre, la corde à la merci du vent.

– Je fais demi-tour, décida la mère qui, pendant tout le trajet, n'avait fait que penser à ses plus jeunes enfants, restés chez sa sœur.

Rachele la vit s'éloigner et elle pria pour que les mères au moins, parmi les femmes, pèsent plus que des feuilles d'arbre face à ces rugissements de la nature.

Enfin arrivées à la petite bâtisse en pierre où vivaient les grands-parents et les oncles et tantes de Celeste, elles s'affaissèrent au sol, toussant de l'eau. Rachele sentait son cœur se presser contre sa cage thoracique, comme s'il voulait sortir, et elle savait que ce n'était pas seulement de la fatigue. C'était l'appel du cœur de Nannina. Pucara, qui était le dernier hameau de Tramonti avant

Maiori, au pied de la montagne, allait être écrasé et dévasté par le torrent gonflé par le ciel, la terre et les pierres. Il était inutile de continuer à le nier.

Elle cligna des yeux pour repousser les images de destruction que son cerveau lui envoyait. Cela ne pouvait pas se terminer ainsi, pas maintenant qu'elle s'était réveillée et qu'elle ferait tout ce qu'il fallait pour aider Nannina. Elle ne permettrait plus que sa sœur soit outragée, intérieurement et extérieurement, à cause de ses erreurs à elle.

Elle se releva, se prit les pieds dans sa longue robe qui lui collait aux jambes, puis elle aida Celeste à faire monter les anciens à l'étage, un pas à la fois. Arrivée en haut, elle se traîna jusqu'à la fenêtre munie de barreaux, et ce qui se passa aussitôt après tua le peu qui restait encore de vivant en elle. Elle vit un noyer ployer sous la furie du torrent jusqu'à être déraciné, propulsant vers le haut la maisonnette construite juste au-dessus de ses racines. Elle crut apercevoir le visage d'un enfant à l'intérieur.

La montagne les trahissait, les ensevelissait sous elle-même. Elle s'était alliée avec l'eau. Voilà le prix à payer pour l'exode de tous ces gens de Tramonti : sans leur poids le long des sentiers, dans les maisons qu'ils avaient habitées et sur les terres qu'ils avaient cultivées, la montagne était en train de glisser, privée de protection. Et ceux qui payaient, c'étaient ceux qui étaient restés. Elle posa une main sur son cœur, un peu comme pour le masser, et elle s'éleva au-dessus de ce désastre : si elle survivait, elle se battrait avec chaque fibre de son corps pour que Nannina obtienne ce qu'elle désire et se libère de la férocité meurtrière de son mari, et pour que la montagne ne se sente plus négligée. Il fallait seulement résister jusque-là.

L'un des frères de Celeste apparut, haletant, dans l'embrasure de la porte de l'étage supérieur, et les membres de la famille se dirigèrent vers lui, heureux de le savoir sain et sauf. Il enleva son chapeau trempé et s'effondra sur une chaise, les mains sur le visage. Il n'oublierait jamais ce à quoi il avait assisté, dit-il. Il était remonté de Maiori par des chemins secondaires, moins touchés par les inondations.

– Je suis ici par miracle. J'ai traversé le pont au-dessus de Pucara juste avant qu'il ne s'écroule.

Le pont avait été aspiré, dit-il, mimant avec la main un mouvement tourbillonnant vers le bas. Voyant Rachele, il se tut un instant avant de reprendre. Sur le pont, il venait tout juste de croiser Gennarino, qui se rendait à Pucara.

L'espace autour d'elle sembla se remplir d'épingles.

– Tu as vu s'il est revenu ?

– Impossible de revenir, sans le pont. Et partout alentour, des coulées de boue avançaient à toute allure.

Son estomac se rétrécit jusqu'à ne plus faire que la taille d'une fève. Si Gennarino n'avait pas réussi à rentrer, ses petits frères et sœurs étaient seuls chez eux. Ils allaient bientôt être ensevelis sous la boue, si ce n'était déjà fait.

Elle courut dans un coin de la pièce et vomit. Il était allé jusqu'à Pucara à cause d'elle.

Personne n'essaya de l'arrêter, peut-être parce que, en la voyant dévaler l'escalier, personne ne crut possible qu'elle ait l'intention de sortir de la maison. Lorsqu'elle ouvrit la porte, elle reconnut sans équivoque le rugissement de la forêt, avec cette fureur, cette angoisse qui suivait l'abandon – et Rachele savait très bien ce que ça signifiait, être abandonnée.

Pendant sa course jusqu'à l'habitation de Gennarino, elle tomba à plusieurs reprises, mais elle ne cessa jamais de crier des promesses à la montagne. Elle accueillit sa fureur et sa boue, dans les yeux, les oreilles, la bouche. Partout. Si la montagne lui permettait de sauver les enfants, elle serait la plus dévouée de ses habitantes.

Elle lui demanda pardon au nom de tous ceux qui lui avaient tourné le dos, elle lui demanda pardon pour avoir cessé d'écouter la voix de ses fleurs, pour avoir cessé de la renifler et d'utiliser sa terre comme couleur. Elle lui demanda pardon pour la rébellion de Nannina, mais la supplia de la comprendre.

Elle fut obligée de prendre un chemin plus long et se retrouva ainsi face à face avec le torrent, une bête affamée qui emportait tout ce qu'elle trouvait sur son passage. Une maisonnette naviguait au-dessus, entraînée par les eaux. Les bougies, dans la pièce restée à la surface, brûlaient encore.

Elle se remit à courir, tandis que les personnes qui, à l'intérieur de leurs logis, la voyaient à la merci de l'inondation criaient pour lui offrir un abri. Dans ce délire d'hommes et de nature, elle sourit de joie devant la solidarité qui régnait à Tramonti et, une fois de plus, elle implora la montagne de sauver au lieu de détruire.

Brusquement, elle sentit une main sur sa gorge, tandis qu'une autre tentait de lui arracher les cheveux par-derrière. Ses jambes fléchirent, elle tomba à genoux, et cette prise sur son cou lui sembla de plus en plus la morsure d'un loup.

– Dis-moi où elle est ! hurla la bête.

Même au milieu de tout cet enfer, Pasquale restait le pire des maux. Il se pencha vers elle et lui renversa la tête en arrière.

– Dis-moi où elle est, salope, ou tu vas le regretter.

Elle sentit la puanteur de l'homme tout près de son visage, juste avant de lui crier que, de toute façon, ce ne serait pas pire que ce qu'avait vécu Nannina, depuis qu'elle l'avait épousé.

Il lui flanqua une gifle qui la jeta au sol, le visage noyé dans la boue, puis il s'assit sur son dos, l'écrasant et l'empêchant de respirer. Elle crut que ça ne finirait jamais.

– Tu sais quoi ?

Rachele essayait de se tortiller et de tourner le visage sur le côté pour attraper quelque filet d'air.

– C'est mieux si je ne la trouve pas. Cette femme ne sert à rien, mais toi… il paraît que tu es différente.

Rachele sentit la pression sur son dos s'atténuer et des mains saisir ses épaules.

– Tu sais comment donner un enfant à un homme, pas vrai ? Et personne ne veut plus de toi. Alors, si elle meurt, moi je t'épouse, et…

Rachele poussa un cri féroce dans l'obscurité et parvint à se libérer, mais seulement pour quelques vains instants. Pasquale l'attrapa à nouveau et la traîna dans les bois, comme un sac d'ordures. Puis l'enfer s'abattit sur elle.

Pendant qu'il abusait d'elle sous le couvert d'un arbre, Rachele s'enfonçait dans la terre qu'elle utilisait d'habitude pour peindre. Pendant qu'il abusait d'elle, Rachele réalisa qu'elle n'avait jamais eu la moindre idée de ce que signifiait être femme dans ce monde d'hommes pourris et putrides. Pendant qu'il abusait d'elle, Rachele devint Celeste, Margherita et Nannina, mais contrairement à elles, elle n'eut pas le courage de hurler et d'appeler au secours, parce que aucune forme de providence ne pourrait jamais l'aider, elle qui s'était obstinée à être aveugle à la souffrance des autres femmes. Pendant qu'il abusait d'elle, dans l'obscurité de l'inondation, Rachele aperçut entre les branches mouvantes la lumière qui avait appartenu à Nannina autrefois et qui se perdait maintenant dans d'innombrables éclairs acérés, nourrissant la colère du ciel.

Quand la douleur provoquée par ces violences devint trop forte, les grondements de la nature et les sons brutaux de l'homme se turent à ses oreilles et, pendant de très longs et sourds instants, elle redevint petite fille. Les voix enfantines de Gennarino et de Nannina vinrent lui raconter une de leurs histoires fantastiques. Il était question d'une île lointaine, où le soleil ne se couchait jamais et où les jeunes filles étaient vêtues d'eau de mer. Où les jeunes hommes naissaient de la roche et savaient aimer comme des mères.

– Le passage sur les hommes est trop mièvre, commenta Gennarino avec une grimace.

Nannina se mit à rire.

– Ah bon ? Alors écoutons voir, toi, comment tu veux aimer ?

Gennarino garda le silence, mais Rachele savait, elle savait qu'il avait la bonne réponse, parce qu'il l'avait aimée de la manière la plus douce qui soit. Maintenant, elle le savait.

Quand Pasquale cessa de la violer, Rachele resta là, sans défense, à se demander s'il restait quelqu'un au monde qu'elle connaissait, ou bien s'ils avaient tous vieilli et étaient morts. Cette horreur avait duré des années, tellement d'années qu'il n'était plus resté de temps au temps, et que celui-ci avait fini par se replier sur lui-même et par revenir en arrière.

– Dès que je te le dis, tu te mets à courir, compris, Raché ? lui dit la voix enfantine de Nannina. Compris ?

Son rire. Elle ne l'avait pas entendu depuis une éternité, et dans l'obscurité, Rachele lui sourit. Elle devint corps martyrisé et souriant.

– Ma sœur, tu as compris ?

Rachele acquiesça, l'arrière de la tête enfoncé dans la boue et la pluie sur le visage. Du coin de l'œil, elle vit Pasquale ramper sur le sol à la recherche de quelque chose.

– Je compte jusqu'à trois et tu te sauves, d'accord ?

Mais pour aller où ? Désormais, plus rien n'existait.

– Mais sur cette île, idiote !

Pasquale s'immobilisa et commença à émettre des gémissements, comme s'il faisait un effort.

– Un…

Lorsqu'il se tourna vers elle, il tenait une énorme pierre en main, qu'il soulevait avec une force animale.

– Deux…

Il poussa un cri de rage et fit un premier pas.

– Trois !

La petite voix de Nannina lui fendit le cerveau :

– Maintenant ! Cours !

Rachele enfonça les doigts et les talons dans la terre pour se donner de l'élan, elle se tourna sur le côté et parvint à bouger une fraction de seconde avant que l'énorme pierre ne s'écrase sur elle. Elle courut au loin, réussissant à le semer, aussi rapide que la vie dans les moments où elle bascule, aussi furieuse que la montagne, aussi forte qu'une femme. Et pas n'importe quelle femme, mais une femme de Tramonti.

Lorsqu'elle arriva, la maison de Gennarino était déjà quasiment inaccessible. Elle saisit une branche tombée et s'en servit comme d'un bâton, pour s'ancrer au sol et ne pas se laisser entraîner tandis qu'elle essayait de s'approcher de la fenêtre, qui n'avait pas été correctement obstruée et laissait entrer le torrent. Elle se mit à crier le nom des enfants, et sa poitrine explosa lorsqu'elle entendit leurs voix provenant de l'intérieur. Ils étaient vivants, seuls, et ils appelaient à l'aide. Les plus petits s'étaient cachés à l'intérieur du four, les plus grands avaient empilé quelques meubles et s'étaient réfugiés dessus.

Elle se dirigea péniblement vers le bâtiment d'en face, frappa plus fort que le vent, et un homme lui lança une corde du balcon.

– Non, je ne veux pas monter ! J'ai besoin d'aide. Il y a des enfants bloqués dans la maison voisine !

La montagne était en train de s'effondrer, tout entière. Resterait-il des arbres ? Des racines ? De la terre ? Ou bien le monde qu'elle connaissait s'unirait-il à la mer, pour toujours ? Alors qu'elle se plaquait contre le mur extérieur du bâtiment, espérant que le vent ne lui ferait pas tomber quelque chose sur la tête, la porte d'entrée s'ouvrit et deux hommes sortirent, prêts à l'aider. La boue arrivait maintenant à la hauteur de son bas-ventre en feu, et recouvrait complètement la moitié de la maison de Gennarino. Le temps qu'il leur fallut pour traverser la rue en pente sans être emportés lui parut interminable et, lorsqu'ils atteignirent la porte, ils réalisèrent que la seule façon de sauver tous les enfants était de passer par la fenêtre ouverte et de nager, pour ensuite les porter dehors en maintenant les plus petits à la surface.

Entendre la terreur des gosses, mêlée à la dévastation de l'inondation, la pétrifia un instant et la transporta dans le passé, à l'époque où elle allait à l'école.

– Pourquoi toutes ces larmes ? lui avait demandé un jour sa maîtresse.

– Je veux être au milieu des arbres.

– Et ça te semble une bonne raison pour pleurer ?

Elle avait acquiescé.

– Ce n'est pas pour rien qu'on pleure, tu sais ?

Rachele avait reniflé.

– Comment ça ?

– Les larmes sont comme des petites graines que l'on plante dans la terre, il ne faut pas les gaspiller inutilement.

Elle lui avait tendu un mouchoir.

– On va faire une chose. Retiens tes larmes. Dès que la leçon est finie, si vraiment elle ne t'a pas plu, alors on ira faire un tour au milieu de ces arbres que tu aimes tant. Mieux vaut pleurer dans la nature que dans une salle de classe.

– Et pourquoi ?

– Parce que là, au moins, tes larmes tomberont sur la terre et deviendront de jolies petites fleurs.

La nature pouvait être monstrueuse, chère maîtresse, pensa-t-elle. Au milieu de toute cette fange, les larmes de ces enfants ne feraient aucune différence. La terre ne les entendrait même pas tomber. Elles étaient inutiles et n'existaient que parce qu'elle avait demandé à Gennarino d'aller à Pucara. C'était incroyable comme toutes ses actions, d'une manière ou d'une autre, conduisaient à la souffrance de quelqu'un.

L'un des deux hommes lui cria de se secouer et de prendre au moins un des enfants dans le four, et ce n'est qu'à ce moment-là qu'elle se rendit compte qu'elle s'était figée, en proie aux souvenirs et au sentiment de culpabilité. Ils portèrent les plus petits sur leurs épaules et demandèrent aux autres de serrer une corde attachée à la taille du voisin le plus costaud.

Les enfants furent tous saufs. Et au cours de la nuit, l'inondation continua à dévaster Tramonti.

Le silence du matin lui fit encore plus peur que la tempête. Chaque partie de son corps était tendue comme un arc, rigide. Elle ne pouvait pas bouger un doigt. Elle avait la bouche sèche. Comment sa bouche pouvait-elle être sèche, après toute l'eau qui l'avait recouverte ? Elle sentait sous sa chair le froid de ses propres os, pire que celui du sol de pierre sur lequel elle s'était écroulée.

Lorsqu'elle ouvrit les yeux, elle vit du marron. Elle avait de la terre jusqu'entre les cils. Elle tenta de se lever, mais ne put faire autre chose que ramper. Elle s'accrocha au muret de la fenêtre, parvenant à se soulever et à l'ouvrir. Puis elle regarda dehors, et elle comprit que la nature, ça pouvait être la guerre. Et même pire que la guerre. Ni les nazis, ni les Américains, ni leurs armes n'avaient réussi à réduire Tramonti ainsi. Là où se trouvait avant la maison de Gennarino, il ne restait plus qu'un gouffre. Plus loin, au milieu des décombres, elle aperçut une couronne de fleurs en soie qui flottait, à côté du corps d'une femme âgée.

Elle s'efforça de trouver l'équilibre sur ses jambes, passa entre les enfants endormis, descendit l'escalier et sortit. Lorsqu'elle aperçut Gennarino, il était arrivé derrière un amas d'arbres qui lui cachait la vue, le protégeant quelques secondes encore du désastre qui avait frappé son logis. Elle essaya de se diriger vers lui, mais elle trébucha et tomba, juste le temps de voir son visage se décomposer en une grimace de désespoir.

– Ils sont vivants ! réussit-elle à crier, avant qu'il ne pense les avoir perdus avec les murs. Je suis allée les chercher.

Gennarino tomba à genoux, la tête en avant, et ce n'est qu'à ce moment-là que Rachele remarqua la profonde entaille qu'il avait à la nuque. Puis il courut la prendre dans ses bras et la remercier, et tous deux fondirent en larmes. Et là, il le lui dit. Il lui dit qu'il n'avait jamais pu atteindre le nid, parce que quelque chose l'avait frappé à la tête, lui faisant perdre connaissance.

Seule la partie supérieure était visible. Le nid était entièrement recouvert de gravier et de boue. Rachele ne cessa un instant de hurler le nom de sa sœur, espérant entendre sa voix, tandis que quelques hommes creusaient pour libérer la porte.

Les gens qui remontaient de Maiori parlaient d'une avalanche de boue et de pierres sans précédent qui s'était abattue jusqu'à la mer, et de personnes disparues. Les maisons situées au pied du Monte Demanio avaient toutes été emportées, il n'en restait pas une seule.

Quelqu'un essayait de sauver un chien-loup, perché sur le toit d'une automobile qui avait été entraînée par la fange et dans laquelle se trouvait son maître, mort.

Mais Rachele ne se souciait nullement de tout cela. Elle voulait uniquement s'assurer que Nannina était en sécurité, dans cette maison enterrée mais encore miraculeusement debout. Lorsque les hommes finirent par dégager l'entrée, elle se faufila la première, avançant à quatre pattes sur les décombres comme un chiot blessé.

Les corps de trois adultes et de sept enfants gisaient, ensevelis et complètement défigurés par cette même terre vers laquelle Rachele s'était tournée pendant toute la nuit, pour chercher de l'aide. Parmi ces corps, il y en avait un. Ses longs cheveux étaient collés dans la boue, mais quelques reflets dorés parvenaient à percer vers la lumière. Autour de son cou… un porte-bonheur.

Rachele poussa un hurlement déchirant, qui aurait pu faire s'écrouler le peu de montagne resté debout. Cela ne se produisit pas, elle fut la seule à s'écrouler. Mais il n'y avait pas de différence. Toutes deux savaient comment détruire tout ce qui les entourait. Elles étaient les deux faces d'une même médaille. Elle avait aidé tout le monde la nuit précédente, tout le monde sauf sa sœur, sa jumelle blessée. Une fois de plus, elle avait fait passer la communauté avant elle, mais cette fois, elle l'avait perdue à jamais.

Gennarino la traîna dehors tandis que ses cris déchirants la secouaient comme des convulsions, faisant couler des larmes silencieuses sur les visages épuisés de toutes les personnes présentes.

Ensuite, le garçon récupéra le corps sans vie de Nannina et le déposa aux pieds de Rachele avant de s'agenouiller, en pleurs. Il lui ôta son collier et le tendit à la jeune fille, qui ne parvint pas à regarder le cadavre plus de quelques secondes, à cause de la position contre-nature des os brisés et de son visage lacéré, méconnaissable.

Nannina avait perdu la vie parce qu'elle l'avait envoyée là. Finalement, ce n'était pas la violence de son mari qui l'avait tuée, mais son amour à elle. L'amour pouvait être plus mortel que tout autre chose, et elle jura de ne plus jamais aimer personne.

27.

Les ailes

On a tendance à qualifier d'« abandonnés »
des lieux où les plantes prennent leurs libertés.

– Trouve tes ailes.

Cela faisait longtemps que Ninfa n'avait pas repensé à cette phrase. Elle remontait au jour où ses parents avaient organisé une fête avec leurs collègues d'université, et où la maison s'était remplie de femmes et d'hommes élégants, souriants et satisfaits. Tous sauf un, qui traînait dans le grand salon en observant photos et tableaux. Il limitait les bavardages avec ses vieux amis et se perdait régulièrement dans les méandres d'un espace intérieur invisible.

Après dîner, il s'était assis sur le canapé, à côté de Ninfa. Il s'était tourné vers elle et lui avait souri.

– C'est quoi, ta spécialité de médecine ?

– La psychiatrie.

– Oh…

Ninfa avait eu un petit rire nerveux.

– Est-ce que mes parents t'ont dit de t'asseoir à côté de moi ?

L'homme s'était retourné pour ôter le coussin qui se trouvait derrière son dos.

– Pourquoi, ils auraient dû ?

– Ils sont convaincus qu'il y a quelque chose qui ne va pas chez moi, ils ne me comprennent pas.

– Si cela suffisait pour qu'un parent envoie son enfant chez un psychiatre, tous les adolescents seraient en thérapie.

Il était le seul à avoir l'air déplacé ici, comme elle.

– Comment ça se fait qu'à table tu n'as pas passé ton temps à parler de tes patients, comme les autres ?

– Tu parles aux autres des problèmes de tes amis ?

Ninfa avait pris un moment pour réfléchir, déconcertée par cette réponse.

– Papa et maman disent toujours que les médecins ne doivent jamais être impliqués émotionnellement avec les personnes qu'ils soignent.

– Dans mon cas, ce n'est pas aussi simple. Mes patients se confient à moi, ils me parlent de leurs peurs les plus profondes, de ce qui les tourmente ou les rend heureux. Vois-tu une différence avec ce que tes amis te racontent ?

Il avait secoué la tête avant qu'elle ne le fasse, comme s'il ne voulait pas laisser de place possible à une autre réponse.

– Comment tu as su que tu voulais être psychiatre ?

L'homme avait soupiré, portant une main à son menton pour se frotter la barbe.

– As-tu déjà vu le film *Deep Impact*, produit par Spielberg ? Celui où une comète s'écrase sur la Terre ?

Ninfa avait fait signe que non.

Il lui avait raconté que, dans une scène de ce film, une femme rejoignait son père sur le rivage de l'océan, juste avant l'impact.

– C'est vraiment incroyable. Le ciel se colore de jaune et d'orange, comme du feu, et les eaux se retirent de la plage pour former une vague géante. Juste là, devant eux, gigantesque. Les oiseaux s'envolent loin de cet enfer, et le père et la fille restent dans les bras l'un de l'autre, sur la plage, fouettés par les rafales de vent.

Il avait fermé les yeux.

– Devant ce spectacle, je me suis senti complètement aspiré par l'angoisse. C'était… si intense, si dévastateur. Ça m'a fait penser aux cris de désespoir que j'avais entendus quelques jours plus tôt, alors que je passais par hasard dans le service psychiatrique. Je me suis dit que ça devait être comme ça, les troubles du psychisme, des vagues intérieures destructrices, que souvent on n'évite pas, car personne ne les voit à l'extérieur.

– Et comment tu fais pour ne pas te laisser emporter par leurs troubles, par leurs douleurs psychologiques ? Comment tu fais pour garder de la distance ?

À ce moment-là, sa mère s'était approchée du canapé avec un plateau de pâtisseries, tout en continuant à parler avec une autre collègue de la difficulté à gérer l'anxiété des familles des patients avant une intervention. Le psychiatre avait accepté un gâteau, mais n'avait pas immédiatement mordu dedans. Il l'avait gardé en main, attendant qu'elle s'éloigne pour répondre à la question.

– À un moment donné, dans cette scène, la caméra cadre le visage de la fille. Elle est terrorisée et fait ce que nous faisons tous lorsque nous pensons que tout est fini : elle ferme les yeux pour ne pas regarder. Puis la caméra se déplace sur le visage du père et… wouah !

Il avait expiré un sourire, comme soulagé.

– Cet homme restait là, serrant sa fille dans ses bras, les yeux ouverts, comme si la vague ne le concernait pas.

Et il avait mordu dans la pâtisserie.

– Même si on ne les voit pas, Spielberg a donné des ailes à cet homme. C'est là que j'ai réalisé que je voulais être comme ce père. Alors me voilà, m'approchant du rivage avec mes patients et attendant leurs vagues, pour les guetter à leur place au cas où ils fermeraient les yeux, pour les aider.

– Mais, contrairement à eux, tu as des ailes, avait dit Ninfa en souriant.

Il s'était donné une tape juste au-dessus de l'épaule gauche.

– J'ai des ailes.

Enfin, il avait tendu une main derrière son dos à elle.

– Trouve tes ailes, elles te seront utiles.

– Comment je les reconnaîtrai ?

Il avait réfléchi quelques instants.

– Je ne sais pas. Moi, à un certain moment de ma vie, quelque chose m'a chatouillé exactement ici, dit-il en touchant l'espace entre les omoplates de Ninfa.

Elle ne cessait de revivre cette vieille conversation, tandis qu'elle se noyait dans le silence suivant le récit de Mme Rachele. Plusieurs fois, elle éprouva le besoin de fermer les yeux, dans une grimace de refus, effrayée par ce qu'elle avait entendu et convaincue qu'elle était désormais à la merci de la vague. Et pourtant elle avait tenté de résister, en s'agrippant à la phrase du médecin.

Sa Nannina, ajouta Rachele, était morte à cause d'elle et à cause des idées de cette femme, qui avait fini par retourner à ses privilèges.

Ninfa eut envie de la prendre dans ses bras, mais elle eut peur. Elle ressentit dans ses propres veines, dans son propre ADN, la culpabilité que Mme Rachele attribuait à l'écrivaine.

– Mais…

Elle s'approcha pour lui prendre la main, avec appréhension. Elle ne pouvait pas se laisser entraîner dans les abysses de cette douleur gangrenée, elle devait se concentrer sur Alelì, voler pour elle.

– Ce n'était pas votre faute.

La femme porta une main à son cœur. Elle se leva, son corps craquant de toute part, et se dirigea vers le meuble où elle conservait ses photographies. Elle ouvrit un tiroir et en sortit une.

– Ma Nannina.

D'un index maigre et tordu, elle désigna un visage. C'était le jour de ces noces maudites. La photo était floue et déchirée en deux, au milieu.

– Qu'est-il arrivé à Pasquale ?

– L'inondation l'a tué lui aussi.

Ninfa eut un coup au cœur, repensant aux violences que cet homme leur avait fait subir à toutes les deux. Si Nannina était restée en vie, après cette nuit-là, elle aurait été une femme libre.

– De nombreuses personnes sont mortes cette nuit-là. Certains corps n'ont jamais été retrouvés.

– Comment vous en êtes-vous remise ?

Elle ne s'en était pas remise, dit-elle. Si elle était encore là, c'était uniquement à cause du vœu qu'elle avait fait à la montagne. Tramonti avait sauvé les jeunes frères et sœurs de Gennarino, elle lui était donc restée fidèle.

Il était difficile d'accepter cette réponse, de croire possible que cette dame âgée si éprouvée par la vie avait conservé une quelconque forme de dévotion. D'autant plus que ce n'était pas la montagne qui les avait sauvés, mais elle-même. Ninfa regarda autour d'elle, comprenant enfin en son cœur pourquoi Rachele avait choisi de passer le reste de son existence dans ce temps suspendu. Elle n'avait pas continué. Elle était restée là-bas, face aux décombres de l'inondation, agrippée à la douleur et à ce vœu si semblable à une condamnation.

Ninfa s'approcha d'elle et, luttant contre sa résistance, serra ce corps meurtri contre elle. À la réaction de la femme, elle comprit que celle-ci n'avait pas laissé quelqu'un l'approcher d'aussi près depuis des années. Puis les yeux de Ninfa tombèrent sur le Polaroïd et, sans s'éloigner de la vieille dame, elle lui demanda s'il s'agissait du nid. L'autre acquiesça et sa respiration se fit plus courte, avant qu'elle reprenne la parole.

C'était la maison dans laquelle on avait retrouvé le plus de morts, après l'inondation. C'était aussi celle où Aniello s'était ôté la vie, et celle où avait été conçu dans le péché un enfant qui n'avait même pas eu la possibilité de venir au monde. Car oui, pour finir, sans qu'elle comprenne comment, on avait su que c'était là qu'elle était tombée enceinte. Aux yeux des habitants de Tramonti, c'était devenu un lieu maudit.

– Cet endroit a détruit trop de vies.

Dans sa voix rauque se nichait la conviction d'avoir été le déclencheur humain de toute cette dévastation.

La vague de douleur s'était apaisée, et pourtant Ninfa avait encore la sensation d'être le jouet de quelque chose d'énorme. Tout comme lorsqu'elle avait appris le décès de ses parents, le fait de découvrir comment était morte Nannina avait pour ainsi dire ôté d'elle une couche, laissant une nouvelle partie d'elle-même à découvert. Sa grand-mère devait avoir beaucoup souffert de cette perte.

Depuis quelques mois à présent, chaque événement concourait à augmenter son état d'anxiété, et elle percevait maintenant clairement le problème : plus rien ne lui permettait de se sentir en sécurité. Elle n'était pas sûre de les avoir trouvées, ces ailes dont lui avait parlé le psychiatre. Ces derniers temps, elle s'était efforcée de les associer à Alelì et à son besoin d'être là pour elle. Mais était-il vraiment sain de faire coïncider celle que Ninfa devait protéger et le moyen pour le faire ?

Rachele remit en place la photo de sa sœur jumelle, porta les mains à ses cheveux pour les lisser, comme si ce récit les avait ébouriffés, et enfin reprit ce qu'elle était en train de faire, mais avec une expression plus lasse.

Ninfa quitta la pièce et alla s'allonger sur le lit. Une respiration après l'autre, une idée prit forme : la meilleure façon de découvrir ce qui lui donnait un sentiment de sécurité, c'était peut-être d'affronter ce qui lui faisait peur. Après tout, le psychiatre avait été clair, il se postait sur le rivage, avec ses patients, et regardait les vagues en face, sans jamais fermer les yeux.

Elle scruta à nouveau la ruine sur la photographie. Après ce qu'elle avait entendu, ce charmant lieu d'antan s'était transformé en quelque chose de sinistre, qui lui répugnait et l'attirait en même temps, pourtant c'était grâce à cette maison qu'elle était arrivée jusqu'ici, qu'elle avait rencontré ces personnes, et qu'elle commençait à trouver la clé pour restaurer sa relation avec Alelì. Elle ne pouvait pas l'ignorer, maintenant qu'elle savait dans quel hameau de Tramonti la chercher.

Elle sauta du lit et se dirigea à vélo vers Pucara.

C'était comme si, au fil des ans, l'onde de choc de tous ces tristes événements avait expulsé la vie des environs immédiats de la bâtisse. Le terrain qui l'entourait était aride, couvert de mauvaises herbes sèches, désolé. Ninfa se tenait devant la façade principale et, à travers la porte bleue ouverte, elle vit que le mur opposé s'était presque complètement écroulé. Le nid entier était devenu une profonde fenêtre donnant sur la partie de la montagne située derrière lui.

Son index et son pouce droits étaient devenus tout blancs à force de tenir le Polaroïd. Elle le mit à la hauteur de son visage et chercha l'endroit exact d'où sa grand-mère devait l'avoir pris.

Elle avait entendu dire que quelque chose des grands-parents vivait toujours dans leurs petits-enfants. À rebours, se plaçant là où la photo avait été prise, Ninfa s'efforça de percevoir l'écho de ce qui avait pu vivre d'elle-même dans sa grand-mère, de saisir ce qu'Adriana portait d'elle lorsqu'elles étaient loin l'une de l'autre, de sentir dans quelle mesure sa grand-mère avait pu partager sa propre manière de voir le monde.

Elle pensa à ses parents, aux occasions qu'ils n'auraient jamais. Des sanglots épuisants la secouèrent, tandis qu'elle se demandait quels avaient été leurs regrets, à quel point leur lassitude avait pu être grande, par moments. Elle se demanda quelle était la dernière chose qu'ils avaient pensé d'elle.

Elle pleura, car non, elle ne leur pardonnerait peut-être jamais pour la manière dont ils l'avaient toujours fait se sentir, et pour l'avoir persuadée que la vie avait un sens uniquement en montant, alors qu'au contraire on pouvait aussi atteindre des endroits incroyables en restant à une même hauteur. Mais elle se promit qu'un jour pas si lointain elle se pardonnerait pour la façon dont elle s'était toujours regardée dans le miroir, utilisant les yeux des autres ou se sentant coupable d'utiliser les siens.

Elle y arriverait, se dit-elle, alors qu'une dernière larme glissait de son visage. Le silence était tel qu'elle crut l'entendre tomber sur la pierre entre ses pieds. C'était comme un coup de gong, une chose vivante tombant sur une chose morte depuis trop longtemps.

Une brise légère lui ébouriffa les cheveux et lui apporta la sensation que toutes les vies perdues dans cette maison étaient là pour l'accueillir et non, comme le croyaient les villageois, pour lui faire du mal.

Elle fit quelques pas. Une fois à l'intérieur, elle vit que la cime et le tronc d'un arbre s'étaient introduits dans la vaste pièce et que quelques branches étaient tombées sur les pierres qui recouvraient le sol. Elle lut une pointe de jalousie dans cette invasion de la nature : le nid avait été le seul endroit où Mme Rachele avait interrompu son dialogue avec les bois et la montagne, et il n'était pas étonnant que les arbres aient voulu le prendre d'assaut. Cette femme était leur muse protectrice.

Enfin, après avoir traversé la pièce, elle se retrouva face à ce qu'il y avait derrière la maison. Ce qu'elle découvrit lui parut une version immense des bases désolées de ses terrariums, avant l'insertion des plantes. Elle ressentit un petit picotement entre les omoplates.

28.

Corrélations trompeuses

Les plantes font face aux problèmes
sans bouger, sans fuir.
Le fait qu'elles n'utilisent pas
les structures cognitives des animaux
ne signifie pas a priori que l'intelligence végétale est inexistante.
Elle est tout simplement différente.

Plus elle regardait à l'intérieur du four allumé d'Isidoro, plus Alelì avait l'impression que les miches de pain s'étaient transformées en lingots d'or, brillants et parfumés. Une fois rentrée chez elle, à Milan, il faudrait qu'elle renifle les bijoux en or de sa mère, peut-être sentaient-ils le pain.

Elle se rassit et continua à feuilleter le carnet contenant les données qu'elle avait recueillies. De temps en temps, Imma bourdonnait autour d'elle, lui aspergeant le visage avec son pistolet à eau, et Alelì la chatouillait un peu avant de se concentrer à nouveau.

Dans le monde où elle avait toujours vécu, la plupart des gens avaient arrêté de fabriquer des paniers avec du bois de châtaignier, d'entrer dans l'histoire en cuisinant des pizzas, de tresser de la mozzarella et non des cheveux, de transporter les produits de la terre sur le dos et à pied, d'utiliser les recoins secrets de la maison pour cacher de la nourriture – à Tramonti, on faisait ça pendant la guerre, pour la dissimuler aux soldats, et lorsqu'elle l'avait découvert, Alelì n'avait pas pu s'empêcher de visualiser le coffre-fort de chez elle à Milan, rempli de bijoux et d'argent –, de se promener sans chaussures ou avec des chiffons attachés autour des pieds. Mais surtout, le caca s'en allait avec la chasse d'eau et les gens ne se baladaient pas avec, dans des paniers.

Chaque personne âgée avec qui elle avait parlé évoquait son propre passé avec un sourire et une pointe de nostalgie, malgré les difficultés affrontées. À part Gennarino, bien sûr, mais lui avait peut-être perdu plus que les autres. Pouvait-on vraiment avoir la nostalgie d'une vie où l'on avait toujours faim et pas assez de nourriture pour se rassasier, où le réveil sonnait chaque jour à quatre heures du matin, où l'on gagnait cinq…

– Comment s'appelait cette ancienne monnaie, déjà ?

– Les lires.

C'est ça, où l'on gagnait cinq lires en vendant un bouquet d'origan ? Pouvait-on avoir la nostalgie d'une vie où, si on voulait un morceau de pain, il fallait attendre que sa mère le fasse cuire dans le four, et où l'on ne pouvait pas avoir de réveillon de Noël parce qu'on était trop pauvres ? demanda-t-elle en un seul souffle.

– Mais nous chantions tous ensemble devant la cheminée, lui dit Isidoro.

Elle disposait de beaucoup de données, mais il ne serait pas facile de poursuivre son projet une fois de retour à Milan. À Tramonti, c'était peut-être possible, mais elles ne pouvaient pas y rester éternellement.

Isidoro prit un long tiroir en bois et s'approcha du four.

– Qu'est-ce que c'est ? demanda-t-elle en le montrant du doigt.

– '*O tiratur*, répondit Imma, agrippée à une jambe de son père.

Maintenant Alelì adorait l'accent de la fillette.

– Et ça sert à quoi ?

– À sortir du four ce poème qu'est le pain biscuité.

Isidoro commença à placer le pain à l'intérieur du tiroir et, une fois celui-ci rempli, il en prit un autre.

Imma s'approcha d'elle pour lui offrir une tomate cerise.

– Tes parents sont partis comme ma maman ?

Cette question lui fit mal.

– Elle est où, ta maman ?

– À Rome. Elle s'ennuyait sur la côte.

– Ah, je vois. Non, mes parents sont au ciel.

Les yeux d'Imma s'écarquillèrent et sa lèvre inférieure se mit à trembler, tandis que les commissures de sa bouche se courbaient vers le bas. Elle serra dans ses bras Alelì, qui resta pétrifiée. Cette enfant si jeune avait éprouvé en elle-même la douleur de son amie, elle n'avait pas eu besoin de lui poser de questions, et Alelì en fut émue. Aucun de ses camarades d'école n'avait eu de réaction de ce genre lorsqu'elle était retournée en classe, quelques jours après l'enterrement : ils étaient tous restés à l'observer de loin, comme s'ils avaient peur de la briser.

Ce qu'il y avait de beau à Tramonti et Maiori, c'était que les gens, jeunes et vieux, prenaient le temps d'écouter et de comprendre, même quand ils ne disaient rien. Ils observaient beaucoup et puis disaient toujours quelque chose d'inattendu qui s'avérait judicieux. Elle avait l'impression qu'ils ressentaient les émotions différemment par rapport à ce qu'elle avait toujours vu autour d'elle, et ils lui rappelaient un peu Ninfa, mais en plus heureux.

Elle observa Isidoro qui empilait les tiroirs pleins jusqu'à ce qu'ils forment une sorte de commode qui, au lieu de contenir, comme celle de sa chambre, des chaussettes, des culottes et des pulls, contenait du pain. Tout en suivant les mouvements de ce père si attentif et bienveillant, elle repensa à une partie de ses notes. La partie la plus importante.

– J'ai une question.

Isidoro se redressa et s'essuya le front du revers de la main droite.

– Vas-y !

– Pourquoi la maison de Mme Rachele est-elle aussi vieille ? Je veux dire, on dirait qu'elle vient du passé. Par exemple, il n'y a pas d'ampoules électriques, ellc utilise encore des bougies comme dans les films qui se passent au XIXe siècle.

– Quand elle était toute jeune, il lui est arrivé quelque chose de grave. Et depuis ce jour-là…

Il frotta ses mains couvertes de farine l'une contre l'autre, avec cette expression typique des adultes lorsqu'ils doivent expliquer des concepts difficiles à des enfants – à part que son papa à elle ne l'avait jamais traitée comme une enfant –, puis il reprit :

– … le temps ne s'écoule pas pour elle comme pour nous.

Elle sentit un tremblement en son cœur. Mais alors, elle avait raison ! Il s'agissait d'un portail temporel.

Isidoro alla vers le réfrigérateur puis apporta un morceau de fromage à table.

– Ne parlons pas de choses tristes. Mangeons.

Tout se passa très vite. Un instant plus tôt, Imma se tenait debout à côté d'elle, le pistolet à eau en main, et l'instant d'après elle était sur le sol. Le bruit de sa tête heurtant la pierre lui fit venir des frissons, et la voir allongée, les yeux fermés, lui rappela le visage de ses parents, quelques heures avant l'enterrement, alors qu'ils reposaient dans leurs cercueils.

D'un bond, Isidoro se pencha sur sa fille, vérifia qu'elle respirait, puis il la souleva et sortit en courant, en direction de sa camionnette. Lupetto essaya de monter, mais Isidoro le repoussa. C'était la première fois qu'il ne l'emmenait pas avec lui.

– Je dois y aller… je… tu peux rester ici. Sinon… tu te souviens comment on va chez Rachele ? C'est juste à quelques minutes d'ici.

Alelì s'accrocha à la portière.

– Je veux venir avec vous. Qu'est-ce qu'elle a, Imma ? Elle va mourir ?

– Je… si tu vas chez Rachele, emmène Lupetto.

Il démarra et partit en trombe. La terre soulevée par les roues de la camionnette les enveloppa, le chien et elle, comme dans un tour de magie, et pendant un instant, un très long instant, elle espéra qu'une fois dissipée, Imma apparaîtrait, avec ses petites couettes et son sourire contagieux.

Les jambes tremblantes, elle regarda autour d'elle, perdue dans cette terre si amicale mais aussi si étrangère, et elle se rendit compte qu'elle s'était peut-être complètement trompée. Elle courut chercher son sac à dos et son carnet, puis elle se dirigea vers la maison de Mme Rachele, suivie par le chien. Son cœur explosait d'angoisse.

À son arrivée, les deux vieilles femmes, la voyant si agitée, se levèrent en faisant crisser leurs chaises sur le sol.

Mme Celeste s'approcha d'elle.

– Qu'est-ce qui se passe ?

– Imma s'est évanouie, comme ça, d'un coup…

Elle n'arrivait pas à reprendre son souffle, la femme lui prit la main et la fit asseoir.

– Elle est tombée par terre et…

Mme Rachele la regardait, tendue.

– Pauvre enfant. Espérons qu'elle se remettra.

Ces paroles donnèrent le vertige à la fillette, lui faisant entrevoir la possibilité que tout ce qu'elle avait fait ces derniers jours, toutes les réflexions qu'elle avait notées à côté de ses données n'avaient aucun sens. Elle sentit ses joues s'enflammer et la panique lui nouer la gorge.

Elle balaya la pièce du regard, puis courut dans la chambre où elle dormait avec Ninfa.

– Où est ma sœur ?

– Je ne sais pas. Assieds-toi ici, bois un peu d'eau et ne t'en fais pas.

Mme Rachele prit un bol, le remplit d'eau et se pencha pour l'offrir à Lupetto.

Elle avait besoin de sa sœur et, comme toujours, celle-ci n'était pas là, elle n'était pas là pour elle.

Flo passa entre ses jambes et, instinctivement, Alelì la prit dans ses bras et la serra contre elle, pour la première fois.

Elle lui enfila son harnais et sortit en courant, ignorant les deux femmes qui lui criaient de s'arrêter. Elle quitta la route principale et s'engagea sur un sentier qu'elle n'avait jamais emprunté auparavant. Elle ne savait pas où elle allait. Tout ce qu'elle savait, c'est qu'elle avait besoin de courir au milieu des arbres, comme le faisait Imma, et comme elle ne l'avait jamais fait.

Tandis qu'elle pédalait, Ninfa sentait se préciser les contours d'un rêve. Elle s'apprêtait à tourner dans la rue où elle résidait lorsqu'un taxi lui coupa la route, manquant de la faire tomber. Alors qu'elle retrouvait son équilibre, elle croisa le regard du passager sur le siège arrière.

– Mais qu'est-ce que…

Le taxi s'engagea dans la Via Apicella et s'arrêta juste devant la maison de Mme Rachele. Daniela sortit du véhicule avec son sac à dos et son porte-documents d'illustratrice.

– Heureusement que tu m'avais laissé l'adresse, sinon j'aurais dû exhumer la Garde nationale italienne.

Son visage était beaucoup plus détendu et ses cernes, presque complètement estompés. Ninfa laissa son vélo sur le bord de la route et courut l'embrasser.

– Je ne sais pas si tu es au courant, mais ton téléphone est éteint depuis trois jours. J'ai essayé de t'appeler des centaines de fois. Vous deviez rentrer à la maison plus tôt, non ? Ça fait maintenant plus de deux semaines que vous êtes là.

Deux semaines. S'était-il vraiment écoulé tout ce temps ? se demanda-t-elle. Elle regarda alentour, suivant les lignes des chemins et des bois, et elle réalisa à quel point elle se sentait à l'aise ici. Cela lui avait fait oublier qu'elle devait rentrer chez elle.

– Il y a une autre raison pour laquelle je suis ici.

La porte d'entrée de la maison s'ouvrit et Mme Celeste en sortit, le visage bouleversé.

– Tu es enfin de retour. Ta sœur s'est enfuie avec le chat.

Cette phrase la figea sur place. Elle eut l'impression que l'espace autour d'elle se dilatait, l'éloignant de tout. Au fur et à mesure qu'elles lui expliquaient ce qui s'était passé, le ciel commença à lui sembler trop sombre, les souvenirs des sentiers parcourus ces derniers jours, moins familiers, et la peur, de plus en plus aiguë. Elle ne savait pas par où commencer pour la chercher.

– Nous avons besoin de torches, réussit-elle à dire. Tout de suite.

Mme Celeste alla chez elle et en revint avec trois torches.

– Je vais téléphoner à quelques amis pour qu'ils vous aident.

Ninfa aperçut le vélo qu'utilisait Alelì. Elle avait pensé qu'elle s'était peut-être rendue au cimetière, mais c'était trop loin à pied. Leur logement chez Antonietta aussi. Sa tête se mit à tourner. Elle l'avait laissée seule pendant trop d'heures. Mais une pensée lui traversa alors l'esprit comme une lance, et elle se mit à secouer la tête parce que ça lui faisait trop mal. Des années. Cela ne faisait pas des heures mais des années qu'elle l'avait laissée seule.

Daniela laissa son numéro de portable à Mme Celeste, pour qu'elle l'appelle au cas où l'enfant rentrerait. Puis elle se tourna vers Ninfa et lui posa une main sur l'épaule.

– On va la trouver.

Le cauchemar se répétait.

Le samedi où Ninfa avait quitté la maison de ses parents, Alelì s'était réveillée avec une forte fièvre. Cela l'obligerait à rater son cours de danse, mais elle avait quand même voulu enfiler son collant, son justaucorps et son tutu pour danser à la maison. Sa mère l'avait inscrite quelques mois plus tôt à un cours pour enfants de trois à cinq ans car « qui sait, le problème avec Ninfa, c'est peut-être que nous y avons pensé trop tard ».

Ce jour-là, leurs parents seraient tous les deux à l'hôpital et Ninfa, qui aurait dû assurer un service à son café, avait demandé l'autorisation de rester chez elle pour garder sa petite sœur.

– Tiens, si sa fièvre baisse et qu'elle te demande de faire quelque chose, jouez à ça.

Le père ouvrit les portes de l'armoire du salon et en sortit la boîte du *Docteur Maboul*. Elle était destinée aux enfants de six ans et plus mais Alelì, qui n'en avait que quatre, y jouait déjà depuis un moment.

– Fais attention à ce qu'elle ne mette pas de petits morceaux dans sa bouche.

– Bien sûr, maman.

Une fois seules, voyant que sa sœur n'avait aucune intention de rester au lit, Ninfa l'avait enveloppée dans la robe de chambre molletonnée de la princesse Sissi pour la tenir au chaud, et elles s'étaient assises jambes croisées sur le tapis du salon, en attendant que la fièvre descende. Elles avaient mangé quelques pistaches grillées dont elles avaient ensuite collé les coques sur le bord d'un des bocaux de Ninfa, pour le décorer.

À un moment donné, Alelì lui avait demandé :

– Tu peux me montrer tes plantes ?

Elles avaient passé le reste de la matinée à renifler les fleurettes tout juste écloses et les petites feuilles de basilic frais, à effleurer les grandes feuilles du bégonia et les courbes lisses des tomates cerises. Alelì voulut que Ninfa lui montre « la plante de la balançoire », le *Platycerium* placé sur un radeau en bois suspendu au plafond de sa chambre, mais elle finit par dire qu'elle préférait le *Dieffenbachia* parce que ses grandes feuilles « étaient décorées comme la peau de sa meilleure amie », qui souffrait de vitiligo.

Elles passèrent des heures le nez collé au verre des terrariums.

– On dirait des aquariums sans poissons, avait dit Alelì.

Pendant que Ninfa lui racontait des histoires de fées des bois, la fillette se tenait debout derrière elle et attachait des tiges de pâquerettes entre ses boucles.

– Je veux jouer avec toi tout le temps, lui avait-elle dit, les joues rougies par sa température qui remontait.

Ninfa l'avait serrée contre elle et puis l'avait portée dans son lit, sous les couvertures. Elle était restée avec elle jusqu'à ce qu'elle s'endorme. Ensuite elle était allée à la cuisine préparer quelque chose pour le déjeuner.

Elle avait ouvert la porte à la voisine qui avait besoin de deux ou trois œufs, l'avait fait entrer le temps de bavarder quelques minutes, suffisamment pour que brûle une partie des aubergines qu'elle faisait revenir pour accompagner les pâtes à la sauce tomate, et enfin elle s'était assise sur le canapé pour lire en attendant l'heure du déjeuner.

Elle ne s'était assoupie qu'une demi-heure et, lorsqu'elle s'était levée pour aller jeter un œil sur Alelì, elle avait trouvé le lit vide. Elle l'avait appelée en criant tout en la cherchant dans l'appartement et sur les balcons. Jusqu'à ce qu'elle se mette à voir un halo de brume autour de tout ce qui se trouvait devant elle : la panique commençait à lui brouiller la vue. Elle avait ouvert les armoires et les portes des placards, sortant tout ce qu'ils contenaient dans l'espoir de la trouver, les doigts encore pleins de colle, sous des piles de vêtements ou de nappes. Elle avait regardé sous les lits et essayé d'étouffer les scénarios atroces que son cerveau échafaudait : Alelì qui se penchait trop par-dessus la balustrade du balcon, qui prenait l'ascenseur toute seule et descendait dans la rue, au milieu d'inconnus.

Elle avait couru sur le palier pour demander à la voisine si, par hasard, l'enfant n'avait pas frappé à sa porte, obtenant une réponse négative et une offre de coup de main dans ses recherches.

Pour finir, elle avait été obligée de le faire. Elle avait appelé ses parents, déclenchant ainsi les heures infernales qui allaient suivre. Des heures au cours desquelles la police avait commencé à investir leur domicile, à poser des questions, des heures au cours desquelles ses parents s'étaient adressés à elle avec tellement de colère et de distance qu'à un moment donné l'un des policiers avait demandé s'il avait mal compris et si Ninfa n'était pas de la famille mais peut-être une simple baby-sitter, puisqu'ils avaient l'air de soupçonner qu'elle ait pu lui faire du mal. Pendant ces heures, elle avait senti peser sur ses épaules le poids d'une vie d'échecs, d'erreurs, d'incompréhensions.

Alors qu'elle ratissait les chemins de Tramonti, Ninfa s'arrêta et se pencha en avant, les mains sur les genoux. Les images de cette journée, quatre ans plus tôt, étaient devenues si nettes qu'elles se superposaient à ce qui se trouvait devant elle, dans le présent, et l'empêchaient d'avancer. Elle en était aveuglée.

Elle ne faisait que voir et entendre sa mère qui la tirait par le bras et la traînait dans sa chambre, lui demandant de repasser encore une fois ses dernières heures avec Alelì. Elle revivait la fureur de sa mère, lorsque celle-ci avait commencé à jeter tous les terrariums au sol, avec le bruit des bocaux qui se brisaient, les éclats de verre partout et les petites plantes cassées, les racines à l'air. Elle se revit elle-même qui s'enfuyait de cette pièce jonchée de débris de cristal et courait dans la salle de bains, loin de cette dévastation, de cette rage aveugle, puis elle entendit encore le hurlement inhumain de sa mère. En esprit, elle rouvrit la porte de la salle de bains et découvrit alors Alelì en tutu, avec ses petits pieds nus, ses jambes et ses mains couverts de sang. Elle sentit la bile remonter de ses viscères, comme ce jour-là.

Elle pleura ces paroles :

– J'ai cru que quelqu'un lui avait fait du mal, elle avait du sang partout, des coupures aux jambes, aux mains, aux bras. Mais en fait, elle venait de tomber sur le verre brisé dans ma chambre.

Daniela essaya de lui dire quelque chose, mais Ninfa ne comprit pas un mot.

– Elle était passée d'un appartement à l'autre quand j'avais fait entrer la voisine dans la cuisine pour lui donner les œufs.

Elle vit Alelì qui, en larmes à cause des éclats de verre fichés dans sa chair, se tournait vers elle qui ne faisait que la fixer, pétrifiée, et lui demandait si elle s'était bien cachée. Voyant que Ninfa ne réagissait pas, la petite s'était mise à parler avec leur mère.

– Je me suis rappelé que la voisine avait des plantes, et Ninfa les aime tellement, et elle avait baissé les yeux vers celle qu'elle avait rapportée avec elle, abandonnée parmi les terrariums détruits.

Noyée dans ces souvenirs douloureux, elle entendit au loin la voix de Daniela qui tentait de la ramener dans le présent. Mais elle avait toujours l'impression d'être à la maison, tandis que sa mère hurlait en se demandant ce qu'elle avait bien pu faire de travers, pourquoi leur fille était si différente d'eux, si inattentive, irresponsable, peu désireuse de s'engager dans quoi que ce soit, si peu ambitieuse, toujours repliée sur elle-même, pourquoi elle avait décidé de les déshonorer en choisissant de gaspiller tout l'argent qu'ils avaient dépensé pour son éducation en allant faire des cafés dans un bistrot de banlieue et en renonçant à l'université. Elle avait déçu toutes leurs attentes. Mais elle était sûre d'une chose, lui dit le fantôme de sa mère, là à Tramonti, comme à la maison ce jour-là, en la regardant avec dédain : elle ne lui permettrait pas d'influencer Alelì.

– Tu n'es pas un bon exemple pour ta sœur, et aujourd'hui tu as dépassé les bornes. Tu ne resteras plus seule avec elle, regarde dans quel état elle se retrouve. Il est temps pour toi de quitter cette maison. Tu es libre de vivre comme tu l'entends, de gâcher ton existence, mais pas sous notre toit, et pas en mettant Alelì en danger, lui avait-elle dit sans détourner le regard, sans la moindre hésitation.

Tandis qu'au-dessus de Tramonti la lumière du soleil faiblissait et que la voix de Daniela se faisait plus insistante, Ninfa trouva le courage d'ouvrir les yeux, et elle revit ceux de sa mère qui la jugeaient, comme ce jour-là. Elle savait que, cette fois, pour ne plus les voir, il ne suffirait pas de faire une valise et de lui tourner le dos.

Elle s'écroula à terre, des sanglots de désespoir dans la gorge.

– J'ai tout raté, encore une fois.

– Je t'en prie, reprends tes esprits !

– Pendant toutes ces années, Alelì a cru que j'avais voulu l'abandonner. Elle avait fait ça pour moi, elle voulait m'offrir une plante. Tu imagines comment elle a dû se sentir ?

L'air sembla lui manquer.

– C'est tout ce qu'elle se rappelle, tu comprends ? Qu'elle m'a fait un cadeau, qu'elle s'est blessée, qu'elle s'est retrouvée couverte de sang et que je suis partie. Elle ne se souvient pas des cris pleins de mépris de ma mère, de la gifle que mon père m'a donnée pour l'avoir perdue de vue. Elle ne sait pas que lorsque j'ai dit que je n'irais pas à l'université, ils m'ont envoyée chez le psychologue. Elle ne sait pas qu'ils m'ont empêchée de passer du temps avec elle, de peur qu'un jour elle ne devienne comme moi. Non, elle ne le sait pas. Alelì se souvient seulement que je l'ai abandonnée.

Elle se couvrit les yeux avec les mains, à présent complètement écrasée par le désespoir. Au fond, c'était vrai. Pour ne plus voir ses parents, pour ne plus être auprès de ceux qui pensaient qu'elle était une ratée, elle avait accepté de payer ce prix, de ne pas se battre pour cette relation avec la personne qu'elle aimait le plus au monde.

Daniela lui prit la tête entre les mains, et Ninfa eut l'impression que le tourbillon de ses pensées ralentissait.

– Tu vas arranger ça. Mais il faut reprendre les recherches, la nuit va tomber.

Ninfa s'essuya le nez avec son bras et se leva, non sans avoir d'abord enfoncé les doigts dans la terre. Pour Alelì. Pour la retrouver saine et sauve.

*

C'est finalement Lupetto qui les conduisit à elle et à Flo. Elles s'étaient réfugiées sous une tonnelle. Alelì était adossée à ce qui devait être une des fameuses vignes pluricentenaires de Tramonti et, en larmes, elle feuilletait son carnet de notes, maintenant presque dans l'obscurité. Flo se tenait à ses côtés, statuaire, les yeux grands ouverts, les muscles tendus sous son épaisse fourrure, comme si elle veillait sur elle.

Ninfa sentit ses jambes se dérober sous l'effet de l'émotion et elle dut s'agenouiller. Elle tenta de prendre sa sœur dans ses bras, mais la fillette la repoussa.

– Lâche-moi, je dois…

Elle inspirait et expirait par à-coups.

– … je dois relire…

Elle émit un sifflement d'asthme, alors qu'elle n'en souffrait pas.

– … mes entretiens.

Elle laissait échapper des gestes incontrôlés, et son visage pâle était en nage. Ninfa croisa les jambes avec des mouvements lents et s'assit en face d'elle, seules les feuilles de papier les séparaient.

– Relisons-les ensemble. Qu'est-ce que tu cherches ?

– Quelque chose pour sauver Imma.

Ninfa lui prit les mains, l'empêchant de tourner frénétiquement les pages.

– Je peux ? lui demanda-t-elle avec douceur.

Elle fit signe à son amie d'éclairer les feuilles par en haut.

– Voilà, avec un peu plus de lumière, on trouvera sûrement ce que tu cherches.

– J'ai recueilli beaucoup de données…

Elle toussa.

– … beaucoup d'informations. Exactement comme dit papa. C'est comme ça que font les chercheurs.

Ninfa observa les tables organisées par « métiers », « aliments », « heures de sommeil » ou « jeux ».

Elle était abasourdie.

– Tu as fait un excellent travail, Ale.

– Non, j'ai tout faux, c'est un projet inutile parce que, en ce moment, Imma…

Elle eut de plus en plus de mal à ravaler ses sanglots, ses épaules se soulevèrent et sa poitrine se gonfla.

– … est en train de mourir, et ça n'a aucun sens.

Elle pleura, versant aussi toutes les larmes qu'elle n'avait pas versées après la mort de leurs parents.

– Tu veux m'expliquer le projet sur lequel tu as travaillé ces dernières semaines ? Comme ça, tu m'aideras à lire les données.

Elle vit l'ombre de sa tête qui acquiesçait, projetée sur le sol par la torche.

Il fallut quelques minutes à Alelì pour reprendre un peu son souffle et réussir à parler.

– Je pensais qu'ici, à Tramonti, on avait découvert comment ne pas mourir aussi jeunes que papa et maman.

Le cœur, les paupières et les mains de Ninfa se mirent à trembler. La lumière de la torche qui les éclairait d'en haut trembla aussi.

Il y avait tellement de petits vieux ici, poursuivit Alelì. Trop. Et au cimetière, elle n'avait vu que des tombes de personnes mortes à près de cent ans. À Milan, les gens étaient jeunes et les personnes âgées ne l'étaient pas tant que ça. Elle avait donc interviewé certains d'entre eux et découvert que leur mode de vie n'avait rien à voir avec celui de Milan.

Elle feuilleta quelques pages de son carnet, puis le lui tendit.

– Tu ne crois pas toi aussi que, pour vivre longtemps, il faut peut-être faire ces choses ? Comme avoir un four à bois à la maison pour faire cuire le pain, ou boire le lait aux mamelles des chèvres ? Mais moi, des chèvres je n'en ai jamais vu, à Milan, alors comment faire ? Peut-être qu'il ne faut pas utiliser des sacs pour faire les courses mais des paniers en bois, et qu'il ne faut pas les porter avec les bras mais sur les épaules, comme le faisait Mme Celeste, à pied. Peut-être qu'on devrait mettre le réveil avant l'aube et marcher beaucoup, ne pas utiliser la salle de bains et aller chercher de l'eau à la source.

Elle leva les yeux vers Daniela.

– Tu as déjà vu des sources à Milan, toi ? Pas moi. Pourquoi il n'y en a pas ? Pourquoi il n'y a pas tous ces arbres ? Et les chèvres, pourquoi il n'y a pas de chèvres ?

Ninfa lut la liste des conclusions.

Pour ne pas mourir jeune

– Travailler même sans avoir étudié (je ne suis pas convaincue, mais ici ça a marché).

– Faire des métiers bizarres comme vannier, rempailleur de chaises, porteuse d'objets (genre des poteaux en bois), ou traire des chèvres.

– Ne pas avoir le ventre plein et rester toujours un peu sur sa faim.

– Respirer de l'air pur et ne pas utiliser la voiture.

– Garder un disque de pâte à pizza dans sa poche.

– Transporter des citrons (beaucoup) sur le dos. Commencer par quelques citrons dans le sac à dos, jusqu'à arriver progressivement à soixante kilos.

– Mettre du miel de châtaignier sur le fromage, même si c'est amer.

– Acheter une chèvre (mais après, où la mettre ?) et boire le lait à ses mamelles.

– Marcher au milieu des arbres pieds nus (peut-être avec des chaussettes en hiver ? Est-ce que le parc Sempione peut faire l'affaire ?).

– Ne plus aller chez le marchand de fruits et légumes et faire pousser les fruits à la maison (utiliser les pots de Ninfa).

– Remplacer les gâteaux par du pain biscuité fait maison (recette d'Isidoro).

– Boire du vin (même si c'est interdit aux enfants ?).

– Venir plus souvent à Tramonti (Isidoro n'a eu qu'un seul accident de voiture dans sa vie, et c'était la seule fois où il avait quitté le coin. Peut-être a-t-il survécu parce qu'il savait qu'il reviendrait).

– Données à écarter (j'ai appris à comprendre que certaines sont inutiles) : il ne faut certainement pas frapper les gens, ni avec des bâtons ni avec d'autres armes, et il ne faut pas voler, ni dans les camionnettes ni ailleurs.

Ninfa ne put lire la liste jusqu'au bout, elle avait la sensation d'être trop loin de l'enfance pour être capable d'en saisir la grandeur sans être submergée par un sentiment d'impuissance.

Alors qu'elle, en tant qu'adulte, cherchait un moyen d'accepter ce qui était arrivé à leurs parents, Alelì en avait cherché un pour que cela ne se reproduise plus. Alors qu'elle, en tant qu'adulte, avait cherché à devenir encore plus grande en prenant le rocher qui lui était tombé sur les épaules et en grimpant dessus pour regarder au-delà, Alelì avait réduit le sien en fragments à analyser.

Elle se dit que sa petite sœur était l'être le plus fort du monde.

Ninfa feuilleta le carnet jusqu'à la dernière page remplie, histoire de gagner du temps, attendant de trouver le courage de parler. Elle venait de porter la main à sa bouche, comme pour modeler les mots qu'elle allait dire, quand son regard tomba sur la dernière phrase : *Si elle suit ces règles, Ninfa ne mourra pas jeune, ni dans un accident de voiture ni d'une maladie.*

L'épaisse couche de réalité qui les avait séparées ces dernières années vola en éclats d'un seul coup.

– Tu es extraordinaire, lui dit-elle en la regardant dans les yeux. Tu es et tu seras une personne extraordinaire, et moi je serai à tes côtés, pour toujours.

Daniela s'éloigna pour téléphoner à Mme Celeste et lui dire qu'Alelì était avec elles, en sécurité. Elle revint quelques secondes plus tard, un sourire léger sur les lèvres.

– Ton amie Imma va bien. Demain matin elle quittera l'hôpital et rentrera chez elle.

Alelì se leva d'un bond.

– Vraiment ? Alors mes recherches ne sont pas fausses ?

Ninfa lui prit la main.

– Tes recherches sont très nobles, tu peux en être fière, ma chérie.

– Alors regarde, il y a une autre partie.

Elle saisit le carnet.

– D'après mes théories, la maison de Mme Rachele est une porte pour voyager dans le temps.

La lumière de la torche trembla à nouveau.

– Isidoro m'a dit que, pour elle, le temps ne s'écoule pas comme pour nous, parce qu'il lui est arrivé quelque chose quand elle était jeune…

– Ale…

– … alors si nous réussissons à comprendre comment ça marche…

Ninfa avait saisi où elle voulait en venir, mais elle n'était pas certaine de vouloir l'entendre.

– … on peut faire revenir papa et maman.

La torche s'éteignit. Peut-être parce que, parfois, la vérité se manifeste sur le visage des adultes sous une forme qu'il vaut mieux que les enfants ne voient pas.

Dans les secondes d'obscurité qui suivirent, Ninfa se dit que les enfants avaient une forme d'esprit bien mystérieuse. On les fascine avec des aventures extraordinaires et des superpouvoirs, et puis on les ramène à la normalité en leur disant que tout ça, c'est la prérogative de superhéros inventés, et que les êtres humains ne peuvent vivre ces histoires qu'en imagination. C'est une révélation terrible, qui anéantirait n'importe quel adulte qui en viendrait à connaissance pour la première fois sans avoir reçu une éducation adéquate. Et pourtant, les enfants y arrivent, ils l'acceptent. On n'y fait jamais attention, on ne pense jamais à toute la force qu'ils doivent avoir en eux pour l'accepter. Mais surtout, on ne pense jamais vraiment à ce qu'il adviendrait de leur psychisme si, après un tel effort, quelque chose venait les convaincre que l'extraordinaire est devenu réalité.

C'était ce qui était arrivé à Alelì, et il allait falloir y remédier au plus vite.

Ce n'est pas ce jour-là qu'elle lui dit que les personnes très âgées ne vivaient pas uniquement à Tramonti, qu'il n'était certainement pas nécessaire de porter un quintal de citrons sur le dos, de ne pas aller à l'école ni de travailler le bois de châtaignier pour vivre longtemps. Mais c'est ce jour-là qu'elle lui expliqua que les conclusions que nous tirons d'une recherche ne sont pas toujours correctes, malgré la noblesse de nos intentions, et que non, il n'était pas possible de ramener leurs parents.

– Mais le temps, chez Rachele…

Ninfa posa une main sur ses lèvres.

– Il ne suffit pas que deux choses semblent liées pour qu'elles le soient vraiment.

Lupetto se mit à aboyer et un petit oiseau s'envola soudain au-dessus de leurs têtes. À ce moment-là, Daniela alluma la torche de son téléphone portable.

– Excusez-moi, mais ça commençait à devenir vraiment flippant.

Toutes trois éclatèrent de rire.

Puis Alelì redevint sérieuse.

– Pourtant, ça avait l'air de marcher. Elle utilise encore des bougies, elle n'a pas la télévision…

– Je sais, Ale, dit Daniela. Mais Ninfa a raison. Tu sais combien de choses semblent liées, dans la vie, alors qu'en réalité elles ne le sont pas ? On appelle ça des corrélations trompeuses. Prends-en note, petite scientifique.

L'enfant acquiesça et puis regarda Ninfa, les yeux gonflés de larmes.

– Tu vas partir comme la dernière fois où je me suis cachée ?

– Je ne partirai plus jamais.

29.

Imagination

La première fois que Walt Disney a expérimenté
la production en Technicolor trichrome,
c'était avec le court métrage Des arbres et des fleurs, *en 1932,*
dans lequel la végétation dansait et composait de la musique.
Cette année-là, il a remporté l'Oscar
du meilleur court métrage d'animation.

Aimer les enfants et leur bonheur pousse les adultes à rechercher le beau, à décorer les blessures. Ce fut la première pensée de Ninfa lorsqu'elles se retrouvèrent devant la statue de Pinocchio, son bras de bois tendu à l'horizontale pour indiquer l'entrée du Borgo da Fiaba. C'était ainsi qu'avait été rebaptisé Figlino, le hameau de Tramonti qui devait son nom à ces enfants qui avaient entendu comme premier mot, une fois venus au monde, le « non » de rejet de la part de ceux qui les considéraient comme illégitimes ou n'avaient pas les moyens de les élever.

Le choix de Pinocchio comme personnage de bienvenue ne paraissait pas fortuit à Ninfa. Elle y voyait une allusion voilée au mensonge bien intentionné inhérent au nouveau nom du bourg. En effet, comment pouvait-on associer, le cœur léger, l'abandon d'un enfant aux contes de fées ?

Mais plus elle y réfléchissait, plus ce mensonge prenait l'allure d'un remède, un remède aux injustices de la vie. Car finalement, certaines tromperies ne sont parfois que cela, l'expression du désir d'une réalité différente, le prélude à une recherche, la recherche d'une solution. Et dans ce lieu où les pleurs des bébés rejetés résonnaient encore dans les ruelles avec les berceuses des nourrices, un groupe d'artistes de rue avait trouvé une solution dans l'imagination. Un peu comme l'avait fait Ninfa.

Elle posa les yeux sur Alelì et aperçut la chaîne sous son tee-shirt.

– Le seul endroit où tu as le droit de te cacher un moment, c'est dans ton imagination, tu as compris, Ale ? lui avait-elle dit ce matin-là, en mettant autour de son cou la « clé à panneton rétractable », le pendentif qui, selon les instructions de grand-mère Adriana, permettait de s'évader un peu avec son cœur quand la réalité était décevante.

– Promets-moi que tu ne t'enfuiras plus jamais. Que tu ne me feras plus des frayeurs pareilles, lui avait-elle murmuré à l'oreille tandis qu'elles se serraient dans les bras l'une de l'autre, sous les couvertures.

Alelì avait hoché la tête.

– Et comment elle marche, la magie des clés ?

– Comme pour toute magie, il faut avoir foi en son pouvoir.

Elle la vit s'engager sur le sentier pour Figlino, au côté d'Imma qui avait hâte de lui montrer les fresques murales sur le thème de Disney. Les portes en bois des vieilles boutiques et les rideaux de fer étaient devenus des œuvres d'art, décorés de scènes de dessins animés.

– Qu'est-ce qu'il y a derrière ? interrogea Alelì, à la fois fascinée et méfiante.

– La réalité.

Ninfa aperçut une ombre sur son visage. Elle aurait donné n'importe quoi pour l'effacer.

– La réalité fait moins peur si, pour la voir, il faut ouvrir une porte et traverser un conte de fées, tu ne trouves pas ?

Alelì lui serra la main et acquiesça, tâtant le pendentif sous son tee-shirt. Elle se rapprocha encore davantage de sa sœur et posa la tête contre elle, jusqu'à ce qu'Imma vienne pincer son tee-shirt pour l'attirer à elle et l'entraîner vers sa fresque préférée, sur la façade en pierre d'une ferme, quelques pas plus loin. Elle représentait Aurore, la Belle au bois dormant, sa princesse préférée parce que, comme elle, elle se promenait en forêt avec des paniers en bois pour ramasser des fruits et chanter avec les oiseaux. Elle lui demanda ensuite quel était son dessin animé préféré et, sans hésiter, Alelì répondit *La Reine des neiges*, parce que c'était « l'histoire de deux sœurs qui restent orphelines et grandissent séparées pendant des années mais après se retrouvent ».

Daniela passa son bras autour des épaules de Ninfa.

– À part la lettre « a », « Olaf » c'est « Flo » à l'envers. Vous formez un trio aussi charmant qu'Elsa, Anna et leur bonhomme de neige.

La chatte était à leurs côtés, aussi à l'aise avec sa laisse qu'un petit chien. Dès le premier jour, la regarder, la prendre dans ses bras et s'occuper d'elle avait apporté à Ninfa paix et sécurité. Depuis qu'elle était entrée dans leur vie, avec son museau strié de teintes miel et chocolat, Ninfa s'était remise à espérer, à croire en une nouvelle forme de noyau familial. Accueillir Flo avait été le premier pas vers le dégel de leurs émotions.

L'animal avançait avec sa queue de renard bien dressée, en paix avec le silence des lieux. Elle avait été le pont qui les avait conduites là et qui, d'une certaine manière, les avait réunies.

Tandis que les fillettes sautillaient çà et là, parmi les couleurs féeriques du village, et observaient un artiste de rue peindre une nouvelle fresque sur le thème de Peter Pan, quelques pas derrière, Ninfa profitait d'avoir un peu de temps avec Daniela. Son arrivée à Tramonti lui avait permis de ne pas se perdre.

Elle scruta les mouvements de son amie, la légère teinte naturelle de ses joues, ses mains détendues et non, comme d'habitude, serrées en un poing.

– Tu as l'air en forme, dit Ninfa en lui offrant des *taralli*.

– Changer d'air, parfois c'est exactement ce qu'il faut. Et puis…

Elle s'interrompit un instant, ménageant ses effets :

– Tu sais, avec l'architecte, ça marche bien.

– Ça alors !

– Je sais, ça ne fait que quelques semaines, mais je suis heureuse. Pour la première fois depuis très longtemps.

La bonne personne, lui avait dit un jour Daniela, c'est comme l'appartement qui correspond au tien dans le même immeuble, mais à un étage différent. Quand tu y entres pour la première fois, ça te fait bizarre, il y a les mêmes espaces que tu vois quotidiennement, mais avec des choses différentes à l'intérieur. Tu es déconcertée, troublée, et pourtant il n'y a rien de plus familier. Comme seul ton appartement peut l'être.

– Les espaces sont les mêmes ? lui demanda Ninfa en se référant à l'architecte, sûre que Daniela comprendrait.

Elle hocha la tête, sans hésitation.

– Curieusement, il y a même certaines choses pareilles à l'intérieur. Et…

Là elle joignit les mains en prière sur la poitrine, inclinant légèrement la tête comme pour une salutation indienne. Elle avait recommencé à faire du yoga.

– … j'ai terminé les planches pour mon éditeur.

Le cœur de Ninfa se remplit de joie. Elle était heureuse que l'endroit qu'elle appelait depuis l'enfance son chez-soi ait pu devenir le terrain d'une renaissance pour Daniela.

– Je pense que j'ai trouvé quelque chose qui m'appartient, et c'est une belle sensation pour quelqu'un qui n'a pas de racines, comme moi.

Elles s'arrêtèrent pour manger dans un *agriturismo* près de Figlino, où les propriétaires les accueillirent comme des amies de longue date.

Tramonti était un lieu difficile à décrire, mais facile à respirer et à aimer. Il était capable de préserver le passé et de le rendre précieux, tout en s'ouvrant à la nouveauté avec la même hospitalité que celle que l'on réserve aux enfants restés trop longtemps loin de la maison.

Elles dégustèrent la mozzarella *fior di latte*, qui avait rendu Tramonti célèbre d'abord en Italie du Nord puis dans le monde entier, sur un lit de charcuterie, et puis la pizza margherita à la farine complète et au fenouil. Enfin, le moment du dessert arriva.

– Il faut que tu goûtes le délice au citron, dit Alelì à Daniela, en avalant sa dernière bouchée de pizza.

– Je suis prête. Qu'est-ce que c'est ?

– Le gâteau typique de la côte amalfitaine, créé par un artisan de Tramonti.

Imma hocha la tête, se léchant la commissure des lèvres. Elles en commandèrent trois portions, avec une tranche de gâteau à la ricotta de Tramonti et aux poires, sur les conseils du serveur :

– C'est un autre de nos points forts.

Le déjeuner s'acheva avec du Concerto, la liqueur née à Tramonti de l'union de quinze herbes différentes. Les deux jeunes filles le dégustèrent tout en écoutant la musique des Monti Lattari formée par le bourdonnement des abeilles, le bruit de la brise qui sentait bon l'écorce de citron, et le bruissement des arbres.

Tramonti était en train d'apprendre à Ninfa comment être au monde malgré tout. Elle se sentait plante parmi les plantes, orchidée parmi les orchidées, vigne parmi les vignes. Mais il y avait plus, quelque chose qu'elle n'avait jamais ressenti auparavant, surtout à Milan. À Tramonti, elle se sentait une personne parmi les personnes. Autrement dit, elle-même. Elle se reconnaissait dans les rires d'Isidoro, dans les mains terreuses de Mme Rachele, dans les attentions de Mme Celeste, dans la gentillesse d'Antonietta et la jovialité de Nino. Elle éprouvait de la reconnaissance pour ce voyage, pour ces gens, pour ces petits sursauts de force qui l'avaient à nouveau animée.

Alors qu'elles se promenaient au coucher du soleil, elle raconta à Daniela l'histoire des petites fourmis et de Mme Rachele. Elle aurait voulu lui parler de ce qu'elle avait ressenti dans la maison en ruine, mais elle trouvait parfois que la beauté de certaines choses exigeait le silence.

Son amie lui passa un bras autour des épaules.

– Il faut que je te le dise. Tu ne m'as pas l'air plus en forme qu'avant.

– Merci beaucoup, fit Ninfa en riant. Non, en effet, ça prend du temps. Mais je me sens moins seule, maintenant.

– Ça, c'est certain.

Daniela s'arrêta un instant, sortant un paquet de son sac à dos.

– Je suis venue ici pour une raison précise, à part le fait que je t'adore.

Elles se mirent à rire.

– La dernière fois que nous nous sommes parlé au téléphone, tu m'as dit que tu étais inquiète pour la santé de Mme Rachele. À t'écouter, je l'avais vraiment imaginée à l'agonie.

Ninfa la frappa à l'arrière de la tête, confuse et amusée.

– Bref, je ne voulais pas perdre plus de temps. Il y a quelque chose que tu ne sais pas et, d'après ce que tu m'as raconté aujourd'hui, il est clair qu'elle l'ignore également.

Elle lui tendit le paquet.

– Ta grand-mère était vraiment une très bonne écrivaine, j'ai lu deux de ses livres. Et je pense que tu devrais lire ça. C'est un de ses journaux intimes.

Avant qu'elle ait le courage de l'ouvrir, le bruit des pas de Daniela s'éloignant sur le sentier fut couvert par l'écho des récits que Rachele avait faits de ces journées, qui s'étaient écoulées tant d'années auparavant.

30.

Secret

Riva del Garda, 2010

Il fut un temps où l'écriture était pour moi un moyen de m'en aller, je découvre aujourd'hui qu'elle est devenue mon seul moyen sûr de revenir. Certaines histoires sont comme des labyrinthes, il n'est bon de les raconter que si l'on sait comment en sortir. Et pendant longtemps, peut-être trop, j'en ai caché une qui aurait pu me piéger. Mais maintenant que je sens que je vais bientôt partir, j'ai besoin de savoir qu'elle ne mourra pas avec moi.

Mon cœur pompe de l'encre, aussi follement que si je courais, alors que je suis assise à mon bureau en bois, avec une main qui écrit en tremblant tandis que les doigts de l'autre, tout blancs, essaient de s'enfoncer dans la page comme pour la tenir immobile, avec l'illusion que c'est le papier qui tremble.

La vérité, c'est que certains lieux sont trop vastes pour être contenus dans la géographie du monde, et ils s'étendent à l'intérieur de l'être humain. C'est dans ces zones d'intersection que l'on peut rester immobile avec son corps et courir avec son âme, en débridant son cœur.

Tramonti était ainsi. Cette terre traversait les personnes et en occupait pour toujours certains recoins. Aujourd'hui encore, à des années de distance, je me demande si c'est moi qui l'ai habitée ou si c'est elle qui m'a habitée.

On dit que chaque être humain a de nombreux visages, moi je ne m'en connais que deux, deux visages qui répondent à des noms différents, et qui ne se sont rencontrés qu'une fois, pour procéder à l'échange. Jusqu'à aujourd'hui, lorsque le doigt de ma petite-fille Ninfa a effleuré la cicatrice près de mon œil droit, redessinant les traits de qui j'ai été, il y a si longtemps.

Je m'appelle Adriana, j'ai été enseignante et écrivaine. Mais avant l'inondation de Salerne du 25 octobre 1954, je m'appelais Nannina et j'étais porteuse à Tramonti.

Je lève les yeux vers le miroir que je garde sur mon bureau, à quelques centimètres de ma feuille de papier, et j'aperçois dans mon image les traces de cette jeune fille, cachée depuis tellement longtemps qu'elle ressemble davantage à l'un des personnages fictifs de mes livres. Je tremble parce que, malgré les années, j'arrive à la percevoir, telle qu'elle était à l'époque. Dans mes cheveux gris, je devine l'éclat de ses anciennes mèches dorées, dans la trame de mes rides, ses grimaces de fatigue sous les paniers pleins à craquer, et même sur mon front, la marque d'une éclaboussure de pâte de coton, du temps où elle travaillait à la papeterie. Les voilà. Adriana qui reconnaît Nannina.

Me voilà.

Nannina. Incroyable comme un prénom peut être un bagage. L'écrire après tout ce temps m'apporte l'écho asphyxiant des choses qui ont continué à vivre là-bas même après mon départ. La nostalgie peut être un parasite sélectif, capable de réveiller les seuls souvenirs positifs d'une expérience globalement négative. C'est une charlatane que j'ai toujours crainte.

Je suis née jumelle différente dans un milieu qui voulait que les femmes et leur vie soient toutes identiques. Je pense que c'est la raison pour laquelle j'ai toujours éprouvé le besoin de marquer mes différences.

Pendant que le reste du monde évoluait, la vie s'acharnait sur les extrémités de nos corps, nous privant de chaussures et nous obligeant à marcher tête basse. Les chiffons attachés à nos pieds avec de la ficelle et les quintaux de marchandises sur nos épaules, qui nous forçaient à plier l'échine, faisaient de nous des êtres sans empreintes ni visage. En d'autres mots, sans identité.

Je remue les orteils et j'ai l'impression de sentir encore la douleur que le froid nous causait à l'époque, lorsque nous marchions pieds nus en hiver, sur le chemin menant au Demanio di Scala. Nous transportions des rondins depuis la montagne jusqu'en bas, avec la neige qui nous arrivait parfois aux mollets. Je me mettais au bout de la file pour pouvoir regarder derrière moi et me reconnaître, entre toutes, dans les dernières empreintes laissées par mes pieds nus dans la neige. Je savais que j'avais peu de temps pour les observer, les nouveaux flocons glacés les auraient déjà rendues invisibles sur le chemin du retour. Même la nature nous effaçait.

Nous transportions le sfusato *d'Amalfi et des branchages pour le protéger des intempéries, le charbon pour faire fonctionner les fours, les tonneaux de vin et les produits* sains de la terre destinés aux dîners cossus de la bourgeoisie amalfitaine. Les femmes aisées de la côte portaient dans leurs cheveux crêpés les filets que beaucoup d'entre nous confectionnions. Si aujourd'hui je m'efforce de me souvenir des visages de cette époque, ce sont les leurs que je vois, lisses et soignés. En revanche les nôtres, ceux des femmes de la montagne, sont flous, invisibles, parce que nos yeux étaient toujours rivés au sol. Il n'est donc pas étonnant que les souvenirs les plus nets que j'aie des visages féminins de Tramonti remontent à l'enfance, lorsque ma petite taille me permettait de les regarder d'en bas. Ensuite, grandir limitait notre vision, car cela s'accompagnait d'une augmentation du poids que nous devions porter sur notre dos, de plus en plus courbé vers l'avant. Cela arrivait à toutes. Cela m'arriva aussi. La seule qui, malgré la fatigue, ne pouvait s'empêcher de lever la tête et de regarder la beauté de Tramonti, c'était elle. Rachele, la sœur avec laquelle j'ai partagé le ventre maternel.

Je tremble plus en écrivant son prénom qu'en écrivant mon vrai nom. La souffrance que j'ai dû lui causer est sans nul doute équivalente au bien que je me suis fait en refusant cette vie ; mais qui a une conscience – et Dieu seul sait si j'en ai une – accorde plus d'importance au mal fait aux autres qu'aux soins que l'on s'est procurés à soi-même. La vérité, c'est que depuis que je m'appelle Adriana, j'ai eu la force d'oublier Nannina, mais pas Rachele. Ma sœur a vécu dans chacune de mes pensées, dans chacune de mes étincelles de haine et dans chacun de mes élans d'affection.

C'était un être de cristal, Rachele. J'ai toujours pensé que le fracas de la guerre n'avait jamais cessé en elle, et avait fomenté des peurs qui l'empêchaient de vivre. Lorsque nous étions enfants, je la tenais toujours près de moi, pour les atténuer. Croiser des soldats allemands dans les montagnes anéantissait ses forces et m'obligeait à la ramener à la maison sans avoir accompli les tâches pour lesquelles nous étions sorties, mais pas avant d'avoir baigné son front à l'eau des ruisseaux. Je ne me souviens pas avec certitude du moment où sa fragilité a atteint le point de non-retour. C'est peut-être lorsque les Alliés sont arrivés et qu'un soldat nazi est venu mourir dans notre jardin, sous ses yeux. Je l'ai trouvée agenouillée devant lui, paralysée. Je lui ai raconté des contes de fées pendant des jours, pour la sortir de l'état catatonique dans lequel elle avait sombré, mais j'ai vite épuisé ceux que je connaissais. Alors j'ai commencé à en inventer de nouveaux, avec l'aide de Gennarino, le meilleur ami que j'aie jamais eu. Je ne le réalise que maintenant, mais je pense que ma soif de raconter des histoires remonte à ces journées.

Lorsqu'elle a recommencé à parler, j'ai découvert qu'elle n'avait entendu aucun de mes contes. D'après elle, ma voix avait été couverte par le bruit du coup de feu qui avait tué cet homme, et qui n'avait cessé de se répéter à ses oreilles, jusqu'à ce qu'un son nouveau vienne la soulager : la voix d'une orchidée que Gennarino avait déposée sur son cœur. C'est alors que j'ai réalisé qu'elle avait un pouvoir spécial, qu'elle parlait une langue secrète, celle de la nature.

Aujourd'hui encore, je me demande comment elle a pu ne jamais comprendre que les mots sur le papier faisaient pour moi exactement ce que ses fleurs enracinées dans la terre faisaient pour elle : ils racontaient des histoires.

Tous les efforts que je déployais pour me distinguer, finissant par être considérée comme anormale, elle les déployait pour se fondre avec les autres femmes et avec la vie de Tramonti, afin de se sentir du côté du bien. Elle *essayait d'être anonyme mais elle ne l'a jamais été, elle ressortait comme une rose rouge dans la neige. Tout le monde la voyait : les anciens du village dont elle s'occupait le dimanche, ses amies à qui elle prêtait secours quand, à la violence de la fatigue, s'ajoutait celle de leurs maris, les fillettes à qui elle apprenait à dessiner avec de la terre. Gennarino la voyait… Les seuls qui ne la voyaient pas, c'étaient nos parents, toujours trop concentrés sur moi et sur l'air que je respirais.*

Mes rêves et mes désirs semblaient être des fantasmes irréalisables à côté d'elle qui banalisait la misère, les mariages arrangés et sans amour, l'analphabétisme, l'exploitation et la violence, et pendant longtemps, je n'ai pas bien réalisé la nocivité de tout cela.

J'ai passé presque tout le temps que j'ai partagé avec elle à essayer de la protéger d'elle-même et des autres, en oubliant de me protéger, moi.

Jusqu'à ce que tout change.

Le parcours qui m'a conduite à la détester plus que je ne l'aimais fut lent et tortueux.

Il y a des rencontres qui sont de simples carrefours, d'autres qui sont des routes à part entière.

Le plus grand amour de ma vie s'appelait Aniello, quand je l'ai connu j'étais trop jeune pour le comprendre, et je croyais que nous aurions tout le temps de faire fleurir cet amour ensemble. Ce ne fut pas le cas. J'ai découvert trop tôt que le véritable amour pour quelqu'un germe même lorsque cette personne n'est plus avec nous. Il s'est ôté la vie à cause du destin adverse qui nous a frappés, mais il a continué à vivre dans chaque mot que j'ai couché sur le papier, et il n'y a pas une ligne importante que je n'aie écrite avec son stylo plume. Nombre des personnages masculins de mes histoires vivent les vies que j'aurais souhaitées pour lui et auxquelles il a renoncé, se tuant lorsqu'on nous a empêchés d'être ensemble. Je porte avec moi sa douceur, la retenue accompagnant chacun de ses gestes, les sentiments qui imprégnaient ses baisers et ce désir que nous n'avons jamais assouvi.

Il est stupéfiant comme le temps se limite parfois à garder certaines blessures au chaud, au lieu de les guérir. Je saigne encore en pensant au jour où il m'a demandé de l'épouser, sous notre noisetier. Je saigne encore quand je pense à ses cheveux roux, à la patience dont il a fait preuve avant que je le laisse prendre ma main, avant que j'accepte de lui révéler mes rêves, pour découvrir qu'ils étaient aussi les siens.

Lorsque je m'appelais Nannina, j'ai rencontré une écrivaine sans qui Adriana n'aurait jamais existé.

Le jour où elle a décidé de m'apprendre à lire et à écrire, elle m'a demandé de me mettre debout, les yeux ouverts, le dos droit et les mains en prière. Puis elle m'a demandé de plier une jambe, de la monter vers ma poitrine et de chercher l'équilibre sur la jambe restée au sol. Ce n'était pas facile, je suis tombée plusieurs fois, jusqu'à ce que je cesse d'osciller et que je trouve ma stabilité. Elle m'a demandé de regarder autour de moi et m'a complimentée parce que j'étais en paix avec le monde extérieur. Je me souviens encore du calme avec lequel elle s'est approchée de moi ensuite, me demandant de fermer les yeux sans modifier ma position. Je l'ai fait, croyant que ça ne changerait rien, or je me suis immédiatement mise à tanguer au point de perdre cet équilibre que j'avais eu tant de mal à atteindre. Je l'ai regardée, surprise, sans aucune idée de ce qui s'était passé. Elle s'est assise à côté de moi et a commencé à parler.

– Lorsque tu as les yeux ouverts, l'équilibre que tu atteins est entre toi et le monde extérieur. Lorsque tu les fermes, en revanche, il est entre toi et ce que tu as à l'intérieur, m'a-t-elle dit avec son accent du Nord qui est aussi le mien aujourd'hui. Ce qui te rend stable dans le premier cas ne marche pas forcément dans le second, et vice versa.

Puis elle a baissé les yeux sur son livre et a continué à parler. Ce qu'elle s'apprêtait à m'apprendre m'inciterait à perdre de vue l'extérieur et à regarder à l'intérieur de moi.

– Es-tu prête à ne plus être en équilibre avec le monde qui t'entoure ?

Je souris aujourd'hui comme alors, en me remémorant cette question. Oui. J'étais prête.

Le drame avec lequel je vis aujourd'hui encore, c'est que ce ne sont ni les livres ni l'écriture qui m'ont fait perdre ma stabilité et qui m'ont donné la force d'abandonner cette vie. Cela aurait dû suffire, mais ce ne fut pas le cas.

Les malheurs qui ont frappé ma sœur, son abnégation empoisonnée et la tyrannie familiale m'ont enlevé Aniello et le peu de dignité que j'avais conservée. J'ai cessé de recevoir les lettres de ma seule véritable amie et je suis devenue un corps tuméfié entre les mains d'un mari violent, une mule solitaire et malade, à l'extérieur comme à l'intérieur. J'ai commencé à maudire Tramonti et, puisque des parties de Tramonti vivaient en moi, j'ai fini par me maudire moi-même.

Pendant cette année de mariage, j'ai demandé de l'aide à Rachele tous les jours, et tous les jours elle me l'a refusée.

La nuit où mon mari a essayé de me tuer, j'ai découvert que j'avais encore une once d'instinct de survie. Je l'aurais volontiers laissé se déverser hors de mon corps, en même temps que le sang qui coulait des lambeaux de peau arrachés par la furie de cet homme, mais il est resté en moi, accroché à mes os brisés, et il m'a poussée à ramper dans les bois, me conduisant jusque chez ma sœur. Je me souviens précisément de son expression, quand elle m'a vue. Pour la première fois, j'ai lu sur son visage la prise de conscience qu'elle n'en avait pas assez fait pour m'aider, et la terreur qu'il ne soit trop tard. Cela m'a suffi pour être certaine que, cette fois-ci, je pouvais compter sur elle pour trouver mon salut et, sur le chemin que nous avons parcouru à grand-peine à cause de mes jambes violacées, la douleur m'a paru plus supportable.

Nous sommes allées jusqu'à Pucara et nous sommes arrêtées devant une maison abandonnée, un endroit où nous jouions quand nous étions enfants. Si l'extérieur semblait oublié de tous, l'intérieur m'est apparu comme le seul espace clos dans lequel Rachele savait se mouvoir. J'ai découvert ses peintures, un vieux panier à elle sur lequel j'avais gravé un cœur des années plus tôt, une couverture qui avait appartenu à notre grand-mère, et le chapeau de Gennarino. J'ai vu une facette d'elle que je ne connaissais pas et qui me donnait de l'espoir.

Puis elle est partie, et je les ai trouvées. Dans un tiroir. Les lettres que l'écrivaine m'avait envoyées au cours de cette année où j'avais cru que même le ciel m'avait oubliée. Elle n'avait jamais cessé, même après son départ de la côte. Elle m'offrait de l'aide, une protection, un salut. Elle m'offrait l'instruction, donc la liberté.

J'ai dû les lire toutes avant d'accepter que c'était bien Rachele qui les avait interceptées et qui m'avait enlevé ma seule chance de rédemption.

J'avais toujours su que nous étions différentes. L'erreur que j'avais commise jusqu'alors avait été de croire que nous étions complémentaires, alors que nous étions irrémédiablement incompatibles. Elle appliquait des onguents curatifs sur des bleus que j'aurais évités, elle chantait le long des sentiers pour ne pas succomber aux efforts que je me serais épargnés en changeant de métier, elle essayait de tirer le meilleur parti d'un destin qui, sans l'ombre d'un doute, devait être rejeté.

Il avait déjà commencé à pleuvoir quand j'ai décidé de partir, pour toujours. Je suis sortie dans la rue mais je ne tenais pas debout, j'ai vomi, et je suis restée sous l'eau dans l'espoir de glisser jusqu'à Maiori sans avoir besoin d'utiliser de forces, comme un bateau miniature sur une rivière. Jusqu'à ce qu'une voix amie me parvienne. C'était Margherita, ma cousine. Elle m'a aidée à me relever et nous sommes rentrées ensemble dans la maison, en attendant que la pluie se calme, mais au bout de quelques heures, nous avons compris toutes les deux que l'orage allait provoquer une inondation. Nous connaissions la montagne et ses limites.

Elle m'a dit à plusieurs reprises que sortir serait une folie, mais c'était ma folie et je m'y suis accrochée, comme à ma dernière chance de survie. Je préférais mourir dans l'inondation en essayant de fuir plutôt que de la main de mon mari. Si j'étais restée, Rachele ne m'aurait pas aidée, maintenant j'en étais sûre. Et je le suis encore aujourd'hui.

Je me souviens de ma main qui tremblait en ouvrant la porte et de mon incontrôlable sentiment d'horreur à l'idée de ne plus jamais la revoir. Je voulais partir comme ça, sans laisser aucune trace, mais ce fut plus fort que moi.

J'ai ôté de mon cou une des clés porte-bonheur que m'avait offertes Gennarino lors de l'Opération Avalanche, la nuit du débarquement allié. J'ai déchiré un morceau de papier d'une des lettres et j'ai recopié l'adresse que m'avait laissée l'écrivaine. Je l'ai roulé et l'ai inséré dans le corps de la « clé à secret ». Puis je l'ai refermée et l'ai attachée au cou de Margherita, en lui demandant de la remettre à Rachele. Peut-être qu'ainsi elle ferait au moins l'effort d'apprendre à lire.

J'ai laissé Margherita dans cette maison, avec une famille qui avait frappé pour trouver refuge contre la boue qui descendait de la montagne.

J'ai tout quitté. Ce jour-là, Nannina est morte et Adriana est née.

Pendant plus de cinquante ans, je me suis demandé si et quand elle viendrait vers moi. Jusqu'à ce que je décide d'aller vers elle. Et je l'aurais vraiment fait. Cependant, il suffit parfois de repousser de très peu une action pour ne plus jamais l'accomplir. Si je n'avais pas décidé de la chercher seulement après avoir rendu visite aux tombes de nos parents, aujourd'hui Rachele saurait que je suis en vie. Si je n'avais pas vu ma photo sur la tombe familiale, j'aurais vraiment eu l'audace de me présenter devant elle avant de mourir pour de vrai.

À ma décharge, j'ajoute que je n'ai pas abandonné immédiatement. J'ai cherché la force de l'affronter dans mes pas de l'époque. J'ai demandé à ce qui restait de la vieille maison de Pucara de me donner le même courage pour retourner auprès de ma sœur que celui qu'elle m'avait donné pour fuir et l'abandonner. Mais cela n'a pas marché.

Certains soirs, je me laisse bercer par l'idée qu'il est juste qu'elle vive ses dernières années en paix, en continuant à croire que je suis morte, sans le remords de m'avoir pleurée en vain toute sa vie. D'autres soirs, comme celui-ci, je me dis que ce n'est qu'une des nombreuses histoires que je me raconte pour réussir à dormir.

Aujourd'hui, avec ces lignes de mon journal, calmes au début et hâtives à la fin, j'ai l'illusion de la serrer une dernière fois dans mes bras. Aujourd'hui, c'est moi qui dois la laisser partir.

Adieu, ma sœur. Si tu m'avais laissée faire, je t'aurais sauvée.

31.

Temps

Le cactus argenté,
connu également sous le nom de « vieux cactus »,
parce que couvert de poils blancs,
fleurit après plusieurs années.
La nature confie sa pollinisation aux colibris.

– Quelles fleurs vont pousser ? avait demandé Ninfa à sa grand-mère le jour où elle avait planté ses premières graines.

– Ce sera une surprise. Un jour, tu te réveilleras et tu les verras fleuries, aussi belles que toi.

– Ça prend beaucoup de temps ?

– Le temps nécessaire.

À la suite de ce souvenir, qui ces derniers mois était souvent revenu se glisser dans ses pensées, elle resta encore un peu allongée sur l'herbe, dans le jardin de sa grand-mère. À Riva del Garda, le soleil de début septembre savait depuis toujours mêler la chaleur de l'été à la douceur de l'automne.

Finalement, dans le premier pot que sa grand-mère lui avait offert, c'étaient de petites marguerites blanches qui étaient apparues.

– Tu sais de quoi la marguerite est le symbole ? lui avait-elle dit en caressant leurs pétales. De vérité.

Ce n'est qu'après toutes ces années qu'elle pouvait comprendre le sens profond de ces paroles. Elle se couvrit les yeux d'une main, essayant de refouler ses larmes. Toute sa vie, sa grand-mère avait attendu que sa sœur la rejoigne, mais Rachele n'avait jamais trouvé le message caché dans la clé. Elle avait enterré la vérité avec le corps défiguré de Margherita.

Ces dernières semaines, elle l'avait vue rôder dans les pièces ayant appartenu à sa sœur jumelle, comme à la recherche de son esprit. Elle semblait vouloir laisser le moins possible d'elle-même dans cet espace, afin de ne pas le contaminer, elle se déplaçait en silence, retenant même parfois sa respiration. Elle ne se rendait pas compte de toute la place qu'elle avait déjà occupée dans cette maison au cours des cinquante dernières années. Elle ne savait pas que, dans la vie, il y a une limite au-delà de laquelle une longue attente remplit autant qu'une présence. Rien entre ces murs, qui avaient attendu son arrivée, n'aurait jamais pu la percevoir comme une intruse ou une étrangère.

Elle faisait toujours glisser ses doigts sur les finitions intérieures en pierre de la maison, et sur les toiles représentant des vues de montagnes, de vignobles et de citronniers, hochant la tête de temps à autre.

Le premier jour, après avoir pénétré dans la chambre de sa sœur, elle s'était assise sur le bord du lit, posant sur ses genoux une vieille brosse trouvée sur la table de chevet. Plus d'une fois, Ninfa l'avait vue approcher cette brosse de son visage, comme à la recherche de cheveux restés coincés entre les poils ; au lieu de l'or d'antan, elle y aurait trouvé l'argent des dernières années, bien plus précieux.

Ninfa se tourna sur son côté droit, appuyant la joue sur la couverture de pique-nique. Rachele était à côté d'elle, sur la vieille chaise à bascule de grand-mère, la main sur la poitrine, serrant la « clé du temps ». Finalement, c'était exactement ce que la vie lui avait offert, le temps pour la vérité. Ninfa n'attendait plus qu'elle se pardonne, mais de temps en temps elle la voyait sourire, plus proche qu'auparavant d'une forme de paix.

Elle posa les yeux sur ses mains âgées, sur ses veines gonflées de sang familial.

Alelì les rejoignit dans le jardin, s'assit sur l'herbe à côté de la chaise à bascule, et commença à lire à Rachele un des livres écrits par leur grand-mère. Maintenant, elle ne s'interrompait plus lorsque la vieille dame se mettait à pleurer, et elle laissait les mots de sa jumelle l'atteindre enfin. C'était la façon qu'avait trouvée la vie de les rapprocher.

Daniela apporta une tasse de café à Ninfa.

– Tu as appelé le psychologue pour Ale ?

– Oui, il commencera les séances la dernière semaine de septembre.

Elles rentreraient à Milan quelques jours plus tard et Alelì entamerait une thérapie. Elle souffrait de cauchemars depuis la première fois où elle s'était surprise à parler de ses parents au passé. Ce processus enclenché avec retard était alourdi par tous ses mois de déni et de rationalité sereine, cependant la présence de Rachele avait aidé. Toutes deux semblaient soigner les blessures l'une de l'autre.

Daniela s'allongea dans l'herbe, à son côté.

– Comment ça va, avec les citrons ?

– Ce matin, je n'en ai trouvé que quatre dans mon sac.

Depuis qu'elle avait appris la véritable identité de sa grand-mère, Alelì était encore plus convaincue que quitter le mode de vie de Tramonti signifiait vivre moins longtemps. C'était une déduction qui allait de soi, puisque la sœur jumelle d'Adriana, restée au village, était toujours en vie, alors qu'elle, elle ne l'était pas.

– C'est sa façon de te protéger, laisse-la faire.

– Ça veut aussi dire qu'elle vit dans la peur constante de me perdre.

Le vent souleva un peu de terre et remua quelques feuilles mortes. Flo se précipita pour les attraper.

Ça sentait le parfum de grand-mère.

Ninfa enfonça ses mains dans l'herbe.

– Merci d'avoir accepté de rester ici avec Rachele. Je pense que c'est une bonne chose qu'elle passe le temps qui lui reste à vivre dans cette maison.

– C'est une bonne chose pour moi aussi. Ça me donne l'impression d'avoir une vieille tante, ce qui est un miracle pour quelqu'un qui n'a pas de famille, comme moi.

Ninfa lui prit la main.

– Tu as une famille.

Les yeux de Daniela s'embuèrent.

– Oui, maintenant oui.

– Nous viendrons tous les mois, passer un week-end. Je veux être à ses côtés et je veux qu'Alelí le soit aussi.

– Et toi, quels sont tes projets ?

Ninfa tourna les yeux vers les montagnes vertes derrière elles, celles qu'elle aimait regarder, enfant, parce qu'elles lui donnaient la sensation d'être prise dans une étreinte. Le moment était venu de le dire à voix haute.

Les bons chemins sont comme les plantes, pensa-t-elle. Ils naissent de petites graines que les expériences vous offrent de temps en temps, ils s'enracinent dans chacun de vos gestes, dans chacun de vos désirs, si silencieusement que vous ne remarquez souvent même pas leur présence. Vous les cherchez à l'extérieur, déjà grandis, mais souvent ceux que vous voyez appartiennent à d'autres. Et ceux qui vous conviennent sont encore à l'intérieur de vous. Puis un jour ils germent, et vous vous demandez comment ils ont pu se nourrir de vous pendant tout ce temps sans que vous le sachiez. Ils sortent à l'air libre et vous les voyez croître, se ramifier en sentiers, en bifurcations et en arrêts.

Lorsqu'elle commença à parler, elle crut sentir une main familière se poser sur son épaule.

– Je n'irai pas à l'université. Et j'ai arrêté de me sentir nulle à cause de ça.

– Enfin.

– Mais j'ai envie d'étudier pour faire quelque chose de bien avec ce que j'aime. J'ai un plan.

Daniela but chacune de ses paroles. Elle ne sourit qu'à la fin. Elle le voyait elle aussi, le chemin.

CINQ ANS PLUS TARD

ÉPILOGUE

Le zamier furfuracé
met des années à achever sa croissance
et à se montrer dans toute sa beauté.

Les grappes pendantes du cytise, soutenues par la tonnelle, semblaient le prolongement des rayons du soleil. Si grand-mère Nannina les avait vues, elles lui auraient certainement rappelé ses chères étoiles de noisetier : une cascade de souhaits en partance. Ninfa, elle, n'y voyait que l'accomplissement des siens.

Il restait encore un quart d'heure. Elle vit Alelì venir à sa rencontre, et elle lui demanda son soutien dans ce moment de tension.

– Enlève donc cette expression de ton visage.

Elle était dans cette phase de l'adolescence où l'empathie dépend de toute une série de facteurs aléatoires. Elle pouvait en faire preuve, mais pas sur commande.

– Dis-moi que tu n'es pas sur le point de pleurer.

Ninfa ne tenait pas en place.

– J'ai juste besoin d'un câlin.

– Mais pourquoi tu es si agitée ? Tout est parfait, je n'ai jamais rien vu de plus beau. Même papa et maman seraient fiers de toi.

Alelì lui disait toujours qu'elle aurait voulu qu'elle soit plus forte, mais le genre de force qu'elle réclamait était l'apanage des mères et, malgré les circonstances, Ninfa était toujours une fille et une sœur, comme elle.

– Franchement, merci.

Elle rassembla ses cheveux bouclés en une queue-de-cheval.

– Alors tu me le fais, ce câlin, oui ou non ?

Alelì s'approcha d'elle et la serra fort.

– Tu veux retourner les voir, c'est ça ?

Ces derniers jours, Ninfa avait passé des heures devant le présentoir, mais elle en avait encore besoin. Peut-être qu'avec l'ouverture du portail au reste du monde elle cesserait de croire que tout cela n'existait que sur le papier, et il ne lui serait plus indispensable de revivre à chaque fois les étapes qui l'avaient menée jusqu'ici.

– Tu viens avec moi ? demanda-t-elle à Alelì.

Elles arrivèrent dans le pavillon en bois, devant la grande table d'exposition. Ninfa parcourut à nouveau du regard les huit planches exposées, une pour chaque terrasse du terrain en pente surplombé par le nid, qu'elle avait réalisées après avoir terminé son master. C'était le premier grand projet sur lequel elle avait travaillé. Créer des salles à ciel ouvert où faire triompher la vie, précisément là où tant de gens l'avaient perdue, s'était présenté à elle comme une nécessité. Elle avait récupéré ce vieux vignoble en ruine, victime des superstitions, et l'avait transformé en un jardin informel qui ressemblait à une extension naturelle du paysage des Monti Lattari, avec sa série de buissons fleuris, de bouleaux de Sibérie, de glycines en tonnelle, d'herbes aromatiques et médicinales. La division de l'espace avait été pensée dans les moindres détails : elle garantissait la saisonnalité des différentes terrasses, de sorte que l'alternance des floraisons ne laisse aucune zone privée de couleur, ainsi que leur fonctionnalité, avec une succession de balançoires, de bancs et de tonnelles pour faire de l'ombre. Ici et là, sous de vastes auvents, étaient exposés les plus grands terrariums dans des dames-jeannes que Ninfa avait jamais réalisés, à côté de quelques commodes anciennes, remplies de graines et de produits pour prendre soin des lieux.

Devenir conceptrice de jardins lui avait offert une vue d'ensemble sur ce qui se trouvait en elle et autour d'elle, exactement comme une carte, et lui avait appris non seulement à reconnaître ce qu'il y avait d'exagérément forcé, mais aussi à éviter de le faire. Apprendre à planifier et à réaliser un jardin lui avait en effet donné des outils pour vivre en paix avec le monde et avec les autres, pour accepter, sans prétendre la changer, une vérité qu'elle avait toujours sue : aucun milieu, aussi fertile soit-il, ne pourrait jamais convenir à n'importe quel être vivant, et c'était bien ainsi. De même que la fougère et la sauge ne peuvent survivre plantées l'une à côté de l'autre, puisque la première a besoin d'ombre et la seconde, de lumière, tante Rachele et grand-mère Nannina n'auraient jamais pu survivre toutes deux au même endroit ni dans les mêmes conditions. Et Ninfa n'aurait jamais pu se sentir elle-même sur les chemins que ses parents auraient voulu qu'elle emprunte. C'était une question de nature.

Son téléphone portable se mit à sonner.

– Nous sommes prêts, tu peux ouvrir le portail.

La voix de Matteo tremblait d'émotion. L'amour pour sa terre natale avait élargi les frontières de ce projet, initiant un processus de redécouverte et de mise en valeur des Monti Lattari.

Ninfa se tourna vers les présentoirs verticaux où étaient exposées de vieilles photos de femmes avec des paniers pleins sur les épaules, des morceaux d'histoire en chair et en os qui étaient sur le point de dire adieu à l'inacceptable anonymat dans lequel ils avaient été relégués. Parmi elles, il y avait aussi celles de leur grande-tante et de leur grand-mère, de nouveau côte à côte, immortelles.

Elles se dirigèrent vers le portail, de l'autre côté duquel Matteo attendait avec une foule de visiteurs de Maiori et de Tramonti. Au fond, on apercevait l'arrière de la maison abandonnée, rebaptisée « Le Nid », transformée en petit musée et gardienne d'outils liés aux anciens métiers locaux. À l'intérieur, jusqu'à la fin de ses jours, Gennarino transmettrait aux enfants l'art de tresser de petits paniers en châtaignier.

Le ventre de Daniela enceinte entra en premier, derrière le fauteuil roulant de tante Rachele, que la jeune femme poussait. Alelì se pencha pour embrasser le front de la vieille dame et lui offrir une rose, puis elle caressa la tête de Flo, couchée sur ses genoux. Tout était parfait.

Lorsque le reste du public franchit le seuil du Jardin des petites fourmis, l'air se remplit d'étincelles d'émerveillement. Les paupières de Ninfa n'arrêtèrent pas de cligner tandis qu'elle conduisait les invités vers le pavillon. Là, sans hésitation aucune, elle se mit à raconter le passé de cette terre et montra ses plans.

L'émotion devant la portée historique et naturaliste de ces lieux, presque sacrée, gagna les chuchotements des visiteurs et, au moment où les sentiments étaient sur le point de lui briser la voix, Ninfa sentit la main d'Alelì saisir la sienne. Elle devait laisser parler le jardin, le laisser commencer à vivre sous les yeux et sous les pas des personnes présentes, le laisser prendre soin d'elles en silence.

Elle attendit que la foule se disperse sur les terrasses en contrebas puis elle se dirigea au bout de la dernière allée, à l'entrée de ce que Matteo avait baptisé « Le Sentier des petites fourmis », un chemin de randonnée qui reliait Tramonti à Maiori et Minori. Alors vint le moment que Ninfa attendait le plus. Elle savait que là où tous les autres entendraient le sifflement du vent et le bruissement des feuilles, tante Rachele entendrait les voix des fleurs, et elle attendit donc que le jardin soit complètement vide pour commencer sa visite privée. Daniela, son architecte, Ninfa et Alelì se turent, et ils laissèrent la vieille dame converser avec ses amis les plus chers.

À côté des trois cents variétés de roses, tante Rachele murmura et rit doucement, sous les tonnelles de glycine, elle tendit le bras avec autant de douceur que si elle caressait les joues d'Alelì, puis elle fit une légère révérence aux dahlias – symboles de dignité –, et elle eut l'air d'avoir de vieux comptes à régler avec la lavande. Devant les quinze variétés de menthe et les sept espèces de basilic, elle ferma les yeux, pour les respirer. Elle fit descendre Flo de ses genoux et abandonna le fauteuil roulant pour s'asseoir quelques minutes sur un banc installé entre un ciste et un pistachier. Le regard qu'elle jeta au houblon au milieu des hortensias fut suivi d'un soupir, qui sait ce qu'elle lui dit. Ensuite elles arrivèrent dans la salle des agrumes, précédée d'une rangée de carillons et inaugurée par un *Chorisia speciosa*. Devant les citronniers, Rachele se tut, ils s'étaient déjà tout dit.

Elles traversèrent l'Allée de la Poésie, décorée de carreaux de faïence avec des aphorismes que Ninfa lut pour elle ; c'était là que le jardin accueillerait des rencontres littéraires pendant les couchers de soleil estivaux.

Enfin, elles arrivèrent au niveau d'une petite fontaine en pierre, installée près de deux balançoires.

Sur l'une d'elles, Alelì les attendait.

– Grand-mère, ferme les yeux.

Elles passèrent le dernier tournant fleuri, au bout de la huitième terrasse, et s'arrêtèrent. Ninfa posa les mains sur les épaules de Rachele et se pencha à son oreille.

– Tu peux les ouvrir.

Devant elles, protégées dans des présentoirs en châtaignier, étaient exposées quelques-unes de ses œuvres sur papier journal. Car finalement, Tramonti tout entier n'était peut-être rien d'autre que ça, un de ses dessins faits avec de la terre.

Note de l'autrice

Les conditions de travail inhumaines des petites fourmis m'ont été rapportées par des habitants des lieux. Les cas de violence domestique étaient très fréquents, mais je voudrais préciser que, bien que j'aie donné à mes personnages les noms de personnes réelles – en signe de reconnaissance pour leur soutien lors de mes recherches –, aucune d'entre elles n'a vécu directement les vicissitudes familiales que j'ai racontées. Les jumelles Anna et Rachele Apicella, qui m'ont inspiré les noms des petites fourmis du roman, ont eu des mariages heureux.

Remerciements

Lorsque j'ai commencé à concevoir ce roman, nous étions trois : mes personnages, Ninfa et Alelì, et moi. C'est par un jour ordinaire d'une période compliquée que les porteuses de citrons sont entrées dans nos vies. En Sicile, où je vis, l'écho de leurs voix était trop faible : hors des frontières de leurs terres, l'histoire était en train de les oublier. Puisqu'elles ne pouvaient pas venir à nous, nous sommes donc allées à elles : Ninfa, Alelì et moi avons réservé un vol pour la côte amalfitaine, entamant ainsi un voyage extraordinaire, au milieu de traditions en voie de disparition et de témoignages précieux.

Pour ma semaine à Tramonti, je n'aurais pas pu choisir meilleur établissement que le Puesta de Sol : je suis reconnaissante aux propriétaires, Antonietta Ferrara et Nino Di Marino, de m'avoir accueillie comme leur fille. Leur aide dans mes recherches a déclenché toute une série de coïncidences touchantes. Sans Antonietta, je n'aurais jamais eu l'idée de visiter le cimetière de Tramonti, et Alelì n'aurait probablement jamais commencé ses recherches. Grâce aux conversations avec Nino dans son épicerie à

Maiori, j'ai fait la connaissance d'Anna Apicella, dite Nannina, l'une des dernières petites fourmis encore en vie : ma gratitude et mon admiration envers cette femme sont sans limites. Je la remercie profondément de m'avoir accueillie chez elle, de m'avoir montré de vieilles photographies et de m'avoir raconté les conditions dans lesquelles elle, sa sœur jumelle Rachele et tant d'autres femmes travaillaient comme porteuses. Je n'oublierai jamais ses yeux, son sourire affable, son infinie douceur.

Remerciements particuliers à sa fille, Margherita Di Martino : sans elle, qui traduisait en italien le dialecte de Maiori de sa mère, je n'aurais pu saisir que peu de choses de ce témoignage. Je lui suis infiniment reconnaissante pour sa disponibilité et pour la gentillesse avec laquelle elle a répondu à mes questions, même après mon retour en Sicile, et pour tous les détails précieux qu'elle m'a rapportés sur la vie à Maiori et à Tramonti entre les années 1930 et 1960.

Un grand merci à Domenico Taiani, le cousin de Margherita, qui est apparu comme par magie sur le front de mer de Maiori exactement au bon moment, m'a parlé de la filière du *sfusato* d'Amalfi et m'a aidée à repérer le livre *Il lavoro delle donne* de Rita Di Lieto. Son aide a également été importante pendant que j'écrivais le roman.

Je remercie vivement Agostino Ferraiolo de m'avoir fourni plusieurs de ses articles publiés dans le périodique *Tg Tramonti News*, et de m'avoir donné tant d'autres informations pertinentes. Je conserve toutes les photographies de Maiori qu'il m'envoie affectueusement.

Merci à Isidoro Caso, qui m'a parlé de l'ancien métier de vannier, du pain biscuité et de l'histoire de la pizza de

Tramonti : il m'a accueillie chez lui et m'a offert l'un des repas les plus authentiques de ma vie.

Infinis remerciements à Matteo Giordano, pour m'avoir emmenée au musée du Papier à Amalfi et m'avoir permis de vivre l'expérience de créer ma propre feuille de papier bombycin. À Imma Giordano, pour les clichés de Tramonti qu'elle partage sur sa page Instagram et qui m'ont donné l'impression d'y être même quand j'étais loin : la porte bleue de la maison en ruine n'existerait pas si je n'avais pas vu l'une de ses photographies.

Je suis reconnaissante aux responsables du groupe Facebook « Tramonti Antica », pour tous les témoignages qu'ils recueillent.

Pour le jardin de Ninfa, je me suis inspirée du Giardino segreto dell'Anima, un lieu magique caché au cœur des Monti Lattari.

Si j'ai écrit ce roman, c'est grâce à toutes les personnes que je viens de citer ; c'est grâce à ma mère, ma lumière, qui me tient la main pour toujours ; et grâce aux fondamentales leçons de yoga de Tea Donati, qui m'ont apporté chaque jour la sérénité et le bien-être nécessaires. Mais s'il a été publié, c'est grâce à mon agente, Laura Ceccacci, qui a cru en son potentiel et lui a trouvé un merveilleux foyer ; à Ambra Usellini, éditrice de la Laura Ceccacci Agency, qui m'a guidée pour renforcer sa structure ; à Giulia Gardiman et au reste de l'équipe de cette merveilleuse agence ; à Francesca Lang qui, lorsqu'elle était encore éditrice chez Piemme, l'a immédiatement accueilli et lui a adressé des paroles écrites tout à fait uniques, que je garderai pour toujours ; à Ambrogio Arienti, éditeur actuel de la fiction chez Piemme, pour la délicatesse et la précision avec lesquelles il a travaillé à la révision du texte avec moi, et pour le soutien précieux qu'il apporte chaque jour à cette histoire ; à Martina Donati, directrice éditoriale de la fiction chez Piemme, pour avoir vu de la beauté dans ce roman.

Enfin, merci à ceux qui liront cette histoire, mais surtout à ceux qui m'aideront à diffuser les voix des petites fourmis.

Table des matières

Composition

PRESS·PROD

Imprimé en France
Dépôt légal : juin 2025
N° d'impression : 25070187
ISBN : 978-2-7499-6073-9
LAF : 3575